AUTRES HORIZONS

W0325879

DATAS SANGLANTES

DU MÊME AUTEUR

CHEZ LE MÊME ÉDITEUR

Tu sais qui, 2022

(Trilogie du dark net 1)

Jakub SZAMAŁEK

DATAS SANGLANTES

Trilogie du dark net 2

Traduit du polonais
par Kamil Barbarski

Éditions Métailié
20, rue des Grands Augustins, 75006 Paris
www.editions-metailie.com
2023

Titre original : *Kimkolwiek jesteś*
© Jakub Szamałek, 2019
Published by arrangement with Grupa Wydawnicza Foksal
Traduction française © Éditions Métailié, Paris, 2023
ISBN : 979-10-226-1322-4

Pour Krzysztof et Monika

Avant-propos

Ceci non plus n'est pas un roman de science-fiction.
Malheureusement.

1

Novembre 2018

Je vais compter jusqu'à cinq et il va changer, se dit Hanna Barańska. Un… deux… trois… quatre… quatre et demi… quatre et trois quarts… eeeeet… ciiiiinq ! Rien. Le feu pour les piétons était toujours rouge, des voitures filaient à toute vitesse rue Warszawska, éclaboussant le bitume avec l'eau des flaques. Hanna regarda sa montre bien qu'elle sût quelle heure il était, celle-ci étant indiquée sur l'écran publicitaire du kebab de l'autre côté de la rue. Ce geste n'était qu'un moyen d'exprimer son impatience, une participation à la pantomime jouée par tous les passants qui attendaient devant les clous, soupirant pesamment, faisant les cent pas ou appuyant sans cesse sur le bouton censé accélérer l'arrivée du bonhomme vert. Sans ce feu, impossible de traverser, puisque l'axe routier vers Terespol coupait leur village en deux et la circulation de camions polonais, russes et bélarusses était dense à toute heure du jour et de la nuit.

– Et ils nous avaient promis qu'une fois la rocade construite, ce cirque serait terminé, dit un vieil homme vêtu d'un gros manteau jauni en secouant la tête. Ils prétendaient que le feu passerait au vert plus vite.

– C'est vrai, répondit Hanna distraitement.

– Et vous, mademoiselle ? Vous rentrez chez vous ?

– Non. Je vais travailler.

– Travailler ? À 20 heures ? s'étonna le vieil homme. Et vous travaillez où ?

Avant qu'elle ait le temps de répondre, le feu passa enfin au vert. Les piétons s'élancèrent comme jaillissant de starting-blocks, plus vite, plus vite, avant qu'il ne se remette à clignoter, chaque seconde comptait. Hanna regardait sous ses pieds pour ne pas trébucher – le bitume était inégal, déformé par les poids lourds. Enfin, elle s'engagea sur la place Kiliński : on aurait dit l'un de ces photomontages censés comparer une image de la ville ancienne avec ce qu'elle était devenue aujourd'hui, un cliché coupé en deux, oh, regardez tout ce qui a changé, c'est à peine croyable… D'un côté du square, il y avait des maisonnettes en bois, de plain-pied, couvertes de feutre bitumeux, des constructions qui avaient probablement connu le XIXe siècle et l'époque des Partages, de l'autre un immeuble de trois étages flambant neuf, fait de verre et de pierre lisse, aux angles tranchants comme des rasoirs. La ville de Mińsk Mazowiecki était pleine de contrastes, elle était comme les panneaux publicitaires criards qui la tapissaient. Rien ne correspondait à rien ici et rien n'avait de sens, les éléments juraient les uns avec les autres : la place du Vieux Marché n'était flanquée d'aucun bâtiment ancien, le salon de robes de mariée Elegantka était coincé entre un magasin d'alcool et un grossiste en cartons d'emballage, l'église historique faisait face à un sombre bazar entouré d'un treillis métallique sur lequel frémissaient au vent, suspendues à leurs cintres, des chemises de nuit à fleurs.

Hanna pénétra dans un immeuble moderne à l'angle de la place et monta dans l'ascenseur. Elle s'observa dans le miroir : blouson boutonné jusqu'au menton, cheveux blonds attachés avec un élastique, lunettes à monture en métal et, derrière, des yeux cernés, rapetissés par des verres épais. Elle n'avait pas assez dormi. Et ce n'était pas parce qu'elle travaillait de nuit et se reposait le jour, elle avait déjà eu le temps de s'habituer à ce rythme. C'était à cause d'Alex. Il avait promis d'appeler, sûr à cent pour cent. Elle avait attendu ce coup de fil. Une heure, deux. En fin de compte, elle s'était résolue à se coucher. Elle avait tiré les épais rideaux pour obscurcir la chambre, elle s'était bouché les oreilles avec des boules

Quies. Après quoi, elle était restée allongée sur le côté, les genoux remontés jusqu'au menton, jusqu'à ce que le réveil sonne.

L'ascenseur s'arrêta au troisième. Hanna tourna à gauche, vers une porte ornée d'une plaque gravée en lettres italiques, *DreamNet*. Elle l'ouvrit et entra dans un vaste vestibule au carrelage de pierre poli et luisant, avec un placard dans une alcôve à sa gauche et, à sa droite, un bureau avec un ordinateur surplombé d'horloges indiquant les heures de New York, Los Angeles et Tokyo. Quand elle était venue ici pour la première fois, ces cadrans lui avaient fait penser aux films sur les banquiers de Wall Street. Après ça, elle en avait même rencontré certains.

– Salut, ma chérie, l'accueillit Karola, la chef du bureau. Comment ça va ?

– Ça va, merci.

– Tu veux que je te fasse un café ?

– Non, non, il est déjà tard… j'ai quelle salle ?

– Attends, que je vérifie…

Karola remua la souris pour réactiver son ordinateur en veille. Elle plissa les yeux.

– Wioletta a pris la 1… La 3 peut-être ? À moins que tu préfères la 5 ?

– Non, la 3 me va. Écoute…

– Oui ?

Hanna ôta son blouson. Ses bras étaient couverts de tatouages multicolores.

– Est-ce que quelqu'un t'a posé des questions à mon sujet ?

Karola détourna les yeux de l'écran.

– Non. Pourquoi ?

– Pour rien. Peu importe.

– Tu es sûre ? Tu connais notre règlement interne. Si jamais quelqu'un…

– Oui, oui, je sais, l'interrompit Hanna en faisant un grand mouvement de la main. Ne t'inquiète pas.

Elle traversa le bureau par un long corridor flanqué de pièces – six en tout – avec une loupiotte rouge au-dessus de chaque porte. L'une d'elles était allumée, ce qui signifiait que la fille à l'intérieur était occupée : en *live*, veuillez ne pas déranger. On entendait des faux ongles pianoter sur un clavier, des voix étouffées, des gémissements. Hanna pénétra dans la 3, une pièce aux murs roses, avec un tapis duveteux et un grand canapé au milieu, disposé devant une table avec un ordinateur et une webcam. Sur le côté, hors champ, il y avait une coiffeuse avec un miroir éclairé pour le maquillage, un portemanteau métallique bas de gamme ployant sous le poids des vêtements accrochés dessus et un carton de chaussures aux talons absurdement hauts.

Hanna jeta son sac dans un coin et se déshabilla jusqu'aux sous-vêtements. Elle se planta devant le porte-manteau et fouilla parmi les fringues : une jupe en latex noir, une tenue d'infirmière sexy, des leggings léopard... Elle grimaça. Elle n'aimait pas porter cette camelote. En fin de compte, elle opta pour une robe en dentelle noire, compléta par des bas et des talons aiguilles classiques. Puis elle s'installa devant la coiffeuse, enleva ses lunettes – le monde devint soudainement flou et étalé –, puis elle mit des lentilles de contact qui changeaient la couleur de ses yeux de marron en bleu. Enfin, elle se maquilla – couche épaisse de fond de teint, poudre, rouge à lèvres carmin, faux cils. Elle était prête. Elle était devenue KandyKroosh.

Elle s'installa au bord du canapé et alluma l'ordinateur. Le ventilateur bourdonna, la diode verte de la caméra s'alluma, signifiant sa disponibilité. Elle se connecta à la plateforme MyGreatCams. Le bouton au milieu de l'écran demandait : *Commencer la transmission ?* Hanna confirma d'un clic.

14.11.2018, 20:13
KandyKroosh est en ligne!
KandyKroosh (Note: 4.87/5.00, 34 589 votes)

Sujet: Bienvenue dans ma chambre! Je suis KandyKroosh, une jeune fille slave au tempérament latin. J'adore les films français et le vin italien. J'ai deux teckels, Bidule et Mathusalem. Je serais ravie que tu me rejoignes.
Objectif en cours: topless (1 000 jetons)

Utilisateur realgood_53 a rejoint la conversation
Utilisateur bob_the_boulder a rejoint la conversation
Utilisateur baconbeacon a rejoint la conversation
Utilisateur me_llamo_llama a rejoint la conversation
...

Hanna parcourut la liste des utilisateurs du chat. Certains pseudos lui étaient familiers. Realgood_53 était son spectateur le plus fidèle, c'était un ouvrier retraité de l'industrie chimique de Columbus, dans l'Ohio. Il aimait quand elle mettait un serre-tête avec des oreilles de chat et lapait du lait dans une coupelle. C'était un type sympathique – il y a quelques mois, elle lui avait même accordé des droits de modérateur. Bob_the_boulder, c'était un Anglais de Bath qui travaillait dans l'IT ou la finance, elle ne savait plus. Une fois, il lui avait donné dix mille jetons pour qu'elle fasse semblant d'avoir une crise d'épilepsie. Elle avait préféré ne pas lui demander pourquoi ça l'émoustillait. Alex n'était pas là. Putain. Putain de merde.

KandyKroosh: Salut les garçons! Comment vous allez?
realgood_53: salut trésor
me_llamo_llama: hejoooo:*
realgood_53: tu es en retard aujourd'hui! Vilaine!;((
me_llamo_llama t'a donné un jeton!
me_llamo_llama t'a donné un jeton!
Utilisateur manly_man a rejoint la conversation

manly_man : montre tes nichons
manly_man : sale truie
Utilisateur manly_man a été bloqué par realgood_53

Hanna leva les yeux au ciel. C'était ce qu'elle détestait le plus dans le métier de camgirl : des mufles qui la traitaient comme un morceau de viande, comme une poupée vide à qui on peut tout dire, sur laquelle on peut se défouler. Mais enfin… tous les boulots ont des inconvénients.

KandyKroosh : merci pour ton aide @realgood_53
KandyKroosh : tu es chou
realgood_53 : pas de quoi ! Toujours fidèle au poste !
globglob : quelle est la taille de tes seins ?
hakuna_ma_tata : j'aime bien ta culotte :P
hakuna_ma_tata : tu me la vends ? Combien de jetons ?
KandyKroosh : @globglob 85F
KandyKroosh : @hakuna_ma_tata merci !
KandyKroosh : 6 000 jetons et elle est à toi :)
globglob : et ils sont naturels ?
me_llamo_llama : I'm so horny horny horny horny right now !
KandyKroosh : mes chéris, on discute, on discute, et il fait trop chaud dans ma chambre
KandyKroosh : aidez-moi, sinon je vais étouffer
me_llamo_llama t'a donné 10 jetons !
me_llamo_llama t'a donné 10 jetons !
hakuna_ma_tata t'a donné 20 jetons !
KandyKroosh : oui, ils sont naturels ! J'ai de la chance, pas vrai ? :)
globglob t'a donné 200 jetons !
badman&robbin' t'a donné 250 jetons !
…

Ding, ding, ding, les jetons continuaient à pleuvoir, les mecs entamaient leurs enchères, voulaient se montrer les uns aux autres qui en avait le plus, qui en voulait le plus. Hanna sourit, envoya un bisou à la caméra, puis fit glisser la bretelle de sa robe. Elle avait déjà réuni plus de huit cents jetons, donc le premier objectif allait bientôt être atteint : topless. Elle se demandait lequel fixer ensuite. Elle n'avait pas la tête au sexe, même par Internet, mais il fallait bien gagner sa vie. Une danse alors ? Oui, se dit-elle en dégrafant son soutien-gorge, va pour une danse.

Premier objectif atteint : topless
Nouvel objectif : danse, 4000 jetons. 6000 : bonus, choisis la chanson
bob_the_boulder : une danse ?
bob_the_boulder : j'espérais quelque chose de plus :(
KandyKroosh : patience :*
KandyKroosh : il y aura un temps pour tout
bob_the_boulder : hmmmm
bob_the_boulder : tu nous prépares une surprise ? :>
KandyKroosh : bien sûr :)
globglob : oh putain
globglob : t'es vraiment une veinarde
globglob : tu peux les approcher de la caméra ?
globglob : <puppy_eyes.gif>
globglob t'a donné 500 jetons !
KandyKroosh : puisque tu le demandes si gentiment...

Hanna serra ses seins dans les mains et se pencha vers la caméra. Le cadre n'englobait plus son visage, alors elle profita de l'occasion pour bâiller largement. *Ding, ding, ding,* les jetons continuaient à pleuvoir. Chacun avait une valeur d'un centime. Un tiers allait à MyGreatCams, un tiers à DreamNet pour l'utilisation de la salle et du matériel, et un tiers sur son compte. Ça paraissait peu, mais sou après sou, ça aboutissait à de jolies sommes. Son record, c'était près de mille euros, soit quatre mille deux cents złotys. En une seule nuit.

Silence. La monnaie cessa de couler à flots, les garçons en avaient assez vu, ils avaient besoin d'autres stimuli. Hanna s'assit au bord du canapé, fit glisser la robe plus bas, de sorte qu'on vît le diamant dans son nombril. *Ding, ding, ding.* Elle sourit. Ça marchait toujours… Or, elle avait encore d'autres bijoux en réserve.

badman&robbin' t'a donné 100 jetons !
globglob : @KandyKroosh, quel genre de musique t'écoutes ?
KandyKroosh : ça dépend de mon humeur
KandyKroosh : Sigur Rós, Florence and the Machine
KandyKroosh : parmi les trucs plus anciens Depeche Mode, Guns N' Roses
globglob : je respecte ça
globglob : <thumbs_up.gif>
globglob t'a donné 200 jetons !

Du boucan. Dans le couloir. Quelque chose tomba par terre. Des pas lourds. Hanna remonta sa robe, renfila la bretelle.

bob_the_boulder : hey !
bob_the_boulder : c'est quoi, ça ?!
bob_the_boulder : pourquoi tu te rhabilles ?
globglob : on devrait avoir une option pour reprendre nos sous :P
show_me_titties : salope d'arnaqueuse
show_me_titties : va te faire foutre
show_me_titties : sale pute
Utilisateur show_me_titties a été bloqué par realgood_53
realgood_53 : vos manières, messieurs. Ou je vous jette sans préavis

La porte de la chambre s'ouvrit. Un homme en veste noire, gants de cuir et cagoule apparut sur le seuil. Cette fois, Hanna eut vraiment un coup de chaud. Alex ne plaisantait pas, se dit-elle. Elle aurait dû partir loin.

– Qu'est-ce que tu veux ? s'écria-t-elle en bondissant du canapé.

L'homme ne répondit pas. Il sortit un filin d'acier de sa poche.

– Au secours ! hurla Hanna.

Par où fuir ? Par la fenêtre ? Mais c'était un troisième étage, il n'y avait même pas de corniche, elle se tuerait. Le contourner, courir vers la porte ? Elle n'y arriverait pas, la pièce était trop étroite. Se défendre ? Elle attrapa la lampe de chevet, la leva au-dessus de sa tête.

– N'approche pas ! N'approche pas ou je te cogne !

Il s'approcha.

Ding, ding, ding, ding.

bob_the_boulder t'a donné 500 jetons !
bob_the_boulder t'a donné 500 jetons !
bob_the_boulder : wow
bob_the_boulder : c'est vraiment une surprise
anonymous_111 t'a donné 1 000 jetons !
cunnilingus_master t'a donné 700 jetons !
lederhosen t'a donné 2 000 jetons !
globglob : fuck
globglob : c'est hardcore
badman&robbin' : je ne savais pas que Kandy faisait du BDSM !
badman&robbin' : elle y va fort pour ses débuts
badman&robbin' t'a donné 1 000 jetons !
coolculo t'a donné 2 000 jetons !
lansmacabre t'a donné 300 jetons !
me_llamo_llama : I'm so horny horny horny horny right now !
hakuna_ma_tata : eeeh… pour moi c'est trop
hakuna_ma_tata : spanking, domination légère, pluie dorée, ça va
hakuna_ma_tata : mais faut pas pousser
Utilisateur hakuna_ma_tata a quitté la conversation
coolculo : putain, elle va lui arracher les yeux !
coolculo : oh
coolculo : ça a dû faire mal
coolculo t'a donné 2 000 jetons !
badman&robbin' : wow, c'est le roughplay le plus crédible
badman&robbin' : que j'ai vu
badman&robbin' : <starry_eyes.gif>
badman&robbin' t'a donné 2 000 jetons !
lansmacabre : la nana a bien rougi de la gueule
lansmacabre : on dirait une betterave

anonymous_111 : @KandyKroosh, tu déchires !
anonymous_111 t'a donné 4000 jetons !
lederhosen : wow, ce gars n'y va pas de main morte
lederhosen : un vrai boa constrictor !
realgood_53 : MAIS VOUS AVEZ PERDU LA TÊTE ?!
realgood_53 : ÇA SE PASSE POUR DE VRAI
realgood_53 : EST-CE QUE L'UN DE VOUS EST DE POLOGNE ?! APPELEZ LA POLICE !
realgood_53 : JE DÉCONNE PAS !
coolculo : haha bien sûr
coolculo : "Allô, police, venez vite au chatroom" XDDD
lansmacabre : décompresse, mon vieux, c'est un camshow
globglob : elle avait dit qu'on aurait droit à une surprise
realgood_53 : MAIS REGARDEZ ELLE NE BOUGE PAS
realgood_53 : ELLE NE RESPIRE PLUS
globglob : oh putain oh putain oh putain
coolculo : OMG il a raison
realgood_53 : EST-CE QU'IL Y A QUELQU'UN DE POLOGNE ICI ?!!!!
Utilisateur coolculo a quitté la conversation
Utilisateur globglob a quitté la conversation
Utilisateur anonymous_111 a quitté la conversation
Utilisateur cunnilingus_master a quitté la conversation
realgood_53 : @KandyKroosh T'ES EN VIE ?! JE T'EN PRIE, LÈVE-TOI !!!
realgood_53 : AU SECOURS QUE QUELQU'UN L'AIDE DOUX JÉSUS
realgood_53 : J'APPELLE LA POLICE POLONAISE ILS NE PARLENT PAS ANGLAIS
realgood_53 : QUELQU'UN PEUT M'AIDER ?!!!
Utilisateur bob_the_boulder a quitté la conversation
Utilisateur me_llamo_llama a quitté la conversation
Utilisateur gaymergate a quitté la conversation

La conversation a été interrompue. Cause : non-respect du règlement MyGreatCams.

Qui regarde encore la télé de nos jours, se demanda Aneta en fixant l'écran suspendu au plafond. On y passe des films d'il y a quinze ans, interrompus sans arrêt par des pubs (varices, diarrhée, constipation et calcification osseuse, taches sur la nappe, un giga-forfait de données !), les répliques vaseuses sont lues par un lecteur de voix off qui sonne comme s'il était sur le point d'avoir une attaque de narcolepsie. Là, en l'occurrence, on passait une comédie romantique vieille d'une dizaine d'années. L'héroïne, par chance, avait déjà compris qu'aimer c'était pardonner, et le héros qu'il fallait se battre pour l'amour ; ils s'embrassaient sur la terrasse panoramique de l'Empire State Building, sous les applaudissements des badauds émus et, à l'arrière-plan, un feu d'artifice éclatait : Bonne Année ! Aneta leva les yeux au ciel. Vraiment, c'était à vomir.

La porte de la salle de maquillage s'ouvrit et son patron, Artur, sortit dans le couloir, un téléphone portable dans une main et un espresso dans l'autre. Il était tiré à quatre épingles, comme toujours d'ailleurs. Sa coiffure à la mode avait été figée à la laque, tandis que ses premières rides et les rares imperfections de sa peau rasée de près avaient été recouvertes de poudre. Il portait un costume sur mesure couleur indigo, une chemise d'un blanc immaculé au col déboutonné sur un torse bronzé et, au poignet, une montre hors de prix – mais élégante, pas en or, pas une once d'ostentation – dépassait de sa manche. On voyait d'emblée qu'Artur avait passé la moitié de sa vie à Rome, qu'il avait été imprégné d'élégance italienne, qu'il connaissait la différence entre des derbys et des richelieus, qu'il se souvenait quel bouton de la veste boutonner et lequel laisser ouvert. Il représentait ce modèle de masculinité occidentale qui n'avait pas peur d'aller chez la manucure.

– Et alors ? demanda Artur en regardant l'écran sur lequel passait le générique de fin. Ils se sont réconciliés ?

– Évidemment.

– Bien. J'aime les happy ends.

– Mouais… répliqua Aneta en haussant les épaules. C'était barbant.

– Et tant mieux. Rien de tel qu'un peu d'ennui.

– Sérieux ?

– Sérieux, sérieux. La paix, le silence, le calme plat. Que demander de plus ?

– Je ne sais pas, moi, un frisson d'émotion ?

– Pff, vous les jeunes… soupira Artur en secouant la tête. Il vous faut sans cesse de nouveaux stimuli. Il ne se passe rien durant deux minutes et ça y est, ça vous démange.

Aneta sortit son ordinateur portable de son sac et le posa sur ses genoux.

– Ça serait pas un peu tôt pour jouer la carte de l'âge ? demanda-t-elle. Tu viens à peine d'avoir quarante ans.

– Oui. Mais j'en ai vu, des choses…

– Monsieur le député ? demanda la productrice, en passant la tête par la porte du studio d'enregistrement. Vous pouvez entrer. Nous allons commencer bientôt.

– Bien sûr, j'arrive.

Artur acheva son espresso et reposa la tasse sur la table – délicatement, pour que la porcelaine ne tinte pas sur le plateau.

Aneta regarda l'écran. On diffusait déjà les pubs. “Politique en bref” allait débuter d'ici quelques minutes. Il était temps de se mettre au boulot. Elle mit un bruit de pluie qui tombe dans ses écouteurs – ce son étouffait superbement les autres bruits, lui permettait de s'apaiser et de se concentrer –, puis elle ouvrit une fenêtre de navigateur et sa quinzaine d'onglets, chacun connecté à un réseau social différent, mais toujours sous le même nom de compte : *Artur Warecki, député au Parlement polonais*. Aneta recopia les messages préparés à l'avance. Sur Twitter, utilisé principalement par les journalistes et les autres travailleurs des médias, c'était clair et concis (*D'ici un instant, je serai l'invité de #Politiqueenbref. Je vous invite à me regarder*). Sur Facebook, en revanche, le post prenait la forme d'une question (*Je vous invite à me regarder dans #Politiqueenbref. Comme toujours, je parlerai d'avenir. Que devrait être la Pologne du* XXI*e siècle ?*) parce que les algorithmes de cette plateforme promouvaient les messages qui impliquaient les utilisateurs. Sur Instagram, qui était un média visuel, elle posta une photographie faite quelques minutes plus tôt (les couleurs étaient atténuées par le filtre qu'il fallait pour donner au cliché un peu de cachet, Artur était dans l'arrière-salle, la veste sur le dossier d'une chaise, les manches retroussées, des papiers avec des chiffres et des tableaux qu'Aneta avait trouvés sur Wikipédia à la main, une tasse de café fumait sur la table, une mèche de cheveux tombait sur un front plissé par la concentration, *#Politiqueenbref, #PologneDemain, #interview, #préparatifs, #theeconomystupid, #sanscaférienneva*, cet effort récompensé par des commentaires et des petits cœurs) et sur le Tumblr des hipsters, un gif animé agrémenté d'un slogan rigolo.

Aneta sautait d'un onglet à l'autre, vérifiant les tendances de l'engagement dans ses fenêtres d'administrateur. Les courbes des pouces vers le haut, des partages et des commentaires grimpaient partout, à l'exception de Facebook. Ça recommence, songea Aneta. Tout portait à croire que le géant californien tenait ses promesses et se mettait réellement à filtrer les posts des profils publics pour laisser davantage d'espace aux utilisateurs ordinaires. Tant pis, il fallait agir. Aneta cliqua sur la touche "Promotion du message" et une nouvelle fenêtre apparut à l'écran. *Définis tes destinataires.* Elle laissa les deux premières options, le genre et l'âge, sur les réglages par défaut (hommes et femmes, de dix-huit à soixante ans). Elle hésita sur les lieux d'habitation : il était plus facile d'atteindre les habitants des grandes villes, mais là, Artur connaissait déjà une forte notoriété, alors le retour sur investissement serait faible. Viser les habitants des petites villes était plus complexe, mais permettrait peut-être de gagner de nouveaux électeurs. Aneta ouvrit un site d'information quelconque et parcourut sa page principale. La pluie tombait le long de la côte et sur la région de Grande-Pologne, alors il y avait de fortes chances pour que les gens soient devant la télé ou leurs ordinateurs, ça valait le coup d'y mettre un peu d'argent. En revanche, on pouvait laisser tomber la voïvodie de Petite-Pologne parce que le Wisla Cracovie y jouait contre le Cracovia, un talk-show politique ne surpasserait jamais le derby de la capitale régionale. Aneta cochait les fragments de carte successifs et établit un budget. *Portée potentielle : 3 000 000 d'utilisateurs.* Parfait. *Clic.* Un instant plus tard, elle posta un message séparé sur un ton tout différent : *D'ici un instant, dans #Politiqueenbref. Je le dis comme je le pense, cash, sans faux-semblants. Regardez !* Cette fois, elle réduisit le groupe cible aux seuls hommes âgés de vingt à trente-cinq ans intéressés par le sport, les voitures ou les arts martiaux. En tant qu'ancien footballeur, Artur jouissait dans cette tranche démographique d'une forte popularité, mais il fallait s'adresser à elle d'une façon particulière qui ne plairait pas à un autre segment important de son électorat, les femmes ayant fait des études supérieures âgées de trente à cinquante ans. À leurs yeux, Artur était un homme élégant aux manières impeccables. *Clic, clic, clic*, c'était envoyé. Aneta passa sur la console d'administrateur. Les courbes grimpèrent aussitôt en flèche, ça faisait plaisir à voir. Elle pouvait se détendre un instant.

Elle quitta l'ordinateur des yeux et ôta ses écouteurs.

– … pour que nous abordions un autre sujet, disait l'animateur.

Avec ses cheveux soigneusement coupés, plaqués sur le côté, et son col blanc, il avait l'air d'un élève recevant les félicitations du conseil de classe le jour de la remise des diplômes, il ne lui manquait plus que l'écusson de son école cousu sur la poche de sa veste.

– Votre parti politique, Pologne Demain, n'existe que depuis quelques mois mais se place déjà en quatrième position dans les sondages, avec des intentions de vote situées entre 9 et 10 %. Si vous maintenez ce score jusqu'aux législatives de 2020, Pologne Demain pourrait perturber l'équilibre de la scène politique dominée depuis des années par deux gros partis…

– On y compte bien, dit Artur en hochant la tête.

– Et quel est le parti dont Pologne Demain se sent le plus proche ? Avec qui seriez-vous prêt à former une coalition dans le prochain Parlement ?

– Ça ne fait pour moi aucune différence. Je peux collaborer aussi bien avec les uns qu'avec les autres.

– C'est difficile à croire. Vous ne nierez pas que la Pologne est un pays profondément divisé, vos électeurs…

– Mes électeurs ne sont pas intéressés par cette division.

Artur lui avait coupé la parole, mais en douceur, sans élever la voix.

– Combien de temps peut-on se disputer à propos de l'héritage de l'époque communiste ? demanda-t-il. Combien de temps peut-on ressasser les accords de la Table ronde de 1989 ? Quel est l'intérêt de savoir qui les forces de maintien de l'ordre avaient tapé le plus fort ? Quelle importance ça a pour l'avenir du pays ? Aucune.

– Voulez-vous dire que l'Histoire n'est pas pertinente ?

– Elle l'est, bien sûr, admit Artur en hochant la tête. Pour les historiens. Cher monsieur, la politique polonaise de ces dernières années, c'est une querelle incessante au sujet du passé. Les soldats maudits étaient-ils des combattants pour la liberté ou des criminels ? Lech Wałęsa, un traître ou un héros ? La Troisième République, une réussite ou un échec ? Je ne suis intéressé par aucune de ces questions.

– Dans ce cas, qu'est-ce qui vous intéresse ?

– Je vais vous le dire. Pourquoi n'y a-t-il aucune marque de voiture polonaise ? Pourquoi les Italiens peuvent avoir Fiat, Ferrari, Lancia…

Artur énumérait les marques étrangères avec un accent chantant.

– … et nous ne faisons que les assembler ? Pourquoi ce sont les Scandinaves qui ont inventé Skype, que les Polonais utilisent pour appeler leurs enfants confiés aux grands-parents quand ils partent aux Pays-Bas ramasser des fraises dans les champs ? Pourquoi exportons-nous des pommes et non des Apple ?

Oh, il l'a bien dit, ça, songea Aneta, des Apple et non des pommes, ça pouvait accrocher. Mais quel hashtag en faire ? "Pourquoidespommes" était concis, mais sans le contexte, on ne savait pas vraiment de quoi il s'agissait, et puis, il était facile de faire dérailler ce slogan, de le troller. "Pourquoipasdesapple" était illisible. Ça y est, #Pommesnonapplesi, oui, ça pouvait marquer, se coller au cerveau. Aneta découpa le passage adéquat de l'enregistrement, ajouta des sous-titres, le transforma en GIF animé. *Clic*, c'était envoyé de par le monde.

– Vous avez des réponses à ces questions ? demanda l'animateur. Il posa les coudes sur la table en verre et croisa les doigts.

– En partie, répliqua Artur. Nous avions l'impression que, puisque le communisme était terminé, le monde s'était arrêté, qu'on pouvait à présent s'asseoir confortablement, comme après un repas de famille bien copieux, et se quereller cent fois autour d'une vodka pour savoir qui aurait dû recevoir quelle part de l'héritage de mamie. Eh bien, malheureusement, ça ne se passe pas comme ça. Le monde avance à toute allure, plus vite que jamais, tandis que nous restons figés sur place.

Le hashtag #Pommesnonapplesi grimpait joliment, il avait une chance de percer jusqu'à la première dizaine de sujets à la mode dans le Twitter polonais – ce qui garantirait que des sites Internet s'y intéresseraient, suivis par la presse, entraînant d'autres articles et d'autres interviews. La boule de neige roulerait et grossirait. Il fallait presser le sujet jusqu'au bout. Aneta bascula du compte d'Artur vers d'autres comptes, établis sous le pseudonyme @KatherineLaMaligne. Elle avait créé ce profil deux ans plus tôt et le cultivait soigneusement. "Katherine" postait chaque jour des liens vers des petits films rigolos, vers des articles intéressants, mais partageait aussi des selfies volés sur des comptes de mannequins – assez osés pour attirer l'attention des hommes, surreprésentés dans les médias, mais pas trop, afin qu'ils n'aient pas de réticences à parcourir ses tweets au bureau. Le dur labeur avait fini par payer. @KatherineLaMaligne avait près de trente mille abonnés, faisait partie intégrante du paysage Internet polonais… et c'était l'une des critiques les plus virulentes d'Artur Warecki.

Katherine @KatherineLaMaligne * 14.11.2018, 21:17
@Artur Warecki #pommesnonapplesi : une nouvelle formule vide de la part de monsieur le député. On va où, après ça ? Pas de riz, des BlackBerry ? :P Retournez à votre foot.

– Très bien, dit le présentateur en parcourant ses notes. Dans ce cas, quelles sont les conditions de votre parti ? Que faut-il faire pour former une coalition avec Pologne Demain ?

– C'est simple. Il faut nous permettre de réaliser les postulats contenus dans notre programme "La Pologne du Futur".

Aneta sourit en coin. Les partages, les petits cœurs et les commentaires coulaient d'un flot fourni ; les internautes venaient de mordre à l'hameçon. Une partie d'entre eux défendaient Artur et sa vision, d'autres continuaient le jeu initié par "Katherine". Chacun voulait briller par son humour et son intelligence, mériter des applaudissements numériques. *Des Facebook pas des looks. Des YouTube pas des cubes. Des Twitter pas des belles-mères. Des Amazon sans la zone.* Chacun de ces tweets était affublé du hashtag “pommesnonapplesi”, le faisant monter dans les classements, il venait de dépasser les hashtags “WislaCracovia” et “KandyKroosh”, peu importe ce que ça voulait dire. Aneta referma son ordinateur avec le sentiment d’un travail bien fait.

– Pourriez-vous rappeler à nos téléspectateurs quels en sont les principaux fondements ?

– Bien entendu. Commençons peut-être par les modifications de la loi électorale. Premièrement, nous voulons enfin établir des circonscriptions au scrutin uninominal. Deuxièmement, le vote par Internet. Le taux de participation oscille toujours autour de 50 %, avouez que c’est dramatique. Ça va particulièrement mal parmi les jeunes, il faut les motiver pour participer à la démocratie, parvenir à les atteindre. Et où est-ce qu’ils passent la majorité de leur temps ?

– En ligne.

– Précisément. Cette solution a déjà été adoptée en Belgique, en Estonie, en Inde, aux États-Unis… Il est temps de rattraper le monde.

– Un objectif fort louable… Je crains que nous devions discuter du reste des postulats de Pologne Demain la prochaine fois, car l’émission touche à sa fin.

– Dans ce cas, à la prochaine. Merci beaucoup, dit Artur en regardant droit vers la caméra. Bonne nuit, monsieur, bonne nuit à toutes et à tous.

Vadim avait faim. C’était toujours le cas après l’effort, ça lui creusait de suite l’estomac. C’est pourquoi il avait pris les devants : il avait fait les courses dans une petite épicerie de village, de celles avec des rideaux de perles de bois à la porte, du papier tue-mouche au plafond et un banc instable près de l'entrée. Il y avait acheté deux petits pains, une saucisse et un pot de moutarde. C'était un repas modeste, c'est vrai, mais ça lui suffisait amplement. Il sortit ses achats, étala le sac plastique sur le capot de sa voiture avant de couper la saucisse avec un couteau militaire. À quelques pas de lui, un feu de camp crépitait. L'homme y ajouta encore quelques bûches – *crac !, crac !*, des étincelles jaillirent vers le ciel nocturne. Puis il planta la saucisse sur une pique et la mit à griller. Il était totalement concentré sur cette action simple, plongé dans ses pensées.

Quand la viande commença à grésiller, Vadim ôta la saucisse du feu, la déposa dans le pain ouvert en deux et la recouvrit de moutarde. Puis il commença à manger : vite, avidement. La graisse chaude coulait sur son menton ; à chaque bouchée, il se brûlait la langue et le palais. Il n'arrivait pas à ralentir, à attendre – c'était l'unique habitude de la rue qu'il était incapable de réprimer. Il s'essuya les lèvres, lécha ses doigts noircis par le charbon. Après quoi, il s'approcha de la voiture, ouvrit la portière passager et s'empara des vêtements roulés en boule : une veste noire, des gants et une cagoule. Il aspergea le tout d'un liquide allume-feu pour barbecue et les jeta dans les flammes. Une fumée noire s'éleva, couplée à une odeur de polyester calciné.

Vadim attendit que les flammes prennent bien les vêtements, puis il s'essuya les mains et monta dans la voiture. Le plafonnier s'alluma et, pendant un instant, il vit dans le rétroviseur son visage anguleux, son nez retroussé et ses yeux bleus rougis. Quand il referma la portière, l'habitacle fut à nouveau plongé dans le noir. Vadim démarra et prit la direction de Varsovie. Il fallait qu'il soit à l'aéroport à 5 heures du matin.

– Ici, on a le coin cuisine.

Tymek, le chef des ressources humaines, leur indiqua une porte vitrée.

– Il y a deux frigos, deux plaques électriques et quatre micro-ondes à votre disposition, précisa-t-il. Mais rappelez-vous que nous adressons un non catégorique aux amateurs de poisson réchauffé à la poêle !

L'instant de silence fut suivi par un éclat de rire – le groupe des nouveaux employés avait correctement interprété le second degré. Satisfait de sa plaisanterie, Tymek sourit largement, à l'américaine, dévoilant une dentition soignée. Oleg se hissa sur la pointe des pieds afin de s'élever au-dessus des épaules de ses collègues fraîchement rencontrés et de jeter un œil à la pièce au sol orange flashy, meublée de chaises en plastique multicolores et de posters de motivation rédigés en majuscules, accrochés aux murs. QUE FERAIS-TU SI TU N'AVAIS PAS PEUR ? IL VAUT MIEUX UN TRAVAIL FINI QU'UN TRAVAIL IDÉAL. LA CHANCE SOURIT AUX AUDACIEUX. Une énergie, l'entrain de la jeunesse et une attitude cool innée émanaient de tout cela. Oleg n'arrivait pas à y croire. Il se trouvait au trentième étage d'un gratte-ciel prestigieux, en plein cœur de Varsovie, dans les locaux de l'un des réseaux sociaux les plus importants de la planète. Lui, un garçon de vingt-six ans originaire de Tcharnawtchytsy près de Brest au Bélarus.

– Pour ceux qui ont besoin d'un peu de caféine le matin pour se réveiller… Donc, ne nous leurrons pas, pour tout le monde… – Tymek leur adressa un clin d'œil de connivence. – … nous conseillons nos machines à café. Là, vous pouvez moudre le grain… Vous avez de l'arabica ou du robusta à disposition, au choix. Certains apportent aussi leurs propres mélanges… Et ici, vous avez du lait, animal ou végétal, avec du lactose ou sans, tout ce que votre cœur désire. Les mardis et les jeudis, vous trouverez ici des cageots de fruits de saison. Histoire que vous évitiez le scorbut, vous comprenez. Ça vaut le coup de passer les chercher le matin parce que, l'après-midi, il ne reste plus que des pamplemousses abîmés. Très bien… C'était le dernier arrêt de notre petite excursion, vos papiers sont signés, vous avez reçu les fascicules d'information. Des questions ? Non ? Alors, il est grand temps de vous mettre au boulot. Vos chefs vous attendent dans la *common room*. Bonne chance !

Tymek se plia en deux dans une large révérence, comme un chanteur d'opéra qui vient de terminer un aria particulièrement exigeant. Une mèche de ses cheveux, luisante de gel ou de sueur, probablement des deux à la fois, lui tomba sur le front. Encore une salve d'applaudissements et le groupe des nouveaux employés s'écoula à la rencontre de ses supérieurs, le long d'un mur orné de motifs est-européens : poupées russes, pierogis, bisons, ouchankas, le tout dessiné à gros traits de BD, en couleurs vives, sous l'éclairage de baguettes led. Quand ils pénétrèrent dans la *common room*, pleine de gens vêtus de tee-shirts de superhéros et de Converse usagées, Oleg eut un sourire en coin. Il se rappela sa conversation téléphonique de la veille. Sa mère le suppliait, presque en larmes, pour qu'il se rende le premier jour au travail en costard-cravate, sinon, qu'est-ce qu'ils allaient croire ces gens dans cette Pologne, que s'il était bélarusse, alors c'était un pouilleux… et son pantalon devait avoir un pli… et ses chaussures être cirées… et est-ce qu'il s'était racheté des lacets, parce que ses ferrets étaient aplatis, elle lui avait déjà fait la remarque au mariage d'Artsiom. Rappelle-toi, lui répétait en revanche son père, le menaçant du doigt devant la webcam, le doigt épais d'un homme qui, toute sa vie durant, avait travaillé dans les champs, rappelle-toi, ne va pas rouler des mécaniques, ne pète pas plus haut que ton cul, un cochon discret creuse profondément, reste tranquille et fais ton boulot, aucun chef n'aime qu'on marche sur ses plates-bandes. Au début, Oleg avait bien tenté de leur dire de ne pas s'en faire, de leur expliquer qu'il s'agissait d'une entreprise à l'esprit jeune, avec une autre culture du travail, mais il avait fini par renoncer. C'était comme exposer à des Massaïs les vertus des raquettes à neige.

– C'est toi, Oleg ?

Une voix masculine l'avait sorti de sa réflexion. Elle appartenait à un homme dans la quarantaine avec des cheveux poivre et sel attachés en chignon.

– C'est exact. Et toi, tu dois être Maciek Borowiecki, n'est-ce pas ? Le chef du département *Content moderation* ?

– Allons, allons, tout de suite le chef… dit-il en lui serrant la main d'une poignée forte trahissant la fréquentation régulière d'un mur d'escalade ou d'un club d'aviron. Appelle-moi Maciek. Ça va ? Tu es prêt ?

– Bien sûr.

– Alors, viens.

Le bureau de l'équipe de modération de contenu s'étendait le long de la baie vitrée de l'immeuble, éclairé par des douzaines de soleils réfléchis par les surfaces sombres des gratte-ciel environnants. Les parois de séparation étaient tapissées de photographies de capitales est-européennes : le Parlement de Budapest, le pont Charles, la vieille ville de Vilnius. Quelques personnes se tenaient devant un tableau et discutaient. Dans un coin de la pièce, une jeune femme aux pieds nus était assise en tailleur sur un pouf jaune, un ordinateur portable sur les genoux et des écouteurs dans les oreilles.

– Hé tout le monde, voici Oleg. Oleg, voici tout le monde… dit Maciek en le présentant à l'équipe. Sergueï, Balzas, Andreï, Davydas, Kaśka… et dans le coin, c'est Liina…

– Saluuut… lui répondit un chœur apathique.

– Et ici, c'est ta place.

Maciek lui indiqua un bureau près de la porte. Il y avait là trois immenses écrans et un fauteuil ergonomique revêtement cuir qui possédait tant de leviers et de boutons qu'on aurait dit l'œuvre d'un savant fou.

– Vas-y, assieds-toi, connecte-toi et on va s'exercer un peu.

– Avec joie.

– Oleg, à ton avis, qu'est-ce qu'on fait ici, à la modération du contenu ?

Ses mains se figèrent au-dessus du clavier. Il ne s'attendait pas à cette question. À ce stade, il ne s'attendait à aucune question. Bien qu'ayant étudié soigneusement les documents de formation, il sentit des gouttes de sueur perler sur ses sourcils.

– Hum, j'espérais que c'est toi qui me le dirais, répliqua-t-il, tentant de transformer son désarroi en plaisanterie.

Maciek rit, se tapa la cuisse.

– Ha ha, bien sûr, oui. Mais d'abord, je voudrais entendre ce que tu en penses.

– Nous veillons à ce que notre plateforme soit un lieu de rencontre sécurisé pour tous…

– Non, non, ne va pas me citer le flyer de Tymek. Dis-le avec tes mots.

– Humm…

Oleg déglutit en cherchant la formulation adéquate.

– Nous supprimons les messages qui sont insultants, ou indécents, ou obscènes…

– Non, non, non.

Oleg eut soudain très chaud. Il avait l'impression que les discussions dans la pièce s'interrompaient et que tout le monde le regardait.

– Tu utilises le langage des émotions, tu vois, dit Maciek en se posant la main sur le torse. Quand tu dis que quelque chose est insultant, tu fais un jugement de valeur. Or, nous supprimons juste des posts qui ne respectent pas les dispositions contenues dans le règlement. Juste ça, et rien que ça. C'est vachement important. Ne t'imagine pas en juge qui établirait ce qui va sur le site et ce qui en est exclu. Imagine-toi en mécanisme qui détecte des erreurs. D'accord ?

– D'accord...

– Parfait, alors démarre le programme d'entraînement. C'est l'icone dans le coin droit à côté de... Oui, celle-là. En polonais, ça va pour toi, ou tu veux changer de langue ?

– Ça va.

– Alors, on y va.

Bienvenue dans le programme d'entraînement de modérateur de contenu !
À présent, nous allons te montrer une quinzaine de messages ou d'images authentiques placés sur notre site par des utilisateurs et qui ont été signalés à notre service. Ta tâche sera d'établir s'ils doivent effectivement être supprimés – et d'indiquer le cas échéant le point du règlement auquel ils contreviennent.

Attention ! Tu dois savoir que le programme d'entraînement utilise des contenus drastiques.

Démarrer // Annuler

Oleg cliqua sur le bouton “Démarrer”. Sur la première diapo, il y avait la photo d'un motocycliste mort, étalé sur un bitume rouge de son sang. Un bras était arraché, le fémur transperçait la combinaison en cuir, le dos était plié vers l'arrière, loin, trop loin, la colonne vertébrale était cassée en plusieurs endroits. Il avait dû heurter un poteau ou une barrière à très grande vitesse. Commentaires : *Rien ne sert de courir... En voilà un qui cessera de faire du boucan. Il y a un motard au bord du chemin, il lui manque une jambe, il lui manque une main* :D

– Je supprime, dit Oleg en enfonçant le bouton avec une croix rouge. Contenu drastique.

– Bien, dit Maciek en hochant la tête. Ce genre d'images, tu en verras rarement. Nos algorithmes détectent la plupart de ces clichés, pareil avec la pornographie, ils sont effacés avant que quiconque ne les signale… Mais, de temps en temps, il y en a qui passent à travers les mailles du filet. Continue.

Cette fois, le programme lui présenta le statut de quelqu'un. À gauche, sa photo de profil : une femme, environ cinquante ans, large sourire, robe à pois, elle serrait dans ses bras un yorkshire terrier à la frange ornée d'une cocarde rose. Il y avait un jardin soigné à l'arrière-plan : des fleurs, un parasol, un petit bassin avec fontaine.

Beata Gronkiel
12/04/2016

Sales Arabes puants, moi, je les aurais tous noyés, ces clochards baiseurs de gosses. Si ces youpins de Bruxelles les veulent, qu'ils les prennent chez eux, pour qu'ils leur violent leurs femmes ou se fassent exploser. Ici, ça a toujours été, c'est et ça restera un pays chrétien !

43 likes, 12 partages, 3 commentaires

– Je supprime, dit Oleg avant de déglutir. Incitation à la haine.

– Hmm. Suivant.

Un homme d'environ soixante ans. Sa photo est floue, sombre, faite avec une webcam. Il porte des lunettes, une veste en tweed. Au fond, il y a une porte au-dessus de laquelle sont accrochés un sabre et un portrait du maréchal Piłsudski et, à côté, une étagère de livres, des éditions anciennes.

Romuald Bieliński
03/06/2017

Aujourd'hui, par les rues de Varsovie, passe une nouvelle fois la soi-disant marche des fiertés qui n'est en réalité rien d'autre qu'une parade de déviants qui, au lieu de soigner leurs troubles, exigent qu'on les applaudisse. Puisqu'ils veulent tant afficher leurs différences, peut-être devraient-ils, en lieu et place de l'arc-en-ciel, se coudre des triangles roses sur le torse ? Il nous serait alors plus facile de les reconnaître plus tard.

22 likes, 5 partages, 4 commentaires

– Je supprime, dit Oleg. Incitation à la haine.

– Ah oui ? Où ça ?

– Bah...

Oleg s'interrompit. Comment ça, où ça ? Se moquait-il de lui ?

– Je ne sais pas, moi... partout ?

– *Biiiip*, fit Maciek en piaillant comme un robot en panne. Mauvaise réponse. Mauvaise réponse.

– Mais... des triangles roses, c'est ce que les nazis épinglaient sur les homosexuels. Dans les camps d'extermination.

Maciek approcha un grand ballon de yoga de la table. Il s'assit dessus en prenant une posture impeccable : dos droit, cage thoracique ouverte, le poids réparti sur les deux pieds.

– Toi, tu le sais. Moi, je le sais. Mais qui te dit que M. Romuald le sait également ?

– Parce que, sans cela, il n'aurait pas utilisé cette formule ?

– Pourquoi ? Il pourrait simplement croire que les triangles roses sont plus jolis qu'un arc-en-ciel ?

– Alors pourquoi écrit-il qu'il sera plus facile de les reconnaître plus tard ?

– Je ne sais pas. Il veut peut-être les inviter à un débat ? Ou leur distribuer des tracts ?

– Mais oui, bien sûr.

– Oleg... dit Maciek en souriant aimablement. Moi, je sais, bien sûr, quelles sont les références de ce cher

Romuald. Et, que ce soit clair, je ne suis absolument pas d'accord avec lui. Sans oublier que notre compagnie faisait partie des sponsors de la marche des fiertés. Moi-même, je paradais sur une plateforme et je faisais le YMCA. Tu connais, non ? *Young man, there's no need to feel down…*

– *I said young man, pick yourself from the ground*, fredonna Oleg en guise de réponse.

– Voilà. Mais tout le monde ne partage pas mon point de vue, n'est-ce pas ? Or, en bâillonnant les gens qui ne sont pas d'accord avec nous, nous n'allons certainement pas les convaincre de changer d'avis. Pire, nous les consoliderons dans leur conviction d'être persécutés. Genre les premiers chrétiens qui se planquaient dans les catacombes, tu vois… C'est pourquoi il est si important d'agir en se basant sur un ensemble de principes objectifs auquel tu peux te référer au besoin. Pigé ?

– Pigé.

Cette fois-ci, c'est un film qui avait été tiré au sort. Une chambre, des murs roses, un canapé en plein milieu. Une femme en robe aguichante se lève à la hâte, recule jusqu'au mur. Un homme en cagoule pénètre dans le cadre. Il est bien bâti, sa veste en polyester est trop étroite et ses manches remontent. Il sort un filin d'acier de sa poche. La femme tente de se défendre, le frappe avec une lampe, le griffe de ses ongles. Mais ça ne lui fait ni chaud ni froid, il la renverse et l'écrase au sol avec son genou, il lui enroule le cordon autour du cou. La femme écarquille les yeux, rue, se débat. Oleg ne peut pas en supporter davantage et détourne un instant le regard. Quand il pivote à nouveau vers l'écran, la femme est déjà morte et son assassin met la pièce sens dessus dessous : il enlève les tiroirs d'une coiffeuse et les jette derrière lui, il renverse le portemanteau, éventre le canapé avec un couteau. Il cherche quelque chose, n'a pas l'air de le trouver. Fin.

– Donc ? Qu'est-ce que tu en fais ? demanda Maciek.

– C'est un contenu drastique, alors… commença Oleg, mais il s'interrompit.

Il n'était plus si sûr de lui.

– Oui, ça ne fait aucun doute, dit Macick en hochant la tête. Mais un modérateur doit s'interroger sur l'intention avec laquelle cette vidéo a été partagée. Qu'est-ce que les gens écrivent dans les commentaires ? Peut-être que ce film est diffusé pour sensibiliser sur les conditions de travail dangereuses des travailleuses du sexe ? Allez, lis à voix haute quelques posts.

– OMG, le gars étrangle une pute en direct, faut que vous voyiez ça… récita Oleg en scrollant. Hé, les poteaux, c'est un fake ou c'est pour de vrai, point d'interrogation… Cette fois, la soupe devait vraiment être trop salée, émojis diablotin… Wow, c'est hardcore…

– Et donc ?

– Euh… fit Oleg en hésitant encore. Je supprime.

– Précisément. Bon, je crois que tu commences à piger en quoi ça consiste. Va jusqu'au bout de cet exo et puis appelle-moi pour qu'on regarde ensemble les résultats. Garde en tête que le temps compte aussi, tu ne devrais pas passer plus d'une minute par message. Tout est clair ?

Oleg hocha la tête, puis il prit une inspiration profonde et appuya sur le bouton. Suivant. Suivant. Suivant.

Juillet 2020

– Hé ! dit Julita en pinçant Leon à la cuisse. Arrête de dormir !

– Je ne dors pas, marmonna celui-ci.

– Tu as les yeux fermés, tricheur.

– C'est toi la tricheuse. Comment tu peux savoir avec la tête sur mes genoux ?

– Parce que je vois ton reflet dans la vitre du buffet. Là.

Leon ouvrit les yeux et grimaça, ébloui par la lumière bleutée de l'écran de l'ordinateur portable. À travers ses paupières plissées, il regarda l'endroit qu'elle lui indiquait, le meuble arrondi et vitré de l'autre côté de la pièce. Les silhouettes réfléchies par la surface bombée étaient déformées, étirées. Leur sofa semblait rétrécir en son milieu comme un 8 renversé. Julita – recouverte d'une couette et roulée en boule – avait une tête et des pieds ridiculement grands. Lui arborait des bras longs, simiesques. Julita fit un signe de la main en direction du reflet ; ses doigts s'allongeaient et se raccourcissaient quand ils passaient devant la courbure de la glace.

– Mais oui, dit-il en réprimant un bâillement, j'ai oublié que ma copine est journaliste d'investigation.

– Et qu'elle n'aime pas quand tu t'endors pendant qu'on regarde quelque chose ensemble. Tu aurais pu me dire que tu étais fatigué, on aurait terminé demain.

– Je ne voulais pas t'interrompre…

– Ouais bien sûr, dit-elle en s'extirpant de la couette avant de s'asseoir. Tu n'avais pas envie de bouger du canapé, c'est tout.

– C'est pareil. Tu viens prendre un bain avec moi ?

– Je ne sais pas, j'ai pris une douche ce matin…

– Je vais te frotter le dos.

– Alors, avec plaisir.

– D'accord, laisse-moi cinq minutes, je t'appelle quand c'est prêt.

– Mais tu fais couler de l'eau bien chaude, OK ?

– OK, OK…

Leon se leva et se traîna jusqu'à la salle de bains en se grattant la tête. Julita sourit en coin. Même ainsi, il lui plaisait : à moitié endormi, dans un survêt usé, les cheveux en bataille. Pourtant, elle avait craint qu'une fois qu'ils auraient emménagé ensemble, une fois qu'il faudrait s'entendre sur qui sort les poubelles ou qui récure les toilettes, le charme s'évanouirait. Mais cela faisait un an qu'ils partageaient un appartement et ça allait toujours super bien. Bien entendu, elle avait découvert chez lui une flopée de minuscules défauts qui l'irritaient. Par exemple, à chaque fois qu'il se rasait, il laissait le lavabo maculé de mousse sèche et de petits poils noirs, puis il s'étonnait grandement de les y retrouver parce qu'il aurait soi-disant nettoyé après son passage. Ou alors, il n'essorait jamais l'eau de l'éponge après avoir fini la vaisselle. Enfin, et c'est ce qui était probablement le pire, il ne reposait jamais rien à sa place : il arrivait à Julita de trouver la salière dans le frigo ou le chausse-pied dans la corbeille à journaux. Mais bon, premièrement, soyons honnêtes, ce n'était pas de grandes infractions et, deuxièmement, elle se savait loin d'être irréprochable. Il suffirait de rappeler que, bien que Leon l'ait suppliée cent fois de ne pas manger au lit, des miettes de ses galettes de riz soufflé se matérialisaient comme par magie au milieu des draps.

Les motifs de disputes – celles après lesquelles ils passaient le reste de la soirée à bouder et à feuilleter avec une fureur démonstrative leurs livres respectifs en attendant de voir qui craquerait en premier et entamerait les négociations de paix – étaient rares, il n'y en avait même qu'un seul : le travail de Leon. Jusqu'à récemment, il occupait un poste confortable chez Diet-Pol. Après que le bonhomme-tonneau de choucroute qu'il avait dessiné avait remporté un succès inattendu auprès de la jeunesse citadine ("Don Quichou, c'est le symbole de la génération Y, une génération pourrie-gâtée", annonçaient en chœur les hebdomadaires en couleur), Leon y jouissait d'un statut de star : on lui avait accordé une augmentation, un nouveau bureau, une tablette graphique haut de gamme. Le souci, c'était que les commandes qu'il recevait étaient de plus en plus stupides. Puisque le bonhomme-tonneau avait été un carton, la direction du magnat de la nourriture saine sur le marché national avait conclu, en toute logique, qu'il fallait maintenant dessiner un bonhomme-bouteille, un bonhomme-pot, un bonhomme-boîte… former tout un panthéon de bonshommes-récipients et en peupler les rayons des magasins, en orner étiquettes et panneaux publicitaires. Leon les dessinait donc – et il se plaignait, se plaignait, se plaignait.

Julita n'arrivait plus à supporter ses jérémiades, alors elle avait suggéré qu'il change d'emploi. Puisque tu aimes tant les jeux vidéo, lui avait-elle dit, et qu'une entreprise de ce secteur a ses locaux en face de ton bureau, pourquoi tu ne passerais pas les voir un jour, pendant ta pause déjeuner, pour leur montrer ton portfolio ? Mal lui en avait pris : Leon avait été embauché au poste d'artiste concepteur et, depuis ce jour-là, il travaillait dix heures par jour et souvent le week-end. Il rentrait éreinté, absent, il somnolait devant son assiette. Aux demandes répétées de Julita de sortir plus tôt du bureau parce que – coucou ! – il avait quand même une vie, Leon répondait par de vagues arguments au sujet d'on ne savait quelle deadline ou autre étape cruciale, que la boîte avait besoin de lui et qu'ils n'avaient pas le choix. C'était probablement ce qui exaspérait le plus Julita : qu'il défende ses employeurs.

– Ça y est ! appela Leon en criant par-dessus le bruit de l'eau qui coulait.

– J'arrive !

Julita se leva du canapé. Elle n'arrivait toujours pas à s'y habituer : leur appartement était assez grand pour qu'ils soient obligés de s'appeler. Il était par ailleurs équipé de meubles qui sentaient le neuf et non d'un attirail vétuste avec des traces de précédents locataires, avec son lot de taches, de rayures, de fissures recouvertes de bande adhésive. C'était un appartement où elle n'avait pas d'appréhension à l'idée de marcher pieds nus, où le plan de travail de la cuisine ne collait pas comme du papier tue-mouche et où les tuyaux ne sentaient pas les égouts. Ici, dans ce logement fraîchement rénové du 1, rue Świętych Cyryla i Metodego, à Varsovie, elle osait pour la première fois se croire adulte.

Elle se rendit dans la salle de bains, enleva son legging et son sweat-shirt, puis ses sous-vêtements. Leon s'éveilla sensiblement. Elle aimait la façon dont il la regardait. Il se pourrait qu'elle arrive quand même à en tirer quelque chose ce soir. Elle jeta ses habits dans un coin et entra dans la baignoire. Ils étaient obligés de remonter leurs genoux jusqu'au menton pour y tenir à deux, face à face, mais ça valait le coup.

– Alors, tu vas me dire enfin comment s'est passée ta journée? demanda Leon en mouillant ses cheveux.

– Tu le sais déjà. Je suis restée à la maison.

– Oui, d'accord, mais qu'est-ce que tu y as fait au juste?

– La même chose que d'habitude, dit-elle en soupirant, je me cognais la tête contre le mur.

Il y avait un peu moins d'un an, Julita avait reçu un message d'outre-tombe. L'expéditeur, c'était Emil Chorczyński, un hacker génial parti en croisade contre les membres d'un forum pédophile appelé "Cour de récré". Jamais poursuivis jusqu'alors, protégés par leurs contacts et par leurs moyens financiers, ces criminels avaient commencé à mourir les uns après les autres dans d'étranges circonstances: au cours d'une dialyse à cause d'une erreur de machine ou dans une collision routière que la police avait qualifiée de banal accident. Julita était tombée sur la piste du tueur et avait tenté de le démasquer. Au début, celui-ci s'était efforcé de la décourager, puis de la détruire, et comme ça n'avait pas fonctionné, il avait décidé de la rallier à sa cause.

Peu avant d'assassiner un autre membre du gang pédophile à l'aéroport de Varsovie et de s'ôter la vie, acculé par la brigade antiterroriste, Emil lui avait transmis des dizaines de gigabits d'informations au sujet du forum : des images, des logins, des transcriptions de conversations. À l'époque, il la connaissait déjà assez pour savoir qu'elle ne renoncerait pas, qu'elle ferait son possible pour que la vérité sur la "Cour de récré" éclate au grand jour. Et effectivement, sa série de reportages sur le sujet avait secoué la Pologne et le livre dans lequel elle revenait sur l'affaire du point de vue d'Emil Chorczyński était devenu un best-seller traduit dans une quinzaine de langues.

Et c'est alors qu'il lui avait envoyé un mail. Emil. Un an après s'être tiré une balle dans la tête. Il avait rédigé ce message plus tôt, avant de partir pour l'aéroport armé d'un pistolet en plastique imprimé sur une imprimante 3D, puis il avait déclenché un chronomètre qui comptait les jours, les minutes, les secondes, une bombe à retardement qui avait mis la vie de Julita sens dessus dessous. La lettre promettait de l'aide et une seconde fournée d'informations, sur le fondateur et l'administrateur de la "Cour de récré" cette fois, un personnage dissimulé sous le pseudonyme Xtraterrestria1. Emil n'avait pas réussi à découvrir son identité, il espérait que Julita terminerait l'enquête à sa place. Il lui avait laissé le choix : si elle répondait "oui" au mail, elle recevrait un lien vers le paquet des données. Si elle répondait "non", les messages s'interrompraient et toute l'histoire se finirait là. Oui ou non. Oui ou non. Oui ou non.

Elle avait dit oui. Bien sûr qu'elle avait dit oui, sinon elle se serait demandé toute sa vie ce que ces fichiers contenaient. Depuis qu'elle les avait téléchargés, elle passait ses journées devant des captures d'écran, vérifiait chaque piste, chaque témoin. Elle apprenait le russe pour lire les transcriptions des conversations sur certains forums du dark net. Elle suivait à la trace, dans la mesure du possible, les virements en bitcoins. Elle avait tenté d'extraire des données de géolocalisation de chaque image qu'Xtraterrestria1 avait un jour partagée, elle connaissait par cœur les sept cent vingt-huit messages qu'il avait échangés avec les autres utilisateurs de la "Cour de récré". Et rien. Elle n'était pas plus proche qu'Emil d'établir son identité. Ça la rendait folle.

– Et donc ? Il est temps de se consacrer à l'affaire de l'autre camgirl ? demanda Leon en se shampouinant les cheveux.

– Bah, je ne sais pas...

– Qu'est-ce qu'il te reste d'autre ?

– Je me demandais si je ne devrais pas vérifier la base de données de la police russe. Dans l'un de ses posts, X1 se plaint d'avoir écopé d'une prune, alors je vais vérifier toutes les amendes qui ont été distribuées ce jour-là et...

– Attends, attends, alors on sait de quelle ville il vient ?

– Non, dit-elle en soupirant, mais je me suis dit que je commencerais par Moscou et...

Leon ricana, secoua la tête.

– Bah quoi ? demanda-t-elle, un peu irritée.

– Tu sais combien de villes il y a en Russie ? Certainement des milliers. Je ne te comprends pas, sérieux. Pourquoi tu ne vérifies pas cette camgirl ?

Parmi les centaines de fichiers qu'elle avait trouvés dans le dossier d'Emil, il y en avait un qui ne correspondait pas au reste. C'était un document texte daté du 15 novembre 2018 qui ne contenait que deux lignes : un lien vers un article sur le meurtre d'une camgirl de Mińsk Mazowiecki et un commentaire laconique : VÉRIFIE. Rien de plus. C'était tout.

– Si ça avait été important, il aurait écrit autre chose, dit-elle. Comme "Julita, c'est une piste clé", par exemple.

– Mais si ça n'avait aucune importance, il ne te l'aurait pas envoyé.

– Il a peut-être fait une erreur ? Ça concernait peut-être une affaire différente ? Le lendemain, il s'est tiré une balle en pleine tête. Il pouvait ne plus avoir les idées claires.

– Mais pourquoi tu ne t'en assures pas ?

– Je ne dis pas que je ne le ferai pas, mais je me le laisse pour la fin.

– Julita...

Leon lui posa la main sur l'épaule et la serra légèrement.

– C'est la fin, annonça-t-il. Tu as vérifié trois fois toutes les autres pistes. Cette idée de base de données de la police... excuse-moi, mais c'est chercher une aiguille dans une botte de foin.

– Merci.

– Je te le dis comme je le pense. Et puis, même si tu fais effectivement chou blanc et que tu n'apprends rien d'intéressant, tu pourras toujours écrire un article sur les prestations sexuelles à l'aube d'Internet. Tu vois le tableau : une petite ville des confins de l'Est, un réseau planétaire, la moralité de la province polonaise en contraste avec les recoins sombres d'Internet...

– Je ne sais pas trop... Ça a l'air... d'un scandale à deux sous.

– Je te rappelle que tu as travaillé chez Meganews.

– Je te rappelle que ça ne me manque pas trop.

– Oui, mais tu n'es pas obligée d'écrire sur un ton sulfureux ni de t'attarder sur la couleur des zébrures sur le cou de la défunte. Ce meurtre pourrait n'être qu'un point de départ vers une analyse sociétale plus lar... Aïe, mince, je me suis mis du shampoing dans l'œil. Fais couler de l'eau, s'il te plaît. Aïe, aïe, pas si froide !

– C'est mieux ?

– Hmm. Attends...

Leon lui prit le pommeau de douche des mains.

– Bref, qu'est-ce que tu en penses ? demanda-t-il, l'instant d'après.

– Va pour ton idée, céda-t-elle.

Sans enthousiasme.

– J'en suis ravi. Bon, retourne-toi, je vais te frotter le dos.

– Et après ?

– Comment ça ?

– Je veux dire, quand on sera lavés ?

– On a des projets ?

– Eh bien…

Julita sortit ses jambes de l'eau et lui posa les pieds sur les épaules.

– Moi, j'en ai, dit-elle.

Julita éteignit le téléviseur. Le silence se fit dans l'appartement, on n'entendait plus que le ronronnement du frigo. Il était près de minuit. Leon dormait. Elle aurait dû se lever, se brosser les dents, enfiler un pyjama. Elle aurait dû se coucher dans leur lit. Elle n'en était pas capable. Toute la journée elle fonctionnait normalement, elle songeait à des choses terre à terre : qu'elle devait écrire à son agent américain, répondre aux invitations des bibliothèques de Racibórz et de Sokolniki, relever le compteur d'eau, racheter du sel. Mais quand la nuit tombait, quand les tramways cessaient de grincer dans la rue et que les voix se taisaient dans la cour, tout lui revenait.

L'aéroport. Les visages des otages, terrifiés, en sueur. Le pistolet pressé contre une tempe. La détonation, la puanteur de la poudre brûlée, le sang d'un autre sur son pull, dans ses cheveux, sur ses joues – elle en sentait le goût. Puis les cris, une porte enfoncée tombe par terre, les lampes accrochées sous les canons des fusils-mitrailleurs l'éblouissent, l'aveuglent. Dès qu'elle éteignait la lumière, la fatigue et la somnolence disparaissaient – une somnolence que, durant la journée, elle devait combattre par de multiples cafés – et ses instincts primaires s'activaient, les instincts d'un singe effrayé : n'importe quel mouvement inattendu, n'importe quel bruit un peu fort et elle sentait le sang propulsé vers son crâne, venant battre à ses tempes tandis que ses ongles s'enfonçaient tout seuls dans l'accoudoir du canapé. Sous ses paupières fermées se déroulait alors un film, un film d'horreur, au ralenti, en boucle, image par image.

Elle était allée chez le médecin, bien sûr qu'elle y était allée. Elle lui avait confié ses crises de panique. Elle lui avait dit que, parfois, elle n'était pas capable de se mettre au lit vingt-quatre heures durant ou que, d'autres fois, elle n'arrivait pas à en sortir vingt-quatre heures durant. Niveau de sérotonine altéré dans le cerveau, avait-il dit. Il lui avait prescrit des cachets. Des cachets qui lui donnaient l'impression de n'être plus elle-même, de jouer à un jeu vidéo, un jeu où on voit le personnage de dos ; elle dirigeait les mouvements de cette Julita-là, mais ne ressentait rien, le monde semblait placé derrière une vitre et lu sur des barres en haut de l'écran : points de vie, 19 sur 20 ; énergie, 3 sur 20 ; expérience, 38 sur 40. Elle avait cessé de les prendre, mais ils étaient toujours dans la salle de bains, près des brosses à dents, pour que Leon puisse les voir. Chaque jour, elle en prélevait un et le jetait dans les toilettes.

Elle aurait dû aller dormir, se presser contre Leon, se cacher le visage sous la couette et conjuguer des verbes à différents temps – je jugeais, tu jugeais, il jugeait, nous jugions, vous jugiez, ils jugeaient –, parfois, ça l'aidait, plus que de compter les moutons en tout cas. Elle se serait réveillée le matin en forme, sans cernes sous les yeux, elle aurait fait un saut à la boulangerie pour des petits pains tout chauds.

Au lieu de ça, Julita s'empara de son ordinateur. Elle y avait installé Qubes, un système d'exploitation qui divisait le disque en sections qui n'avaient pas d'interconnexions entre elles : une pour conserver des fichiers, une pour naviguer sur Internet et une dernière pour ouvrir des pièces jointes suspectes. Couplé au Whonix qui faisait transiter toutes ses connexions par le réseau Tor, ce système assurait une sécurité relative et un anonymat partiel. Cela devait lui suffire.

Elle inscrivit "camgirl", "Mińsk" et "meurtre" dans sa barre de recherche. Une fraction de seconde plus tard, le moteur recracha des résultats, c'est-à-dire des articles vieux de près de deux ans. *Meganews*, le site sur lequel elle avait débuté sa carrière, n'avait bien entendu pas lésiné sur les majuscules et les points d'exclamation : LE STRIP-TEASE DE L'ENFER ! AU LIEU DES CHARMES FÉMININS, ILS ONT VU UN MEURTRE EN DIRECT ! Julita grimaça de dégoût. Elle déroula la liste des résultats vers le bas, ouvrit quelques articles issus de sites sérieux. Ils étaient tous concis et communiquaient tous les mêmes faits : Hanna B., vingt-neuf ans, assassinée par strangulation au cours d'une transmission diffusée par la plateforme MyGreatCams, l'identité du coupable n'est pas connue, la police demande à être contactée par toute personne disposant d'informations au sujet de l'affaire. Puis une capture d'écran de la vidéo, l'image d'un homme cagoulé. Ce qu'ils ne communiquaient pas, en revanche, c'était le nom de famille ou le pseudonyme de la victime, ni l'adresse où le meurtre avait été commis, ni les coordonnées des témoins, alors que leurs articles étaient illustrés par des photos issues d'une base en libre-service, comme un gros plan sur l'inscription POLICE ou un gyrophare scintillant en bleu sur le toit d'une voiture de patrouille. C'était peu concret. Tant mieux, Julita aimait les défis. Elle ne découvrirait peut-être rien, mais au moins la démarche serait intéressante.

Elle commença par visiter un forum destiné aux habitants de Mińsk. C'était une page étonnamment bien faite, dans des tons blanc et bleu azur élégants, décorée par le demi-croissant de lune de l'écusson de la ville qui se désagrégeait en se pixélisant. Onglet Actualités. "Mińsk dit NON aux réfugiés" – douze mille messages. "Les transports en commun – une mauvaise blague ?" – trois cent cinquante messages. Et cetera, et cetera... Les maux d'une petite ville, les frustrations humaines, les ragots et les disputes pour rien. Le sujet qu'elle cherchait se trouvait à la deuxième page : "Un meurtre place Kilińskiego !!!" Parfait, l'adresse était déjà dans le titre. Julita parcourut les échanges : le choc, l'indignation, la compassion d'une part et la joie face au malheur d'autrui de l'autre, dans des proportions habituelles pour ce genre de discussion – ça ne lui faisait plus ni chaud ni froid. Quelqu'un avait posté des photos prises avec un téléphone portable qui montraient un ruban de police et des voitures de patrouille, avec un joli immeuble de trois étages dans le fond, un immeuble qui s'accordait au reste de la ville comme du ketchup sur une tarte au citron. La question de l'identité de la victime avait été posée à plusieurs reprises, mais personne n'était en mesure – ou n'avait eu envie – d'y répondre.

Julita se connecta à Google Maps, retrouva la place Kilińskiego et passa en mode Street View pour observer les environs depuis une perspective de piéton. Elle reconnut sans mal le bâtiment des clichés, même si ici, il était encore en construction et entouré d'une palissade en tôle bleue. Des affiches du promoteur immobilier étaient collées sur celle-ci, Julita put donc lire le nom du chantier et l'adresse en agrandissant l'image. Julita referma la carte, passa sur le site du Répertoire central des activités commerciales. Recherche par nom de ville et de rue : *clic*. "Chez Gośka, établissement de petite gastronomie", "Joanna Bolko-Pieńkowska, experte comptable", "Midas, entreprise de commerce et de service" ... "DreamNet, plateforme de films". Oh, ça pouvait être ça ! *Clic*. Enregistrée au nom de Karolina Bielską, lot 26… Activité commencée en 2015, cessée en 2018… Activité principale : *60.10.Z, Émission de programmes radiophoniques.* Ça correspondait. Julita téléchargea le plan du lot depuis l'archive de la page du promoteur. Quatre-vingts mètres carrés, un hall d'entrée, un couloir qui desservait plusieurs petites pièces. Idéal pour des studios d'enregistrement.

La page de DreamNet était vide – l'entreprise avait fait faillite –, mais Julita en retrouva une copie dans Internet Archive : fond rose, bandeau titre avec une blonde en string microscopique. À propos de nous… Notre offre… Rejoins-nous… Nos filles… Julita cliqua sur le lien. Il y avait là des photos de jolies femmes plus ou moins dévêtues : des bas, des dentelles, des strings, Shazza91, LubeLyuba, LolitaXXX, KandyKroosh, DarkestAngel, PinkQueen. Elle recopiait les pseudonymes successifs dans le navigateur. Rien d'intéressant, rien d'intéressant, rien d'intéressant… Au nom de “KandyKroosh”, le nombre de résultats monta soudainement en flèche. Le premier lien menait à une sorte de forum pour amateurs de webcamming : “OMG, KandyKroosh est morte !” Elle lut la discussion en diagonale, mais n'y trouva rien de digne d'intérêt. Ce n'était pas grave, elle possédait déjà son pseudo, ça devrait suffire.

Julita effaça les restrictions de la période de temps et bascula sur la recherche d'images. Elle obtint plusieurs centaines de résultats, surtout des captures d'écran prises durant ses sessions live. La fille qu'on voyait dessus avait environ trente ans, ça collait. Cheveux teints, lentilles de contact, maquillage épais – pas bon, ça pourrait rendre la recherche plus difficile. En revanche elle avait un tatouage, assez caractéristique, fait certainement sur commande et non à partir d'un catalogue, un tigre qui entourait tout le bras, sa gueule atteignait le poignet tandis que la queue s'étalait sur la clavicule. Julita chercha une image de bonne résolution sur laquelle on verrait surtout le visage. Mais il y en avait peu de ce genre : guère étonnant, après tout, ce n'est pas ça qui intéressait les spectateurs. Pourtant, elle y parvint. Sur la deuxième page des résultats, elle trouva une photo sur laquelle KandyKroosh regardait droit dans l'objectif. Elle avait un air gentil et intelligent. Le genre de fille près de laquelle Julita se serait assise dans un train.

Julita téléchargea l'image, la rogna pour qu'on ne voie que le visage du front à la pointe du menton, puis la ramena à la verticale et nettoya le fond – ça devrait faciliter le travail des algorithmes. Quand elle eut fini, elle chargea le cliché dans le moteur de recherche Yandex qui intégrait un programme de reconnaissance faciale grâce auquel il était efficace pour des requêtes du type *reverse image search*. Si KandyKroosh avait mis ses photos en ligne en tant qu'Hanna B., le moteur devrait faire la correspondance avec le cliché proposé. *Clic*. Premier résultat, la photo de profil Facebook du compte "Hania Barania" : une fille dans un bar, large sourire, une margarita avec de la glace pilée devant elle. Sous la bretelle, on voyait une queue zébrée, noire et orange. C'était elle. Quelques clics de plus et Julita découvrait son nom : Barańska. Hanna Barańska. Bingo.

La suite était banale : une poignée de minutes plus tard, Julita avait glané son ancienne adresse (Topolowa 11), sa date (16.03.1990) et son lieu de naissance (Jeruzal), elle savait quel lycée elle avait fréquenté (Mrozy), quel avait été son numéro de téléphone (808-444-303), elle savait qu'Hanna avait émigré en Irlande durant trois ans (grâce à quoi elle maîtrisait l'anglais), qu'elle avait divorcé (le 13.05.2015), qu'elle avait un fils (Jaś, six ans aujourd'hui, il avait fréquenté l'école maternelle Tuwim, juste à côté du splendide parc Dernałowiczów, un petit garçon avec des taches de rousseur, l'air chenapan, arborant un survêtement Pat' Patrouille). Julita était déjà rompue à ce genre de pratiques, mais elle était toujours surprise de constater à quel point tout cela était simple et le peu d'efforts qu'il fallait pour pénétrer la vie de quelqu'un. Ça lui rappelait les légendes moyenâgeuses sur les démons qu'on pouvait dompter si on connaissait leurs véritables noms. Aujourd'hui, tout était semblable : arrache le visage de quelqu'un, regarde sous son pseudonyme et tu le tiens dans ta main, il est à toi.

Julita disposait maintenant de tout… en dehors d'une dernière chose : l'enregistrement du meurtre. Elle se demandait si ça lui était vraiment nécessaire, si elle était obligée de le regarder. Elle frotta ses yeux qui piquaient, regarda sa montre – il était près de 3 heures du matin. Peut-être qu'elle verrait sur cette vidéo quelque chose d'important, quelque chose qui mettrait un coup de projecteur sur le mobile ou l'identité de l'assassin. C'était peu probable, mais pas impossible. Elle soupira. Allez, fais-le, ça sera fait.

Elle savait qu'elle ne trouverait pas cet enregistrement sur les plateformes à la mode : YouTube, Vimeo ou Dailymotion. Une recherche dans un navigateur classique impliquerait de courir après des liens vides et de ratisser des sites saturés de virus et pollués par des publicités intempestives. À la place, elle passa sur une page dont le titre disait tout, *Watch People Die*, c'est-à-dire "Regarde des gens mourir", une sous-section du très populaire Reddit. Elle était tombée sur ce charmant recoin d'Internet par hasard, deux mois plus tôt, tandis qu'elle préparait un article sur ces chaînes de défis stupides, de plus en plus populaires parmi les adolescents (avale une limace vivante, saute d'une voiture en marche, brûle-toi puis publie la vidéo en ligne et désigne les amis qui doivent suivre ton exemple), et qui, parfois, se terminaient par des décès tragiques. Les utilisateurs de *Watch People Die* publiaient des liens vers ce genre de films, ils les commentaient, attribuaient des points pour le style, tels des juges lors de concours de sauts à ski qui hocheraient la tête avec approbation en voyant un télémark réussi. La vidéo du meurtre de KandyKroosh se trouvait parmi les mieux notées de toute l'histoire du forum. Au fond, ce n'était guère étonnant : des nichons, du sang, des cris, que demander de plus, c'était un classique du genre.

Julita sentit ses mains devenir moites. Ces derniers mois, elle avait vu sur le Net des choses effroyables. La Syrie. Des cheveux noirs en pagaille, saupoudrés de poussière, et des yeux humides, remplis d'effroi – des enfants qui étouffaient à cause du sarin. Dans le fond, les sanglots des parents impuissants, le brouhaha des explosions… Le Mexique. Une femme tremblante de terreur, bâillonnée, à genoux, une tache d'urine sur son pantalon, une machette sur le cou et une main tatouée serrée sur la poignée – des narcotrafiquants se débarrassent d'une procureure… Mer Égée. C'est la nuit, le hurlement du vent, le fracas des vagues – un bateau rempli de migrants en train de faire naufrage. Ils tendent leurs enfants à bout de bras vers la personne qui tient la caméra, ils implorent de l'aide. Il y a trop de personnes de ce côté. Quand la vague suivante frappe, le bateau chavire. Des cris, des mains, des têtes au-dessus des flots. Puis plus rien, une mer sombre.

Julita ne regardait pas ces films pour le plaisir. Peu après s'être occupée de l'affaire de la "Cour de récré", elle avait rejoint le BellBoy, un collectif international de journalistes qui s'occupait d'investigations sur Internet. Elle mettait à profit les compétences acquises lors de son enquête pour aider à vérifier les vidéos trouvées en ligne : confirmer la date et le jour de l'enregistrement, établir si les images avaient été manipulées… Pour ne pas devenir folle, pour le supporter tant bien que mal, elle plongeait dans le cauchemar progressivement, pas à pas. D'abord, elle regardait le film à très faible résolution, le son coupé, en format réduit, afin de s'habituer au document, ce n'est qu'après qu'elle basculait en plein écran, avec tous les détails. Si elle devait regarder la même vidéo plusieurs fois, voire des quinzaines de fois, elle collait une feuille adhésive sur la partie de l'écran où se passaient les pires horreurs afin de se concentrer sur le second plan. Elle sentait que, cette fois aussi, elle devrait faire usage de ces techniques.

Elle retint sa respiration… et cliqua sur Play. Deux minutes et quarante-deux secondes. Deux minutes et quarante-deux secondes à vous dresser les cheveux sur la tête, à vous assécher la bouche, à vous donner la nausée et vous faire tinter les tympans. Quand la vidéo toucha à sa fin, elle la remit une nouvelle fois. Et une autre. Ralentit deux, quatre, six fois. Ce faisant, elle était assise au bord du canapé, les genoux contre le menton, emmitouflée hermétiquement dans sa couette.

La fille ne le connaissait pas. Elle ne s'était pas adressée à lui par son prénom, elle n'avait pas tenté de le supplier ou de lui demander pardon. Mais elle s'attendait à sa visite. Dès qu'elle avait entendu les pas lourds dans le couloir, dès que la porte s'était ouverte sans qu'on frappe, son expression avait aussitôt basculé d'un sourire séducteur à la terreur, sans aucune étape intermédiaire, sans haussement de sourcils étonné. Julita reprit la vidéo au début, lança les dix premières secondes en mettant le volume au maximum. *Toc, toc, toc*, les talons frappent le sol en pierre. Encore une fois. *Toc, toc, toc*. L'assassin marchait droit, sûr de lui, vite, il ne regardait pas sur les côtés, il n'ouvrait pas les autres portes. Il devait savoir dans quelle pièce se trouvait Hanna, il avait extorqué cette information à la réceptionniste ou il la possédait à l'avance ; il avait peut-être piraté leur système informatique, il avait peut-être accès à leur planning. Julita avança l'enregistrement jusqu'à la trentième seconde, quand l'homme apparaissait dans le cadre, puis mit sur pause. Sa veste scintillait, elle était neuve mais mal ajustée, ses manches étaient trop courtes. Elle avait donc été enfilée exprès pour l'occasion. La cagoule adhérait étroitement à la tête, l'homme portait donc les cheveux courts. Pas de bracelet, aucun collier, ses poches semblaient vides – à l'exception du filin d'acier. Elle relança la vidéo. Hanna tente d'éloigner l'agresseur avec sa lampe, mais il évite le coup sans problème puis la frappe de sa paume sur la trachée. Le mouvement est rapide, celui d'une personne qui l'a exécuté bien des fois, qui s'exerce aux techniques de combat. L'homme s'assoit à califourchon sur Hanna, l'écrase au sol à l'aide de son genou, lui enroule le filin autour du cou. Aucune hésitation, pas un instant de doute. Il respire par le nez, ses lèvres sont fermées, il ne lui dit rien, aucun "crève, salope", aucun "tu as ce que tu mérites", c'est le calme absolu. Il ne se venge pas, il exécute une sentence. Pause. Julita se concentra sur les chaussures : noires, montantes, lacées très serré. La semelle est propre, aucune boue, pas de sable, aucun caillou coincé dans les rainures. Elle bascula sur le Street View de la place Kilińskiego. Des pavés en béton, évidemment… c'était l'ordre à un prix raisonnable, le dénominateur commun de toutes les villes polonaises. Autour de la place, il y a un square avec des marronniers et des érables. La météo à Mińsk ? Elle vérifia les données de novembre 2018 dans la base de WolframAlpha. Le 14, il pleuvait, alors il devait y avoir des flaques d'eau et des feuilles sur les trottoirs. L'homme n'était pas venu à pied, sinon il y aurait des trucs collés à ses semelles, il était venu en voiture. Il s'était certainement garé devant l'immeuble et attendait que la lumière s'allume dans la bonne pièce, ou alors il avait un ordinateur portable sur les genoux et vérifiait quand Hanna se connecterait à son site.

Encore quinze secondes plus loin. Hanna est morte. L'agresseur fouille sa chambre. Il y a un aspect comique à la scène : un homme très grand en cagoule noire secoue une tenue de soubrette sexy, vide au sol une boîte de godemichets, éventre des coussins en velours. Il ne trouve pas ce qu'il cherche, mais ça ne l'irrite pas, il agit méthodiquement, sans précipitation inutile. Soudain, il interrompt sa fouille et se tourne vers la caméra. Il vient de réaliser qu'elle l'enregistre toujours. Erreur stupide. À ce moment-là, il montre des émotions pour la première fois, on voit qu'il s'énerve. Il s'approche de la petite table, la renverse. L'écran devient noir. C'est la fin.

Hanna s'est fourrée dans une affaire pas nette, songea Julita en tendant la main vers son mug de café froid. Elle détenait un truc qu'elle n'aurait pas dû. Un truc important. Alors peut-être que… peut-être qu'Emil ne l'avait pas orientée vers cette affaire sans raison. Julita regarda par la fenêtre. Le jour commençait à poindre, les croix d'or sur les coupoles de la cathédrale Sainte-Marie-Madeleine scintillaient des premiers rayons du soleil. 5 heures allaient sonner, une belle journée s'annonçait. Julita s'étira – pliées depuis des heures, ses vertèbres reprirent leur place en craquant –, elle frotta ses poignets endoloris avant de reposer ses doigts sur le clavier.

– Julitaaaa…

Elle sursauta en entendant son prénom. C'était Leon. Il l'appelait depuis leur chambre.

– Ouais ?

– Viens, allez.

– Dans un instant ! cria-t-elle sans détacher les yeux de l'écran.

– Aaaah…

C'était le son d'un bâillement étouffé.

– Et qu'est-ce que tu fais ? demanda-t-il.

– Je vérifie des horaires de train.

– Pour où ?

– Pour Mińsk Mazowiecki.

5 h 58. Parfait, se dit-elle, j'ai pile le temps de prendre un petit-déjeuner.

2

– Salut.

Le barista sourit de toutes ses dents. Il savait qu'Aneta donnait des pourboires généreux.

– Qu'est-ce que je te sers ? Comme d'habitude ?

– Comme d'habitude, acquiesça-t-elle.

– Ça marche. Jus multi-fruits fraîchement pressé… latte moyen… croissant… muffin myrtilles… dit-il en pressant son touchpad du doigt. Ça fera quarante-huit cinquante en tout. À emporter ?

– À emporter.

Aneta colla sa carte de crédit au lecteur et mit quelques złotys dans le pot près de la caisse. "Pour un billet à l'Open'er festival", annonçait l'inscription sur un bout de feuille jauni accroché au pot avec du ruban adhésif. Ils ne l'avaient pas changée depuis plus d'un an, il fallait croire qu'elle marchait bien. Ils préféraient certainement que les clients de cette chaîne de cafés pensent aider des gamins à se payer des vacances sympas. Si les baristas avaient écrit "Pour mon loyer", "Pour des tickets de transport" ou "Pour des chaussures neuves" sur cette feuille, ça aurait été gênant, déplaisant, ça pouvait même éveiller chez certains un sentiment de culpabilité : "Comment ça, je paye mon café vingt złotys ici et les employés ont du mal à joindre les deux bouts ?" Ils détourneraient le regard de la cagnotte qui deviendrait invisible. Aneta s'en rendait compte. Elle savait aussi que ce qui importait n'était pas d'acheter du café ici – elle aurait pu s'en préparer un au bureau – mais de manifester par cet achat son statut social. La boisson n'était pas l'objectif, c'était le gobelet. Le logo du café envoyait un certain nombre de signaux : j'appartiens à la classe moyenne supérieure, je mène un style de vie citadin, je différencie un latte d'un cappuccino et un moka d'un americano. Aneta était anthropologue de formation, on l'avait exercée à identifier ces messages muets, souvent inconscients. Elle aimait les déchiffrer, décomposer les gens en éléments premiers, voir ce qu'ils avaient dans la tête. Prenons par exemple ce barista qui s'activait devant la machine à café. Des écouteurs blancs sortaient de sous son tee-shirt et pendaient par-dessus le col: "Je te prépare peut-être ton caoua, mais je suis comme toi, ce n'est qu'un boulot d'appoint le temps de mes études." Des Converse tachées et défraîchies aux pieds: "Je sais qu'elles sont cool, mais ce qui est encore plus cool, c'est de faire semblant de ne pas tenir à elles." Un bracelet en lanières de cuir, tressé main? "J'habite en ville, mais j'aime la nature, je sais allumer un feu à l'aide d'une unique allumette et indiquer le nord en regardant de quel côté pousse la mousse sur le tronc d'un arbre."

– Facture? demanda le garçon en se détournant de la machine un instant.

– Pardon?

– Tu veux que j'imprime la facture?

– Non, merci.

– Bien, approuva le barista en lui adressant un clin d'œil. C'est mieux pour les arbres.

Aneta sourit intérieurement. Bingo. Elle sucra son café et s'empara du sac papier avec le jus et les viennoiseries à emporter. Elle sortit dans la rue – dos droit, menton haut, elle présenta son visage au soleil. C'était comme des lunettes magiques: elle regardait un homme et savait d'emblée ce qu'il tentait de lui refourguer, quelle version de lui-même il essayait de lui vendre, peu importait si c'était en ligne ou dans la vraie vie. Les apparences sont souvent trompeuses? Les apparences dévoilent plutôt.

Pourtant, que faire avec ce savoir? Elle aurait pu quitter ce petit jeu, cesser de regarder les réseaux sociaux, arrêter les enchères de celui qui publiera la plus belle photo de vacances, de celui qui a la femme la plus aimante ou qui possède le plus grand nombre d'amis. Elle aurait pu jeter ses fringues de marque dans une benne, partir dans les Carpates et faire paître des moutons avec Andrzej Stasiuk ou cultiver de la lavande. Elle aurait pu cesser de crier "Regardez-moi !". Ou alors, elle pouvait choisir de crier plus fort que les autres.

Aneta descendait l'avenue Jean-Paul II, elle longea plusieurs kiosques (bureau de change, sex-shop, horloger, polonaise des jeux), puis elle tourna dans la rue Nowolipie où elle dut faire attention à ne pas accrocher les rétroviseurs des voitures garées sur le trottoir avec son sac en papier. Elle s'immobilisa devant l'immeuble à l'angle. Le siège du parti Pologne Demain se trouvait là.

Bien qu'il ne fût pas encore 8 heures, il y avait déjà beaucoup de monde au bureau : un brouhaha lui parvenait du coin cuisine, des téléphones sonnaient, des talons claquaient. Beaucoup de choses avaient changé. Deux ans plus tôt, quand ils avaient emménagé ici, ils n'étaient que sept, Artur compris. Ils ne possédaient pas de placards et conservaient leurs affaires dans des cartons ou par terre. Les murs étaient nus, il n'y avait pas de stores aux fenêtres et, sur leurs rebords gluants de saleté, il restait des pots de fougères desséchées des précédents locataires. Nombreux étaient ceux qui croyaient que Pologne Demain connaîtrait le sort des autres partis issus de scissions : une conférence de presse pleine d'annonces pompeuses, des interviews, des analyses de politologues, puis un premier sondage prévoyant un soutien dans la marge d'erreur et une trajectoire rapide vers le fond. Les experts estimaient qu'Artur Warecki, député pour la première fois et ancien footballeur, ne disposait pas d'assez d'expérience politique pour diriger une nouvelle formation. Et c'était vrai, ce n'était pas la peine de se mentir, Artur n'était pas une flèche, il se perdait dans les méandres des procédures, ne comprenait pas les discussions juridiques autour de la Constitution du pays. Mais il possédait un truc qui manquait aux autres transfuges du tout-puissant duopole de la politique nationale : il était extrêmement, incroyablement médiatique. Il dissimulait son ignorance par des sourires, répondait aux questions sur son programme par des anecdotes sur ses matchs passés et opposait aux attaques un calme imperturbable. Il savait quel profil offrir à la caméra, comment parler à un journaliste et comment s'adresser à une foule. Et ce n'était pas le résultat de nombreuses années passées sous la houlette d'un coach en communication, d'un entraîneur ou d'un expert en relations publiques, ça lui venait d'un talent inné, d'un instinct. Tout bonnement, Artur savait établir le contact avec les gens. Y compris sur Internet.

C'est peut-être pour cela qu'il avait décidé de l'embaucher, elle, Aneta. C'est peut-être pour cela que c'était lui, un dilettante, un "député people", un parlementaire novice et non un de ces célèbres *spin doctors* de Droit et justice ou de la Plateforme civique qui avait perçu son potentiel. Quand Aneta était revenue en Pologne – en tant que diplômée d'une école célèbre, avec un CV qui ne tenait pas sur deux pages et après avoir participé à la campagne électorale Internet des Travaillistes britanniques, campagne qu'on citait en exemple –, elle croyait qu'on lui déroulerait le tapis rouge, qu'elle croulerait sous les offres. Au bout de trois mois, elle mangeait des haricots en boîte et survivait en traduisant des étiquettes pour une multinationale laitière. Personne ne voulait d'elle, pas même le Parti paysan polonais ou la gauche hipster. Quand elle avait entendu parler de la création de Pologne Demain, elle s'était demandé si ça valait la peine de s'adresser à Artur ; elle n'avait plus la force de digérer un nouveau refus. Au bout du compte, elle s'était lancée. Ça avait valu le coup.

Bien sûr, le véritable test était encore à venir, prévu pour le mois d'octobre. C'est à ce moment-là qu'on verrait enfin ce qu'elle valait, ce qu'elle était capable de faire. Le défi – celui de ne pas se laisser mettre en sourdine par une concurrence qui disposait de moyens plusieurs fois supérieurs aux leurs et de franchir un seuil sur lequel avaient trébuché des dizaines d'autres formations – était immense. Or, Pologne Demain avait ses propres problèmes. L'effet de fraîcheur s'était épuisé, il leur était de plus en plus difficile de se faire entendre, de jouer des coudes jusqu'aux caméras, et les courbes de popularité commençaient à baisser : ils étaient passés des 9 à 5 %. Pour faire partie du prochain Parlement, ils avaient besoin de quelque chose de fort, de sortir un as de leur manche.

Aneta posa le sac en papier sous son bureau et ouvrit son ordinateur portable. Elle disposait encore de quelques heures avant le rendez-vous, c'était assez pour peaufiner sa présentation. Elle ouvrit son fichier. Le titre, rédigé en gras, annonçait : "Élections législatives 2020 – Stratégie Internet."

Silencieux. Chaud. Chaud et silencieux. Pourquoi tout est devenu si chaud et silencieux ? Jusque-là, ça dodelinait de façon si agréable. Bouche sèche. Cou engourdi. Une main se referme sur son épaule. Pas trop fort, juste assez pour qu'elle le sente. Pour qu'elle se réveille.

– Madame ?

– Hmm ?

Julita ouvrit les yeux et décolla son visage de la vitre du train. Un contrôleur se penchait sur elle : moustache rêche, sourcils broussailleux, dents jaunies par le café et le tabac. Mine grave.

– Madame, terminus, dit-il, lentement et distinctement, comme s'il s'adressait à une ivrogne. Vous devez descendre.

– Mais où… c'est quoi comme ville ?

– Siedlce.

– Siedlce.

Julita se frotta le visage, sa peau était moite et grasse.
– Bordel.
– Où est-ce que vous étiez censée descendre ?
– À Mińsk. À Mińsk Mazowiecki.
– Oui, j'imagine bien que ce n'était pas le Minsk bélarusse.
Le contrôleur s'était manifestement radouci, il avait dû estimer que la passagère ne poserait pas de problèmes.
– Si vous ramassez vos affaires vite fait, vous aurez le temps de monter dans le train dans l'autre sens, celui qui va à Varsovie, précisa-t-il. Il part dans trois minutes, là, vous voyez, sur le quai d'en face.
– Ah oui… Merci… balbutia Julita en jetant son sac sur l'épaule. Et le billet ? Où est-ce que je l'achète ?
– Ne vous inquiétez pas, dit le contrôleur en lui adressant un clin d'œil de connivence au moment de partir. Nous ne les vérifions qu'après Mińsk.
Julita descendit sur le quai et eut un vertige. Elle s'assit sur un banc et plissa les yeux. C'était une gare comme il y en a des centaines en Pologne : une foule de gens, des pigeons, un ciel découpé par des câbles, des haut-parleurs grésillant qui déformaient tellement la voix qu'il était difficile de comprendre les annonces. Elle alluma une cigarette et exhala la fumée par le nez. Elle ne savait pas quand elle s'était endormie. Ce n'était pas comme si elle l'avait décidé, comme si elle s'était dit : je vais peut-être faire un somme, ça me fera du bien. Elle était si épuisée qu'elle avait sombré. Elle frissonna. Une semaine plus tôt, elle avait conduit une voiture dans cet état, la nuit, en Cachoubie. Pour ne pas s'endormir, elle avait mis la radio à fond, or la seule qu'elle captait, c'était Radio Maria. Si elle avait sombré à ce moment-là, au son des chants à la gloire de l'Immaculée Conception, ce n'est pas un contrôleur qui l'aurait réveillée, mais un pompier. Dans le meilleur des cas.

Le train pour Varsovie entra en gare. Flambant neuf, propre, avec ses écrans à cristaux liquides, il jurait avec le reste du paysage, fait de petits immeubles miteux, de kiosques en tôle, de hangars, de gens aux visages fatigués qui se poussaient pour accéder aux portes. C'était un ovni venu d'une autre planète, d'une autre époque, d'une communauté imaginaire qui ne serait que de passage. Julita écrasa son mégot sous son talon et monta à bord. Autant le train vers l'est parti aux aurores avait été vide, autant celui en direction de Varsovie une heure plus tard était plein à craquer. Les gens jouaient des coudes, se marchaient sur les pieds. Julita se cala entre une femme vêtue d'un tailleur bas de gamme, mais élégant, et deux jeunes hommes, des lycéens ou des étudiants de première année, qui étaient si près qu'elle sentait leurs souffles sur sa nuque. Le train se mit en route et Julita se hissa sur la pointe des pieds pour atteindre la barre qui courait le long du plafond. Un paysage de Mazovie monotone défilait derrière la fenêtre. Elle tenta de rassembler ses pensées somnolentes.

Sex camming. Jusque-là, elle ne s'était jamais intéressée à ce sujet. Elle en savait autant que n'importe qui concerné de près ou de loin par le web : que c'était un marché valant plusieurs milliards de dollars. Que les filles les plus populaires gagnaient plusieurs dizaines de milliers de złotys… par mois. Que la plupart d'entre elles venaient de l'Europe de l'Est, essentiellement de Bulgarie, de Roumanie et de Hongrie, mais aussi de Pologne. Certaines travaillaient de chez elles, d'autres depuis des studios spéciaux, comme celui de Mińsk Mazowiecki, d'où une quinzaine de personnes pouvait émettre simultanément. Les shows étaient divers. D'un côté du spectre, il y avait des filles qui proposaient simplement un strip-tease, de l'autre, celles qui s'affichaient avec d'autres hommes ou femmes, c'était du coït en direct, le regard tourné vers l'écran où s'affichaient les suggestions et les souhaits des spectateurs. Ça n'impressionnait pas Julita, ne la révoltait pas. Elle savait trop bien qu'on pouvait trouver des choses vraiment pires sur le Net.

La question était de savoir ce que l'affaire Hanna Barańska avait en commun avec son enquête. VÉRIFIE. Voici un indice. Admettons. Julita ne pouvait plus s'entretenir avec la femme concernée, il lui restait donc ses amis. Or, Hanna n'en avait pas eu beaucoup, du moins pas sur Facebook. Soixante-dix-huit contacts. C'était peu, très peu. D'après ce que Julita avait vu sur son mur – par chance, celui-ci était toujours public –, elle n'entretenait de contacts réguliers qu'avec trois, maximum quatre personnes. Bien entendu, on ne pouvait pas exclure qu'elle menait une vie sociale très active qui ne laissait aucune trace en ligne, mais cela paraissait peu probable. Hanna allait sur Facebook tous les jours : elle partageait des articles, des photos, elle répondait aux quiz. Mais tout portait à croire que, à l'inverse de son alter ego, la pétillante KandyKroosh, Hanna était une solitaire introvertie.

Des quatre amis d'Hanna auxquels Julita avait écrit le matin, aucun n'avait encore répondu. Elle aurait aussi pu contacter son cercle d'amis plus large, mais elle doutait que ça puisse lui apporter des bénéfices tangibles. Après tout, que pourrait savoir de la mort d'Hanna une de ses copines de lycée qui l'avait vue pour la dernière fois six ans plus tôt ? Leurs déclarations pouvaient lui servir plus tard, si jamais elle devait vraiment écrire un article à son sujet. D'ailleurs, elle savait déjà comment ils allaient la décrire, soit "elle était différente dès son plus jeune âge, elle sortait du lot", soit "qui l'aurait cru, une fille si normale". Il ne semblait pas y avoir d'autres catégories de personnes sur la planète.

Dans les gares suivantes, Julita avait cru que de nouveaux passagers n'arriveraient plus à monter, que c'était physiquement impossible, mais il avaient réussi à s'entasser. Les portes tintaient, mécontentes, parce que quelqu'un masquait le capteur photosensible. Il y eut des soupirs pleins de reproches dirigés contre personne et contre tout le monde à la fois, des froissements de sacs, des ventres qu'on rentrait et, enfin, le sifflet du conducteur retentit et le train se mit en branle, lentement, comme dans cette vieille comptine pour enfants de Julian Tuwim, telle une tortue. Julita avait l'impression que la foule allait l'écraser, qu'elle étoufferait, alors elle se fraya un passage jusqu'à la fenêtre, pardon, pardon, est-ce que vous pourriez vous pousser, merci. Sur la vitre, un artiste anonyme avait griffonné un pénis géant. L'auteur, craignant visiblement que son œuvre soit mal interprétée, l'avait affublée d'un titre, juste au cas où, pour ne laisser nulle place au doute : BITE.

Julita regardait donc à travers la fenêtre entre les lettres de guingois, probablement gravées avec le goulot cassé d'une bouteille de bière, et voyait déjà le contour de la ville. Prochain arrêt : Mińsk Mazowiecki. Elle sortit une feuille de sa poche, c'était la liste des gens qu'elle voulait retrouver et auxquels elle voulait parler. Joanna Trzecińska, porte-parole de la police municipale. Mateusz Ćmich, rédacteur en chef du site d'information local. Et, pour finir, PinkQueen, alias Wioletta Słaby, la fille qui diffusait depuis le studio DreamNet à côté, le soir où Hanna Barańska avait été assassinée.

L'enregistrement venait du Yémen, du moins, c'est l'impression qu'il avait. Oleg en avait vu son lot ces derniers temps : les Saoudiens ne chômaient pas, après tout, il fallait bien tester les missiles récemment achetés aux États-Unis. La vidéo montrait une salle de fête de mariage après un bombardement : des fleurs en plastique mélangées aux gravats, des plats en porcelaine brisés, des chaussures élégantes dans un coin, peut-être celles du jeune marié. Oleg arrêta l'enregistrement et ferma les yeux. Il avait mangé de la pizza froide à midi – il y avait la queue pour les micro-ondes et il n'avait pas eu envie d'attendre –, chose qu'il regrettait à présent. Au début, il n'avait qu'un poids sur l'estomac et une légère nausée, rien de grave. Mais maintenant, après une heure à regarder des cadavres, il sentait son repas remonter dans sa gorge, il la sentait lui brûler l'œsophage. Il aurait dû faire une pause, marcher un peu, boire du thé vert ou un Coca, ça aidait dans ce genre de situation, disait-on, mais le temps passé loin de l'ordinateur faisait baisser sa moyenne qui, malheureusement, n'était déjà pas brillante. Son enthousiasme initial s'était vite évaporé ; le travail de modérateur de contenu était, dans le meilleur des cas, fastidieux, et dans le pire, c'était une excursion vers le neuvième cercle de l'enfer.

OK, se dit Oleg, reprends-toi en main. Il ravala sa salive au goût acide et appuya sur la barre espace : Play. La caméra documente de nouvelles victimes, de nouveaux dégâts, quelque part, au loin, on entend le gémissement d'une personne. L'opérateur sort devant l'immeuble et dit quelque chose en arabe, d'une voix tremblante. Par terre, il y a des corps recouverts de draps blancs, mais de-ci de-là il y a des choses qui dépassent : des cheveux ensanglantés, un pied sur lequel se balade une mouche grasse, un bras sans main, un bout de viande carbonisé. Je n'en peux plus, songea Oleg, je n'en peux plus, je ne tiendrai pas. Il se leva de son bureau et courut vers les toilettes en pressant sa paume contre ses lèvres. Il déboula à l'intérieur, fit couler de l'eau froide et s'en aspergea le visage. Une fois, deux fois, trois fois. Ça allait un peu mieux. Il s'appuya sur le lavabo, respira par la bouche.

– Dure journée, hein ?

Oleg sursauta, surpris ; il avait cru être seul. Dans son dos, une fille avec un piercing dans le nez l'observait par-dessus la porte d'une cabine. Liina. Elle devait être montée sur le siège des toilettes parce qu'il ne voyait pas ses pieds.

– Eh ! On est chez les hommes ici, dit-il sur un ton de reproche qui sonna de façon risible.

– Moui… c'est exact.

– Alors, qu'est-ce que tu fais là ?

– Je fume un bédo.

Liina porta un joint à ses lèvres et tira ostensiblement une bouffée, après quoi elle souffla la fumée vers la ventilation à côté.

– Chez les femmes, la grille est trop haute, précisa-t-elle.

– L'entreprise… l'entreprise est d'accord avec ça ?

– Que la grille soit trop haute ?

– Non, répondit Oleg en souriant. Que… tu sais. L'herbe.

– Figure-toi que je ne leur ai pas posé la question. Qu'est-ce que tu as vu ?

– Pardon ?

– Bah, qu'est-ce que tu as vu pour être miné à ce point ?

– Ah… tu sais, rien d'extraordinaire. Des cadavres. D'habitude, ça ne m'affecte pas, je dois être dans un mauvais jour.

Liina hocha la tête. C'était la conversation la plus longue qu'ils aient jamais eue. D'ordinaire, la Lettone se tenait à l'écart, ne cherchait pas le contact avec le reste de l'équipe.

– Tu vois ce moment d'*Orange mécanique* quand des scientifiques posent un gars devant un écran, lui ouvrent les yeux à l'aide de crochets et l'obligent à regarder des scènes de meurtres et de viols pendant des heures ? demanda-t-elle.

– Bien sûr. C'est une scène culte.

– Je la montre à mes amis quand ils me demandent ce que je fais comme boulot.

La Lettone disparut une seconde de sa vue, puis elle ouvrit la porte de sa cabine et tendit le joint dans sa direction.

– Tiens.

– Euh merci, mais…

– Prends, dit-elle. Ça te fera du bien, tu verras.

Oleg regarda à droite et à gauche, comme s'il voulait s'assurer que personne ne les voyait. C'était un réflexe bête. Eh ! se dit-il, on ne vit qu'une fois. Il s'empara du joint et inspira, fort, jusqu'à sentir la fumée dans ses poumons.

– Oh, oh… à ce que je vois, il ne s'agit pas d'une première…

– Ben tu sais… dit-il avant d'exhaler la fumée douçâtre. On profitait bien de la vie étudiante. Ça fait combien de temps que t'es là ?

– À la modération ?

– Non, dans les chiottes.

– Ha ha.

Liina tira une dernière taffe avant de rouler le mégot dans du papier toilette, de le jeter dans la cuvette et de tirer la chasse.

– En septembre, ça fera deux ans, répondit-elle.

– Et ça t'arrive de… tu sais. Ça t'arrive de craquer ?

– Ça m'arrivait au début. Maintenant, j'ai mes tactiques, dit-elle en lui adressant un clin d'œil. Viens, on y retourne. Les signalements ne vont pas se cliquer tous seuls.

Ils sortirent dans le couloir. Les murs criards étaient encore plus criards, la musique douce encore plus douce. Oleg se rassit à son bureau, regarda la vidéo du Yémen jusqu'au bout, mais il fallut qu'il coupe le son parce que la langue arabe se mit soudain à le faire rire. Il décida de ne pas supprimer le film, il estima que celui-ci avait été partagé en toute bonne foi, pour attirer l'attention sur les horreurs d'une guerre ignorée par le reste du monde. À suivre dans sa file d'attente, c'étaient des commentaires, sans photos ni vidéos. Tant mieux, songea-t-il, parce que, premièrement, c'était moins hardcore, et deuxièmement, ça allait plus vite et lui améliorerait sa moyenne. Voyons ce qu'on a là.

Ala Bońkowska
18/07/2020

Hier, en boîte de nuit, un nègre a essayé de me draguer. Non mais sérieux, quoi, il pète plus haut que son cul :) Va ramasser du coton dans les champs pour ton maître blanc au lieu de tendre tes sales pattes vers les nanas polonaises.

72 likes, 12 commentaires

Fastoche, songea Oleg, en s'emparant de son café. "Nègre", c'était une injure à caractère raciste. À supprimer. 1,2 secondes. Pourvu que ça dure. Suivant.

Ludwik Zając
18/07/2020

Souvenez-vous-en! Dès que ces PlatoCiviciens reviendront au pouvoir, ils ouvriront les frontières à la vermine de l'Est. Au lieu de nos églises, on aura des temples orthodoxes et des mosquées. On va les combattre tels des Soldats maudits! Vive la Pologne blanche et catholique.

2 likes, 5 commentaires

Il grimaça. Sa première réaction : supprimer, le curseur de sa souris s'était déjà déplacé vers la croix rouge. Pourtant Oleg s'interrompit, hésita, il se souvint des paroles de Maciek: aucune émotion, réfléchis tel un algorithme. Le "PlatoCiviciens" ne tombait pas sous le coup du "discours haineux", c'était manifestement une allusion aux électeurs de la Plateforme civique, mais ce n'était pas une insulte en soi. La "vermine de l'Est" : on ne pouvait pas prouver qu'il s'agissait de gens tels que lui, Oleg, et non, disons, d'un doryphore ou d'une piéride du chou. Les Soldats maudits – on le savait, ces résistants d'après-guerre étaient maintenant considérés blancs comme neige, personne ne voulait se rappeler leurs exactions. Quant à la "Pologne blanche", l'auteur du post aimait peut-être les paysages d'hiver ? Selon les consignes, il n'y avait rien à reprocher à ce message. Bon, se dit Oleg, ce n'est pas la peine de se casser la tête, sinon ça va faire baisser mon temps de réaction. Ça reste. Suivant.

Grzegorz Bereł
18/07/2020

Souvenez-vous-en ! Dès que ces PlatoCiviciens reviendront au pouvoir, ils ouvriront les frontières à la vermine de l'Est. Au lieu de nos églises, on aura des temples orthodoxes et des mosquées. On va les combattre tels des Soldats maudits ! Vive la Pologne blanche et catholique.

4 likes, 1 commentaire

Oleg cligna des yeux, un brin préoccupé. Bordel, qu'est-ce qu'il y avait dans ce bédo ? Il se frotta les yeux, relut le texte une nouvelle fois. Non, il ne rêvait pas, le contenu était identique. Intéressant. Il déroula la liste des messages en attente de modération.

Anna Wilczycka
18/07/2020

Souvenez-vous-en ! Dès que ces PlatoCiviciens reviendront au pouvoir, ils ouvriront les frontières à la vermine de l'Est. Au lieu de nos églises, on aura des temples orthodoxes et des mosquées. On va les combattre tels des Soldats maudits ! Vive la Pologne blanche et catholique.

2 likes, 10 commentaires

Zbyszek Dembski
18/07/2020

Souvenez-vous-en ! Dès que ces PlatoCiviciens reviendront au pouvoir, ils ouvriront les frontières à la vermine de l'Est. Au lieu de nos églises, on aura des temples orthodoxes et des mosquées. On va les combattre tels des Soldats maudits ! Vive la Pologne blanche et catholique.

12 likes, 11 commentaires

Joaquin Perreira
18/07/2020

Souvenez-vous-en ! Dès que ces PlatoCiviciens reviendront au pouvoir, ils ouvriront les frontières à la vermine de l'Est. Au lieu de nos églises, on aura des temples orthodoxes et des mosquées. On va les combattre tels des Soldats maudits ! Vive la Pologne blanche et catholique.

5 likes, 2 commentaires

Mishiko Yamagu
18/07/2020

Souvenez-vous-en ! Dès que ces PlatoCiviciens reviendront au pouvoir, ils ouvriront les frontières à la vermine de l'Est. Au lieu de nos églises, on aura des temples orthodoxes et des mosquées. On va les combattre tels des Soldats maudits ! Vive la Pologne blanche et catholique.

7 likes, 4 commentaires

Et ainsi de suite, et ainsi de suite… Oleg fixait l'écran. Selon le règlement, il devait laisser passer tous ces messages et vérifier les suivants. Le fait de copier un texte ne contrevenait pas, après tout, à un paragraphe du règlement et, s'il s'agissait de faux comptes, c'était l'affaire d'un autre département, ce n'était pas de son ressort. Pour sa part, il était censé rester assis et cliquer – supprimer/laisser –, évaluer au moins huit mille posts au cours d'une journée. Il n'était qu'un rouage imparfait qui existait seulement parce que les machines ne comprenaient pas encore assez bien ce que haïr voulait dire. Cela n'allait pas durer, bien sûr. Après tout, les ordinateurs étaient de plus en plus rapides. Et, chaque jour, nous leur fournissons de la matière pour apprendre.

– *Bliadz*... grogna Oleg dans sa barbe en biélorusse.

Et puis, sans savoir pourquoi, il partit d'un grand éclat de rire.

La maison de Wioletta Słaby se trouvait au carrefour des rues Żwirki et Żwirowa. Julita se demanda donc si les fonctionnaires municipaux attribuaient les noms des rues dans l'ordre alphabétique ou s'ils jouaient entre eux aux associations d'idées. C'était une maison informe, d'un étage, présentant trop de courbes et de pentes, sans parler de ses fenêtres, chacune dans un format différent. Julita appuya sur la sonnette. Une fois, deux fois. Un aboiement retentit, suivi du grincement d'un verrou. Une grande perche dans une minijupe en cuir avec des bas résilles apparut sur le seuil.

– Tu veux quoi ? lui demanda-t-elle d'une voix déformée par un chewing-gum intensivement mâché.

– Pardon... Wioletta Słaby ?

– Ouais.

– Bonjour. Je m'appelle Julita Wójcicka, je suis journaliste. Je prépare un article sur Hanna Barańska. Pourrions-nous parler ?

La fille l'observa en silence, les bras croisés sur une poitrine généreuse, les yeux plissés.

– Et qu'est-ce que j'y gagne, moi ?

– Eh bien… je crains de ne pouvoir vous offrir qu'un quart d'heure de gloire.

– Un quart d'heure ? Pourquoi juste un quart d'heure ?

– Hem… commença Julita avant de s'interrompre. C'est une expression… C'est pour dire que, tu vois… que t'es jouasse d'avoir été dans les médias. On peut s'en vanter auprès des potes.

La fille hocha la tête, manifestement satisfaite par la réponse, avant de s'emparer d'une veste en jean et de sortir d'une poche ses clés de voiture ou, plus exactement, une grappe de porte-clés divers parmi lesquels se trouvait sa clé de voiture. *Bip, bip* – les phares de la Golf jaune garée devant la maison clignotèrent.

– On va aller quelque part, d'ac ? C'est le bronx chez moi.

– Ah… Bien sûr. Comme tu préfères.

L'habitacle de l'automobile sentait la rose, ou plutôt il puait la rose parce que, à une telle concentration, la senteur devenait pénible, elle coupait le souffle. Julita se pencha vers l'avant et cacha son nez dans le col de son manteau. Wioletta démarra le moteur, la Golf s'ébroua, ce qui induisit un mouvement de balancier sur l'ourson en peluche accroché au rétroviseur. L'auto prit le rond-point puis tourna dans la rue Czarnieckiego. Elle longea de petites maisons, des jardinets soignés, des oratoires avec la Sainte Vierge. Wioletta se gara à l'angle de la rue Warszawska, devant une auberge. BAPTÊMES-MARIAGES-COMMUNIONS-FUNÉRAILLES proclamait l'écriteau au-dessus de la porte ; le cycle complet de la vie.

Wioletta y entra comme chez elle ; elle devait être une habituée. Au fond de la salle, deux jeunes femmes gonflaient des ballons colorés à l'aide d'une pompe – pour un baptême, un mariage ou une communion. Probablement pas pour un repas de funérailles. Wioletta suspendit son sac à main au dossier d'une chaise et s'assit en croisant les jambes. La maille de ses résilles s'incrustait dans son genou et y laissait des marques. Elles commandèrent des boissons, Wioletta une limonade et Julita un cappuccino… un cappuccino avec une triple dose de café.

– Bon, commença Julita en se raclant la gorge, tu dois te douter de la raison pour laquelle je m'intéresse à Hanna.

– Mouais… parce qu'elle est morte.

– Oui, on pourrait dire ça. Tu sais quelque chose à ce propos ? Au sujet du meurtre ?

– Je ne sais pas. Peut-être.

– Dans ce cas, commençons par…

– Attends, dit Wioletta en lui coupant la parole, je vais te montrer quelque chose.

Elle sortit son téléphone de sa poche, pianota plusieurs fois sur l'écran et le lui mit sous le nez. Julita vit un cercle qui tournait, signe qu'une vidéo était en train de charger. Elle se crispa, planta ses ongles sur le rebord de la table. Elle craignait ce qu'elle allait voir. Un autre enregistrement du meurtre ? Le corps d'Hanna à la morgue ? Le film de son enterrement où son fils se jette sur le cercueil ? L'écran reste noir. Une musique lancinante commence. On entend un mugissement, une sorte de rugissement bizarre et prolongé. Wioletta apparaît dans le cadre, elle porte un pantalon rouge et un tee-shirt blanc avec l'aigle couronné, emblème de la Pologne, sur le torse. Le col est découpé pour que le décolleté soit plus profond. La jeune femme se balance au rythme de la musique, fait quelques vocalises.

– Que… qu'est-ce que c'est ? réussit à demander Julita.

– Chuut. Regarde.

Le fond noir cède la place à une animation d'un hussard ailé de la cavalerie lourde polonaise en plein galop. La musique se fait plus forte. Wioletta presse ses mains contre son torse, sur l'aigle fendu sur sa poitrine, puis elle lève un regard inspiré vers le ciel. Nous n'abandonnerons pas la teeeeeerre de nos ancêêêêêtres, nous ne laisserons pas mouriiiiir notre laaaaangue, chante Wioletta très faux, tandis que la musique accélère et prend un rythme techno, *oumtz, oumtz, oumtz*, nous soooommes la nation polonaaaaaaise, *oumtz, oumtz, oumtz*, le peuple polonaaaais, *oumtz, oumtz, oumtz*, la tribu royaaaaale des Piast ! Le hussard se transforme en insurgé. L'insurgé en pape. Le pape en avion qui disparaît dans la brume. Wioletta roule des hanches, agite ses bras, entre dans des tons de plus en plus aigus, module sa voix jusqu'à un crescendo audacieux que même Whitney Houston au sommet de son art n'aurait pas réussi à exécuter : Seigneur Dieu, vieeeeens-nous en aaaaaaaide !

Silence. Julita fixait tour à tour le téléphone, puis Wioletta. Celle-ci l'observait, dans l'expectative.

– Et alors ? Qu'est-ce que t'en penses ? lui demanda Wioletta, impatiente.

– Mais… c'était quoi, ça, au juste ?

– Bah quoi, putain, t'as pas été à l'école ou quoi ? C'est le *Rota* de Konopnicka, non ?

– Oui, je sais… Mais quel rapport avec Hanna ?

– On parlera d'Hanna plus tard, d'accord ?

Wioletta rangea le téléphone dans son sac. Ses ongles étaient longs et furieusement rouges, aiguisés comme des serres.

– Pour le moment, on parle de moi, reprit-elle. Tu m'as dit que tu pouvais m'obtenir un quart d'heure de célébrité, non ?

– Ce n'est qu'une expression…

– Oui ou non ?

Julita se mordit la lèvre. Qu'est-ce qu'il ne fallait pas faire pour la cause…

– Oui. Je peux.

– Alors, écoute. J'en ai assez d'agiter mon cul à poil devant une caméra. Putain, ces types sont cinglés, tu sais ?

Si tu savais sur quoi ils se branlent. J'étais sûre qu'une d'entre nous finirait un jour comme Hanna, qu'un de ces sales pervers finirait par débarquer chez nous. Alors, je me suis dit que j'allais me mettre à la musique.

Dommage que tu ne lui aies pas d'abord demandé son avis, songea Julita en faisant un vague grognement d'assentiment.

– Alors j'ai fait cette vidéo, je veux dire, mon copain me l'a fait…

– Tu as un copain, toi ?

– Ben quoi ? grogna Wioletta. Y a quelque chose qui va pas, putain ?

– Non, mais je me suis dit que, tu sais, puisque tu bosses dans les webcams, alors…

– Alors arrête de réfléchir autant, d'accord ? Et dis-moi plutôt comment tu peux m'aider, OK ?

BOUM ! Julita sursauta sur sa chaise et renversa son café sur la table. Qu'est-ce qui se passe ? Qu'est-ce qui se passe ? La sueur la submergea, son ventre se noua. Une explosion, un tir, un accident ? Elle se tournait d'un côté et de l'autre, son cœur cognait, *boum-boum*, *boum-boum*, il cognait tant qu'à chaque battement tout devenait noir devant ses yeux, sa cage thoracique se contractait, sa gorge se serrait et elle ne pouvait plus respirer.

– Hé, tranquille…

Wioletta l'attrapa par la main. Julita ne sentit qu'à ce moment-là qu'elle tremblait de tout son corps.

– C'est qu'un ballon.

– Ba… ballon ?

– Ouais, là, chez les filles, il a éclaté.

Julita regarda à l'autre bout de la salle. Il y avait des morceaux de caoutchouc bleu par terre. L'une des serveuses leva les mains en signe d'excuse. Respire. Inspiration, expiration. Inspiration, expiration. Elle ferma les yeux et réfréna les larmes qui montaient.

– Hé, meuf, tout va bien ? demanda Wioletta.

De la poche de son blouson, elle sortit une trousse de maquillage (avec *LUSH!* en grandes lettres roses) et lui tendit un mouchoir.

– Oui… je… j'ai eu une année difficile.

– Tu veux passer aux chiottes ?

– Non, non… merci… ça… pfff… ça va déjà mieux…

Julita essuya la table, la nappe en toile cirée était encore plus collante qu'avant.

– Quant à ta chanson… tu as combien de visionnages ?

– Dans les trois cents.

– Ah… Et combien de fans sur Facebook ?

– Cent quinze.

– Bon… Écoute, j'ai quelques amis dans la presse à scandale. Si je leur demande gentiment, ils feront la promo de ta vidéo, mais…

Julita s'interrompit.

– Mais quoi ?

– Je peux être franche ?

– Sûr.

– Ça ne passera pas par un message positif. Personne n'écrira que tu es la nouvelle Urszula Dudziak. Il y aura plutôt des titres du genre “cette meuf miaule comme un chat en chaleur ! Vous ne tiendrez pas jusqu'au bout !” Ou alors, “le *Rota* exécuté par un gastéropode ! Bouchez-vous les oreilles !”

– Et alors ? fit Wioletta en haussant les épaules.

Elle faisait semblant de ne pas être vexée. Mais elle l'était un peu.

– À ta place, je me demanderais si ça en vaut vraiment la peine. Parce que, d'accord, tu vas gagner un peu d'argent sur les visionnages et on va t'inviter dans des émissions de télé matinales, mais…

– À la télé ?!

– Oui, mais…

– Bien sûr que j'en ai envie ! Mais où ? Chez TVN ? Chez Polsat ?

Julita avait le sentiment qu'elle devait lui faire entendre raison, lui expliquer combien coûte une gloire en ligne, lui raconter ce que ça fait de recevoir des centaines de mails par jour qui souhaitent votre mort, comment c'est d'être la risée de tout un pays. Mais elle savait que c'était peine perdue. Alors elle laissa tomber.

– On verra ça plus tard… Pour l'heure, on va parler d'Hanna, d'accord ?

– D'accord.

– Combien de temps vous vous êtes fréquentées ?

– Dans les deux ans, je crois… Oui. Elle a commencé à tourner chez Karolina en 2017, oui, pendant l'été.

– Vous vous entendiez bien ?

– Bah tu sais, pas vraiment, dit Wioletta en fronçant le nez. Elle était plutôt hautaine, comme si elle se croyait mieux que nous. Elle papotait jamais avec les autres filles, elle venait pas aux fêtes. Et puis, elle ramassait les meilleurs portefeuilles.

– Les portefeuilles ?

– C'est comme ça qu'on appelle les types qui raquent bien. Parce que, la plupart, ça te balance un jeton ou deux et ils croivent que tu vas te cambrer jusqu'au p'tit matin, tu vois. Bon bah la Hanna, elle arrivait à appâter ces portefeuilles, j'sais pas comment.

– Alors tu la jalousais peut-être un peu, non ?

Julita se tourna vers le bar et réclama un second café. Le serveur hocha la tête et sortit une tasse de sous le zinc.

– Un peu, oui… Mais tu sais, ceux qui passent leur temps sur ces caméras, ils sont pas tout à fait nets, non ? Parce que tu vois, ils bavent nuit après nuit devant leur écran et, en plus, ils raquent un max de thunes pour ça. Faut avoir de la merde sous la coupole pour faire ça, non ?

– Alors, elle les attirait avec quoi, Hanna ? C'était la plus jolie ? Elle cédait à des demandes bizarres ?

– Non. Mais elle avait de la tchatche.

– Et c'est important dans ce métier ?

– Figure-toi que c'est grave important ! déclara Wioletta, pleine d'emphase. Parce que, quoi, on manque pas de nichons sur le Net, non ? Et ces gars-là, ils veulent toujours causer, tu vois, sentir que c'est une sorte de flirt, putain. Et dis-moi ce que tu aimes bouffer… Et où est-ce que tu vas en vacances… Et parfois ils veulent te raconter ce qui se passe à leur taf ou que leur clébard a clamsé ou d'autres conneries comme ça… Hanna disait que parfois, quand elle faisait un show privé, elle ne se dessapait pas de toute l'heure et ne faisait que jacter.

– Je vois, fit Julita en remerciant le serveur pour son café d'un signe de tête. Alors, c'était moitié rencard, moitié thérapie.

– Oh, voilà, comme tu dis. Ils nous traitent en psychiatriques.

– En psychiatres ?

– Appelle ça comme tu veux. Et donc, Hanna était douée pour ça. Certains lui achetaient des sessions privées chaque semaine… Et y en a un, je crois qu'il a fait ça tous les jours pendant une période.

– Tous les jours ? Ça lui coûtait combien ?

– Quatre, cinq mille balles par mois, au minimum. Mais tu sais, pour ces gars-là, ce sont des clopinettes, ils viennent tous de l'étranger et tout. C'est divers, y a des Ruskoffs, des Bougnoules, des Chinetoques, des Youpins…

– Ah oui… fit Julita pour mettre fin à cette énumération raciste. Écoute, est-ce que quelque chose a changé dans le comportement d'Hanna dans les dernières journées avant sa mort ?

– Euh… commença Wioletta en se grattant le menton du bout des griffes. Elle était grincheuse, même pour ses standards.

– Ah oui ? Et pourquoi ça ?

– J'sais pas. Peut-être à cause de son p'tit chéri.

– Celui qui se connectait tous les jours ?

– Ouais. Parce qu'il a cessé de l'appeler, tu vois. D'un coup.

– Il est peut-être parti en voyage ? dit Julita en réfléchissant à haute voix. Ou il a rencontré une fille en vrai ?

– C'est ce que je me suis dit aussi, répliqua Wioletta en hochant la tête. Mais ils avaient rendez-vous. Et puis…

– Oui ?

Wioletta regarda autour d'elle comme si elle craignait que quelqu'un puisse l'observer ou l'écouter. Mais il n'y avait qu'elles deux, exception faite des serveurs et d'un nombre croissant de ballons.

– Il a dû lui dire quelque chose… un truc louche, tu vois ? Parce qu'un jour… à peu près une semaine avant que, tu sais… elle est sortie de son studio blanche comme un linge. J'ai cru qu'il avait voulu qu'elle s'étrangle ou un truc du genre, parce qu'il y a des vicieux comme ça, tu sais, mais non, elle m'a dit qu'ils ne faisaient que papoter. Et elle est partie du bureau même si elle avait à peine commencé à tourner. Elle nous a dit qu'elle devait régler un truc.

Julita ne disait plus rien. Elle assimilait l'information. Pour finir, elle ouvrit son sac et en sortit un calepin.

– Wioletta, tu sais quel pseudonyme utilisait ce type ?

– Oui. Je sais.

– Tiens, dit-elle en lui tendant le cahier et un stylo. Écris-le-moi.

Aneta était frustrée. Elle se considérait comme une fille intelligente – et elle avait de bonnes raisons de le croire. Elle avait achevé ses études avec mention. Elle avait d'excellents résultats dans son travail et des tests de QI qui la qualifiaient pour la MENSA. Mais comment régler le climatiseur dans les locaux du parti, ça, vraiment elle n'arrivait pas à comprendre. La machine y était déjà quand ils avaient pris possession des bureaux, une boîte en tôle blanche suspendue au plafond et une télécommande avec des touches usées. Bien évidemment, le mode d'emploi s'était égaré, alors il fallait décortiquer le bidule par la méthode des essais et des erreurs. Pour l'heure, Aneta avait réussi à découvrir deux modes : souffler de l'air brûlant et souffler de l'air brûlant tout en gouttant.

– Alors ? demanda Artur en pénétrant dans la salle de réunion avant de refermer la porte derrière lui. Prête ?

– Oui, mais… putain de sa mère… lança Aneta en enfonçant tous les boutons les uns après les autres. Tu sais où est-ce qu'on règle la température ?

– Je croyais que c'était avec le bouton du haut ? Celui en forme de flèche ?

– Non, ça, c'est le réglage de l'inclinaison du jet d'air…

– Bon, peu importe…

Artur enleva sa veste, retroussa ses manches. Au-dessus de son poignet droit, il avait un tatouage qui représentait la louve en train de nourrir Remus et Romulus.

– On va survivre, dit-il. Montre-moi ce que tu m'as préparé.

– Dans ce cas, on ouvre peut-être la fenêtre ?

– Non, non, ça va. Ne t'inquiète pas. Allez, envoie, faut que je file dans une heure.

Aneta alluma le rétroprojecteur ; lui au moins, fonctionnait sans accroc. La première diapo de la présentation apparut sur le mur en face de la table. Elle montrait un homme en train de fixer bêtement son écran.

– Commençons par les bonnes nouvelles, dit Aneta. Environ 80 % des internautes puisent leurs infos sur les réseaux sociaux et se basent dessus pour se forger une opinion sur l'état du monde. Plus de 80 % d'entre eux ne vérifient pas ces informations. Comment pourrait-on l'exploiter ?

Clic, diapo suivante.

– Commençons par les bases. Premièrement, on emploie des étudiants pour qu'ils écrivent des commentaires flatteurs en ligne et qu'ils attaquent les adversaires. On l'a bien vu pendant les dernières élections municipales à Varsovie, où les plus actifs c'étaient des internautes de Sanok, bien que ce patelin soit situé à quatre cents kilomètres de la capitale. Deuxièmement, on s'achète des followers et des fans pour gonfler artificiellement nos statistiques. Et troisièmement, on paye Facebook pour la diffusion de matériaux de promo en utilisant un micro-ciblage élémentaire. Tout le monde a déjà utilisé ces méthodes en 2016, durant la campagne pour les élections anticipées.

Sans qu'on sache pourquoi, la clim se mit soudain à souffler un air glacial qui lui donna la chair de poule. Aneta se déplaça à l'autre côté de la pièce.

– Bien sûr, nous allons aussi faire tout ça, mais en mieux. Si on loue une ferme à trolls, alors on exigera d'eux qu'ils masquent leurs adresses IP pour qu'on ne voie pas d'où ils écrivent. Si on achète des followers, ils ne viendront pas d'Inde ou du Bangladesh. Et si on effectue un micro-ciblage, on ne le fera pas en se fondant seulement sur la géographie. Mais, comme je l'ai dit, c'est vraiment la base. Passons à des solutions plus intéressantes.

Clic. Diapo suivante. Un Polonais devant un barbecue. Les saucisses grillent, il y a des canettes de bière sur la table.

– Comme tu le sais, nous, les Polonais, nous n'avons pas plus envie que ça d'aller voter. Convaincre les gens qui ne participent pas à la vie politique de se rendre tout de même aux urnes, c'est la croix et la bannière. Il est bien plus facile de convaincre l'électorat adverse de laisser tomber. On peut y arriver à moindre coût en utilisant les trois méthodes qui suivent.

Aneta jeta un œil à Artur. Il restait assis, concentré, il n'avait même pas sorti son portable. Bien.

– Méthode 1, reprit-elle, un ciblage négatif. Ça a été maîtrisé à la perfection par l'état-major de Trump en 2016. Il savait que les Afro-Américains ne l'appuieraient jamais, alors, au lieu d'essayer de les séduire, il les a découragés de donner leurs voix à Clinton. Comment ? Il a identifié les électeurs noirs sur Facebook et, durant tout le mois qui a précédé les élections, il les a bombardés avec des vidéos vieilles d'une vingtaine d'années où Clinton disait que les Noirs étaient des délinquants. En Pologne, plusieurs partis utilisent cette méthode depuis deux ans mais à un degré limité, nous pourrions le faire mieux, rappeler par exemple aux électeurs de la Plateforme civique les dîners fastueux consommés par leur ministre des Affaires étrangères aux frais du contribuable, et aux sympathisants de Droit et justice que leur cher leader a trempé dans les magouilles immobilières de revente de deux gratte-ciel de la capitale. En conséquence, tant les uns que les autres seront moins enclins à se rendre dans l'isoloir.

Aneta fit défiler une diapo.

– Méthode 2. Faire dérailler le débat. C'est très populaire dans d'autres pays occidentaux, mais je ne l'ai encore jamais vu sur notre marché national. On achète plusieurs milliers de faux comptes Facebook, mais des comptes bien dodus, créés il y a quelques années, actifs, avec des photos et des amis. À un mois des élections, on ajoute à leur photo de profil le logo d'un parti, puis on y publie des messages provocants. Par exemple, un faux compte attribué à l'ultragauche de Razem qui propose la légalisation de la zoophilie. Un autre, estampillé Droit et justice, qui appelle à la sortie de l'Union européenne. Et un autre enfin, de chez la Plateforme civique, qui soutient que jeter des locataires dans la rue est positif parce que ça booste l'économie. Dans les faits, ça provoque une tempête de conneries, les gens se sautent à la gorge, les électeurs d'un parti donné ont un problème parce qu'ils sentent qu'ils devraient le défendre, mais sont en désaccord avec les points de vue extrêmes prônés par de prétendus co-partisans. Alors, l'identification à son propre camp politique s'affaiblit et la motivation pour le soutenir baisse.

Il faisait de plus en plus froid. Aneta tenta d'éteindre la clim, mais sans résultat, la télécommande semblait en panne. Bon, tant pis, se dit-elle en frottant ses doigts engourdis, je tiendrai le coup.

– Méthode 3. Les fake news. Des études montrent que les gens likent et partagent des articles sans en lire le contenu, sur la seule base du chapeau. Et là, on peut mettre ce qu'on veut, même la pire sottise. Aussi longtemps qu'elle va résonner avec les opinions de l'utilisateur, il sera susceptible de la croire. Par exemple, il y a quelques années, quelqu'un a créé un faux profil du Premier ministre Morawiecki, puis y a publié des louanges à la gloire du Premier ministre. Ça donnait l'impression que Morawiecki s'auto-congratulait après avoir oublié de se déconnecter en changeant de profil. C'était un faux manifeste, mais ça ne dérangeait personne, des dizaines de milliers de personnes se sont laissé berner parce qu'elles avaient envie d'y croire. Le cabinet du Premier ministre a évidemment publié un démenti, mais les rectificatifs n'atteignent qu'un centième des destinataires de la fausse information parce que, soyons honnêtes, ils sont barbants. Alors, qu'est-ce qu'on fait? Nous créons cinq sites d'information, à cinq cents balles chacun, et nous y publions chaque jour un fake. Un coup, que le président a envoyé des photos de lui nu à un ado sur Twitter, un autre que Kaczyński n'est pas malade, mais sort d'une chirurgie de modification de genre. Le meilleur, c'est que même si quelqu'un devine qu'il s'agit d'une invention totale, ça sape sa confiance dans les médias dans leur ensemble, de sorte que si une histoire qui nous est défavorable fait surface un jour, nous pourrons toujours la décrédibiliser en tant que…

– Hé, Aneta, Aneta…

Artur secoua la tête, se leva de table.

– Oui ?

– Tout ça est fort intéressant, et je suis très impressionné par ton expertise dans le domaine, mais… ce n'est pas ça que j'avais en tête.

Aneta croisa les bras sur la poitrine. Un peu parce qu'elle était vexée. Et un peu parce qu'elle avait affreusement froid.

– Nous n'allons pas faire de la politique de cette manière, reprit son chef. On ne va pas foutre des torgnoles dans la tronche de nos adversaires comme ça.

– C'est précisément à ça que sert Internet. Et celui qui cogne le plus fort l'emporte.

Le député Artur Warecki sourit et tourna son regard vers la fenêtre. Quelqu'un étendait son linge sur le balcon de l'autre côté de la cour, des pigeons effectuaient leur parade nuptiale près d'une poubelle, balayant avec leurs ailes le bitume craquelé.

– Je vais te raconter un truc, dit-il après un moment. Quand, il y a quinze ans, j'ai quitté la Pologne, j'avais des offres de deux clubs. Le premier, c'était West Ham, à l'époque fraîchement remonté en Premier League, et l'autre, c'était le Hellas Vérone, qui jouait en Serie B. J'ai choisi les Italiens même s'ils jouaient à un niveau plus bas et m'offraient moins d'argent. Tu sais pourquoi ?

– Je n'en ai pas la moindre idée.

– Parce qu'à l'époque, le foot anglais, c'était de gros tacles dans les chevilles, tandis que le foot italien, c'était de l'art. Et puis, au bout du compte, j'ai quand même fini à la Roma. Ce que tu me proposes… dit Artur en désignant la diapo projetée sur le mur. C'est vulgaire. Tôt ou tard, ça remontera à la surface et on aura des soucis.

– Ah oui…

– Aneta, ne va pas me comprendre de travers… Tu es hyper calée dans ton domaine. Tu gères mes profils et ma présence sur les réseaux sociaux d'une main de maître…

– Mais tu ne vas pas augmenter tes scores avec ça. C'est trop peu. Tu as vu les derniers sondages ?

– Bien sûr que je les ai vus, s'indigna Artur.

Plus on se rapprochait des élections et plus la cote de Pologne Demain baissait. Les répondants qui exprimaient la volonté de voter pour leur formation auparavant retiraient à présent leur soutien et fuyaient vers les grands partis. Ils craignaient que Pologne Demain finisse sous le seuil et leurs voix à la poubelle.

– C'est pourquoi je voudrais qu'on rencontre une société externe, reprit-il, une boîte qui va nous aider à élaborer une stratégie plus sophistiquée d'activités en ligne.

– Je comprends, dit Aneta en hochant la tête.

Donc, il s'était acoquiné avec quelqu'un. Dans son dos. Au moment même où elle travaillait sur sa présentation. Parfait.

– Comment elle s'appelle ?

– Net Solutions.

– Jamais entendu parler.

– Parce que c'est tout frais. Je vais les inviter chez nous. D'accord ?

– D'accord.

– *Tutto bene ?*

– *Tutto bene.*

– Tu es super, dit Artur en regardant sa montre. Écoute, faut que je file. À demain.

– À demain.

Artur quitta la pièce et referma la porte derrière lui. Aneta resta un instant immobile – les lèvres pincées, les bras noués sur le ventre. Puis elle s'empara de la télécommande de la climatisation et la lança de toutes ses forces contre le mur.

QU'EST-CE QUE LA COMMUNAUTÉ POUR TOI ? demandait l'inscription en haut du tableau. Quelqu'un avait gribouillé *Famille* en grand en plein milieu. Un autre avait ajouté *Amis* à côté. *La solidarité par-dessus les divisions* était marqué à la craie rose en dessous. On ne voyait pas le reste des réponses parce qu'elles étaient dissimulées par Maciek. Il s'était assis sur une commode et avait croisé les jambes ; les lacets défaits de ses tennis pendaient vers le sol.

– Oui, Oleg ? De quoi voulais-tu me parler ?

– Désolé de t'importuner, mais… j'ai remarqué une série de posts étranges, répondit le Bélarusse. Ils ont atterri à la modération au même moment, ils ont tous été publiés en un quart d'heure.

– Ah ? Et qu'est-ce qu'ils contiennent ?

– Des propos nationalistes, anti-migrants… Mais rédigés de sorte à ne pas contrevenir à notre règlement. C'est comme si quelqu'un le connaissait et savait quelles limites ne pas franchir.

– Hmm.

– Après coup, j'ai balancé le contenu de ces messages dans un moteur de recherche… et je les ai retrouvés à différents endroits. Dans les commentaires des sites d'info Wirtualna Polska ou Interia par exemple. Quelques centaines de résultats en tout. Certains comptes d'où sont partis ces messages étaient jusque-là rédigés dans d'autres langues, sous des noms aux consonances étrangères. Joaquim Perreira par exemple. Ou Mishiko Yamagu.

– Je comprends, dit Maciek en hochant la tête, tandis que son regard fuyait sur le côté, comme s'il réfléchissait intensément à quelque chose, qu'il le retournait dans sa tête. Et ?

– Bah… ça m'a tout l'air de faux comptes que quelqu'un utilise pour…

– Oui, oui, mais est-ce que ces messages contreviennent à notre règlement ?

Un instant de silence. Oleg se frotta le menton et se gratta l'oreille.

– Les messages eux-mêmes non, admit-il, mais le problème, c'est qu'ils proviennent de comptes créés sous une fausse identité, voire par des bots. Et ça, c'est contraire au règlement, pas vrai ?

– C'est vrai, admit Maciek. Et c'est un problème sérieux. C'est pourquoi nous disposons d'un département à part qui s'en occupe. Deux étages plus haut.

– Bien sûr, je m'en rends compte, c'est juste que…

– Oleg, dit son supérieur en lui coupant la parole. Tu sais combien de personnes on emploie ?

– Non.

– Plus de trente mille. Dans près de soixante bureaux… sur tous les continents à l'exception de l'Antarctique…

Maciek s'interrompit un instant pour qu'Oleg puisse l'imaginer, pour qu'il assimile cette immensité.

– Alors pense un peu à ce qui arriverait si chacun voulait aider l'autre. La comptabilité nous suggérerait quels messages supprimer, les créatifs vérifieraient si les tableaux de la compta tiennent la route, le marketing analyserait pourquoi le code ne compile pas chez les informaticiens et ceux-ci se mettraient en tête d'inventer la prochaine campagne publicitaire. Ça nous ferait un sacré bordel, pas vrai ?

– Sans doute…

– Voilà. C'est pourquoi, Oleg, on s'en tient à notre partition.

– Je comprends, bien entendu. Je me suis simplement dit que, tu sais, à la lumière de ce qui s'était passé aux États-Unis en 2016, notre société serait plus sensible à…

Le Bélarusse s'interrompit au milieu de sa phrase. Maciek avait froncé les sourcils, le sourire avait disparu de ses lèvres. Jusque-là, il avait écouté Oleg avec l'air du parent bienveillant auquel un gamin de trois ans raconte, tout secoué, qui a piqué le jouet de qui dans le bac à sable : dans le monde des adultes, ça n'a pas le moindre intérêt, mais puisque c'est important pour toi, alors je t'en prie, raconte-moi. À présent, il avait l'air du parent à qui l'enfant de trois ans vient d'avouer avoir séché le hamster au micro-ondes.

– Oui, notre société y est très sensible, dit Maciek, et elle fait ce qu'elle peut pour remédier au problème sans mettre en péril son modèle économique.

– D'accord.

– Si on supprimait automatiquement chaque compte qui nous semble factice, nous supprimerions aussi par mégarde de véritables profils. Et on ne peut pas se le permettre. Moins de comptes, ça veut dire moins d'interaction entre les utilisateurs, et moins d'interaction entre les utilisateurs, c'est moins d'affichages, et moins d'affichages, c'est moins de profits publicitaires, et moins de profits publicitaires, c'est moins d'argent pour le salaire d'Oleg. C'est clair ?

– C'est clair.

– Parfait. Autre chose ?

– Non.

– Alors merci pour la discussion.

Oleg revint à son bureau et s'assit devant son ordinateur. Dans sa liste, il y avait quelques centaines de nouveaux posts en attente de modération. Un selfie d'une fille de treize ans qui en montrait trop. Une photo de chambre à gaz agrémentée d'un commentaire rigolo selon son auteur. Un GIF animé où on voyait quelqu'un attacher un chien à un arbre, l'asperger d'essence et y mettre le feu – quatorze likes, deux cœurs.

Qu'est-ce que la communauté pour toi ? se demanda-t-il.

Bonne question.

Julita ouvrit le tiroir des épices… et éternua. Le poivre moulu s'était déversé de son sachet mal fermé. Je vais y mettre de l'ordre un jour, se promit-elle en se mouchant. Pour les fêtes, allez, au plus tard pour Pâques. Elle remarqua quatre paquets de cannelle, tous entamés, des épices exotiques pour curry – curcuma, cardamome, cumin – qu'elle avait achetées durant sa phase cuisine avec livre de recettes et qu'elle n'avait utilisées qu'une seule fois, de la noix de muscade dure comme de la pierre et un pot d'extrait de vanille vide. Enfin, elle trouva ce qu'elle cherchait : un sachet estampillé "Origan". Bien entendu, il était vide. Tant pis, on ferait sans origan.

Drrr, drrr, son téléphone en mode silencieux vibra sur le plan de travail. C'était Piotr Miąsek, un ami de l'époque où elle travaillait encore à *Meganews*. Julita fit glisser le combiné vert sur le côté, cala le portable entre l'épaule et l'oreille et continua à préparer le repas.

– Allô ? Oui, oui, je t'ai appelé… dit-elle en jetant l'oignon haché dans la poêle chaude. Quoi de neuf ? Ah oui… Ah oui… En fait, j'ai un service à te demander. Ah, tu as vu mon mail ? Ça ressemble à un babouin qu'on torture ? Oui, je sais, je sais… Aïe !

Une éclaboussure d'huile lui brûla la peau.

– Non rien… Disons que je travaille en multitâche… Elle s'appelle Wioletta… Wioletta Słaby… Tu pourrais la publier dans la section Divertissement ? Non ? Dans les Nécrologies ?

Elle ajouta un concentré de tomates ; la poêle grésilla et la vapeur lui jaillit au visage.

– Pourquoi ? Ha, ha, très drôle… Si la musique a survécu aux Beastie Boys, elle survivra à Wioletta Słaby. Super, merci beaucoup. T'es un amour. À plus !

Julita reposa son portable… et remarqua qu'elle avait reçu un SMS.

Leon
18/07/2020, 19:41
Excuse-moi, mais je dois rester tard au taf ce soir. Mange sans moi, OK?
Encore désolé.
À très vite.

Ça fait combien de fois ce mois-ci? se demanda-t-elle en mettant les pâtes dans la casserole. Il serait plus facile de compter combien de fois ils avaient mangé ensemble. Génial, tout simplement génial. Julita versa un peu d'huile d'olive dans l'eau bouillante bien que l'on eût déjà prouvé au-delà de tout doute raisonnable que cela ne servait à rien et que les pâtes continuaient à coller au fond – mais il était impossible de se départir de certaines habitudes – et commença à faire la vaisselle.

La porte-parole de la police de Mińsk n'avait pas eu grand-chose à dire – l'affaire est toujours en cours, nous étudions diverses pistes, nous ne pouvons exclure pour l'heure aucune hypothèse et je ne peux pas vous transmettre d'informations additionnelles eu égard au bien de l'enquête. Le journaliste local, c'était un type adorable qui racontait des anecdotes à n'en plus finir, mais qui en savait peu sur Hanna Barańska: elle avait été enterrée au cimetière municipal de la rue Kościelna, son fils avait été recueilli par sa grand-mère qui lui avait fait quitter la ville. Alors il ne restait plus à Julita que la piste transmise par Wioletta, le pseudonyme de l'admirateur permament d'Hanna, le gars qu'elle avait eu en ligne au quotidien durant de longs mois et qui lui avait confié quelque chose d'inquiétant quelques jours avant qu'elle ne soit étranglée.

Julita mélangea les pâtes avec la sauce et les saupoudra de fromage – du véritable parmesan, avec un tampon sur la croûte, acheté chez un traiteur italien du quartier Saska Kępa, c'est dire à quel point elle menait la grande vie. Elle s'attabla à la cuisine et déplia un journal. Elle tenta de lire l'interview d'un expert ès médias, mais n'arriva pas à se concentrer. Ses pensées vagabondaient ailleurs. Au bout du compte, elle alla chercher son ordinateur portable et l'installa de l'autre côté de la table. En attendant qu'il démarre, elle avalait à la hâte les fils des spaghettis brûlants. Ils n'étaient ni assez cuits ni assez salés. Elle n'y prêta aucune attention.

"Alexxander12." Un pseudonyme assez distinctif, tant mieux. Les gens usaient souvent du même pseudonyme sur plusieurs plateformes – si le fan d'Hanna faisait de même, elle devrait être capable de le retrouver. Julita enroula de nouvelles pâtes autour de sa fourchette et les enfourna avant de pianoter le pseudo dans son moteur de recherche. Entrée.

Deux millions quatre cent mille résultats. Julita fixait l'écran de son ordinateur ; des fils rouges de spaghettis pendaient de sa bouche. Deux millions ? C'était beaucoup. Vraiment beaucoup. Ce gars animait peut-être une chaîne YouTube populaire ou streamait des jeux sur Twitch sous ce pseudo ? Julita déroulait les liens : des comptes sur tous les réseaux sociaux, y compris sur le réseau mineur Gab ou sur des réseaux régionaux tels que Odnoklassniki, vKontakte ou Sina Weibo ; des commentaires sur tous les sites d'information, depuis le *New York Times* jusqu'au *Evenimentul Zilei* roumain où au *Fréttablaðið* islandais. À ceci près que les profils étaient vides – sans photos, messages, ni contacts – et les commentaires contenaient des suites de mots aléatoires, du charabia. Julita essuya ses mains grasses à cause de la sauce. Intéressant. Elle se mit à farfouiller dans les réglages du moteur de recherche. Tout portait à croire que l'immense majorité des messages et des comptes était apparue ces deux dernières années. Comme si quelqu'un tentait d'effacer des traces, de cacher le véritable Alexxander12 dans un dédale de liens vides.

Julita connaissait cette astuce. D'ordinaire y avaient recours des entreprises qui s'occupaient de ce qu'on appelait le *online reputation management*, c'est-à-dire de la gestion de la réputation en ligne – autrement dit, et pour parler crûment, de restituer une vie normale à des gens qui avaient été lynchés sur le Net. Pourquoi ? Peu importait. Tu as publié sur ton profil une blague stupide que d'aucuns ont pris au sérieux ? Tu as insulté la vedette préférée de quelqu'un ? On t'a filmé en train de te curer le nez dans le métro ? Si, pour une raison ou une autre, les algorithmes ont estimé qu'il fallait promouvoir ce contenu, si celui-ci a commencé à être cliqué, alors ton nom a cessé de t'appartenir, il a été rattaché à cette unique photo, à ce message, à cette vidéo, il a été jeté en pâture à des millions de gens. Soudain, toute la planète te regarde. Et après, c'est du classique. Des coups de fil anonymes, des blagues, des menaces. Par milliers, chaque jour. Certains seulement désagréables, d'autres carrément… inquiétants. Des photos de ta maison, de ta voiture, de tes enfants. Nous savons où tu habites. Les victimes des lynchages Internet perdaient parfois leurs emplois, leurs couples volaient parfois en éclats. D'autres fois, c'était encore pire. Alors que faire avec ça ? En Europe, on pouvait au moins profiter du droit à l'oubli et forcer Google à retirer des résultats de recherche les contenus toxiques. Mais la procédure prenait des mois et puis on pouvait toujours se heurter à un refus. Qu'est-ce qui restait alors ? Payer quelqu'un pour qu'il noie la toile sous des millions de liens futiles avec ton nom et ton prénom, à la suite de quoi le matériau compromettant se voyait d'abord dilué, puis, par une manipulation habile des algorithmes de recherche, coulait jusqu'au fond. Julita avait envisagé cette solution quand ses photos de nu avaient fuité sur le Net. Mais les prix commençaient à dix mille dollars.

Une fois l'ivraie filtrée, il lui restait cent sept résultats. L'internaute au pseudonyme d'Alexxander12 possédait un compte sur le site MyGreatCams et sur Reddit – où il participait à des forums à connotations pornographiques (“filles fluettes”, “Asiatiques sauvages”, “plus grosses que ce que tu croyais”) et, chose étonnante, à un forum de jardinage. Quelques dizaines de messages en tout, très brefs pour la plupart, deux-trois mots, un smiley, il n’avait que rarement pris part à un échange plus poussé – il n’interagissait qu’à contrecœur avec les autres internautes. Son activité avait cessé deux ans plus tôt, il s’était tu après la mort d’Hanna. Intéressant.

Julita lui envoya un message en demandant à lui parler, mais elle ne s’attendait pas à ce qu’il réponde. Elle sortit sur le balcon, alluma une cigarette. Cinq minutes, dix. Rien. Elle revint à l’intérieur, prit un calepin et relut les messages d’Alexxander12, mais lentement cette fois-ci, mot par mot. *Colour* écrit avec un “ou”, *centre* et non “center” : il s’agissait donc de l’anglais britannique. Pas de fautes d’orthographe, d’abréviations, d’insultes, sans oublier une ponctuation correcte. Les heures des messages suggéraient que l’auteur vivait dans un fuseau horaire européen – ou en dehors, mais que son cycle jour-nuit était perturbé. Presque tous ses messages étaient mis en page, ce qui suggérait une personnalité compulsive. Un homme, peut-être britannique, études supérieures, d’environ trente-quarante ans, solitaire.

Je te trouverai, se dit Julita. Qui que tu sois.

3

Aneta se réveilla à 5h55, avant que l'alarme ne retentisse. Elle quitta son lit, mit une brassière de sport, un maillot de corps respirant et un legging. Elle avala un petit-déjeuner rapide – des flocons d'avoine crus avec du yaourt nature et un café noir – et quelques instants plus tard, elle était déjà dehors. Cinq minutes pour s'échauffer et étirer ses muscles, une gorgée de boisson isotonique et elle partait au petit trot vers le parc Dreszer.

Aneta n'aimait pas courir. Mais rien ne lui vidait autant la tête, rien ne lui fouettait autant le sang. Or, aujourd'hui, elle en avait besoin. Aujourd'hui, elle devait être tranchante comme une lame de rasoir. Ce soir-là, au siège de Pologne Demain, devait se dérouler la rencontre avec un représentant de Net Solutions au sujet de la direction de la campagne électorale en ligne. C'est pourquoi Aneta enchaînait les tours, rouge et haletante, ignorant son point de côté.

Elle avait trouvé peu d'informations sur cette entreprise : une page d'accueil élégante, quelques interviews, un profil LinkedIn. Une quinzaine d'employés, tous avec de l'expérience dans le domaine, même si elle ne connaissait aucun de leurs noms. Ils avaient l'air de mannequins : parfaitement habillés, superbement photographiés, des coiffures impeccables, de larges sourires. Leur siège se trouvait à une adresse prestigieuse, au 63, rue Nowy Świat. On ne savait pas avec qui ils avaient travaillé jusque-là, ils ne s'en vantaient pas – mais ce n'était guère étonnant, leurs clients tenaient probablement à la discrétion. Après tout, on ne faisait pas sa publicité en admettant avoir eu recours à ce genre de service.

Aneta dépassa une aire de jeux qui se remplissait progressivement d'enfants hyperactifs et de leurs mères qui se traînaient, puis elle bifurqua dans une allée latérale. Un jogger qui arrivait en face la salua fraternellement d'un hochement de tête. Elle ne lui répondit pas. Elle regardait droit devant elle, absorbée par ses propres pensées, concentrée sur l'objectif. Lors de cette réunion, elle devrait montrer qui était le patron, qui jouait le premier rôle. Elle ne s'était pas extraite à la force du poignet d'un trou paumé de Polachie, elle n'avait pas trimé des nuits durant à étudier tout en travaillant comme caissière pour qu'on la fasse maintenant rentrer dans le rang. Artur souhaitait que quelqu'un les aide ? Grand bien lui fasse. À condition qu'il soit clair qui était le chef ici et qui dirigeait cette campagne.

Elle acheva un autre tour et se dirigea vers sa maison : dernière ligne droite en sprint. Une retraitée s'abrita sous un porche avec son caddie à carreaux pour lui dégager le passage ; un garçon qui sortait promener un carlin gras, afin que celui-ci puisse, comme tous les matins, déféquer en plein milieu du trottoir, tira un coup sec sur la laisse pour le décaler. Aneta monta les escaliers en courant, ôta à la hâte ses fringues trempées et pénétra sous la douche. Elle ouvrit le jet d'eau, une eau glaciale à faire mal, à donner envie de crier, et se mit à se frotter à l'aide d'une éponge, encore et encore, jusqu'à en devenir rouge.

À 8 heures, elle montait dans le bus. Dedans, il y avait foule, tous les sièges étaient occupés. Elle se planta devant un homme dans la quarantaine qui occupait un siège côté fenêtre et le regarda droit dans les yeux, fixement. Il tint le coup trois secondes. Après quoi, il lui céda la place en marmonnant des excuses, bien qu'il ne sût pas vraiment ce qu'il avait fait de mal.

Julita se réveilla dans son lit, ce qui était étrange parce qu'elle n'avait pas souvenir de s'être couchée dedans. Ce qui était encore plus étrange, c'est qu'elle portait son pyjama mais que son pantalon était enfilé à l'envers. Elle se hissa sur un coude et se frotta les yeux. L'autre côté du lit était vide et les draps froissés. Ce n'est qu'à ce moment-là qu'elle entendit le tintement de la vaisselle et le clap-clap de pieds nus sur le carrelage. Elle regarda sa montre. 8 h 20. Bizarre. D'ordinaire, à cette heure, Leon était en route pour le bureau.

Julita trotta jusqu'à la cuisine. La table était mise, et de façon élégante avec ça, avec des serviettes et tout. En son milieu, de la vapeur s'échappait d'un pot de café, flanqué d'un bol de fromage blanc et d'un panier de pain frais. Leon cherchait quelque chose dans le frigo, dissimulé à partir de la ceinture par la porte; on ne voyait que ses jambes maigres et poilues. Il avait toujours une croûte sur le genou depuis la fois où, un mois plus tôt, ils étaient partis faire du roller. Elle en faisait depuis toute petite, lui pour la seconde fois de sa vie, mais il avait quand même insisté pour qu'ils fassent la course. Alors, ils avaient fait la course… sur cinq mètres parce que, après, son homme s'était étalé sur le trottoir. Il avait tenté de donner le change, juré que tout allait bien, qu'il allait s'exercer et l'emporter la prochaine fois. Mais il n'y avait pas eu de prochaine fois. Parce qu'il n'en avait jamais le temps.

– Tu n'es pas au boulot, toi? demanda-t-elle quand il émergea de derrière le frigo, une brique de lait à la main.

– Ça me fait plaisir aussi de te voir, chérie, répliqua Leon.

– Excuse-moi, je suis encore endormie… Salut.

Elle se hissa sur la pointe des pieds et l'embrassa sur la joue. Il était rasé de près, sentait le savon et l'eau de Cologne, ce qui lui picota les lèvres. Elle aimait ça.

– Salut.

– Je réitère ma question.

– Bah tu sais, comme je suis resté tard au bureau hier soir, j'ai négocié en disant que j'arriverai seulement à 11 heures ce matin.

Julita hocha la tête. Elle tenta de tourner sept fois sa langue dans sa bouche. Elle tenta vraiment de le faire. Mais en vain.

– Ah oui ? fit-elle. Alors je te félicite pour le succès de tes négociations.

– Qu'est-ce qu'il y a ?

– Non, rien, je suis simplement impressionnée par le fait que tu aies réussi à leur arracher autant. Cela fait trois mois que tu travailles dix heures par jour, y compris le week-end, et, en échange, tu peux venir une fois au bureau à 11 heures, je te félicite. Tu pourrais peut-être aussi leur vendre l'île de Manhattan en échange d'un collier de perles en verre ?

– Tu recommences avec ça ? s'exaspéra Leon en reposant son verre de lait sur la table. Sérieux ?

– Oui, je recommence avec ça. Parce que nos précédentes conversations n'ont pas eu l'air de porter leurs fruits.

– Je te l'ai déjà dit, j'ai une deadline et…

– Et moi, je t'ai déjà dit que j'en avais rien à foutre de ta deadline, dit Julita en lui coupant la parole. Tout comme de la précédente. Ou de la suivante, je te le dis de suite. J'en ai rien à foutre de ce putain de jeu, figure-toi.

– C'est sympa d'avoir cette opinion de mon travail.

– Mon opinion est qu'il y en a trop.

Leon voulut dire quelque chose, il ouvrit même la bouche, mais ne fit que pouffer avant de balayer l'air de la main.

– Quoi ? demanda-t-elle.

– Non, rien.

– Je sais bien que non.

– Je n'ai pas envie d'en parler.

– Ça aussi, je le sais. Et toi, tu sais que je déteste quand tu coupes nos conversations comme ça. Allez, vas-y. Balance.

– Laisse-moi tranquille.

– Dis-le.

Leon s'adossa au plan de travail et croisa les bras sur sa poitrine. Les œufs grésillaient toujours sur la poêle à côté.

– Puisque tu insistes… dit-il dans un soupir. C'est amusant que ce soit toi qui me fasses la leçon sur la manière de concilier travail et vie personnelle… parce que, quand je suis revenu hier à 2 heures du matin, tu dormais le visage sur ton clavier. Il a fallu que je te porte jusqu'au lit.

– C'est un coup bas.

– Pourquoi ?

– Parce que tu connais les raisons de mes problèmes de sommeil.

– Quelle bonne excuse.

– Pardon ?

– C'est bien commode, Julita, dit Leon en se frottant le front. Oui, tu as traversé des épreuves difficiles. Mais ça n'explique pas pourquoi tu passes toutes tes soirées devant l'ordi jusqu'à t'effondrer de fatigue.

– Ah oui ? Et qu'est-ce qui l'explique ?

– Tu as un souci. À mon avis, c'est une sorte de dépendance.

– Diagnostic intéressant, docteur Nowiński.

– Tu veux m'écouter ou te moquer de moi ?

– Mais t'écouter, bien sûr que je veux t'écouter. Veuillez poursuivre votre exposé.

– Je passe beaucoup de temps au boulot, c'est vrai. Mais, au moins, j'en sors de temps à autre. Et toi… tu y es jusqu'au cou sans discontinuer. Sans arrêt. Quand tu bascules dans tes tunnels, tu oublies tout le reste, tu ne manges plus, tu ne bois plus, tu ne dors plus. Ce n'est pas normal.

– Mince, si seulement j'avais un truc qui me sortait de mes obsessions, ça serait chouette… rétorqua Julita en levant les yeux au ciel, ou plutôt au plafond, avant de continuer sur un ton rêveur : Ou alors si j'avais quelqu'un. Un mec, par exemple… avec lequel je pourrais emménager. On ferait des balades le long de la Vistule, on irait boire des verres, ou au cinéma… Bien entendu, s'il trouvait du temps pour ça. Hum ? Qu'est-ce que tu en penses ?

– Je n'en sais rien.

– Tu n'en sais rien ?

– Je n'en sais rien parce que même si ce copain hypothétique te préparait un petit-déj, alors au lieu de lui dire merci, tu lui passerais un savon. Et il pourrait en avoir marre.

– Oh pardon, dit Julita en joignant les mains comme pour la prière. Un homme a fait un p'tit-déj ! Jouez, anges du ciel ! Peuples, battez des mains !

– Je n'ai pas dit que c'était un gros effort, mais…

– Alléluia ! Il a fait des courses ! Il a tranché du pain !

– Arrête.

– Les gens festoient dans les rues ! Ils déclarent cette journée fériée !

– Arrête !

Ils se faisaient face, joues rouges, furieux, se toisant du regard. Jusqu'à ce que ça sente le brûlé.

– Les œufs vont cramer, déclara Julita.

– Bordel…

Leon ôta au plus vite la poêle du feu et tenta de sauver la situation, mais il était trop tard. Voûté sur la cuisinière, avec son vieux short et sa chemise pendante, il était émouvant. Ce qui, bien entendu, ne changeait rien au fait que Julita était toujours furieuse contre lui.

Leon gratta les œufs calcinés avec une spatule, jeta la poêle sale dans l'évier avant de faire couler de l'eau chaude.

– Je ne veux pas me disputer avec toi, déclara-t-il sans se tourner vers elle.

– Parce que tu crois que moi, j'en ai envie ?

– Honnêtement ? Parfois oui.

C'est bon, se dit Julita, ne t'énerve pas. Ça ne donnerait rien.

– Leon… je n'en ferais pas toute une affaire si je ne tenais pas à toi. J'ai envie de passer plus de temps avec toi. Et tu sais… j'espère que ce sentiment est réciproque.

– Il l'est.

– Alors qu'est-ce que tu en fais ?

Leon prit une inspiration profonde, comme toujours lorsqu'il ne savait plus quoi dire, il tambourinait du bout des doigts sur le plan de travail. Il finit par se retourner vers elle.

– Tiens le coup jusqu'à la fin du mois, proposa-t-il au bout du compte. Jusqu'à cette deadline-ci dont tu as rien à foutre. Après, je vais discuter avec mon chef. D'accord ?

– D'accord.

Julita s'approcha de lui, l'attrapa par la ceinture et se blottit contre lui.

– Excuse-moi de ne pas t'avoir remercié pour le petit-déj…

– Non, ça va… je ne t'en veux pas.

– C'est ce que j'aime chez toi.

– Quoi donc ?

– Que tu sois…

Julita chercha le terme adéquat.

– … que tu sois invexable. Que tu ne boudes pas. Même quand je te passe un savon dès le matin.

– Voyez-vous ça. Même moi, j'ai des qualités.

Ils restèrent ainsi en silence, enlacés, fort, au point qu'il leur fut difficile de respirer. Leon jouait avec ses cheveux, il lui caressait le dos.

– Alors… on mange ? proposa-t-il. On était censés avoir des œufs, mais… À moins que tu veuilles que je fasse un saut à l'épicerie ?

– Non, non, laisse tomber.

Ils s'attablèrent. Leon versa du café dans les tasses, Julita tartina le pain de beurre. Leurs regards s'évitaient. Un silence inconfortable, tendu, résonnait à leurs oreilles, comme après chaque dispute.

– Dis… tu en es où avec ta camgirl ? demanda Leon après un moment.

– Mmhm…

Julita avala une bouchée de tartine puis se mit à parler, vite, ravie de pouvoir changer le sujet.

– Cette affaire est effectivement intéressante, tu sais ? Figure-toi que cette fille avait une sorte de… comment dire, de correspondant permanent, ou d'admirateur, avec lequel elle effectuait régulièrement des sessions privées. À quelques jours du meurtre, il lui a dit un truc qui l'a inquiétée… et puis il a cessé d'appeler.

– Ce n'est probablement pas un hasard.

– Probablement pas. J'ai retrouvé son compte hier, je lui ai envoyé quelques messages… Et rien, il ne répond pas. Le grand silence.

– Étrange. S'il était à ce point obsédé par elle…

– Pas forcément. Il a peut-être simplement pris peur et a cessé d'utiliser ce compte.

– Sûr. Et maintenant ?

– Il faut que je trouve un moyen de découvrir de quoi ils parlaient, de savoir ce qu'il lui a dit.

– Ça sera difficile, non ?

– Faut voir…

Julita prit une grosse portion de fromage frais. Il était mélangé avec de l'oignon, de l'ail, de la ciboulette – comme elle l'aimait.

– Les logs de ces conversations sont à coup sûr conservés chez MyGreatCams, la plateforme, mais ils ne m'y donneront jamais accès. Il se pourrait aussi que des copies des échanges sur ces forums aient été faites localement, au bureau de DreamNet à Mińsk Mazowiecki. Mais leurs ordinateurs ont été saisis par la police.

– Donc, c'est une autre impasse.

– En fait, pas totalement.

– Comment ça ? Tu crois qu'ils te laisseront accéder à ces disques ?

– Moi non, dit Julita en faisant passer le fromage frais avec une gorgée de café. Mais à quoi servent les amis ?

Oleg se hissa sur la pointe des pieds et leva les bras, prêt à sauter. L'attaquant élimina le défenseur d'une simple feinte, il le contourna comme un piquet et pénétra dans la surface de réparation. Les joueurs des deux équipes se mirent à mugir devant eux :

– Passe !

– Tire !!

– *Biehtchi za nim !*

– Sors ! Sors sur lui !

– Putain !

Oleg ne faisait pas attention aux cris, il savait qu'ils ne feraient que le distraire. Il concentra son regard sur le ballon, dans l'attente de la frappe. L'attaquant se pencha, prit son élan. À gauche. À gauche en hauteur. Oleg se jeta dans les airs avant que la chaussure ne touche le ballon, il le dévia du bout des doigts, l'éloigna de la cage… et tomba par terre ; la pelouse synthétique lui érafla les genoux et les coudes. Coup de sifflet de l'arbitre – un seul, alors la balle était sortie des limites du terrain, il pouvait se détendre, il n'y aurait pas d'autre tir. Oleg se releva, grimaça, se frotta la main. Elle lui faisait mal, bien qu'il portât des gants. Le tir avait été sacrément puissant.

– *Brawa*, Oleg ! *Pawaha !*

– Allez, allez, messieurs ! lança Oleg en s'essuyant les gants contre son survêtement. Ça joue !

Un joueur adverse courut au poteau de corner. C'était la dernière minute du match, la dernière remise en jeu. Oleg plaça un défenseur au premier poteau et se posta lui-même sur la ligne du but. Coup de sifflet, coup de pied, la balle courbée plana vers la surface de réparation. Oleg sauta aussi haut qu'il put et serra un poing : boxer la balle au loin, n'importe où, et l'arbitre sifflerait la fin, ils arracheraient au moins un point. Mais, cette fois, il fut trop court. Il lui manqua quelques centimètres. L'attaquant adverse propulsa la balle de la tête et l'envoya au fond des filets. Hurlement triomphal, coup de sifflet, applaudissements des rares supporters. Ils avaient perdu.

– Te bile pas, dit Pawel, un défenseur, en lui tendant la main pour l'aider à se relever. Tu as super bien joué.

– Toi aussi, dit Oleg en lui tapotant le dos.

Oui, Oleg jouait super bien. Comme toujours. Malheureusement, ça ne suffisait pas. Il avait d'excellents réflexes, une prise de balle sûre, il savait se placer sur un terrain, diriger sa défense. Mais il était trop petit. Saloperie d'un mètre soixante-deux. Il fut un temps où il avait été le plus grand de sa classe, où il dominait ses camarades. Et puis, quand il avait eu treize ans, quand son entraîneur lui prédisait des succès internationaux, il avait cessé de grandir. Comme ça, d'un coup. Et personne ne savait pourquoi. Avec sa mère, ils avaient fait le tour des médecins et avec son père, celui des charlatans de campagne. Des cachets, des injections, des infusions de gros plantain, de camomille et d'on ne savait quoi, amères en diable. Et rien. Les traits sur le chambranle de la porte de sa chambre se superposaient ; ils avaient donc cessé de les tracer. Fini les rêves de stades, de gloire et de Ballon d'or. Il ne lui restait que les championnats amateurs.

Oleg but un peu d'eau et s'orienta vers les vestiaires. Leurs adversaires, les Talons diaboliques, venaient de gagner 1 à 0 et, à deux journées de la fin, ils étaient assurés d'être promus en division supérieure. Son équipe, le

FC Confins – un ramassis de garçons venus de Pologne de l'Est, du Bélarus et d'Ukraine – se trouvait toujours dans la zone relégable. Et tout portait à croire qu'elle y resterait jusqu'à la fin de la saison. Ça ne fait rien, se dit Oleg. Au moins, quand ils descendraient en quatrième division, ils ne pourraient pas tomber plus bas.

Il entra dans le vestiaire et fut accueilli par l'odeur de renfermé, la puanteur de la sueur, des caleçons et des frocs trempés suspendus aux portes des casiers, la vapeur s'échappant des douches. Oleg défit ses lacets, ôta son bas de survêtement et ses protège-tibias éraflés. Ils lui allaient comme un gant. Il les avait achetés au rayon enfants. Ils étaient en promo dans un lot avec un ballon Batman. "Un cadeau parfait pour une première communion !" annonçait le slogan sur l'affiche.

Une ombre dissimula le plafonnier. Quelqu'un venait de se planter au-dessus de lui. Oleg leva les yeux. C'était l'attaquant de l'équipe adverse, l'unique buteur de la rencontre, Marek ou Marcin. Il était tout sourire.

– Bon match, petit !

Marek ou Marcin leva la main pour qu'il lui en tape cinq.

Un silence gêné s'installa. Oleg resta assis, immobile. Le sourire de l'attaquant disparut, la main retomba.

– T'as un problème ? lui demanda-t-il.

– Lâche-moi, grogna Oleg.

– Putain, apprends à perdre, nabot.

Oleg jeta ses protège-tibias par terre et bondit sur ses pieds. Il arrivait au torse de Marek ou Marcin, il fallait qu'il renverse la tête en arrière pour le regarder droit dans les yeux.

– Comment tu m'as appelé ?

– Décompresse, bordel.

– Comment tu m'as appelé, putain ?

Oleg poussa son adversaire de toutes ses forces, assez pour que celui-ci fasse un pas en arrière. Certains joueurs se pétrifièrent, les pantalons hissés à mi-cuisse, les tee-shirts roulés sous le menton, d'autres se levaient des bancs pour intervenir.

Pawel, son coéquipier, le prit par les épaules.

– Oleg, dit-il, ça ne vaut pas le coup.

– Tu me cherches, gamin ? Hé, tu me cherches ?

– Marek, laisse-le tranquille, dit le capitaine des Talons diaboliques, un blond avec une barbe de deux jours.

– Merde, c'est lui qui a commencé.

– Rien à foutre de qui a commencé. Allez, ça suffit.

Oleg fila sous la douche, ignorant les regards curieux et les sourires en coin. Il se lava, s'habilla, salua ses coéquipiers et, l'instant d'après, il montait dans le tramway. Il traversa Bemowo, un quartier de barres d'habitation sans caractère, son front brûlant appuyé contre la vitre.

Quand il s'était avéré qu'il pouvait oublier ses rêves de carrière de footballeur, il n'avait plus trop su quoi faire de sa vie. Il avait fini le lycée avec des notes correctes, mais sans se distinguer en rien. Durant un an, il avait travaillé comme serveur et, le soir, il jouait de la basse dans un groupe de rock. Ça s'appelait Les Démunis. Et effectivement, ils étaient démunis : le chanteur tentait de couvrir ses fausses notes par des hurlements, la guitariste ne savait même pas accorder son instrument, quant au batteur, qui était bien le seul du groupe à posséder un quelconque talent musical, soit il ne venait pas aux répétitions, soit il débarquait bourré comme un coing. Les parents d'Oleg le tannaient pour qu'il aille à la fac parce qu'il gaspillait sa jeunesse, parce qu'un diplôme c'était un diplôme, parce que sans études supérieures, on ne pouvait plus rien faire de nos jours. Mais aucune filière ne l'attirait, rien ne l'intéressait. Au bout du compte, il avait choisi des études d'anglais à l'université Pouchkine de Brest parce qu'il connaissait déjà un peu la langue et croyait n'avoir pas d'efforts à fournir. Les enseignants lui démontrèrent bien vite son erreur, ils le torturèrent à coups de grammaire – les *non-finite verb complements* lui donnaient des cauchemars la nuit –, mais il tint bon, passa ses examens, obtint son diplôme. Puis vint le temps des petits boulots de traduction, des cours particuliers, une sorte de dérive vers nulle part. Jusqu'à ce qu'il tombe sur une annonce stipulant que la succursale de Varsovie d'un réseau social de premier plan recherchait des gens pratiquant le polonais, le biélorusse, le russe et l'anglais. Ils promettaient de l'aide dans les formalités et dans le déménagement, une bonne couverture sociale, des perspectives de voyages à l'international et un bon salaire. Le travail rêvé. En apparence.

Oleg descendit sur le rond-point ONZ qui donnait l'impression d'avoir été greffé sur Varsovie à partir de New York ou de San Francisco, il était composé de gratte-ciel, de verre, de néons, du métro et de gens voûtés sur leurs portables avec des cravates agitées par le vent. Il pénétra dans l'immeuble de bureaux, accola son badge magnétique au tourniquet, puis au lecteur de l'ascenseur. Il fit encore un détour pour se préparer un café – un café simple, soluble ; les machines professionnelles que Tymek avait tant vantées l'intimidaient toujours – et il s'assit devant son ordinateur. Il était temps de se mettre au boulot. Top départ.

Łukasz Borek
20/07/2020

Oh bordel, qu'est-ce qu'elle fout, cette connasse ;) Il faudrait lui arracher la langue…
Le "Rota" en version turbo ! Wioletta Słaby à l'assaut de l'Internet polonais :
www.meganews.pl/wioletta-slaby-ou-le-hurleur-de-minsk

12 likes, 2 commentaires

Incitation à la violence, invectives, une contravention manifeste au règlement. À supprimer.

Janina Kryszka
20/07/2020

Comment ça, elle n'est pas obligée ? La vermine bolchévique et les communistes, de mèche avec Donald Tusk, ont tué notre bon professeur Kaczyński ! Hitler n'en a pas zigouillé assez !

Le nouveau président de l'Estonie : "Europe, la Russie n'est pas obligée d'être notre ennemi".
www.poprzek.pl/Jaagup-Sokk-president-Estonie-ami-de-la-Russie

12 likes, 5 commentaires

Discours haineux, Hitler, à supprimer, suivant.

Zbyszek Dembski
20/07/2020

Aujourd'hui, les Ukrainiens font semblant d'être d'innocents agneaux, ils appellent à l'aide. Et les massacres en Volhynie ? Et les purges ethniques en Petite-Pologne ? Bande de chochols, nous ne vous le pardonnerons pas de sitôt.

4 likes, 0 commentaire

Oleg se sentit mal à l'aise. Il avait vécu sur les territoires anciennement polonais de l'Est, il savait combien ces terres étaient gorgées de sang. Il savait à quel point on était prompt à le verser jadis et à le décompter aujourd'hui. C'est pourquoi la perspective de réclamer justice via des revendications ou des menaces le terrifiait. Il passa la main sur son visage mal rasé. Ce n'était pas la peine de s'étendre sur l'intention et l'impression laissées par le message, ce n'était pas sa mission. Il se concentra sur le mot “chochols”. Ça lui évoquait vaguement une manière péjorative de qualifier les Ukrainiens, mais est-ce que ça rentrait dans le cadre d’un discours haineux ? Il vérifia dans les fascicules d’instructions. *Polak, Ruskof, Boche, Youpin* étaient autorisés, *Nègre, Bougnoule* et *Niakoué* étaient interdits. “Chochol” en tant qu’invective ciblant une nationalité particulière, mais pas un groupe ethnique, appartenait probablement à la première catégorie, alors elle ne contrevenait pas au règlement. D’accord, se dit Oleg, dans ce cas…

Il se figea, la main sur la souris. Zbyszek Dembski. Il avait déjà vu ce compte. C’était avant-hier, quand le réseau s’était soudain mis à grouiller de messages identiques sur les “PlatoCiviciens” et “la vermine de l’Est”. Ce ne sont pas tes oignons, se répétait-il, tu l’as bien entendu, il y a des équipes entières en charge des faux comptes et toi, tu as ton quota journalier à accomplir, des milliers de clics à cliquer.

Cependant la curiosité l’emporta – il visita le compte de Zbyszek Dembski. Celui-ci était public, visible par tous. Douze amis. Une photo de profil : un beau visage entouré d’un cadre de circonstance aux couleurs du drapeau national, blanc et rouge. Chaque jour, il publiait une quinzaine de messages, tous sans exception à connotation politique. Oleg cliqua sur l’onglet “Informations” et vérifia ses sites préférés. Il y avait sept mille résultats. Et, parmi eux, des clubs d’amateurs de matériel militaire, des groupes de reconstitution de batailles historiques, des sites d’information de provenance douteuse, des comptes de politiciens : Gilbert Collard, secrétaire général du Rassemblement bleu Marine. Matteo Salvini, un Italien, président du parti eurosceptique et sécessionniste de la Ligue du Nord. Nigel Farage, ancien dirigeant du Parti pour l’indépendance du Royaume-Uni, l’un des promoteurs de premier plan du Brexit. Ainsi que d’autres pages en langues polonaise, russe, allemande, arabe, espagnole, française et portugaise. Oleg revint à la page précédente, agrandit la photo de profil. Elle lui sembla familière. C'était Jesse Williams, l'acteur de *Grey's Anatomy*.

Il referma le compte de Zbyszek Dembski et recommença à assassiner des messages, mais il le faisait n'importe comment, sans en lire soigneusement le contenu. Sans savoir pourquoi, il avait une boule au ventre.

Julita regarda à gauche, puis à droite, puis encore une fois à gauche – depuis que, deux ans plus tôt, une voiture lancée à pleine allure avait failli la tuer, pour elle c'était ceinture et bretelles. Rien à l'horizon. Elle passa de l'autre côté de la rue Cyryla i Metodego, en direction de la rue Kameralna. À l'angle, il y avait un bar, avec ses lettres colorées, du béton poli à l'intérieur, des meubles de l'époque communiste rénovés, des ampoules nues suspendues à des câbles noirs. APRÈS 20H, TOUS LES SANDWICHS À MOITIÉ PRIX annonçait l'écriteau en vitrine. Chouette, songea Julita, j'y ferai un saut en rentrant, j'en achèterai deux ou trois, il y en aura pour demain.

Et puis, elle se rappela qu'elle avait de l'argent, qu'elle n'avait plus à se serrer la ceinture pour joindre les deux bouts, qu'elle n'avait plus à acheter sa nourriture en solde. Il y avait eu une période – après que Magda l'avait mise à la porte – dure, vraiment dure. Julita mangeait du pain et du fromage à tartiner matin, midi et soir. Elle n'avait pas de quoi s'acheter des billets, alors elle fraudait dans les transports, stratégiquement placée près de la porte, à guetter d'éventuels contrôleurs (ils montaient toujours à deux, l'un par la porte de devant, l'autre par celle de derrière, invariablement vêtus de blousons à fermeture éclair ou de gilets en cuir noirs, peu importait la météo, sous lesquels ils dissimulaient leurs badges). Après la fusillade à l'aéroport, ça allait déjà mieux, les journaux se battaient pour ses articles et, chose incroyable, la payaient dans les délais. Et puis, son livre était paru, *Vengeance 2.0. L'affaire Emil Chorczyński*, un livre qui, pendant plus de six mois, n'était jamais sorti du classement des meilleures ventes. À cela étaient venus s'ajouter les droits de traduction, les rencontres rémunérées, les prix… Elle remboursa toutes les dettes qu'elle avait contractées auprès d'amis, meubla l'appartement qu'ils louaient avec Leon, participa aux travaux de rénovation chez ses parents… et il lui restait encore des sous. Il lui en restait même pas mal.

Elle découvrit alors qu'on pouvait aussi être stressé par le fait d'avoir trop d'argent. Que faire avec ? Investir en Bourse ? Elle ne s'y connaissait pas, elle avait peur de tout perdre. Le garder sur un compte ? Mais que se passerait-il si l'inflation devenait galopante ? Dans ce cas, ça valait peut-être le coup de prendre un crédit, d'ajouter ses économies et d'acheter un studio à louer ? Non, la prévinrent ses amis, les prix de l'immobilier vont baisser, tu vas y perdre. À tout cela s'ajoutait un sentiment de culpabilité. Après tout, elle était journaliste, elle savait ce qui se passait dans le monde, elle savait que lorsqu'elle profitait d'une meringue framboise chantilly dans un café, des gens mouraient de faim quelque part sur la planète. Pire, il ne fallait même pas les chercher bien loin. Il suffisait de faire un tour dans le vieux quartier de Praga, sur la rive droite, de jeter un coup d'œil sous les porches ou par les fenêtres des immeubles en décrépitude. Alors quoi, donner le tout à une association caritative ? Mais que faire le jour où le flot d'argent viendrait à se tarir ?

Parce qu'il allait tarir un jour, elle en était persuadée. Ce premier livre, elle l'avait écrit dans une sorte de transe étrange, dans un état de concentration totale, à coups de plusieurs milliers de mots par jour. Rien n'était en mesure de la distraire, de la séparer de son clavier. Quelques mois après la publication – après que les premiers chiffres des ventes étaient tombés –, son éditeur lui avait soumis un contrat pour le livre suivant, et ce à des conditions de star : une solide avance, 25 % du prix de vente de chaque exemplaire, un délai de remise d'un an. Elle l'avait signé sans réfléchir. Elle entamait alors son enquête sur Xtraterrestria1, le mystérieux modérateur d'un forum pédophile, estimant que ça serait un bon sujet. Le hic, c'est qu'elle s'était vite retrouvée au point mort. Grâce aux documents transmis par Emil, elle avait réussi à remonter jusqu'à un post qui datait de quelques années où un utilisateur s'adressait au modérateur par le prénom Pietia, elle avait aussi trouvé un site web vide enregistré sous l'adresse xtraterrestria1@mail.ru. Et c'était tout, c'était l'ensemble de ses résultats. D'ailleurs, comment aurait-il pu en être autrement ? Puisqu'Emil n'avait pas réussi, comment pourrait-elle y arriver ?

Voilà pour le livre. Et les articles ? Nickel. Peu importe le sujet sur lequel elle écrivait, ils se répandaient sur la toile comme une traînée de poudre. À ceci près qu'elle ne savait pas si le mérite lui en revenait ou si c'était grâce au réseau de bots qui généraient sous ses textes un trafic artificiel. C'était le cadeau posthume d'Emil, des excuses pour ce qu'il lui avait fait sous la forme d'une aide pour son avenir. C'était une publicité gratuite, invisible, qui s'était avérée aussi utile que déprimante. Julita avait perdu sa distance critique envers elle-même, elle ne savait plus évaluer ce qui était effectivement bon et ce qui devait atterrir à la poubelle. Elle se sentait tricheuse, comme la fois où, petite fille, elle avait piqué un paquet de chewing-gums à la supérette du quartier et était absolument persuadée que tout le monde, TOUT LE MONDE le savait, qu'on lui lançait des regards soupçonneux et qu'on épiait chacun de ses gestes. À la vue des milliers de commentaires, de partages et de likes sous ses articles, ses oreilles devenaient rouges de honte et la crainte couplée à la certitude que quelqu'un, un jour, finirait par la démasquer, participait pour une grande part à ses problèmes d'insomnie. Bien sûr, elle pouvait éteindre ces bots à tout moment, il lui suffisait pour cela d'envoyer un mail d'un seul mot à l'adresse indiquée par Emil. On découvrirait alors ce qu'elle valait, quelle part de ses succès elle devait à son talent. Mais elle n'était pas capable de franchir le pas.

Elle marchait dans la rue Kameralna, longeait des rangées d'immeubles de trois étages en briques blanches qui ne se distinguaient entre eux que par leurs balcons : sur l'un d'entre eux, quelqu'un avait aménagé une cabane à outils, sur un autre, il y avait des vélos, et de la lessive séchait sur celui d'à côté. Sur la placette entre les immeubles, des moineaux se chamaillaient pour des croûtes de pain sous les barres à dépoussiérer les tapis et un sans-abri enfonçait sa main à travers le grillage qui cernait le local des poubelles pour essayer d'attraper une canette ou une bouteille vide consignée. Puis Julita emprunta la rue Borowskiego, le long du mur de la station de contrôle des véhicules, un mur sur lequel la jeunesse du quartier s'exerçait à l'art de peindre des croix gammées ou celtes. Deux conclusions venaient à l'esprit après une telle balade : premièrement, que des leçons de calligraphie devraient faire leur retour dans les écoles polonaises, et deuxièmement, que quelque chose clochait sérieusement dans les cours d'histoire.

Cinq minutes plus tard, elle était déjà sur la place Hallera. Le bar Alpha où Jan Tran lui avait jadis donné ses premières leçons de sécurité informatique avait fait faillite : la porte était verrouillée à triple tour, les chaises de jardin en plastique et les parasols estampillés du logo d'une brasserie varsovienne avaient disparu. Jan devait habiter quelque part dans le quartier – il lui avait dit à l'époque être venu à pied. Quand ils avaient par la suite parlé au téléphone, Julita entendait des tramways, donc ses fenêtres devaient se trouver du côté de la rue Jagiellońska. Bien sûr, elle aurait pu lui passer un coup de fil et lui demander son adresse exacte. À ceci près qu'il refusait toujours ses appels. Jan ne lui avait toujours pas pardonné.

Julita regarda sa montre. 19 heures approchaient, Jan était déjà probablement à la maison… devant son ordi. Elle tourna dans la rue Skoczylasa et pénétra dans l'arrière-cour de l'immeuble située le plus près de la rue Jagiellońska. C'était peut-être là ? Mais comment s'en assurer… L'immeuble était vaste, il possédait dix, voire douze cages d'escalier. Même si les listes des habitants étaient accrochées au niveau des entrées, Jan avait à coup sûr fait retirer son nom. Alors, elle pourrait peut-être se baser sur le nom d'un réseau wi-fi ? Les gens attribuaient souvent des noms simples à leurs réseaux : "Piotrmaison", "Mon_Internet" ou "Voisin_pique_pas_la_connexion !" Parfois, ils laissaient le nom de la configuration d'usine. Mais Jan avait probablement choisi une suite de caractères aléatoires, "x463_832r^doo29" ou quelque chose d'approchant. Elle aurait pu se promener, le portable à la main, et attendre de capter le signal d'un réseau de ce genre, mais rien ne garantissait que ça marcherait et… Non, se dit-elle, ça n'a aucun sens, Jan était tellement parano qu'il avait certainement éteint l'émission de l'identificateur SSID afin de rester caché. Comment retrouver une personne obsédée par le respect de sa vie privée…

Soudain, elle eut un éblouissement. Elle s'empara de son portable, activa Google Maps et passa en mode Street View. Elle positionna sa caméra sur la façade de l'immeuble d'angle et fit lentement défiler les photos. Comme elle l'avait supposé, un morceau du bâtiment près du carrefour avec la rue Szanajcy était flouté. Celui qui vivait là devait avoir déposé une requête auprès de Google pour effacer les images de sa propriété. La plupart des gens ne savaient même pas que leur maison était photographiée. Ceux qui s'en rendaient compte ignoraient d'ordinaire qu'ils pouvaient exiger la suppression des images et ceux qui étaient au courant n'avaient pas le courage de le faire. Pourtant, quelqu'un s'en était donné la peine et Julita avait de forts soupçons sur son identité.

Elle s'approcha de la cage d'escalier en question et enfonça la première touche venue sur l'interphone.

– Allô ? C'est qui ? répondit l'instant d'après une voix de femme âgée.

– La Poste, répliqua Julita.

Bzzzt, c'était ouvert. Peu importait qu'il fût près de 20 heures, le facteur c'était le facteur. Julita pénétra à l'intérieur et examina les boîtes aux lettres. Elles étaient vieilles, avec des arêtes tranchantes, faites en tôle épaisse, et avaient de petites fentes dans les battants pour qu'on puisse vérifier si du courrier était arrivé. À ceci près que l'une des fentes, celle de l'appartement numéro 11, était obstruée de l'intérieur par du carton noir. Julita sourit en coin. Ça devenait trop facile.

Le numéro 11 correspondait au troisième et dernier étage. C'était du bâti ancien : cage d'escalier large, haute de plafond ; Julita arriva au troisième essoufflée. Oh, se dit-elle, il va falloir se reprendre en main, se décoller du bureau, s'inscrire au yoga ou autre zumba. À partir du nouvel an peut-être.

Elle se planta devant le 11, consciente qu'il ne s'agirait pas d'une conversation agréable. Enfin… à condition déjà qu'elle ait lieu. Elle frappa. Silence, puis des pas qui se rapprochaient. L'œil du judas s'obscurcit, quelqu'un venait de cacher la lumière. Julita offrit son plus large sourire. Rien. Aucune réponse. Puis des pas qui s'éloignaient de la porte.

– Jan, je sais que tu es là ! cria-t-elle.

Silence.

– Jan ! Ouvre-moi, bordel !

Rien.

– Je vais rester plantée là jusqu'à ce que tu m'ouvres !

Seul l'écho lui répondit. Tant pis, se dit-elle, tu l'auras cherché.

– *Neeear, faaaar, whereeeeever you are!!!* entonna-t-elle, aussi fort qu'elle put ; son chant se répandait dans la cage d'escalier. *I beliiiieve that the heart does go oooon… Once more, you oooooopen the dooor!!!*

Les verrous grincèrent, la porte s'entrebâilla. Mais la chaîne resta en place. Des pupilles brillèrent dans le noir. Elle les reconnut.

– Tu veux vraiment que j'appelle la police ? grogna Jan.

– C'est toi la police.

– Je t'ai dit que je ne voulais plus jamais te parler.

– Oui, je m'en souviens.

– Alors pourquoi t'es là ?

– Pour te convaincre de changer d'avis.

Pause, elle avait l'impression que ses yeux la perforaient.

– Hmm… laisse-moi deviner, dit-il. Tu as besoin d'aide.

– Exact.

– Et pourquoi devrais-je t'en fournir ? Hein ?

– Tu as entendu parler de la fille de Mińsk ? La camgirl étranglée sous les yeux du monde entier ?

Durant un instant, Jan ne répondit pas. Puis il hocha la tête.

– J'ai une piste, déclara-t-elle.

– Félicitations. Alors apporte-la au commissariat.

– Jan… soupira-t-elle. Sincèrement, tu crois qu'ils vont faire quelque chose avec ?

– Ce ne sont pas mes oignons.

– Une fille est morte. Elle est morte d'une manière affreuse.

– Bah voyons, s'esclaffa le Polono-Vietnamien, et c'est pour ça que tu t'es intéressée à elle.

Ça lui fit mal. Et ça l'irrita. Elle se détourna pour qu'il ne s'en aperçoive pas, mais en vain.

– Je vois que j'ai touché un point sensible.

Les dents de Jan scintillèrent dans l'obscurité.

– Tu es un vrai salopard, tu sais ?

– Pourquoi ? Parce que j'ai dit la vérité ?

– Non, dit-elle sur un ton mauvais. Parce que tu te soucies davantage de m'offenser que d'attraper le type qui a étranglé une fille qui le suppliait de l'épargner. Parce que…

– Je ne sais pas pourquoi tu as l'impression qu'il n'y a que toi qui…

– … tu te soucies davantage, poursuivit Julita sans se laisser couper la parole, de me voir punie plutôt que lui.

Silence. Il ne répondit rien. Il ne savait peut-être pas quoi répondre.

– Toi aussi, tu m'as menti, Jan, continua-t-elle, et ce d'une façon vraiment moche. Mais j'ai réussi à ravaler ma fierté et à l'oublier. Parce que je sais qu'il y a des choses plus importantes. Dommage que tu n'en sois pas capable.

Jan se mordilla la lèvre… et claqua la porte.

Pour en ôter la chaîne.

Un costard ennuyeux. Une chemise ennuyeuse. Une cravate ennuyeuse. Une coiffure ennuyeuse. Daniel Królak, le représentant de l'entreprise Net Solutions, avait l'air d'un mannequin de boutique de vêtements réveillé par magie qui, la nuit, ne se couche pas dans un lit mais dans une boîte en carton et se roule dans du papier bulles pour ne surtout pas amasser de poussière. Aneta n'était même pas en mesure de lui attribuer un âge ; peut-être trente, peut-être cinquante ans. Elle lui serra la main, froide et humide comme une escalope de poulet tout juste sortie du réfrigérateur.

Elle s'assit à la table de réunion. À part elle, dans cette pièce, il y avait Artur, bien entendu, mais aussi Tomasz, son chef de cabinet, Lena, sa porte-parole, et Stach, leur juriste. Les bureaux étaient silencieux, la majorité des employés étaient rentrés à la maison. Aneta posa devant elle un cahier, un stylo et trois feutres fluo. Elle aurait préféré prendre des notes sur son ordinateur portable, mais ils s'étaient mis d'accord pour participer à cette rencontre sans aucun matériel électronique. Juste au cas où.

Daniel Królak connecta une clé USB à l'ordinateur de présentation et se mit à fouiller dans les réglages du projecteur. Tomasz lança une plaisanterie moyennement drôle pour meubler le silence, Artur dévorait des biscuits apéritifs *paluszki* parce qu'il n'avait pas eu le temps de dîner auparavant et Lena fixait la fenêtre, établissant sans doute en pensée la liste des choses qu'elle aurait préféré faire au lieu de mariner dans cette salle de réunion étouffante en cette soirée de juillet. Dommage que la télécommande de la clim soit tombée en panne.

– Bonsoir à tous, dit Daniel Królak en projetant la première diapo. Je voudrais vous présenter la stratégie de la campagne électorale Internet pour Pologne Demain préparée par Net Solutions. Notre projet s'appelle "Ta Pologne, ton avenir".

Comme c'est original, songea Aneta. Elle ôta le capuchon du stylo et commença à prendre des notes.

– Selon nos études, poursuivit Daniel Królak sur fond de diagramme en barres colorées, le plus grand problème auquel doivent faire face les partis d'aujourd'hui est l'aversion des électeurs pour la politique au sens large et leur perte de foi dans le processus démocratique. En d'autres termes, l'électorat polonais ne fait pas confiance aux hommes politiques, il ne les aime pas et, par-dessus tout, il ne croit pas qu'ils soient capables de transformer quoi que ce soit en mieux. Pour obtenir un bon résultat, pour franchir le seuil magique des 5 %, votre parti doit convaincre des électeurs. Comment y arriver ?

Sur la diapo suivante, on voyait une capture d'écran de l'une des chaînes d'infos en continu. Dessus, deux politiciens. Des postures dynamiques, un langage corporel expressif (un doigt pointé dans un geste d'accusation, des mains levées en signe d'innocence), le dramatisme de la scène encore souligné par des contrastes – c'était une composition digne d'un tableau de la Renaissance.

– Certainement pas en hurlant avec les loups, dit Daniel Królak en répondant à sa propre question. La scène politique polonaise est dominée par deux partis et par leur conflit. Les formations mineures tentent de participer à ce fil narratif, de forcer le passage jusqu'à la scène, mais sans grand résultat. Personne ne remarquera l'apparition d'une nouvelle voix dans ce chœur : on vous étouffera et la seule chose que vous obtiendrez, c'est de vous abîmer les cordes vocales. À notre avis, un message positif portera de bien meilleurs fruits. Ça permettra…

– Nous nous en rendons compte, précisa Aneta. En fait, notre mouvement repose là-dessus. Nous l'avons dans notre nom, nous ne parlons pas de passé, mais d'avenir.

– C'est exact, répliqua Królak. À ceci près que peu de gens vous écoutent. Le député Warecki possède certes un taux d'identification de 70 %, mais Pologne Demain n'arrive toujours pas à dépasser le seuil des 30 %, ce qui n'augure rien de bon. La question est de savoir comment atteindre des gens qui se fichent de la politique, des gens qui ne lisent pas les journaux et qui zappent sur une autre chaîne lorsque c'est l'heure des infos. La solution à ce problème, c'est justement le projet "Ta Pologne, ton avenir".

Une pause pour l'effet, puis la diapo suivante.

– Première étape, annonça Daniel Królak. La création d'un institut indépendant qui n'est lié en rien à votre parti et qui n'est donc pas soumis aux restrictions imposées par le Comité électoral national. Appelons-le pour le moment l'Institut Pologne d'avenir, avec pour sigle IPA. Toutes les formalités relatives à l'enregistrement de cette organisation sont prises en charge par Net Solutions. Bien entendu, nous le ferons avec la discrétion appropriée.

Clic, changement de diapo.

– Deuxième étape. Vous annoncez avoir commandité auprès de l'IPA une grande étude démographique dans le but de mieux connaître vos électeurs.

– Laissez-moi deviner, dit Tomasz, "Ta Pologne, ton avenir".

– Exactement, acquiesça Daniel Królak. Le message est clair, pourquoi ce serait les politiciens qui devraient nous dire comment ils veulent réparer la Pologne ? Peut-être que c'est nous, les Polonais, qui devrions leur dire ce qui est important ? Après tout, ce sont eux qui travaillent pour nous, avec l'argent de nos impôts. Dans une entreprise normale, c'est le chef qui dit aux employés quoi faire et non l'inverse, pas vrai ?

Tous les participants opinèrent du chef : un Polonais lambda se laisserait convaincre.

– Troisième étape, continua Królak. Nous créons un site Internet, www.tapologne.pl. L'adresse est déjà enregistrée pour vos besoins. Sur ce site, nous plaçons une enquête d'opinion. Trente questions. Qu'est-ce qui est important pour vous, madame, monsieur, dans la vie ? Qu'est-ce que vous craignez, madame, monsieur ? À quoi devrait ressembler notre pays ? Ça sera une enquête dans le genre du Centre d'éducation citoyenne…

– Et quoi, on construit un programme sur la base de leurs réponses ? demanda Lena, l'attachée de presse.

Silence. Tous les participants se tournèrent vers elle : regards moqueurs, sourires en coin. Quel programme ? Lena marmonna quelque chose dans sa barbe et recommença à scruter la fenêtre.

– Moi, un autre aspect me dérange, intervint Aneta. Comment allons-nous convaincre des gens de consacrer un quart d'heure de leur vie à répondre à un questionnaire ? Les études démontrent que la majorité…

– Bonne question, répondit Daniel sur le ton d'un professeur content de lui, ce qui l'irrita encore davantage. Commençons par dire que nous allons simplifier au maximum la procédure d'enregistrement. Au lieu de créer un nouveau compte, de renseigner son adresse mail et cetera, et cetera, le répondant pourra se connecter via Facebook. En un seul clic. De plus, l'enquête sera finalisée par un récapitulatif visuel de belle facture, qui poussera les utilisateurs à le placer sur leur mur et incitera leurs amis à participer à leur tour. À part ça, une promotion adéquate sera évidemment nécessaire. Il s'agit de notre quatrième étape.

Clic, diapositive suivante. Aneta but un peu d'eau. Il commençait à faire véritablement chaud dans la pièce, les visages et les épaules luisaient de sueur. Daniel Królak, dans son costume et avec sa cravate serrée comme un nœud de potence, semblait ne faire aucun cas de la température qui grimpait.

– Avant tout, nous devons faire beaucoup de bruit autour de notre enquête, déclara-t-il. Nous le ferons à peu de frais, en conviant dans l'opération des célébrités de troisième et quatrième catégorie.

– Et ils ne voudront pas de thune pour ça ? demanda Tomasz en haussant un sourcil.

– Si, certainement, mais nous réglerons la question avant tout sur la base du troc. Vous proclamez votre soutien à notre opération, vous allez convaincre vos fans de participer à l'enquête, et nous, en contrepartie, nous allons afficher vos posts et partager les liens de vos pages dans notre campagne de promo nationale. De la pub en échange de pub, gagnant-gagnant.

Tomasz hocha la tête, manifestement satisfait par la réponse.

– L'opération "Ta Pologne, ton avenir" pourrait être décrite à l'aide de trois mots clés : modernité, optimisme, technologie, dit Daniel Królak en joignant ses mains en forme de triangle. L'agence de relations publiques avec laquelle nous collaborons a déjà préparé une liste de trois cents personnalités qu'on peut associer à ces termes.

Silencieux jusque-là, Stach émit un doute :

– Et ils ne craindront pas d'être associés à un parti donné ? demanda-t-il.

– Non, parce que ce n'est pas Pologne Demain qui mène cette enquête, mais un institut indépendant avec lequel vous interagissez, dit Daniel en souriant. En supplément, une fois le questionnaire rempli, les participants obtiendront un bon de réduction dans l'une des enseignes de hard-discount. La concurrence dans ce secteur est furieuse, les chaînes ne peuvent plus faire davantage descendre leurs prix, alors ils devraient se montrer enthousiastes à l'idée d'une telle publicité, d'autant que ça les aiderait dans leur difficile démarche de changement d'image. Les hard-discounts sont souvent assimilés à des marchandises de piètre qualité, de bas coût, destinées à des personnes âgées, c'est pourquoi l'association à des mots clés tels que modernité, optimisme, technologie sera très attractive pour eux. Bien sûr, il faudra payer ces bons de réduction, mais je crois qu'on réussira à négocier un tarif avantageux. Net Solutions prend en charge ces accords.

– OK, mais où tout cela nous mène-t-il ? demanda Tomasz.

Il paraissait fatigué, des auréoles s'élargissaient sous ses aisselles, les verres de ses lunettes étaient sales.

– Les bénéfices sont multiples, répliqua Daniel Królak. Premièrement, nous augmenterons l'identification du parti. Deuxièmement, nous montrons aux électeurs que vous êtes différents du reste des politiciens, que vous écoutez au lieu de bavasser. Troisièmement, et c'est bien entendu le plus important, nous obtenons l'accès à une quantité énorme de données utiles. Vu que les participants se connectent via Facebook, nous pourrons voir les informations de la partie publique de leurs comptes. Sur notre page, nous placerons des *tracking cookies*, c'est-à-dire des programmes qui nous permettront d'observer les mouvements suivants des participants sur le Net, quelles pages ils visitent et combien de temps ils y restent. Et l'enquête en soi, comme vous vous en souvenez sans doute, contient des questions de personnalité qui nous permettront de placer chaque participant sur ce qu'on appelle le modèle OCEAN. L'appellation est un acronyme des caractéristiques testées, c'est-à-dire *Openness to experience*, *Conscientiouness*, *Extraversion*, *Agreeableness* ainsi que *Neuroticism*, c'est-à-dire l'Ouverture aux nouvelles expériences...

Nous savons parler anglais, était sur le point de dire Aneta, mais elle se mordit la langue.

– ... la Conscience morale, l'Extraversion, l'Amabilité et le Névrosisme. Grâce à cela, nous pouvons établir à quelle sorte de publicités l'utilisateur est réceptif. Nous pouvons atteindre quelqu'un d'ouvert aux nouvelles expériences par le langage des aspirations, en revanche celui qui y est fermé réagira certainement à une menace contre son sentiment de sécurité. Il est plus facile d'imposer notre message à des personnes conciliantes. On peut convaincre les personnes morales de passer à l'action et persuader les extravertis de partager vos slogans sur leurs propres comptes. Nous adressons des publicités différentes à chaque type de personne, des pubs calibrées exprès pour chacun, en fonction de ses soucis et de ses espoirs.

Un grand silence se fit. On n'entendait qu'Artur en train de grignoter ses gressins.

– Pour le dire crûment, intervint Stach – et on entendit de la crainte dans sa voix –, vous voulez nous faire ici un second Cambridge Analytica.

– Pas le moins du monde, répliqua Daniel avec le sourire.

Aneta aurait juré qu'il s'attendait à cette comparaison. Il y était préparé.

– Cambridge Analytica est entré en possession des données des utilisateurs en contrevenant aux règles d'utilisation de la plateforme, à travers une vulgaire escroquerie. Nous le ferons en toute légalité.

– En disant franchement aux gens que nous exploitons leurs données pour les manipuler ?

– Oui. Ça figurera dans les conditions de participation au programme. Sur la page 6. Les participants transmettent de leur plein gré leurs données.

– Personnellement j'ai un autre doute, déclara Aneta.

– En l'occurrence ?

– Combien de personnes prendront part à cette enquête ? Quels sont vos pronostics ?

– Nous espérons collecter les réponses d'au moins vingt mille répondants. Peut-être cinquante mille.

– Voilà, dit Aneta en croisant les bras. Or, il y a plus de trente millions de personnes habilitées à voter en Pologne. Bien sûr, ça serait sympa d'avoir des données aussi précises à propos de cinquante mille personnes, mais soyons francs, dans une perspective plus large, ça n'a aucune espèce d'importance. Le ciblage démographique que nous effectuions jusque-là est amplement…

Daniel Królak n'attendit pas qu'elle ait fini de parler. Il passa à la diapositive suivante. Dessus, il y avait des diagrammes, des courbes, des trames et Dieu sait quoi d'autre…

– Vous avez une fois de plus raison. Je vous félicite pour votre perspicacité, dit-il. Nous voulons justement créer une image de tout le corps électoral polonais et non d'un échantillon restreint. Et c'est ici qu'une analyse *big data* nous vient en aide.

– C'est-à-dire ? demanda Tomasz.

– En résumé et de façon simplifiée les gens se ressemblent, répondit Królak. Supposons que l'un de nos participants ait liké sur Facebook le profil du chanteur Dawid Podsiadło, qu'il ait ajouté à sa photo de profil le logo du Grand Orchestre de charité de Noël et qu'il publie en moyenne cinq nouveaux messages par semaine.

Les probabilités sont fortes, des probabilités frôlant la certitude, que toutes les personnes qui ont en commun ces caractéristiques possèdent un profil psychologique semblable. Dans le jargon du métier, nous appelons ça le *doppelganger effect*. En ayant cinquante mille participants, nous amasserons assez de données pour obtenir, par extrapolation, les traits psychologiques détaillés de millions d'électeurs polonais. Et nous pourrons atteindre chacun d'entre eux avec une publicité hautement personnalisée, en dépit du fait qu'ils n'aient pas rempli notre… Oui, vous vouliez dire quelque chose ?

Daniel s'était adressé à Aneta. Elle ne voulait pourtant rien dire. Tout simplement, elle en était restée bouche bée. Elle secoua donc la tête et détourna les yeux. Des millions. Des millions de profils. Oh putain. Tout ce qu'on pourrait en faire. Tout ce qu'on pourrait en tirer.

– J'ai du mal à y croire, dit Tomasz en reculant dans son siège avant de croiser les bras sur sa poitrine. C'est trop beau pour être vrai.

– Je comprends votre scepticisme et, pour être franc, je m'y attendais, répliqua Królak, toujours aussi sûr de lui. C'est pourquoi je me suis permis de préparer quelques exemples pour vous convaincre. Observez cette diapo, s'il vous plaît. À gauche, vous avez un ensemble de comptes qui aiment la marque de vêtements Red is Bad et qui ont publié une photographie faite à Varsovie le 11 novembre 2016, 2017 ou 2018, c'est-à-dire durant la grande Marche de l'indépendance. À droite, vous avez l'ensemble des comptes qui aiment la fanpage des jeunesses ultranationalistes Młodzież Wszechpolska. La corrélation monte à plus de 87 %.

Silence. Concentration. Même Lena détourna son regard rêveur de la fenêtre.

– Bon, d'accord… dit Tomasz en se redressant, mais Młodzież Wszechpolska est une organisation extrême et donc très spécifique, alors certainement que…

– Dans ce cas, regardez la diapo suivante…

Clic. Nouvelle image. Królak s'était préparé à tout.

– À gauche, vous avez les comptes des gens qui ont un jour partagé un message ou une photo taguée avec le hashtag "marathon", qui aiment plus de pages de pop-culture en langue anglaise qu'en langue polonaise et qui ont publié au moins une fois une photo prise à l'étranger. À droite, vous avez les comptes des gens qui aiment la page du parti Plateforme civique ou celui d'un politicien majeur de cette formation. La corrélation est au niveau de 93 %.

Daniel Królak reposa son pointeur laser sur le bureau et croisa les doigts.

– Je pourrais continuer ainsi encore un bon moment… affirma-t-il, mais il m'est avis que ce n'est plus nécessaire.

Effectivement, ça ne l'était plus.

Stach enleva ses lunettes et plissa ses yeux fatigués.

– Tout… Tout ça est légal ? demanda-t-il.

– Ça respecte la lettre de la loi, répliqua Daniel, mais, je l'admets ouvertement, pas toujours son esprit.

– Rien à foutre de l'esprit, lança Tomasz, le chef de cabinet, en balayant l'air de la main. Combien ça va coûter tout ça ? Parce que ça n'a pas l'air abordable.

Pour la première fois, Daniel Królak ne répondit pas du tac au tac, il rassembla ses pensées.

– Je vais vous parler franchement, dit-il en fin de compte. Net Solutions voit en Pologne Demain un partenaire stratégique. Votre succès sera aussi notre succès parce qu'il sera la meilleure publicité pour nos capacités et nos possibilités. C'est pourquoi nous sommes prêts à certains sacrifices dans l'évaluation de nos prestations. Je suis sûr que nous arriverons à un accord.

Quelque part, au loin, des motos vrombirent, *vrrr, vrrr*. Les courses nocturnes commençaient sur les allées Jean Paul II.

– Pour ma part, je n'ai pas d'autres questions, déclara Artur en prenant la parole pour la première fois. Et vous ?

Silence. Des yeux comme des ronds de flan.

– Parfait, dit Artur en hochant la tête. Monsieur Daniel, nous vous remercions pour cette présentation extrêmement intéressante. Nous organiserons une réunion générale cette semaine et nous déciderons de quoi faire ensuite.

– Bien entendu. Merci beaucoup. Bonne nuit à tout le monde.

Daniel ramassa ses affaires et Tomasz le raccompagna jusqu'à la sortie. Le reste de l'équipe demeura dans la salle. Tout le monde était excité et voulait partager ses impressions à chaud. Tout le monde à part Aneta. En ce qui la concernait, elle était sous le choc. Elle s'attendait à ce que Daniel Królak, un paltoquet en costard, soit un autre de ces poseurs qui tentaient de se remplir les poches en profitant du fait que rares étaient les membres des états-majors des partis à comprendre le monde des réseaux sociaux. Elle pensait qu'il leur raconterait des salades au sujet de millions de visionnages de publicités et de l'accroissement du nombre de fans de leur site. Elle s'imaginait pouvoir le renvoyer dans ses cordes, le submerger de jargon, le ridiculiser devant Artur et prouver qu'elle était la meilleure dans le métier. Or, il s'était avéré qu'elle ne boxait même pas dans la même catégorie que Królak, qu'elle pouvait au mieux lui cirer les chaussures. Où diable Artur avait-il déniché ce type-là ?

Lena quitta le bureau en premier, Tomasz un instant plus tard, Stach après lui. Au siège du parti, il ne restait plus que le député Artur Warecki et Aneta. Ils s'installèrent dans la cuisine parce qu'il n'y avait que là qu'on pouvait créer un courant d'air. Artur lui servit un verre d'eau avec des glaçons puis s'assit sur une chaise – à l'envers, en mettant ses mains sur le dossier. Il avait l'air de poser pour une photo. Comme d'habitude.

– Qu'est-ce que tu en penses ? demanda-t-il.

– Tu sais ce que j'en pense.

– Oh. Quand ma femme me dit ça, ça veut dire que j'ai des problèmes.

Il l'observa, attentif. Elle ne rit pas.

– D'accord… Alors je vais essayer de deviner, dit-il. Tu es furax parce que je ne t'ai pas dit plus tôt que j'avais parlé avec lui. Et tu te fais du souci parce que, jusque-là, tu n'avais aucune concurrence, tu jouais devant un but vide, sans…

– Pitié, tout sauf une nouvelle métaphore footballistique.

– Si tu veux. Mais tu sais ce que je veux dire.

– Mmh.

– Ces gens de chez Net Solutions sont bons dans leur créneau, c'est clair… Mais ils ne seront que nos sous-traitants. Ça sera toi la chef de notre campagne Internet. C'est clair ?

– C'est clair.

– Alors c'est cool. Viens, on y va. On en reparle demain.

Ils refermèrent la porte à clé et s'engagèrent sur le palier. Une odeur de nettoyant pour sol bas de gamme flottait dans l'air.

– Artur ? fit-elle pendant qu'ils descendaient l'escalier.

– Oui ?

– Tu sais que ce qu'ils proposent… ce n'est pas plus élégant que ce que je voulais faire. Bien au contraire.

– Possible, oui.

– Tu n'as pas de problème avec ça ?

– Honnêtement ? – Il lui tint la porte pour sortir. – Non. Et toi ?

– Pas le moins du monde, mais ce n'est pas moi qui pérorais en jurant vouloir jouer *fair play*.

– Tu ne m'as pas compris, dit-il dans un sourire. Je t'ai dit que je ne voulais pas jouer en Angleterre parce qu'ils taclaient les chevilles. Ça ne veut pas dire qu'en Italie personne ne faisait de fautes, parce qu'ils en faisaient.

– Alors quelle est la différence ?

Bip-bip, Artur déverrouilla la serrure de sa Porsche et monta dedans. Le vernis perle scintillait sous la lueur du lampadaire.

– Ils le faisaient de sorte que personne ne les voie, dit-il avant de claquer la portière.

Julita pensait surprendre Jan devant son ordinateur. Dans son esprit, elle avait déjà imaginé la scène : il est à son bureau, des écouteurs sur les oreilles, plongé dans le *chiaroscuro* bleu-noir d'une chambre éclairée seulement par un écran, et ses doigts courent sur le clavier. Soudain, on entend des coups à la porte. Jan s'empare de son pistolet, enlève le cran de sûreté, se colle au mur – l'un des bandits qu'il avait mis derrière les barreaux se serait-il décidé à lui rendre visite ? Quand il aperçoit un visage familier à travers le judas, il cale son flingue derrière la ceinture ; le toucher du métal glacial refroidit ses émotions.

Or, il s'avéra que Jan était en train de repasser. Une chemise. Blanche à rayures turquoise. La planche à repasser était disposée au milieu du salon, devant une télé qui diffusait un reportage animalier (“… les grandes oreilles du fennec lui permettent d'entendre des animaux cachés sous terre, mais elles aident aussi à refroidir un organisme soumis au soleil du désert…”). Un pantalon de costume était posé sur une chaise de manière à ne pas froisser le pli, juste à côté d'une cravate dénouée.

– Eh, c'est quoi ça, tu te maries ? demanda Julita.

– Non.

– Mais sérieux, c'est quoi comme occase ?

– Aucune. Ce sont mes vêtements de travail.

– De travail ?

Julita observa soigneusement la chemise : poignets à boutons de manchettes, col type button-down.

– Vous avez un défilé de mode au commissariat ?

– Je ne travaille plus dans la police.

Julita lui lança un regard effaré : bouche entrouverte, sourcils haussés.

– Tu as un truc à me dire, il paraît.

– Oh non, non, pas si vite. Comment ça, tu ne travailles plus dans la police ? Alors où ? À l'Anticorruption ? Au Bureau central d'enquête ? Aux RG ?

– Au PCW.

– Au PCW ? Attends, attends… Dans cette… commença Julita, hésitante. Dans cette boîte de consulting ?

– Moui…

– En tant que quoi ? Conseiller fiscaliste ?

– Non, spécialiste senior en cybersécurité.

De surprise, Julita s'assit sur le canapé.

– Tu déconnes… Toi ? Dans une multinationale ?

– Oui, moi, dans une multinationale. Tu peux mettre fin à cet interrogatoire ?

Jan éteignit le fer à repasser et arracha le cordon de la prise avec tant d'élan que la fiche cogna un pied de table. Il était énervé. La seule chose que Julita ne savait pas, c'était si c'était contre elle ou contre lui.

– Que… Qu'est-ce qui s'est passé ? demanda-t-elle après un instant, mais avec davantage de douceur. J'ai lu que tu avais été promu, j'ai même vu passer une interview…

– Oui. La fête n'a duré qu'un mois. Après, nous avons recommencé à faire des statistiques.

– C'est-à-dire ?

– Laisse tomber, je ne vais pas laver mon linge sale ici.

– Sûr, tu es déjà en train de repasser le propre, dit-elle avant de ponctuer sa mauvaise blague en frappant une batterie invisible : *badoum-tsss* !

Jan dut faire un effort considérable pour ne pas sourire. Il n'y parvint pas tout à fait.

– Allez, vas-y, raconte, dit Julita en croisant les jambes et en étendant ses bras sur le dossier du canapé. J'ai tout mon temps.

– Je savais que c'était une mauvaise idée de te laisser entrer. Au fait, comment tu m'as retrouvé ?

– Ne change pas de sujet. Parle. Faire des statistiques.

Jan leva un verre de Coca dégazéifié, en but une gorgée et s'essuya les lèvres. Julita l'observa. Dans le temps, elle le voyait porter des imperméables, des blousons en cuir ou des survêtements amples. À présent, sa tenue se composait d'un bas de jogging en coton et d'un tee-shirt. Dis donc, se dit-elle, il se pourrait qu'il passe plus de temps à la muscu que devant son ordinateur en fin de compte.

– Quand nos résultats sont vérifiés, dit Jan, ce qui compte, c'est le nombre d'affaires résolues, pas leur calibre. Alors, il est plus rentable d'arrêter sept nigauds qui montent des arnaques sur Allegro.pl qu'un seul type qui provoque de réels dégâts.

– Pas cool.

– Comme tu dis. J'ai essayé de suivre des affaires sérieuses… Mais tu sais comment c'est. Parfois, des mois passent avant d'aboutir à une résolution.

– Si tant est qu'on y arrive, répliqua Julita, amère.

– Exact. Et donc, après un temps, j'ai subi des pressions pour que je me consacre à… je cite… des affaires plus résultantes. J'étais déjà bien furax à ce moment-là… puis j'ai eu une augmentation.

– C'est une bonne chose, non ?

– Ça dépend de la somme. La mienne était telle que j'ai eu l'impression qu'on me crachait à la figure. Alors, j'ai claqué la porte. Voilà toute l'histoire.

– C'est triste.

– Je n'en sais rien… dit Jan en haussant les épaules. Chez PCW, on a des affaires intéressantes.

– Et… tu es en contact avec des clients ?

– Oui, pourquoi ?

– Pour rien, dit Julita en balayant l'air de la main.

Mais au fond d'elle, elle se disait : incroyable, avec ses manières ?

– Bon, écoute… en ce qui concerne mon cas à moi…
– Oui ?
– J'ai besoin des logs des conversations de cette fille. Les ordinateurs de DreamNet sont au commissariat de Mińsk. Je pense que des copies de ces chats se trouvent dessus. C'est faisable ?
– Bien sûr que c'est faisable. Mais en violant la loi.
– C'est important.
– Je n'en doute pas. Les pubs ne se cliquent pas toutes seules.
Lui dire ou pas ? hésitait Julita. Il valait peut-être mieux le dire. La dernière fois qu'elle lui avait caché quelque chose, ça ne lui avait pas spécialement plu.
– Jan… fit-elle avant de s'interrompre… X1 pourrait être mêlé à cette affaire. Xtraterrestria1.
Il frémit. Puis il se tourna vers elle.
– Et de quelle manière ? demanda-t-il.
Il l'avait fait nonchalamment, comme si ça ne l'intéressait pas.
– Ça, je ne le sais pas encore. Dans les notes d'Emil, j'ai trouvé un lien vers l'article sur le meurtre d'une fille avec noté dessus "Vérifie".
– Et c'est tout ?
– Oui.
– Ça pourrait être une impasse.
– Ça pourrait, acquiesça Julita. Mais pas nécessairement.
Jan tournait en rond dans la pièce. Il se frottait le menton, marmonnait dans sa barbe, manifestant son mécontentement. Après quoi, il sortit son téléphone.

À 5 heures du matin, le réveil sonna. Vadim se leva de son lit, se rasa au rasoir électrique, puis enfila un short et un K-way noir. Il quitta l'hôtel par la porte de derrière, le long des poubelles qui débordaient, parce qu'il n'y avait pas de caméras de ce côté-ci. Puis il tourna dans le boulevard Féart et, un instant plus tard, il était déjà sur la plage. La mer était agitée, un vent fort soufflait ; le tintement métallique des haubans qui frappaient les mats résonnait dans toute la baie. Tant mieux, se dit Vadim en mettant sa capuche, les chances étaient moindres qu'il y ait des témoins.

Josh O'Brien. Ils l'avaient cherché longtemps. Le type avait disparu sans laisser de traces – avec l'argent des investisseurs qui avaient acheté des parts dans le Goolden, la cryptomonnaie qu'il avait créée. Vingt et un million de dollars et quelques cents, voilà la somme. Il paraît qu'il n'avait même pas eu à fournir beaucoup d'efforts pour amasser ce fric. Il suffisait de dire "blockchain" et les volontaires se pressaient au portillon. Chacun voulait gagner de l'argent dans cette fièvre de l'or, chacun rêvait d'un bénéfice multiplié quinze fois. Et là où il y a des rêveurs, il y a des escrocs. Classique.

Pour une telle somme, on pouvait s'acheter une nouvelle maison, de nouveaux documents, un nouveau visage. En un mot, on pouvait disparaître. Au début, tout portait à croire que Josh avait réussi, et ce malgré un mandat d'arrêt international lancé contre lui et quelques hommes riches et très irrités qui avaient promis une récompense généreuse pour toute aide qui mènerait à son arrestation. Mais rien, pas l'ombre d'une piste.

Ce qui l'avait perdu, c'était le jogging. Et concrètement une application grâce à laquelle il enregistrait ses résultats puis les publiait en ligne. Anonymement, cela va de soi. Mais un pote qui avait couru avec Josh avait dévoilé son pseudo – quoi qu'on puisse dire de Vadim, il était passé maître dans l'art de la persuasion. Le compte était toujours actif. Josh avait peut-être oublié de se déconnecter ? Il ne savait peut-être pas que les réglages par défaut de l'application autorisaient le partage automatique des données réunies ? Quoi qu'il en soit, ils avaient découvert dans ce compte une vingtaine d'anciens itinéraires, tous à San Francisco, ainsi qu'un nouveau, fréquenté presque chaque jour : à Dinard, en France, au bord de la Manche. Il commençait devant l'une des villas de la pointe de la Malouine et, après un large tour, s'achevait de l'autre côté de la plage, près de la pointe du Moulinet. Départ à 5 h 15 du matin, arrivée vers 7 heures, avant que le village ne soit envahi par les touristes.

Vadim trottina jusqu'au bout de la plage, puis monta en courant les marches en pierre jusqu'au chemin en béton coulé au pied des hautes côtes rocheuses. D'un côté, il y avait une falaise verticale, de l'autre une mer pleine d'écume. Les semelles de ses chaussures de sport clapotaient sur le sol humide, le vent secouait son coupe-vent synthétique. Dans les oreilles, il avait des écouteurs, comme tout joggeur qui se respecte. À ceci près qu'aucune musique n'en filtrait.

En revanche, un message grésilla :

– Cible à deux minutes à l'ouest de ta position.

Leurs trajets se rejoignirent pile là où il l'avait planifié, dans le creux sous la rue des Marettes. Ce tronçon était dissimulé par les rochers, on ne le voyait ni d'un côté ni de l'autre. La mer aussi était déserte – Vadim s'en était assuré en coupant quelques heures plus tôt les conduits de carburant des bateaux de pêcheurs amarrés dans le port. Josh portait un maillot réfléchissant et jaune. Il était bronzé, souriant, de longs cheveux bouclés coiffés en chignon. En voyant Vadim accourir d'en face, il ne ralentit même pas, il hocha à peine la tête dans un salut muet. Le chemin faisait un mètre cinquante de large, c'était assez pour se croiser en toute sérénité. Cependant, lorsqu'il fut à sa hauteur, Vadim poussa Josh contre les rochers. L'Américain heurta la paroi et s'écroula par terre.

– Fuck… gémit-il à travers ses lèvres ouvertes et en sang. Qu'est-ce que tu…

Il n'acheva pas sa phrase.

Vadim lui donna un coup de pied dans le ventre. Pas trop fort, de sorte qu'il n'y ait pas d'hématome, pour que le médecin légiste qui ferait son autopsie dans quelques heures ne remarque pas de traces, mais assez pour que Josh ait le souffle coupé. Vadim était un virtuose dans l'art de passer à tabac. On l'avait frappé tant de fois qu'il savait pertinemment ce qui faisait mal, où et à quel point. Ces temps-ci, il mettait à profit ses expériences pour ajuster ses coups au joule près. Du *reverse engineering*, c'est comme ça que ça s'appelait, croyait-il. Vadim s'accroupit près de l'homme qui se tordait de douleur, il tira sur sa jambe gauche et… défit ses lacets.

– Attends, attends ! C'est pour le fric, c'est ça ? gémit l'Américain.

Dans sa voix, on entendait de la peur, mais aussi de l'espoir. L'espoir de soudoyer. De s'en sortir.

– Non, répliqua Vadim.

Puis il lui tordit le pied à quatre-vingt-dix degrés vers la droite. Assez pour amocher la cheville, mais pas assez pour la casser. Josh hurla de douleur. Un autre coup de pied dans le ventre le fit taire. Vadim poussa le corps inerte sur les rochers fouettés par les vagues quelques mètres plus bas. Il attendit une minute, puis reprit son chemin en direction de la plage. Quelle histoire tragique, écriraient le soir les sites d'information locaux. La vie d'un jeune homme rayée par des lacets défaits. Il a marché dessus, a trébuché et a basculé sur les récifs. Il n'y avait personne à proximité pour appeler à l'aide.

Trois heures plus tard, Vadim avait pris place dans un café de la plage. Il dévorait déjà son deuxième pain au chocolat et observait avec une certaine satisfaction les voitures de police filer sur la rue de la Malouine. Il n'était pas pressé de partir. C'était un autre contrat bien fait, le dix-septième déjà. À deux reprises seulement quelque chose était allé de travers, à deux reprises il avait eu quelque chose à se reprocher.

L'un de ses faux pas datait de 2018, avec l'autre fille, Kandy. Quand il avait pénétré dans l'immeuble, l'Internet était censé être déjà coupé, mais il y avait eu un couac et, au lieu de régler l'affaire discrètement, il avait diffusé un show sur la moitié de la planète. Bien sûr, ce n'était pas sa faute, mais il aurait dû remarquer que quelque chose clochait et éteindre cette foutue caméra. Enfin, c'est ça quand on doit se dépêcher. Ils ne pouvaient pas permettre qu'elle quitte l'immeuble en vie et soit à l'heure pour son rendez-vous.

L'autre loupé avait eu lieu un peu plus récemment. Un boulot banal, pourtant, à ce qu'il semblait. La cible, c'était une jeune inconnue, une journaliste débutante. Elle n'avait aucune raison de soupçonner quoi que ce soit. Il suffisait d'attendre dans la voiture qu'elle traverse la rue, de lui rouler dessus et de s'enfuir. Mais c'est précisément ça qui avait endormi sa vigilance, cette apparente simplicité. Au dernier moment, quelqu'un avait prévenu la fille. Au dernier moment, elle avait bondi sur le côté. Il n'avait fait que la renverser, elle en avait été quitte pour quelques fractures. Il n'arrivait pas à se le pardonner, d'autant plus que la journaliste avait fini par leur causer du tort : sans elle, toute cette affaire du vice-ministre Broniarek et de M. Pistache n'aurait pas vu le jour.

Tant pis… se dit Vadim en calant dans sa bouche le reste de sa viennoiserie.

4

En dépit de l'heure matinale (à peine 7 heures), une file d'attente s'était formée à l'épicerie du coin. Les gens qui la constituaient pouvaient être classés en deux groupes – les uns avaient des paniers, les autres non. Les "panieristes" étaient venus acheter leur repas de bureau : du fromage fondu, des petits pains ou des plats préparés, comme des côtelettes panées pâlottes avec leurs pommes de terre insipides enveloppées de cellophane. Les "sans-paniers" étaient venus pour de la vodka. Oleg reconnaissait leurs visages – il faisait un saut ici quotidiennement avant le travail, la supérette se trouvait non loin de son gratte-ciel, c'était un morceau de la véritable Varsovie dissimulé derrière les façades de verre. Ces hommes tenaient leur monnaie dans des poings serrés, préparée au centime près. C'était une lourde poignée de pièces en cuivre : quatre cinquante et un, trois quatre-vingt-dix-neuf, trois vingt-huit… assez pour acheter cent millilitres d'une vodka aromatisée au cassis ou à la poire. Les minuscules bouteilles arrondies et leurs étiquettes colorées, semblables à un accessoire de poupée, traînaient après coup sur le trottoir devant l'épicerie ou scintillaient, bien rangées dans les interstices des lampadaires en béton, tels des vitraux d'ivrognes. Les "sans-panier" buvaient ces vodkas cul sec, à jeun. Elles vous fouettaient alors davantage le sang, on pouvait carburer dessus plus longtemps.

– Suivant, s'il vous plaît, lança la caissière.

Oleg posa son panier sur le comptoir et le lecteur de codes barre se mit en branle. Paquet de saucissons secs Kabanos, *bip*, petit pain, *bip*, salade de céleri râpé, *bip*.

– Ça fera huit vingt. Par carte ?

– Oui, par carte, dit Oleg en ouvrant son portefeuille.

La caissière lui lança un regard mauvais. Bien sûr, se dit Oleg en détournant les yeux. Malgré ses efforts, son “oui” sonnait toujours comme un “li” à l'accent mou à la mode de Vilnius. Ça suffisait pour le démasquer, pour qu'il devienne un “il”, un étranger, et un étranger d'autant plus suspect et inquiétant qu'à première vue, il avait l'air comme il faut: blanc, cheveux courts, vêtu normalement et non moulé dans un de ces pantalons slim métrosexuels, un bon mec de chez nous. Oleg eut envie de sortir non pas sa carte de crédit mais sa Carte de Polonais, ce document si particulier qui, sans lui conférer la citoyenneté, CONFIRMAIT SON APPARTENANCE À LA NATION POLONAISE, comme l'affirmait fièrement la phrase flanquée de l'aigle blanc, blason de la République, et de la fourrer sous le nez de la caissière, mate ça, satisfaite ? Au lieu de cela, il paya et sortit sans ajouter un mot. Il aurait bien voulu au moins claquer la porte, mais celle-ci était automatique.

Il détestait cette grimace, cette surprise qui s'inscrivait sur les visages quand il prononçait quelque chose de travers, quand il faisait une faute. Il vaudrait peut-être mieux faire semblant de ne pas parler polonais et de s'adresser à tous en anglais ? Bien entendu, il serait aussi perçu comme un étranger alors, mais comme un étranger de catégorie supérieure, de ceux qui viennent chez nous en vacances, visiter Wieliczka et Auschwitz, deux excursions pour le prix d'une, et non de ceux qui viennent travailler dans les champs en ramassant des fraises au noir.

Le plus drôle dans tout ça, c'était que chez lui, à Tcharnawtchytsy, on se moquait de lui en disant qu'il était un *poliatchichka*, un *pchek*, un *liah*, un seigneur polonais paresseux qui ne pige rien mais fait le fier, qui n'y connaît rien mais croit être meilleur que les autres, un vaniteux qui se promène avec une plume de paon enfoncée dans le cul. Quand il avait douze ans, des garçons de sa classe le suivaient partout en chantant une parodie de comptine polonaise : "Qui es-tu ? Un petit Polonais. Tes papas sont deux pédés." Il avait mis un tel coup de poing dans les dents à l'un de ces petits malins que la direction de l'école l'avait suspendu un mois. Il avait expliqué à ses parents, les larmes aux yeux, qu'il avait dû défendre l'honneur de la patrie. Ici, il était un Ruskof, là-bas, un Polak, et, de surcroît, un Bélarusse : Oleg était assis à califourchon sur la palissade de la frontière et sentait les planches lui meurtrir le postérieur.

– Hé ! Oleg !

C'était Liina. Depuis leur rencontre aux toilettes, ils se fréquentaient, ils commençaient la journée par un café commun et prenaient ensemble leur pause déjeuner. Au début, Oleg espérait qu'il en résulterait quelque chose de plus qu'une simple amitié, mais il s'était bien vite avéré qu'il n'en serait rien : Liina avait une copine à Riga. Bon, c'est ballot, comme on dit.

– Salut ! dit-il. Tu n'étais pas de nuit, hier ?

– Si.

– Alors tu ne devrais pas ronfler comme un sonneur maintenant ?

– J'ai demandé une garde supplémentaire. Le fric pour les vacances ne tombera pas du ciel, tu sais.

Pour les vacances… et pour les joints, se dit Oleg. D'après ce qu'il avait vu, Liina en fumait au moins un par jour. Elle avait trouvé un meilleur spot : les toilettes handicapés à l'étage du dessus. Personne ne les utilisait, mais il fallait qu'elles y soient, question de règlement, c'était donc une cachette parfaite. Mais son penchant pour l'herbe ne dérangeait pas Liina dans son travail, qui sait, il l'y aidait même peut-être. Elle avait les meilleurs résultats de l'équipe, le plus de modérations journalières et le plus de décisions justes, à un niveau de 98 %.

Elle cliquait si vite qu'elle dézinguait sa souris en une semaine ; c'était une véritable flingueuse du web.

– Et toi ? demanda Liina. Tu amasses ta thune dans quel but ?

– Bonne question. Au fond... pour rien.

– Bah quoi, tu n'as pas de rêves fous ? Un voyage autour de la terre ? Une Ferrari rouge ?

– Dans le temps, je voulais être footballeur...

Ils quittèrent la rue Twarda, s'arrêtèrent au feu. Leurs ombres tombèrent sur le passage piéton. L'ombre de Liina était plus longue.

– ... puis jouer dans un groupe de rock.

– Oh, oh, je vois que tu visais gros.

– Mmh. Ouais, mais tu vois ce que ça a donné.

Le feu passa au vert. Ils avancèrent, évitant les gens qui arrivaient d'en face. Un instant plus tard, ils pénétraient dans leur immeuble ; il y avait là six ascenseurs et six portes métalliques identiques dans lesquelles se reflétaient leurs silhouettes floues.

– Ça ne te plaît pas trop d'être ici, pas vrai ?

– Honnêtement ? Pas trop, non, répondit Oleg, en hésitant. Je m'imaginais... Je sais que c'est bête, mais...

– Oui ?

– Eh bien, je m'imaginais que ça serait à nous de décider quels messages devraient rester ou non, que nous allions analyser chaque cas séparément, pas que nous ferions tout selon une règle.

– Tout en étant chronométré, en plus.

– Voilà. Et toi ? En fait, pourquoi tu restes là depuis si longtemps ?

– Je n'en sais rien... C'est du fric facile. Et puis... j'en retire de la satisfaction, tu sais ? Pas du boulot en soi, mais du fait que j'y arrive. D'habitude, les modérateurs jettent l'éponge au bout de trois, quatre mois. Pas moi.

Oleg hocha la tête. Lui-même ne travaillait dans l'équipe que depuis six mois à peine et il se demandait déjà comment gicler ailleurs. L'ascenseur arriva à l'étage choisi, à leur bureau. Le gris neutre d'un gratte-ciel de multinationales cédait ici la place à des couleurs criardes : rouge ! jaune ! vert ! L'hôtesse d'accueil les salua d'un large sourire, une musique agréable sortait des haut-parleurs.

– On a encore dix minutes, dit Oleg en regardant l'horloge dont les aiguilles étaient terminées par des mains avec pouce vers le haut. On prend un petit-déj ensemble ?

Ils s'assirent près d'un large rebord de fenêtre, sur de hauts tabourets de bar. Liina prit du millet au lait de coco, Oleg son petit pain et sa salade de céleri – il décida de laisser les saucissons secs pour plus tard, son amie lettone était végane et il ne voulait pas l'irriter.

– Dis… commença-t-il entre deux bouchées. Tu vois souvent passer des faux comptes ?

– Difficile à dire… C'est dur de les distinguer des vrais, non ?

– Hmm… j'ai l'impression d'être tombé sur plusieurs.

– Oh ? Et comment ?

– Au fond, par hasard.

– Raconte.

Il ne fallait pas le lui demander deux fois. Le sujet des faux comptes ne le laissait pas en paix, il ressentait le besoin d'en parler avec quelqu'un, or le couple avec qui il était en colocation n'était pas particulièrement intéressé. Il dressa donc le tableau à Liina : l'avalanche de messages identiques, le compte de Zbyszek Dembski avec son profil de polyglotte parfait et ses sympathies politiques. Quand il eut fini, les aiguilles aux pouces indiquaient 7 h 30. Il était temps de s'installer devant les écrans.

– Je serais curieuse de savoir si ces comptes sont reliés entre eux, dit Liina en mettant son bol sale dans le lave-vaisselle.

– Qu'est-ce que tu veux dire ?

– Bah tu sais, est-ce qu'ils se likent entre eux, est-ce qu'ils ont des amis en commun…

– Oui, se dit Oleg en rangeant le reste de son repas au frigo, ça serait intéressant de le savoir.

Julita travaillait à la maison. Cela voulait dire qu'elle était couchée en peignoir sur le canapé, son laptop sur le ventre, croquant des bâtonnets de carotte (pour la santé) et buvant du café noir (vieille habitude). Elle savait que ce n'était pas de ça que son activité aurait dû avoir l'air. Quand elle était devenue free-lance, ses amis expérimentés dans le domaine l'avaient mise en garde : tu dois t'imposer un seul endroit pour travailler, à ton bureau de préférence, et t'en tenir à des horaires précis, t'habiller comme si tu allais au boulot, sans quoi tu deviendras complètement sauvage, tu te planqueras quand passera le facteur, tu porteras la même culotte durant une semaine et tu grignoteras des miettes de provenance inconnue trouvées dans les plis de ton pyjama.

Et, au début, elle faisait des efforts, elle faisait vraiment des efforts, elle s'asseyait droit comme le bonhomme du fascicule d'instructions de la médecine du travail (les coudes et les genoux pliés à quatre-vingt-dix degrés, les plantes des pieds collées au sol, l'écran à hauteur des yeux), toujours en jean, surtout pas en survêtement, elle prenait une pause déjeuner d'une demi-heure, toujours à 12 h 30. Jusqu'au jour où elle avait attrapé un léger rhume et s'était dit qu'une fois, qu'une seule et unique fois, parole de scout, elle resterait couchée en pyjama. Il s'était avéré que c'était une route sans retour, que celui qui avait goûté une fois à la joie de se prélasser dans des fringues molles, celui-là ne rebrousserait plus chemin, son lien avec la civilisation était définitivement rompu. Depuis ce jour-là, Julita n'enfilait des vêtements classiques que le soir, quand Leon revenait à la maison. Sans lui, elle aurait probablement passé des semaines entières dans un haut de survêtement à chatons informe qu'elle avait reçu de sa grand-mère pour ses quatorze ans et n'aurait mangé que des galettes de blé soufflé, car qui aurait envie d'aller faire les courses ?

Julita travaillait maintenant à un article sur le journalisme d'investigation à l'époque d'Internet. Curieux paradoxe : d'un côté, à cause de l'effondrement de la presse papier et de la chasse aux clics, les journaux de renom consacraient de moins en moins d'argent aux enquêtes sérieuses, de l'autre il y avait de telles quantités de données en accès libre sur le web que n'importe qui possédant un ordinateur, de la détermination et un peu de temps libre pouvait mener sa propre investigation. Parfois, les résultats étaient spectaculaires : il s'avérait que des amateurs étaient capables de dévoiler des machinations de services secrets étrangers, d'établir l'identité d'agents dissimulés sur la base d'un selfie d'apparence innocente où une page de passeport se reflète dans un verre de lunettes, ou alors de dénicher des photos satellites qui constituaient la preuve d'un trafic d'armes illégal. La plupart du temps, la réalité était moins rose : les amateurs de théories du complot établissaient dans leurs "enquêtes" que les massacres dans les écoles américaines étaient en réalité des provocations gouvernementales devant mener à la confiscation définitive des armes à feu privées, et ils finissaient par envoyer des menaces aux familles des victimes plongées dans le deuil en exigeant d'elles qu'elles avouent leur participation au complot. Pourtant, bien que le sujet soit fascinant, le travail sur son texte n'avançait pas : Julita dut se motiver une heure rien que pour commencer à écrire, puis elle cisela trente minutes la première phrase pour finalement…

Ding. Nouvel e-mail. Julita en bondit sur son siège, ce qui lui fit avaler de travers un morceau de carotte – elle dut se lever du canapé et se plier en deux pour retrouver son souffle. C'était lui ? Déjà ? Impossible. Et si, quand même ?

Elle essuya les restes de la bouillie orange sur sa bouche et remit l'ordinateur portable sur ses genoux. Le message était crypté. *Clic*, le charabia en forme de suite de lettres, de chiffres et de symboles se transforma en texte ordinaire.

De : Jan <rfg4dndn@yandex.ru>
À : Moi <teodozja.ambrozja@protonmail.com>
Date : 25 juillet 2020 09:23
Objet : notre accord

Je t'envoie les logs des échanges chat.
DreamNet gardait les données des sessions durant un mois avant de les effacer, donc il n'y a aucune conversation plus vieille que trente jours avant la fermeture du bureau.
J'attends de la discrétion de ta part.
Jan

Julita était tentée de cliquer sur la pièce jointe tout de suite, maintenant, sur-le-champ, mais ayant appris sa leçon d'une expérience douloureuse, elle scanna d'abord le fichier avec deux antivirus, puis elle le déplaça sur un disque externe sur lequel elle avait installé un *sandbox* séparé, c'est-à-dire un isoloir pour fichiers suspects. Officiellement, son système d'exploitation, Qubes, assurait cette fonction par défaut, mais il valait mieux prévenir que guérir, deux précautions valaient mieux qu'une, et cetera. Quelqu'un avait peut-être pris le contrôle de la messagerie de Jan ? Ce dernier aurait pu recevoir un fichier infecté sans s'en rendre compte ? Quelqu'un avait peut-être mené, par on ne sait quel tour de passe-passe, une *man-in-the-middle attack* et substitué la pièce jointe avant que celle-ci n'atteigne l'ordinateur de Julita ? Mais non, tout paraissait en ordre. Pfiou… Julita décompressa le fichier et ouvrit le dossier. Il contenait la transcription de quinze dialogues privés. Effectivement, ces deux-là parlaient souvent ensemble. Elle cliqua sur le fichier le plus ancien, un enregistrement du 12 octobre.

KandyKroosh : ça fait longtemps que je ne t'avais pas vu
Alexxander12 : excuse-moi, le boulot
KandyKroosh : tu veux que je t'aide à te détendre ? :)
Alexxander12 : non, je veux seulement parler
KandyKroosh : OK
Alexxander12 : qu'est-ce que tu as fait aujourd'hui ?
KandyKroosh : pour être franche, rien d'intéressant
KandyKroosh : maison, boulot, blablabla
Alexxander12 : raconte
KandyKroosh : tu te souviens que tu payes cinq dollars la minute ?
Alexxander12 : raconte
KandyKroosh : hmmm
KandyKroosh : le matin j'ai amené mon fils à l'école
KandyKroosh : c'était toute une affaire, parce qu'il avait des chaussettes avec des robots
KandyKroosh : ses préférées
KandyKroosh : et ses chaussons dissimulaient les robots
KandyKroosh : alors il ne voulait pas les enfiler
Alexxander12 : haha
Alexxander12 : et donc ? comment tu l'as convaincu ?
KandyKroosh : convaincu ?
KandyKroosh : on voit que tu n'as pas d'enfants
KandyKroosh : il a fallu que je lui change les chaussettes
Alexxander12 : :)
KandyKroosh : après quoi, pédicure, manicure, solarium et tutti quanti
KandyKroosh : pfff
Alexxander12 : pfff ?
KandyKroosh : je préférerais rester à la maison, regarder un truc, bouquiner
KandyKroosh : mais tu sais
KandyKroosh : à cause de tous ces mecs obsédés
KandyKroosh : pour lesquels je dois me faire une beauté
KandyKroosh : ;*
KandyKroosh : je n'en ai pas le temps
Alexxander12 : je te présente nos excuses
Alexxander12 : au nom de tous les mecs obsédés de ce monde
KandyKroosh : je vous pardonne

KandyKroosh : après tout vous me payez
Alexxander12 : et qu'est-ce que tu as lu dernièrement ?
KandyKroosh : le mode d'emploi d'une voiturette formule 1 téléguidée
Alexxander12 : haha
KandyKroosh : quant aux livres
KandyKroosh : Ébène de Kapuściński
KandyKroosh : c'est un reporter polonais
Alexxander12 : je connais
KandyKroosh : sérieux ?
Alexxander12 : j'ai vu un de ses livres
Alexxander12 : à l'oxfam près de chez moi
Alexxander12 : comment il s'appelait…
Alexxander12 : Empereur ?
KandyKroosh : Imperium, je crois
Alexxander12 : ah oui oui
Alexxander12 : j'hésitais à l'acheter
KandyKroosh : achète-le !!!

… et cetera, et ainsi de suite, dix autres pages de conversation dans la même veine. C'était un échange ordinaire. Ils parlaient de livres, de travail, du temps qu'il faisait, de la famille. Une conversation entre deux vieux amis qui aurait tout aussi bien pu se dérouler dans un café, dans un train ou lors d'une fête. Julita s'attendait à ce que le mec devienne cochon, mais non, rien de tel, pas cette fois-ci. Il était facile d'oublier qu'au cours de cet échange, la fille était en petite tenue et l'homme payait. *Clic*. Conversation suivante. 18 octobre.

KandyKroosh : ravie de revoir mon client favori
KandyKroosh : et la santé ? tout roule ?
Alexxander12 : ça a déjà été mieux
Alexxander12 : saloperies d'allergies
KandyKroosh : mais… il y a encore des plantes vertes à Londres ?
KandyKroosh : je croyais que c'était cent kilomètres carrés
KandyKroosh : de maisons individuelles et de supermarchés
Alexxander12 : haha

Alexxander12: pas loin
Alexxander12: mais moi j'habite à côté d'un parc
Alexxander12: la plus grande partie de l'année c'est sympa
Alexxander12: surtout l'hiver
Alexxander12: il y a un parc d'attractions hivernal
Alexxander12: winter wonderland
KandyKroosh: tu y vas?
Alexxander12: quelle idée, tu me connais
Alexxander12: trop de gens
Alexxander12: mais je le regarde depuis mes fenêtres
Alexxander12: et tu sais, on s'endort très bien au son des chants de noël
Alexxander12: et du vacarme des conversations
KandyKroosh: ça semble chouette
Alexxander12: viens faire un tour un jour
KandyKroosh: un jour:*
KandyKroosh: de quoi as-tu envie aujourd'hui?
Alexxander12: tu pourrais te déshabiller et te coucher
Alexxander12: comme si tu dormais?
KandyKroosh: bien sûr
KandyKroosh: rien ne me réussit tant que de dormir
KandyKroosh: tu veux que je me déshabille complètement?
KandyKroosh: ou que je laisse un truc?
KandyKroosh: par exemple mes bas? <smileydevil.gif>
Alexxander12: non, non, rien
Alexxander12: j'aimerais m'imaginer
Alexxander12: que je rentre le soir à la maison
Alexxander12: et tu dors déjà
Alexxander12: et je me couche à côté de toi
Alexxander12: je ne veux pas te réveiller
Alexxander12: mais je te caresse les cheveux
Alexxander12: le dos
KandyKroosh: bien sûr
KandyKroosh: tu es chou:*
KandyKroosh: tu veux peut-être que je mette une chemise de nuit?
KandyKroosh: j'en ai une belle ici
KandyKroosh: en satin
Alexxander12: tu pourrais?
KandyKroosh: bien sûr

Puis, durant une quinzaine de minutes, il n'y avait rien, aucun nouveau message, et pour finir, ils se souhaitaient une bonne nuit, ils se disaient au revoir. On pouvait deviner ce qui s'était passé durant cette pause. Julita mit son ordinateur de côté, s'empara d'une nouvelle carotte et, tout en la croquant, elle remit de l'ordre dans ses pensées. Londres – *croc, croc* –, cela renforçait l'hypothèse qu'Alexxander12 était britannique. "Tu me connais, trop de gens", de quoi s'agissait-il? D'une forme de phobie sociale? À partir de leur échange, on pouvait déduire que le sujet avait été abordé plus tôt – *croc, croc* – que KandyKroosh, alias Hanna, savait de quoi il s'agissait. Que pouvait-on dire d'autre à propos de son admirateur? Qu'il était seul. *Croc, croc.* Douloureusement seul.

Clic. Conversation suivante. 27 octobre.

Alexxander12 : salut ma belle
KandyKroosh : de quoi as-tu envie ?
Alexxander12 : uhmmm
Alexxander12 : tout va bien ?
KandyKroosh : oui
KandyKroosh : de quoi as-tu envie ?
Alexxander12 : je vois bien qu'un truc ne va pas
Alexxander12 : qu'est-ce qui s'est passé
KandyKroosh : ughhh
KandyKroosh : avant toi
KandyKroosh : un connard s'est connecté
KandyKroosh : ça vaut pas la peine d'en parler
Alexxander12 : mais qu'est-ce qu'il a fait ?
KandyKroosh : ça serait trop long à expliquer
Alexxander12 : raconte
KandyKroosh : laisse tomber
KandyKroosh : tu payes pour ça
KandyKroosh : tu sais quoi, il vaut peut-être mieux qu'on raccroche
KandyKroosh : je ferai une pause, je reprendrai mes esprits
Alexxander12 : non non

Alexxander12 : je ne vais pas te laisser dans cet état
Alexxander12 : dis-moi ce qui s'est passé
KandyKroosh : Alex, tu es un amour, vraiment
KandyKroosh : mais ce n'est pas juste que tu payes
KandyKroosh : pour que je déverse sur toi mes rancœurs
Alexxander12 : supposons que c'est mon kif
Alexxander12 : d'accord ? ;)
KandyKroosh : haha
KandyKroosh : Alex, chéri, je vais vraiment me sentir mal avec ça
Alexxander12 : ne te bile pas pour l'argent
Alexxander12 : allez, vas-y, dis-moi
KandyKroosh : sérieux ?
Alexxander12 : sérieux
KandyKroosh : ehhhh
KandyKroosh : comme tu veux
KandyKroosh : mais rappelle-toi que je t'ai prévenu
KandyKroosh : un type au pseudo RockHardDick
KandyKroosh : s'est connecté pour une session privée
KandyKroosh : rien que son pseudo aurait dû me mettre la puce à l'oreille
KandyKroosh : il m'a dit qu'il faut que je me mette
KandyKroosh : ehh
KandyKroosh : il m'a dit de prendre mon plus gros gode et de me le mettre dans le cul
Alexxander12 : un romantique
KandyKroosh : mouais
KandyKroosh : je lui ai dit que j'étais désolée, mais que non
KandyKroosh : que je ne faisais pas ce genre de choses, que c'était dans ma description
KandyKroosh : et je lui ai demandé si je pouvais lui proposer quelque chose en échange
KandyKroosh : il a commencé à m'insulter
KandyKroosh : à me traiter de pute
KandyKroosh : de salope
KandyKroosh : de chienne
KandyKroosh : il m'a écrit qu'il me trouverait, qu'il m'arracherait les yeux et me couperait les nichons
Alexxander12 : oh mon dieu
KandyKroosh : alors je l'ai déconnecté

KandyKroosh : je me sens comme un tas de merde
Alexxander12 : je suis désolé
KandyKroosh : Alex, sérieux, raccrochons, je gaspille ton temps et ton argent
Alexxander12 : non
Alexxander12 : je ne veux pas que tu sois seule
Alexxander12 : parlons simplement
Alexxander12 : d'un truc agréable
KandyKroosh : par exemple ?
Alexxander12 : où est-ce que tu voudrais aller
Alexxander12 : si tu pouvais partir à n'importe quel endroit au monde ?
KandyKroosh : un seul ?
Alexxander12 : oui
KandyKroosh : au Disneyland de Tokyo
Alexxander12 : hahaha
Alexxander12 : pourquoi précisément là-bas ?
KandyKroosh : parce que je voudrais aller un jour au Japon
KandyKroosh : et aux USA aussi
KandyKroosh : mais tu as dit un seul endroit
KandyKroosh : alors je me suis dit que j'allais régler ces deux affaires en une fois
Alexxander12 : haha
Alexxander12 : j'ai été à Tokyo un jour
KandyKroosh : à Disneyland ?
Alexxander12 : à une conférence
Alexxander12 : il y a deux ans de ça

Ils parlèrent encore un long moment, près d'une heure, jusqu'à ce qu'Hanna se calme, jusqu'à ce qu'elle oublie le pénible incident. Durant cette heure, il n'y eut aucune allusion au sexe. Intéressant, se dit Julita, en replaçant un oreiller sous sa tête. Elle ne s'attendait pas à ça : à la chaleur humaine, au soutien, aux répliques banales. Après la lecture de cet échange, il était difficile de résister à un élan de sympathie pour Alex. Il était encore plus dur de ne pas repenser à cet enregistrement vidéo horrible, à Hanna qui se débattait, au filin d'acier serré sur son cou, à ses yeux terrifiés, exorbités. Julita battit des paupières, secoua la tête, comme si cette vision atroce était quelque chose de palpable, une toile d'araignée sur laquelle on tombe en forêt et qu'on veut arracher du visage au plus vite.

Conversation suivante. Le 3 novembre.

KandyKroosh : Salut
Alexxander12 : Salut
KandyKroosh : Comment s'est passée ta journée ?
Alexxander12 : oh
Alexxander12 : mal, très mal
Alexxander12 : sur une échelle de zéro à cent
Alexxander12 : je mettrais au moins un milliard
KandyKroosh : oh :(qu'est-ce qui s'est passé ?
Alexxander12 : j'étais censé donner un cours à l'autre bout du monde
KandyKroosh : je croyais que tu t'étais mis en congé de ta fac ?
Alexxander12 : parce que c'est le cas
Alexxander12 : mais je me suis dit
Alexxander12 : mec, reprends-toi en main, bordel
Alexxander12 : ça fait trois mois que tu ne sors plus de chez toi
Alexxander12 : tu ne parles à personne
Alexxander12 : tu manges des soupes instantanées et du pain grillé
Alexxander12 : donc quand on m'a invité à donner une conférence
Alexxander12 : je me suis dit on ne vit qu'une fois
KandyKroosh : et qu'est-ce qui s'est passé ?
Alexxander12 : ça faisait deux jours que je ne dormais pas en me disant
Alexxander12 : et si j'oubliais mes clés
Alexxander12 : et si je laissais une plaque allumée ou un robinet ouvert
Alexxander12 : et si le métro tombait en panne et que j'arrivais en retard
Alexxander12 : et si mon sac restait coincé dans le portillon
Alexxander12 : le pire
Alexxander12 : c'est que je sais que tout cela est idiot
Alexxander12 : que ces craintes sont irrationnelles
Alexxander12 : mais ça ne les rend pas moins tangibles

Alexxander12 : je me rends compte de quoi ça a l'air
Alexxander12 : que c'est risible pour toi
KandyKroosh : arrête
KandyKroosh : non
Alexxander12 : tu n'as pas à le nier
KandyKroosh : si tu crois que ça m'amuse, tu te trompes lourdement
KandyKroosh : je suis triste pour toi
KandyKroosh : très triste
KandyKroosh : si je pouvais faire quelque chose pour t'aider
KandyKroosh : je le ferais sans hésiter
Alexxander12 : tu le fais
KandyKroosh : je t'en prie
KandyKroosh : je tortille du cul devant une caméra
KandyKroosh : et je te demande de payer pour ça en plus
KandyKroosh : ce n'est pas de l'aide
Alexxander12 : je payais aussi mon thérapeute
Alexxander12 : et honnêtement
Alexxander12 : on aurait passé ce temps de manière plus constructive
Alexxander12 : s'il avait tortillé du cul lui aussi
KandyKroosh : haha
Alexxander12 : :)
KandyKroosh : alors
KandyKroosh : qu'est-ce qui s'est passé ?
Alexxander12 : ehhhh…
Alexxander12 : je suis sorti de chez moi quatre heures en avance
Alexxander12 : même si le cours n'était qu'à une heure de chez moi
Alexxander12 : mon sac était rempli comme si je partais sur le mont k2
Alexxander12 : un imperméable, au cas où il pleuvrait
Alexxander12 : un pull, au cas où il ferait froid
Alexxander12 : des mouchoirs, cinq paquets
Alexxander12 : un sac en papier, au cas où j'aurais la nausée
Alexxander12 : un power-bank, au cas où mon téléphone se déchargerait
Alexxander12 : bon, tu vois le tableau
Alexxander12 : j'ai mis une heure à sortir de chez moi
Alexxander12 : j'ai coupé le disjoncteur

Alexxander12 : j'ai débranché tous les câbles des prises
Alexxander12 : j'ai coupé l'eau
Alexxander12 : puis les médocs
Alexxander12 : d'abord, un demi-gramme d'alprazolam pour me calmer un peu
Alexxander12 : puis quinze milligrammes d'inderal pour faire descendre la tension
Alexxander12 : puis du maxolon pour éviter de vomir de stress
Alexxander12 : et pour finir
Alexxander12 : un verre de whisky
KandyKroosh : haha
KandyKroosh : j'utilise ce dernier médoc aussi parfois
KandyKroosh : ils le vendent sur ordonnance ?
Alexxander12 : malheureusement non, le nhs ne le rembourse pas
Alexxander12 : à la fin, je suis sorti
Alexxander12 : j'ai failli avoir une attaque dans un passage souterrain
Alexxander12 : mais je me suis repris, je suis monté dans la rame
Alexxander12 : je me suis placé tout près de la porte pour être certain de descendre
Alexxander12 : pour ne pas être bloqué sans pouvoir me frayer un passage entre les gens
Alexxander12 : je suis arrivé sur place bien en avance
Alexxander12 : j'avais affreusement soif, mais je n'ai rien bu
Alexxander12 : car que faire si j'avais envie de pisser au moment où je commencerais à parler ?
Alexxander12 : je me suis mis à faire le tour de l'immeuble pour tuer le temps
Alexxander12 : mais il y a des caméras partout
Alexxander12 : donc, et si quelqu'un trouve ça louche de me voir tourner ainsi ?
Alexxander12 : alors, il reste le parc
Alexxander12 : mais le vent souffle fort, je pourrais prendre froid
Alexxander12 : au bout du compte, je suis revenu à la fac
Alexxander12 : et je me suis enfermé aux chiottes
KandyKroosh : durant 3 heures ?!!
Alexxander12 : mmh
KandyKroosh : O_o
Alexxander12 : à un quart d'heure du début, rebelote

Alexxander12 : Alprazolam, inderal, maxolon, whisky
Alexxander12 : je me lève et je vois que le bas de mon pantalon est trempé
Alexxander12 : quelque chose a dû se renverser sur le sol des toilettes
Alexxander12 : je ne l'avais pas vu
Alexxander12 : je panique, j'ai l'air d'un débile, on va se moquer de moi, me siffler
Alexxander12 : j'essaye de sécher mon pantalon au sèche-main
Alexxander12 : mais le sèche-main marche au détecteur de mouvement
Alexxander12 : il s'allume pour cinq secondes et s'éteint
Alexxander12 : alors, je danse devant ce putain de sèche-main
Alexxander12 : je finis par glisser et par tomber par terre
Alexxander12 : maintenant, j'ai aussi le cul trempé, or je donne mon cours dans cinq minutes
KandyKroosh : oh mon dieu
KandyKroosh : ;(((
KandyKroosh : et la suite ?
Alexxander12 : je me suis dégonflé
Alexxander12 : j'ai voulu fuir et rentrer chez moi, mais j'avais peur
Alexxander12 : de tomber sur des étudiants dans le couloir
Alexxander12 : ou sur le prof qui m'a invité
Alexxander12 : alors je me suis enfermé dans la cabine durant trois heures de plus
Alexxander12 : je ne suis sorti que quand le concierge fermait le bâtiment
Alexxander12 : et puis, classique
Alexxander12 : Alprazolam, inderal, maxolon, whisky
Alexxander12 : et je suis rentré chez moi, tant bien que mal
KandyKroosh : oh doux jésus
KandyKroosh : la cata
KandyKroosh : ça allait toujours aussi mal ?
Alexxander12 : non
Alexxander12 : je veux dire, j'ai toujours eu un problème
Alexxander12 : des "troubles anxieux", c'est comme ça que ça s'appelle
Alexxander12 : à ceci près que je réussissais à les gérer
Alexxander12 : mais

Alexxander12: l'été dernier j'ai vécu une expérience très pénible
Alexxander12: un stress immense
Alexxander12: je me suis totalement effondré
Alexxander12: et depuis c'est de pire en pire
KandyKroosh: qu'est-ce qui t'est arrivé?
Alexxander12: j'ai pas trop envie d'en parler, tu sais
KandyKroosh: ah, ok, je n'insiste pas
Alexxander12: c'est pas toi
Alexxander12: je n'ai simplement pas envie de revenir dessus
KandyKroosh: je comprends
KandyKroosh: qu'est-ce que je peux faire pour toi?
KandyKroosh: n'importe quoi, tout ce dont tu as envie
Alexxander12: j'ai envie de dormir
Alexxander12: mais merci de m'avoir permis de vider mon sac
Alexxander12: au lieu de chialer sous la couette
KandyKroosh: pas de problème
KandyKroosh: si tu veux encore papoter, il n'y a pas de problème non plus
KandyKroosh: mais je vais me rhabiller un peu parce que j'ai froid
Alexxander12: non, non, vraiment, faut que je me couche
Alexxander12: j'ai la tête qui tourne à cause de tous ces médocs
KandyKroosh: je comprends
KandyKroosh: dans ce cas bonne nuit
KandyKroosh: :*
Alexxander12: bonne nuit ma chérie

Julita reposa son ordinateur. Il fallait qu'elle souffle, qu'elle détache les yeux de l'écran. Mon Dieu. Jusqu'à peu, en lisant la transcription de cette conversation, elle aurait levé les yeux au ciel en pouffant de rire. Elle se serait dit en pensée: reprends-toi en main garçon, ton pantalon était mouillé, la grande histoire, bouhou… Mais à présent, elle luttait elle aussi contre des peurs irrationnelles, celle de bruits forts, celle de s'endormir, des aéroports et de l'avion. De plus, par la faute de ses expériences de l'année passée, elle était devenue maladivement soupçonneuse envers les ordinateurs, c'était presque de la paranoïa. Pourquoi cette page met-elle plus de temps à charger que d'habitude ? Peut-être qu'un script malveillant se déclenche à ce moment précis ? Pourquoi son ordinateur portable mouline ? C'est une simple erreur ou est-ce que quelqu'un a franchi toutes les barrières et lui installe un *malware* ? Pourquoi le débit Internet ralentit ? C'est la faute du fournisseur d'accès ou est-ce que quelqu'un s'est greffé sur son wi-fi et lui vole des données ? Est-ce que la demande d'indiquer son adresse et son numéro fiscal émane vraiment d'un commanditaire ou de quelqu'un qui se fait passer pour lui ? Aussitôt elle se couvrait de sueurs froides, son cœur se détachait de ses côtes et son cerveau imaginait les pires scénarios. Leon lui conseillait de décompresser un peu et disait que d'accord, elle s'était brûlée, mais elle ne pouvait pas permettre que ça définisse le reste de sa vie, elle ne pouvait pas devenir l'otage de ses propres angoisses. Elle l'envoyait bouler, balayait le problème sous le tapis, après tout elle n'avait pas le temps de s'en occuper : une thérapie, c'est du bavardage, du blabla pour cent cinquante złotys de l'heure, et en prenant ses médocs elle se sentait plus mal que sans. Mais Leon avait peut-être raison. Elle devait peut-être faire quelque chose avant qu'il ne soit trop tard. Avant qu'elle ne panique à cause d'un pantalon mouillé.

Julita replongea dans sa lecture. Les conversations suivantes étaient plus courtes, moins intéressantes, davantage axées sur le sexe – *habille-toi comme si tu allais à une fête avec moi, danse, masturbe-toi, mmh, oh oui, comme ça*. Au milieu des soupirs, des points de suspension, des smileys, Julita repêchait des bribes d'infos à propos d'Alex, une poignée de pièces de puzzle d'un ensemble qui en recelait dix mille : il aimait The Roots et la cuisine thaï. Enfant, il passait l'été chez sa famille à Blackpool. La perspective du Brexit l'accablait. C'était peu. Probablement pas assez pour établir son identité. Or, le message que Julita lui avait envoyé restait toujours sans réponse.

Dernier chat. 12 novembre. Tard dans la soirée.

KandyKroosh : oh salut
KandyKroosh : c'est chouette que tu sois là, j'étais sur le point de finir
KandyKroosh : quoi de neuf ?
Alexxander12 : je voudrais dire au revoir
KandyKroosh : quoi ?
KandyKroosh : au revoir ?
KandyKroosh : Pourquoi ?
Alexxander12 : je ne pourrai plus te parler
KandyKroosh : qu'est-ce qui se passe ?
Alexxander12 : merci beaucoup pour tout
KandyKroosh : hé ! qu'est-ce qui se passe ?
Alexxander12 : pour tout ce que tu m'as donné
KandyKroosh : qu'est-ce qui se passe ?
Alexxander12 : je ne peux pas te le dire
KandyKroosh : déconne pas
KandyKroosh : dis-moi
Alexxander12 : je ne peux pas
KandyKroosh : comment ça tu ne peux pas ?
Alexxander12 : tu te souviens quand je t'ai dit que l'été dernier
Alexxander12 : il s'est passé un truc moche ?
KandyKroosh : mmh
Alexxander12 : alors tout porte à croire
Alexxander12 : qu'il y a une suite
KandyKroosh : mais qu'est-ce que ça veut dire, bordel ?
Alexxander12 : je t'en prie
Alexxander12 : je ne peux vraiment pas te le dire
Alexxander12 : pour ton propre bien
KandyKroosh : parlons en privé
KandyKroosh : pas ici
KandyKroosh : je pourrais peut-être t'aider d'une manière ou d'une autre
Alexxander12 : Kandy, ce n'est pas une bonne idée
KandyKroosh : je vais t'envoyer mon numéro
KandyKroosh : appelle-moi
KandyKroosh : s'il te plaît

Et c'était tout. C'était la fin. Hanna s'était déconnectée. Il devait l'avoir appelée. Il avait dû lui dire un truc, l'embarquer dans son histoire, lui transmettre quelque chose. Une chose que, quelques jours plus tard, son assassin chercherait.

Julita s'habilla, se coiffa. Elle était sur le point de sortir, elle se tenait sur le pas de la porte quand une idée lui vint à l'esprit. Elle retourna dans leur chambre à coucher, ouvrit le placard et se mit à fouiller dans les affaires de Leon.

Les boulevards de la Vistule : des marches jusqu'au fleuve, le vent venu de l'eau chasse la pollution et, en face, il y a de la verdure, une plage. La musique joue, il y a foule, des actifs sur des rollers, des skateboards ou des vélos, des moins actifs… sur des transats. Tous les dix pas, un bar, un étal. Ici, on passe du jazz, là du chill-out et au-dessus des têtes résonne le cri des sternes. Au fond, on voit le contour de la vieille ville, les fontaines jaillissent. En un mot, c'est une capitale tout droit sortie des dossiers publicitaires pour touristes naïfs.

Aneta jette un coup d'œil à son père – c'est un regard rapide, en passant, sous prétexte de voir ce qui se passe de l'autre côté de la promenade. Pour qu'il ne se rende pas compte qu'elle l'observe. Parce qu'il n'aime pas ça. Ses mains sont nouées dans le dos, ses sourcils sont froncés, sa moustache est maculée de ketchup. Elle lui avait suggéré de prendre des frites de patates douces ou des falafels pour goûter quelque chose de nouveau, mais non, je ne vais pas toucher à toutes vos inventions varsoviennes, avait-il dit, propose-moi de la nourriture normale. Alors, ils sont passés dans un grill et ont pris des saucisses, mais ce n'était pas bon pour autant. C'est de la merde, pas de la viande, lui avait dit son père en s'ôtant des bouts de peau carbonisés d'entre les dents, on sent que ça a été acheté dans un supermarché et emballé dans du plastique, ce n'est pas la même chose que des saucisses préparées par ton voisin.

Aneta avait honte de son père. Elle avait honte de ses chaussettes dans les sandales, de son short trop court qui dévoilait des cuisses pâles, elle avait honte de sa chemise à carreaux délavée, elle avait honte de ses cheveux gras plaqués sur le côté. Et, en même temps, elle voulait l'impressionner, lui en mettre plein la vue en tant que Varsovienne, elle voulait qu'il soit bouche bée devant tous ces gratte-ciel et ces voitures luxueuses, qu'il hoche la tête avec approbation une fois chez elle, dans son appartement tout droit sorti d'un catalogue publicitaire, et qu'il dise, eh, fillette, tu as réussi, tu es devenue quelqu'un. Mais non, il marchait à côté d'elle l'air boudeur, il y avait certainement encore un truc qui ne lui plaisait pas : il fait peut-être trop chaud, c'est peut-être trop bruyant, trop venteux, trop coloré, ou peut-être qu'il aurait préféré que la Vistule coule dans l'autre sens, putain. J'aurais dû faire psychologue, se disait Aneta en contournant par un large arc de cercle un enfant qui s'était sali avec sa glace, je comprendrais peut-être alors comment on peut simultanément mépriser et adorer quelqu'un, comment on peut haïr quelqu'un tout en cherchant sans cesse son approbation.

Aussi loin qu'elle se souvenait, ça avait toujours été comme ça. Il y avait toujours quelque chose qui n'allait pas. Son premier souvenir datait de ses cinq ans : juillet, la pluie vient de s'arrêter, il fait si humide qu'elle est toute trempée, elle tient un seau à la main, un seau rouge, moulé dans du plastique bas de gamme, de ceux que d'autres enfants emportent à la mer pour construire des châteaux ou des pâtés de sable. Elle y met des escargots, elle les ramasse sur les feuilles des salades mouillées. Son père l'a envoyée faire ça. Oh-o ! avait-il dit un instant plus tôt, planté devant une fenêtre ruisselante d'eau, ça s'éclaircit, ils vont pas tarder à sortir, ces fils de pute, ils vont pas tarder à bouffer nos feuilles, sa mère la garce. File, Aneta, ma fille chérie, et ramasse-les jusqu'au dernier. Alors

Aneta marche entre les rangées et cherche des escargots. Or, ces escargots sont magnifiques, ils ont des coquilles si colorées, jaune-noir, vertes, bleu pâle, roulées en spirale, scintillantes à cause de la pluie, elles ressemblent un peu aux boucles d'oreilles de maman, celles qu'elle met pour aller à l'église. Certains escargots sont minuscules, aussi transparents qu'un ongle, ils rétractent leurs cornes, apeurés, lorsqu'elle tend la main vers eux. En comparaison, les escargots de Bourgogne ont l'air immenses, majestueux, ils éveillent admiration et respect, on sent leur poids dans la main. Aneta s'accroupit devant une rangée de salades et récite un poème que lui a appris sa grand-mère : "Escargot, escargot, c'est toi qui décides, montre-moi tes antennes, ne sois pas timide." Alors, son père sort de la maison. Il devait être dans l'entrée, à l'observer par la fenêtre embuée. De hautes bottes en caoutchouc font gicler l'eau sur les côtés. Ses poings sont serrés. Il lui arrache son petit seau, déverse les escargots sur la route qui longe le jardin et les écrase avec son talon, un, deux, trois, les coquilles éclatent en mille morceaux, des entrailles visqueuses coulent des escargots, Aneta crie, elle pousse un hurlement hystérique qui l'étouffe, et son père dit t'étais censée bosser, pas faire tes simagrées, morveuse. Sa mère accourt, Stefan, chuchote-t-elle, parce qu'elle chuchote tout le temps, parce que le père n'aime pas quand on élève la voix, ça lui fait distribuer des baffes, Stefan, pitié, elle a cinq ans, elle ne comprend pas… Le père donne un coup de pied dans le seau et retourne dans la maison, offensé par elles, par les escargots, par le monde entier, il claque la porte si fort que les vitres trempées tremblent dans leurs chambranles.

Dans les champs, elle est trop lente, trop faible, elle fait tout n'importe comment. Elle n'est pas douée avec les bêtes. Quand elle trait une vache, on l'entend meugler de douleur jusqu'à la maison des Kozielak. Elle ne sait pas faire rentrer les poules vers l'enclos le soir, elle a peur du cheval. Parce qu'il mord ? Et tant mieux qu'il mord, ça lui servira peut-être de leçon, enfin. Et ses notes, chuchote sa mère de plus en plus bas, et ses mentions, et les félicitations du jury en fin d'année ? Le père hausse les épaules. Et quoi, comment on remplit la marmite avec des félicitations ? On va faire une soupe avec ses bonnes notes ? Hein ? La mère baisse la tête, ne regarde même pas sa fille, aucun regard de connivence pour dire au moins j'aurais essayé, chérie, aucun soupir pour suggérer que pfff, ton vieux fait encore des siennes, non, rien qu'un regard planté vers le sol, comme devant un curé qui lèverait l'ostensoir : *voooicii la paroooole du mariii, ding-ding, ding-ding.*

Bien sûr, elle avait aussi de bons souvenirs, elle devait le lui accorder : quand il lui apprenait à nager dans la Narew (la main du père la maintient à la surface tandis que les algues lui chatouillent les pieds), quand ils avaient construit ensemble un château teutonique en carton (elle s'était collé les doigts), quand il lui avait réparé son vélo (un cadre rose, des billes sur les rayons, un petit drapeau derrière la selle, cadeau d'une tante émigrée aux Pays-Bas, tout le village le lui enviait). Mais chacun de ces moments portait une souillure, chacun était gâté. Parce que son père avait une haleine chargée d'alcool. Parce qu'il ne la regardait pas quand elle voulait lui montrer quelque chose. Parce qu'il aboyait sur sa mère l'instant d'après.

Et maintenant il marchait sur ces boulevards, il marchait et se plaignait, geignait et se désolait, lui gâchant avec succès la partie de la ville qu'elle préférait. Aneta l'avait bien cherché. C'est elle qui lui avait proposé de venir. Elle pensait qu'à présent peut-être, maintenant qu'elle rencontrait le succès avec Pologne Demain, il serait enfin fier, ou peut-être pas fier, mais au moins que ça flatterait sa vanité. Que, lorsqu'il serait en train de boire une bière au bar avec ses potes (deux złotys trente grosz la bouteille, consigne incluse) et qu'à la télé au-dessus du zinc, on diffuserait une conférence de presse d'Artur et qu'il la remarquerait quelque part au second rang, juste derrière l'épaule du député, alors il leur dirait, matez ça, vous voyez la blonde, là ? C'est ma fille. Mais ça n'était pas parti pour.

Ils s'assirent dans un café au bord du fleuve. Le père sortit ses lunettes d'un étui en cuir usé, les contempla d'un air critique, puis les plaça sur son nez en grande pompe, comme s'il devait lire le manuscrit de Qumran et non le menu d'une chaîne de bistrots américains. Elle le vit assembler à grand-peine les lettres en des mots inconnus, son front plissé par l'effort, sa bouche bougeant sans émettre un son. Aneta avait envie de le pousser dans l'eau avec sa chaise. Ce vioque amer. Cet ivrogne. Ce bon à rien.

– Et au boulot, ça va ? marmonna-t-il sans lever les yeux.

– Plutôt pas mal, oui, répliqua-t-elle sur-le-champ, vite, avant que la dernière syllabe de la question ne cesse de résonner.

Elle avait répondu en gazouillant, un sourire idiot aux lèvres, un sourire qui était apparu malgré elle, les coins de sa bouche s'étaient levés sans son concours, comme une jambe frappée sous le genou avec un marteau en caoutchouc. Elle se détesta pour ça.

– J'ai été promue directrice d'une campagne électorale Internet pour les élections parlementaires.

– Internet, tu dis ?

– Oui. En ligne.

– Je sais ce que c'est que l'Internet, s'indigna son père en reposant le menu sur la table chauffée par le soleil. Et les affiches et les autres, là, les panneaux publicitaires ?

– C'est du ressort d'un de mes camarades.

– Bah ouais. Un mec malin, j'imagine, non ?

– Pas mal, oui.

– Ah, c'est pas étonnant. Observe-le et apprends. La prochaine fois, il t'embauchera peut-être comme stagiaire.

– Papa… dit Aneta en maîtrisant difficilement sa voix. Nous dépensons 5 % de nos moyens en affiches. Tout le reste est consacré à l'Internet. 95 %. La décision est tombée aujourd'hui. Tu comprends ?

– Je prendrai un thé.

Son père avait perdu tout intérêt pour la discussion et son regard avait glissé vers l'eau.

SOUSOUPE DE LÉGUMES	*4.99*
ESCALOPETTE AUX PATATES ET BETTERAVETTES	*13.99*
POULETTE AVEC RIZ ET SALADE	*12.99*
JUJUS DE FRUITS MAISON	*1.99*

Jan Tran détacha le regard du menu calligraphié en italiques baroques, il contempla les plats présentés derrière la vitrine et… soupira lourdement. Son nouveau travail avait beaucoup d'avantages (mutuelle santé privée, budget formation, déplacements professionnels, accès aux meilleurs hardware et software, sans parler des tee-shirts, stylos, carnets et autres gourdes marqués du logo de la boîte qui, au début, le réjouissaient, mais qui s'entassaient à présent au fond de son placard). En revanche, la cantine était cauchemardesque : tout était trop cuit, sans sel, insipide. On aurait dit la cuisine d'un Anglais souffrant d'hypertension.

– Moi, je prendrais bien l'escalopette avec les betteravettes…

Une voix féminine lui parvint par derrière. Jan se glaça. Est-ce que… Non, se dit-il. C'est impossible.

– … et un jujus maisonnette. S'il me reste des soussous, bien sûr.

Il se retourna. C'était elle, les cheveux attachés en queue-de-cheval, un sourire insolent aux lèvres, large d'une oreille à l'autre.

– Qu'est-ce que tu fous là, bordel ?

– J'avais envie de papoter, répliqua Julita en s'emparant d'un plateau comme si elle était chez elle.

– Mais… comment tu as fait pour entrer ?

– J'ai dit que j'apportais une cravate propre à mon mari parce qu'il avait taché la sienne avec du café et qu'il avait une réunion avec un client important dans un instant.

Julita repêcha une cravate à rayures argentées du fond de sa poche avec la grâce d'un prestidigitateur qui présente aux spectateurs ébahis un lapin sorti du chapeau.

– Alors l'hôtesse d'accueil m'a laissée entrer, conclut-elle.

– Une folle.

– Pas du tout, une nana plutôt sympa.

– C'est de toi que je parle, grogna Jan. Tu as de la merde dans le ciboulot, sérieux. Tu sais ce qui se serait passé si quelqu'un t'avait prise en flag ?

– Bof, je ne sais pas, moi, il m'aurait reconduite à la porte ?

– Cette entreprise prend les questions de sécurité très au sérieux.

– Je vois ça, oui.

– Bonjour, qu'est-ce que ça sera pour vous, monsieur ? demanda la cuisinière, un peu impatiente.

– Hum ? Un instant…

– Pour lui, ça sera l'escalopette, les betteravettes et le jujus, annonça Julita, et pour moi la soupe. La sousoupe, pardon.

– Quoi ? fit Jan.

Désorienté, il regardait tour à tour la cuisinière et Julita. Au bout du compte, il fronça les sourcils et déclara d'une voix sifflante :

– Écoute-moi bien, si tu crois que…

– Vous allez payer ? demanda la cuisinière en posant les poings sur les hanches. Parce que vous bloquez le passage, là.

Jan lança à Julita un regard glacial (attends un peu pour voir, je vais te dire tes quatre vérités, idiote), il arracha son portefeuille des pans de sa veste et plaqua la carte de crédit au lecteur avec une telle fureur qu'on aurait dit qu'il voulait administrer une gifle cuisante à l'innocente machine, tel un gentleman du XIXe siècle provoquant un adversaire en duel à l'aide d'un gant en peau de vachette qu'il vient d'ôter. Lorsque la cuisinière lança à Julita un regard inquiet, celle-ci ne fit que hausser les épaules. Qu'est-ce qu'on y peut ? semblait-elle dire. Ah, les mecs…

– Tu as une table préférée ? demanda Julita en prenant des couverts. Peut-être là-bas, près de la fenêtre ? La vue semble pas mal.

– Tu le fais exprès, pas vrai ?

– Quoi donc ?

– De me rendre furax.

– Hmm…

Julita se caressa le menton, plissa le font, on aurait dit une philosophe en train de cogiter sur un concept compliqué.

– … ce n'est pas impossible, fit-elle.

– Et tu veux que je t'aide ?

– Ouais.

– Alors tu vas être surprise.

Jan tourna les talons et s'assit à la première table libre qu'il trouva. Une fourchette dans une main il farfouillait dans sa nourriture, tandis qu'avec l'autre il s'emparait de son téléphone et faisait défiler ses mails. Et dire que j'aurais pu faire semblant, l'autre jour, de ne pas être à la maison, songea-t-il, en plantant sa fourchette dans son escalope. Ou j'aurais pu l'envoyer paître. Maudite soit-elle. Julita "la teigne" Wójcicka, putain. La pire fouineuse à l'est de l'Elbe.

Des pas. Elle s'assit à côté. Il ne leva pas la tête, mais du coin de l'œil il vit qu'elle posait quelque chose sur la table. Une feuille imprimée. La transcription d'un échange par chat, les passages clés surlignés au marqueur fluo. Non, je ne vais pas lui faire ce plaisir, songea-t-il, pas cette fois-ci, je ne le lirai pas. Julita n'en avait cure. Elle mangeait sa soupe en la sirotant ostensiblement.

Il tint deux minutes. Puis il soupira et leva les yeux au ciel.

– Je ne le fais que pour que tu me laisses enfin tranquille, d'accord ?

Et il s'empara de la feuille. Il lisait à travers ses paupières plissées, mâchant encore et encore, vite, comme s'il avait un chewing-gum en bouche et non de la viande. Quand, soudain, il s'interrompit. *Alexxander12 : tu te souviens quand je t'ai dit que l'été dernier, il s'est passé un truc moche ? KandyKroosh : appelle-moi.*

– Vérifie la date, dit Julita.

Le regard de Jan glissa vers le haut de la feuille. Il haussa un sourcil. C'était quatre jours avant que la fille ne soit assassinée. Il avala sa bouchée et but une gorgée de ce jus trop sucré. Il garda un instant le silence.

– Que ce soit clair, grogna-t-il au bout d'un moment, je ne le ferai que parce que ça pourrait avoir un rapport avec X1.

– Bien entendu.

– Et à condition que tu cesses tes simagrées de gamine.

– À vos ordres, monsieur l'agent.

– Je ne suis plus… Pfff, peu importe.

– À quelle heure tu finis ? dit Julita en s'essuyant la bouche à l'aide d'une serviette.

Jan regarda sa montre. Il était près de 14 heures.

– Au fond, ça pourrait être tout de suite, dit-il en reposant ses couverts sales sur le plateau. J'ai des heures sup à récupérer.

Les bords de l'île sont sablonneux et, en son cœur, s'élèvent des sommets enneigés ceints de forêts denses, de champs de blé et de pâturages verts sur lesquels on aperçoit les toisons blanches des moutons. À l'ouest, le sol est argileux, rouge, idéal pour la production de pots en terre cuite ou de briques et, à côté, commence un désert aride que toutes sortes de bandits ont choisi pour demeure…

– Eh ! Loukachenko ! C'est ton tour.

Oleg détacha les yeux du plateau. Lech et Ela l'observaient, dans l'expectative.

– Tout va bien ? lui demanda Ela.

– Oui, oui, j'ai eu un blanc.

– Et à quoi tu penses si profondément ? demanda Lech en piochant quelques noisettes au miel à grignoter. À la manière de bâtir une route plus longue que la mienne ? Pas la peine de te creuser les méninges, tu n'y arriveras pas. D'une part, tu es bloqué par ma ville, de l'autre, par la colonie d'Ela. Et personne ne donnera son autorisation pour un corridor extraterritorial, on n'est pas fous.

– Parle pour toi, répliqua Ela en analysant ses cartes. Je la donnerai contre trois bois.

– Hé ! On ne peut échanger que quand c'est son tour !

– Ah oui ? Et c'est marqué où dans les règles ?

– C'est une pratique communément admise.

– Communément admise par qui ?

Oleg sourit en coin en écoutant la dispute de ses colocataires. Au début, ces deux-là l'agaçaient prodigieusement. Lech était fin comme un piquet, de rares cheveux attachés en queue-de-cheval, une voix stridente pour laquelle les maigres murs de l'appartement ne représentaient nulle barrière et un sens de l'humour douteux. Ela était ronde comme un ballon et perpétuellement souffrante de quelque chose, comme d'une indigestion (excuse-moi, est-ce que tu pourrais prendre ton repas dans ta chambre, ces odeurs fortes m'indisposent), ou de migraines mystérieuses (excuse-moi, est-ce que tu pourrais baisser ta musique, s'il te plaît, j'ai la tête qui va exploser), ou de rhumes invisibles (excuse-moi, est-ce que tu pourrais fermer la fenêtre, s'il te plaît, j'ai pris froid et je ne voudrais pas que le courant d'air aggrave mon état). Mais bon, ils étaient prêts à lui louer une chambre sur-le-champ et ce pour une somme ridicule – ils tenaient apparemment davantage à un troisième participant à leurs jeux de société qu'aux bénéfices du loyer –, alors Oleg avait décidé de tenter le coup. Les premières semaines avaient été éprouvantes, mais une fois qu'il s'était habitué à leurs extravagances, il avait aussi remarqué leurs qualités. Ela était bienveillante, aussi affectueuse qu'une sœur. Quant à Lech… il partageait volontiers ses bières. Des bières artisanales, cela allait sans dire ; quiconque souillait son palais avec des produits de brasseries industrielles était à ses yeux un plouc indigne de respect.

– … et puis mon tour ne finit que lorsque le joueur suivant lance les dés.

– Oleg, je t'en supplie, sauve-moi des mains de cette vipère, que ces *alea* deviennent enfin *jacta*, sinon je vais péter un câble.

– J'y vais, j'y vais…

Oleg lança les dés : cinq points sur le premier, deux sur le second. Sept. Alors, il pouvait déplacer le brigand, voler des ressources et bloquer un emplacement. Il leva son pion noir ; les bandits montraient les dents, menaçaient en secouant leurs massues et leurs poignards. Où le poser ? Contrecarrer les plans duquel de ses deux voisins ? L'envoyer peut-être sur les pâturages d'Ela ? À moins qu'il faille le poser sur les carrières de Lech ?

Ping, l'ordinateur portable ouvert sur le canapé tinta. Oleg se détourna du plateau et cliqua plusieurs fois sur sa souris. *Téléchargement terminé. Démarrer l'installation ? Installation en cours.*

– Qu'est-ce qu'il y a ? Une donzelle t'envoie des messages d'amour ?

– Non non, répliqua Oleg en repoussant l'ordinateur. J'ai téléchargé un programme.

– Oh ? Lequel, si je peux me permettre ?

– Gephi. C'est pour visualiser des données, des réseaux de connexions, ce genre de trucs…

– Ah OK. Pour le boulot ?

– Pas totalement, répliqua Oleg en posant son pillard sur l'emplacement de la carrière.

Un tramway arriva à l'arrêt. Dans le wagon de tête, il y avait foule (des visages en sueur, des fenêtres grand ouvertes), le second était presque vide. Le choix paraissait évident.

– Viens à l'arrière, lança Julita.

Jan ne protesta pas. En fait, il n'avait pas dit un mot depuis qu'ils avaient quitté son bureau. Au début, elle essayait encore de lui tirer les vers du nez, de s'enquérir de ceci ou de cela, mais c'était comme de parler à un mur, et pas à un sympathique muret de lotissement où des gamins de dix ans écrivent à la craie de couleur qu'un tel plus une telle égalent un amour infini, mais plutôt à une dalle de béton bordée de rouleaux de barbelés. Pour un homme qui parlait si peu, le langage corporel de Jan était incroyablement expressif : chacun de ses poils était hérissé, chacun de ses muscles était tendu et ses dents étaient si serrées que ça faisait mal rien qu'à le regarder. Va-t'en. Laisse-moi tranquille. C'est pas le moment, disait ce corps.

Dès que Julita pénétra dans le second wagon, elle comprit pourquoi tout le monde s'entassait dans celui de devant. Une puanteur flottait dans l'air, une puanteur si dense et perçante qu'on s'étonnait qu'elle soit transparente, qu'elle n'eût pas pris la forme d'une brume jaunâtre, comme dans les dessins animés. La source de la puanteur, c'était un sans-abri étalé sur un siège près de la fenêtre. Malgré la chaleur, il portait un manteau épais et un bonnet en laine, tandis que son visage gras et barbu disparaissait dans des tortillons d'écharpes et de chiffons, on aurait dit une momie démaillotée. Ses mains pendaient de part et d'autre, livides, avec des doigts enflés terminés par des ongles violacés et sales. Son jean était couvert d'une couche de saleté craquelée.

– Ough… fit Julita en réprimant un haut-le-cœur et en se cachant le nez sous sa chemise. Ô mon Dieu, qu'est-ce qu'il schlingue…

– Ça monte, ces ivrognes, et ça fait des allers-retours en répandant des germes, dit une vieille femme avec des béquilles et des cheveux teints en rouge furieux, l'unique passagère en dehors d'eux.

Elle parlait à l'allure d'une mitraillette, ravie de pouvoir enfin partager sa frustration avec quelqu'un.

– Des fainéants, des putains de minables. N'approchez pas de lui, madame, allez savoir où est-ce qu'il est allé traîner. Aux temps du communisme, c'était pas pareil, chère madame, oh non, vous êtes trop jeune, mais croyez-moi sur parole, l'ordre régnait, c'était calme en ville, pas comme maintenant, on a peur de sortir de chez soi…

– Ah oui… Jan, au prochain… Ough… on descend au prochain, d'accord ?

Mais Jan ne l'écoutait pas. Bien sûr qu'il ne l'écoutait pas. Il s'approcha du sans-abri et s'accroupit devant lui.

– Hello ? Vous m'entendez, monsieur ? demanda-t-il.

– Laissez tomber, monsieur, dit la passagère. Il s'est pinté, alors il cuve. Chez nous, dans notre quartier, y en a aussi un qui traîne, surtout l'hiver, et qui squatte notre cage d'escalier. En janvier dernier, il a mis le feu à un paillasson parce qu'il avait froid, vous imaginez ça ? Ça puait comme si on avait ouvert les portes de l'enfer ! Je lui ai gueulé dessus, qu'est-ce que c'est que ces façons, bordel, que je lui ai dit…

– Hello ? dit Jan en posant la main sur l'épaule du clochard. Hello ?

– Mademoiselle, votre collègue chinois, là, il ne comprend pas le polonais? Dites-lui de garder ses distances, sinon il va choper une saloperie…

– Jan, il vaudrait peut-être mieux…

Quand le tramway prit un virage, le sans-abri glissa de son siège et tomba par terre, inerte, comme un sac de patates, sans une plainte ni un gémissement.

Avant que Julita n'ait le temps de comprendre ce qui se passait vraiment, Jan tira sur le frein d'urgence. Le tramway stoppa et faillit la renverser; la vieille dame heurta la vitre avec sa tête.

– Mon sac, lança Jan en retroussant les manches de sa chemise. Trouve-moi la petite boîte rouge.

– Quoi?

– Aaaah… gémissait la passagère en tenant son nez en sang. Doux Jésus… Doux Jésus…

– La boîte rouge, répéta Jan patiemment, déjà à genoux près du clochard. Vite!

Julita cligna des yeux et se débarrassa de sa torpeur. Elle ouvrit le sac: un magazine roulé en tube, des lunettes de soleil, un agenda… Là! Sans un mot, elle tendit la boîte à Jan. À l'intérieur, il y avait des gants en latex et un masque jetable dans un sachet en plastique.

– Appelle les secours, dit Jan en enfilant les gants avant de coller deux doigts sur le cou du sans-abri. On est à hauteur du numéro 48, rue Jagiellońska, tram numéro 6, un homme ne respire pas, pas de pouls, je commence un massage cardiaque et une réanimation. Tu vas être capable de répéter?

– Merde… Oui. Je crois.

– Doux Jésus… dit la vieille femme. Oh mon Dieu…

Elle respirait lourdement en pressant sa main contre sa poitrine.

– Après, tu vas t'occuper de mamie, dit Jan. Tête en arrière et qu'elle calme sa respiration avant de faire de l'hyperventilation. Tu comprends?

– Oui… oui.

Julita pianota le numéro sur son portable. Elle disait des choses devant le récepteur, mais n'entendait pas ses propres paroles, elle avait l'impression de passer un message préenregistré. Jan déboutonna le manteau du clochard, déchira sa chemise en flanelle. Une puanteur de pourriture jaillit de sous ses vêtements, une puanteur à vous donner le vertige. Sa peau était parsemée de bleus, de croûtes, de traces de morsures de punaises remplies de pus. Jan posa ses mains sur la cage thoracique et pressa. Un, deux, trois. Un, deux, trois. Un, deux, trois. Il se pencha sur son visage et lui fit du bouche-à-bouche à travers son masque aussi fin qu'un mouchoir en tissu. Inspiration, expiration. Inspiration, expiration. Inspiration, expiration. Et encore, et une autre fois, on pouvait presque entendre les côtes craquer; sa chemise trempée de sueur collait au dos de Jan.

Soudain, l'homme se plia en deux, toussa et un filet de salive verdâtre coula de sa bouche. Julita détourna la tête pour ne pas voir, pour ne pas vomir, elle se concentra sur la vieille dame. Tout portait à croire que son nez était entier, il n'y avait pas de fracture. Julita l'aida à se lever et à sortir du tramway qui était déjà cerné par une guirlande de badauds: des yeux vitreux, les portables levés et ça filmait, tandis que des experts autoproclamés expliquaient ce qui se passait en gesticulant. Quelqu'un soutint la vieille femme de l'autre côté, la prit par le coude et on la fit asseoir sur un banc. Elle marmonnait toujours doux Jésus, doux Jésus, doux Jésus, mais de plus en plus lentement, de plus en plus paisiblement.

Puis tout alla vite. La clameur des sirènes, le scintillement des gyrophares, des secouristes en tenue orange, rapides, alertes, s'affairant sans émotions inutiles, habitués à l'odeur de l'urine et des excréments humains, à la vue du sang et à la proximité de la mort. Ils étendirent le sans-abri sur une civière, l'embarquèrent dans une ambulance et partirent ; un instant plus tard, les tramways reprirent leurs trajets et les badauds s'éparpillèrent. Oh, il y aura des trucs à raconter au dîner ! Tout revint à la normale. Seul Jan ressemblait à un ramassis de malheurs : trempé, pâle, dans une chemise maculée. Il se tenait au-dessus d'une poubelle et se rinçait la bouche à l'eau.

– Tout va bien ? demanda Julita tout bas, timidement.

– Mmh, fit Jan avant de cracher l'eau dans la poubelle. Ça va.

– Écoute, si tu veux qu'on se voie un autre jour, je…

– Non, c'est bon. Je vais prendre une douche et ça ira.

Julita lui tendit son sac. Il en sortit une bouteille de gel désinfectant, en pressa la moitié dans ses paumes et il frotta, frotta et frotta encore jusqu'à ce que l'odeur du gel couvre la puanteur d'une gnôle à moitié digérée.

– Jan ?

– Ouais ?

– Respect.

– Arrête. J'ai eu mon brevet de secourisme, c'est tout.

– Non, non, sérieux, je… Même si j'avais su quoi faire dans une telle situation… Je ne me serais pas forcée. Je sais que c'est un terme galvaudé, mais… tu t'es comporté en héros.

– Arrête de te foutre de moi.

– Non, je suis sérieuse. Jan…

– Oui ? demanda-t-il en rangeant le gel dans son sac.

– Excuse-moi de t'avoir fait tourner en bourrique comme ça. Là-bas, au bureau. Tu sais que je le fais parce que je t'aime bien, pas vrai ?

Jan jeta le sac sur son épaule et secoua la tête.

– Comme je l'ai dit plus tôt, lança-t-il en marchant en direction du passage piéton, une folle.

Des oiseaux s'amassaient dans le feuillage du peuplier qu'on voyait depuis une fenêtre de chez Jan. Il y en avait des centaines, des milliers peut-être – c'était dur à dire car ils étaient dissimulés par des feuilles. Ils étaient petits et noirâtres, probablement des merles ou des étourneaux. Leur gazouillement était si intense – tant de voix individuelles se superposant, répétées et multipliées cent fois – qu'il tintait de façon artificielle, comme un bruit mécanique, comme des interférences télévisuelles au volume maximum ou comme un disque rayé. Soudain, sans raison apparente, les oiseaux s'élevèrent dans les airs, tous ensemble et simultanément, à en faire trembler les branches, à en masquer le soleil et, l'espace d'un instant, l'appartement devint sombre. Puis le silence revint, un silence qui résonnait à leurs oreilles. Un silence de mort.

Julita s'écarta de la fenêtre grand ouverte comme ébouillantée et se frotta les tempes. Quand ils avaient pénétré dans l'appartement suffocant de Jan et qu'elle s'était assise dans un fauteuil en cuir, elle avait enfin senti à quel point elle était fatiguée: ses paupières se soudaient et son dos collait au dossier, le sommeil l'envahissait et, avec lui, l'épouvante qu'elle masquait si bien d'ordinaire derrière une plaisanterie ironique, un large sourire ou sa queue-de-cheval se balançant coquettement sur sa nuque. C'était comme si elle se noyait. Comme si quelqu'un l'enfermait dans un cercueil. Elle s'obligea à se lever et à ouvrir grand les autres fenêtres, elle s'aspergea le visage d'eau froide. Ça allait un peu mieux, elle maîtrisa sa somnolence, mais l'angoisse irrationnelle qu'une chose terrible allait arriver d'ici peu demeura – un pressentiment, la chair de poule, la gorge sèche. Dans cet état, les choses normales prenaient des contours sinistres, les couteaux de cuisine scintillaient de façon menaçante, l'air froid glissait d'une porte d'armoire mal fermée et le gazouillis des oiseaux provoquait des frissons. Une folle, se dit Julita en serrant les bras autour d'elle. Jan avait peut-être raison.

Le bruissement de l'eau indiquait que Jan se trouvait toujours sous la douche. Va faire un truc, songea-t-elle, n'importe quoi, bourre-toi le crâne de coton. Elle se planta devant une étagère de livres et se mit à en lire les titres. *Les crimes du futur*, Marc Goodman. *Pour tout résoudre, cliquez ici*, Evgeny Morozov. *L'art de la supercherie*, Kevin Mitnick. *Linux Server Security*, Michael D. Bauer. *Le Gouffre noir*, Henryk Sienkiewicz. À la vue de ce dernier titre, un classique de la littérature jeunesse du début du XXe siècle, Julita haussa un sourcil d'étonnement. Intéressant. Elle prit le livre de l'étagère. C'était une édition vieille d'une vingtaine d'années, apparemment jamais lue. Une feuille de papier jauni avec une dédicace était collée sur la première page.

03.04.96

PRIX
pour la IIe place au concours
"Ma première page Internet"

attribué à

JAN KAZIMIERZ TRAN

Directeur : Andrzej Zębowyrski
Professeur d'informatique : Michał Popielik

La porte de la salle de bains s'ouvrit et Jan apparut dans l'encadrement. Dans les volutes de vapeur illuminées par un halogène clignotant, avec son survêtement de sport et son tee-shirt moulant, une serviette sur les épaules, il avait l'air d'un boxeur – poids plume, cela allait sans dire – qui effectue une entrée spectaculaire sous le feu des stroboscopes, en traversant un nuage craché par une machine à fumée. Malheureusement, l'effet était gâché par ses charentaises.

– Comment ça va, Kazimierz ? lui demanda Julita. La douche a été bonne ?

Jan lui jeta un regard étonné puis, quand il vit ce qu'elle tenait à la main, il lui arracha le livre et le remit à sa place.

– On ne peut pas te laisser seule une seconde… marmonna-t-il.

– Mais pourquoi Kazimierz ?

– C'est une longue histoire.

– Ah oui ? Et ton frère ? Comment se prénomme-t-il ?

– Michał, dit Jan puis, après une longue pause, il précisa : Michał Korybut.

– Tu déconnes. Je n'y crois pas une seconde.

– Je suis sérieux. Allez, on se met au boulot.

– Tu plaisantes ?

Jan était sur le point de s'asseoir devant son ordinateur, mais Julita lui barra le chemin.

– Tant que tu ne m'expliqueras pas pourquoi vous avez des deuxièmes prénoms si vieillots, je ne bougerai pas le petit doigt.

– Ce n'est pas un grand mystère, dit Jan en haussant les épaules. Mes parents… Ils voulaient vraiment qu'on trouve nos marques ici, qu'on se sente comme chez nous. C'est pourquoi, quand ils nous ont donné des prénoms polonais, ils ont décidé de choisir quelque chose de traditionnel… Et donc, ils ont tapé dans la lignée des rois. Tu sais, le cycle des portraits de Matejko…

– Oh mon Dieu… Alors quoi, tu as failli t'appeler Bolesław ?

– C'était leur premier choix…

Sur la bouche de Jan apparut un rictus qui, avec une dose de bonne volonté et un éclairage favorable, aurait pu être pris pour un sourire.

– … mais la dame de l'état civil le leur a déconseillé. Bon, allez, fini les bavardages, on se met au taf. Assieds-toi.

Julita hocha la tête et approcha une chaise.

– Tu as pensé à la manière de t'y prendre ? Comment trouver cet Alex-machin-truc ? demanda Jan en entrant son mot de passe.

Bien entendu, il le fit de sorte à ce qu'elle ne le voie pas.

– Un peu, dit-elle. Dans la transcription des chats, il n'y a aucune métadonnée pertinente, alors nous devons nous baser sur ce qu'il a dit à son propos.

– C'est-à-dire ?

– Que c'est un homme. Probablement britannique. Qui habite Londres.

– Super. Ça nous réduit les résultats possibles à quelque trois millions.

– Attends, je n'ai pas encore fini. Il pourrait s'agir d'un scientifique. En tout cas, on l'a convié à une sorte de séminaire. De ses fenêtres, il voit un parc où il y a une fête foraine durant l'hiver. Il y a une librairie Oxfam près de chez lui. Il a déjà été à Tokyo. Il a des problèmes de santé mentale, des troubles anxieux… Et il regarde régulièrement des camgirls. C'est tout, je crois.

– C'est peu.

– Oui, c'est peu.

– Et ceci en admettant qu'il ne lui racontait pas des craques.

– Tu sais… Il avait l'air sincère dans ces conversations. C'était comme si Hanna était l'unique personne devant laquelle il se dévoilait.

– Hm, hm, hm, fit Jan en se caressant le menton. Bien. Commençons par le parc, ça sera le plus simple. Londres… fête foraine… hiver… Regarde, un premier résultat. Hyde Park Winter Wonderland.

– Ça doit être ça.

– Ça doit être rien du tout, grogna Jan. C'est certainement le plus gros, mais peut-être que dans d'autres quartiers il y a quelque chose similaire.

Quelques minutes de silence – pendant ce temps, Jan essaya différentes combinaisons de mots, il suivit plusieurs liens en plissant les yeux. Vraiment, il devrait enfin s'acheter des lunettes, se dit Julita. Il vérifia les résultats jusqu'à la troisième page incluse. Plus loin, il n'y avait que des déchets, du charabia, l'Internet du *flamebait* et des bots, les Champs sauvages.

– Bon, d'accord, dit-il après un temps. Il n'y a rien de semblable. Alors on continue. Oxfam… Londres… Maps… Il y en a un à Kensington High, un autre à Gloucester Road… et un autre ici, près de Notting Hill Gate. Le reste est trop loin.

– Très bien, donc on sait à peu près où il habite. Qu'est-ce que ça nous apprend ?

– En dehors du fait qu'il doit avoir des parents riches ? Rien.

Julita pianota sur le bureau du bout des doigts.

– Hmm… On pourrait vérifier les conférences à Tokyo… Mais il n'a pas précisé la date, bordel. Ça fait deux ans de ça, c'est trop peu. Ou alors… Je ne sais pas, moi, à vrai dire, il avait l'air de quelqu'un qui doit consulter fréquemment un psychiatre. Alors on pourrait vérifier dans les environs si…

– Parce que tu crois qu'ils affichent la liste de leurs patients ?

– Non, mais elles sont peut-être trouvables autre part… Le National Health Service a subi une fuite de données il y a un certain temps…

– À peine cent cinquante mille patients. La probabilité que ton Alex soit parmi eux est minime.

– D'accord, monsieur je sais tout, alors qu'est-ce que tu proposes ?

Jan s'appuya sur le dossier de sa chaise et se gratta la nuque. Il réfléchissait.

– Tentons via Facebook, dit-il.

– C'est la première chose que j'ai essayée. Mais Alexxander12 ne donne aucun résultat et…

Jan n'écoutait pas. Au lieu de cela, il alla sur Facebook et retrouva son compte à elle, ouvert sous le pseudonyme "Julita Wu". Ce compte était fermé au public, cela allait sans dire : aucune information, aucune photo, aucun message, rien qu'une photo de profil sur laquelle, en plus, on ne voyait pas son visage.

– Regarde ça, dit Jan en touchant la partie haute de l'écran, là où le navigateur affichait l'adresse.

www.facebook.com/julita.wu

– Julita Wu, c'est ton UID, l'identifiant unique de l'utilisateur. Il a un équivalent numérique. On peut vérifier sa valeur sur plusieurs pages, par exemple ici…

Jan pianota une adresse, puis inscrivit "julita.wu" dans la barre de recherche. Les lettres se transformèrent en une suite de chiffres, 1001649202.

– Et là, regarde ce qui va se passer maintenant. Je copie cette suite de chiffres… et je vais inscrire dans le champ de l'adresse quelque chose comme ça. Regarde.

www.facebook.com/search/1001649202/stories-by

Quand Jan appuya sur Entrée, le message "*Publications commentées par Julita Wu*" apparut à l'écran. Une photo de sa sœur, Magda, en vacances en 2015, dans les Caraïbes ou autre Bornéo, "oh mince, je t'envie ! Amuse-toi bien, reviens saine et sauve ! :*". Le cliché d'une fête, posté par Karol, le garçon avec lequel elle flirtait à l'époque, montrant une Julita déguisée en Madonna : le soutien-gorge iconique confectionné à partir de deux pots de fleurs en osier peints en argent à l'aide d'une bombe spray, une perruque blonde, le grain de beauté dessiné au crayon pour les yeux, des paillettes dans le décolleté et des lèvres d'un rouge furieux mimant un baiser. *Some boys try and some boys lie, but I don't let them play, no way!* Un appel à signer une pétition pour cesser l'abattage des arbres dans la forêt primaire de Białowieża, "J'ai fait mon devoir, à vous !".

Julita fixait l'écran.

– Je ne comprends pas… Attends, tous mes réglages de vie privée sont au maximum, visibles par “moi uniquement”…

– Mais pour tes “amis”, ce n’est plus forcément le cas. Le moteur de recherche a retourné les résultats globalement accessibles connectés à ton identifiant d’utilisateur. Pour que ceux-ci soient effectivement cachés, tu dois les trouver toi-même et cliquer sur “masquer sur mon axe de temps”. Je ne dis pas pour les autres, mais quelqu’un comme toi aurait dû le vérifier.

– Je l’avais fait, mais ils ont encore dû changer des trucs dans les paramètres. D’accord, mais cette recherche… c’est légal ?

– Complètement. Il y a même des pages qui la facilitent. Mais pour en revenir à Alex…

– Non, non, attends, dit Julita en l’attrapant par la main. Qu’est-ce qui s’est passé ici ? Qu’est-ce que tu as fait ?

– Un tour de magie.

– Ne me laisse pas dans le flou, je déteste ça.

– Je sais.

– Jan !

– L’API de Facebook n’est pas étanchement sécurisée et…

– L’API ?

– L’Application Programming Interface, l’interface de programmation, c’est-à-dire… je ne sais pas comment appeler ça… un moyen de communication entre les ordinateurs ? Tu sais, quand tu indiques dans une boutique en ligne quelles sont la pointure et la couleur de la chaussure que tu veux, ta demande vers la base de données est traitée par l’API et c’est elle qui renvoie le résultat escompté.

– OK, disons que je comprends…

– En théorie, seuls les annonceurs publicitaires et les développeurs de l’application ont accès à l’API de Facebook après l’obtention d’un token authentificateur adéquat. En théorie, ils ne voient que ce qui est public…

en théorie. Mais comme tu peux le constater, dit Jan en pointant la Julita-Madonna du doigt, ce système n'est pas parfait.

– D'accord, c'est bon, ferme cette page.

– Pourquoi ? D'après moi, tu y es très, très…

– Jan, dit Julita en lui coupant brutalement la parole. Tu te souviens de comment mon aventure avec Internet a commencé ? La fuite de mes photos nues ? Une galerie dédiée à mes charmes sur chaque site de potins en ligne ? Je crois que j'ai le droit d'être un tantinet hypersensible sur le sujet, non ?

Un silence se fit. Jan ne s'excusa pas, ce n'était pas son style. Mais il fit ce qu'elle lui avait demandé. Sans un mot.

– Merci. Pour en revenir à Alex…

– Pour en revenir à Alex, reprit Jan, on peut utiliser ce tour de passe-passe pour faire des requêtes croisées. On peut rechercher les endroits que les gens visitent, les statuts que les gens commentent, les langues qu'ils parlent… Bon, par exemple, je ne sais pas, moi… Recherchons tous les gens qui aiment à la fois la page de la très catholique Radio Maria et, disons, celle de Jolis culs, gros culs. L'identificateur de la fanpage de Radio Maria, c'est le 154433351246841… Et celui de Jolis culs, gros culs, c'est le 11768000345672. Alors, on fait comme tout à l'heure, mais on ajoute *intersect* à la fin, pour signaler que nous déclarons plus d'une demande à la fois…

www.facebook.com/search/154433351246841/likers/11768000345672/likers/intersect

– … et voilà ! dit Jan en appuyant sur Entrée.

Les utilisateurs qui aiment les pages Radio Maria et Jolis culs, gros culs. Une liste de comptes. Pratiquement que des hommes, la plupart de plus de cinquante ans et même beaucoup plus vieux, moustachus, sérieux.

Ils posent sur fond du drapeau national ou devant des croix, certainement intimement convaincus que quelqu'un, là-haut, note chacun de leurs méfaits, mais sans se douter que dans le royaume terrestre il se passe la même chose.

– Du plus bel effet, je l'avoue, dit Julita, mais Alex n'est pas parmi eux, si je ne m'abuse ?

– Non, admit Jan. Mais on peut ajouter les caractéristiques que tu nous as indiquées et voir ce qui ressort. Par exemple… les personnes qui ont tagué des photos avec le hashtag Winter Wonderland… qui aiment les pages liées aux universités, disons le Times Higher Education Ranking… et les librairies Oxfam.

www.facebook.com/search/str/"#WinterWonderland"/photos-tagged/156279764411149/likers/223287104715778/likers/intersect

Clic. Le moteur de recherche recracha plusieurs dizaines de profils. Des hommes, des femmes, des vieux, des jeunes, des noirs, des blancs. Jan et Julita parcouraient les résultats, incertains de ce qu'ils cherchaient vraiment. Ils ne savaient pas comment "Alexxander12" s'appelait vraiment ni de quoi il avait l'air, ils n'avaient aucun indice sur la base duquel le reconnaître. Rien. Nouvelle tentative : les utilisateurs membres d'un groupe de soutien pour personnes sous antidépresseurs… qui ont publié des images taguées avec les mots clés "université", "cours magistral" ou "séminaire" … qui sont allés à Tokyo… Raté. Alors, par un autre bout : les hommes âgés de vingt à cinquante ans… qui habitent à Kensington… qui aiment les pages anti-Brexit… et la cuisine thaïe. Encore des visages, des visages, des dizaines de visages, aucun ne semblait familier, aucun ne pouvait correspondre à l'admirateur anonyme de KandyKroosh. Jan rédigea encore une quinzaine d'autres combinaisons, mais finit par renoncer et par écarter son ordinateur portable.

– Peine perdue, dit-il en décapsulant une canette de Coca, *pssst*. C'est une impasse.

– Oui, merci.

– Quoi ?

– Oui, merci, je boirais bien quelque chose aussi.

– Alors va à la cuisine. – Jan prit une gorgée avant de s'essuyer les lèvres. – Tu trouveras le chemin ou tu veux que je t'accompagne ?

– Je vais me débrouiller, dit Julita en lui tirant la langue.

Elle ouvrit un placard après l'autre à la recherche des verres et finit par en dénicher trois, tous ébréchés. Ben oui, songea-t-elle, en se versant de l'eau du robinet, Jan ne doit pas recevoir d'invités très souvent. Alexxander12. Que savait-elle d'autre à son sujet ? Dans l'une de ses conversations, il avait brièvement évoqué The Roots, alors peut-être un truc de ce côté, et puis Kandy lui avait conseillé… Mais oui ! Comment avait-elle pu ne pas y penser plus tôt ? Julita mit le verre dans l'évier et retourna en courant auprès de Jan, manquant de peu de tomber dans le virage.

– Tu as eu une idée ?

– Oui. Cherche les gens qui habitent Kensington, qui ont publié des photos de Winter Wonderland et qui aiment la fanpage de Kapuściński.

– Kapuściński ?

– Ouais. Ryszard de son prénom. Vérifie la transcription de leur première conversation. Kandy lui avait conseillé *Imperium*.

– Et quoi, tu crois qu'il a filé aussi sec à la librairie ?

– Il était obsédé par cette fille, alors oui, je crois qu'il a foncé. Allez, fais-le, discute pas.

Clac-clac, les doigts de Jan tapaient sur le clavier, rédigeant la nouvelle demande. Rien. Aucun résultat.

– Raté.

– D'accord, d'accord… Alors essayons peut-être… Kapuściński, Hyde Park… Est-ce qu'ils ont leur version de CommentVaisJe à Londres ?

– Moui… Transport for London.

– Alors mets-le.

– Pourquoi ?

– Il planifiait ses trajets en ville de façon obsessionnelle. Il voulait certainement avoir leur page dans son feed pour être mis au courant en temps réel des perturbations du trafic.

– Attends… Non. Rien.

– D'accord, dans ce cas Kapuściński, dépression, anti-Brexit, Kensington.

Jan soupira et leva les yeux au ciel.

– Ben quoi ? demanda-t-elle.

– Julita, on n'ira nulle part comme ça. Écoute, passons un marché, je vais réfléchir à ce qu'on peut encore…

– Pousse-toi.

– Quoi ?

– Si tu ne veux pas m'aider, alors bouge. Allez, hop. Ouste.

Jan s'assit sur la chaise précédemment occupée par Julita. Il le fit en traînant des pieds.

– Où est-ce qu'on vérifiait ces identificateurs, déjà ? demanda Julita.

– Troisième onglet.

– Bon. Et donc je tape… comme ça ?

– Et *intersect* à la fin. Mais je t'assure que…

Les utilisateurs qui aiment les pages Kapuściński, Anxiety, Depression and Mental Health Group et Campaign to Remain, et qui habitent le quartier Kensington. Cinq comptes. Incluant Alexander McCabe, avec une photo de profil dont l'arrière-plan montrait une fenêtre à travers laquelle on voyait la grande roue de Hyde Park illuminée de ses lumières. C'était un brun mince au nez aquilin et aux yeux verts. Et même assez beau gosse.

– C'est lui, c'est lui, c'est lui ! fit Julita en se levant. C'est sûr à cent pour cent !

– D'accord, d'accord, calme-toi…

– Regarde, tout correspond. Doctorat à l'University College London, section informatique… Comme fond, il a mis le drapeau de l'Union européenne…

– Julita…

– … et parmi les derniers bouquins lus, *Imperium* ! Ha !

– Julita.

– Bah quoi ?

– Regarde le dernier message sur son mur.

Heather McCabe > Alexander McCabe
17 novembre 2018

Au nom de la famille plongée dans le deuil, je vous informe que l'enterrement d'Alex aura lieu le 20 novembre 2018 au City of London Cemetery, à midi. Nous vous demandons de ne pas apporter de fleurs.

5

Celle-là peut-être, se dit Vadim en déchiffrant lettre à lettre la description de la moto. Plus de deux cents chevaux, IMU six axes, contrôle de traction DTC… mais ce prix ! Enfin bon, il pouvait se le permettre.

C'était une pensée étrange. Gamin, il ne possédait rien, rien de plus que ce qu'il portait : des tennis aux semelles décollées, un jean sale et un pull troué. Parfois, par un moyen ou un autre, il entrait en possession d'un trésor, un canif rouillé, par exemple, ou une BD américaine avec des superhéros – la seule chose qu'il était capable de lire, c'étaient des onomatopées de trois lettres, *POW! PAF! GAH!* – ou encore un thermos métallique. Mais il était difficile de dissimuler ces choses aux garçons plus grands, tôt ou tard ils trouvaient toujours ses cachettes et ils emportaient ce que bon leur semblait. L'argent, il n'en voyait presque jamais la couleur ; quand il parvenait à décrocher un boulot en traînant dans la rue, il recevait de la nourriture ou de l'alcool en échange. La première fois qu'il avait bu de la vodka, il avait onze ans ; la première fois qu'il avait été en proie au delirium tremens, il en avait treize. Des roubles, les seuls à lui en donner, c'étaient les gars de la gare ferroviaire, en échange d'un "rencard", comme ils appelaient ça, mais Vadim n'allait chez eux qu'en cas d'extrême nécessité ; il détestait leur contact, leurs mains moites, le goût qui restait dans la bouche quand il avait enfin fait ce qu'ils voulaient qu'il fasse. Mais il se souvenait de l'euphorie qui s'emparait de lui lorsqu'il tenait à la main ces bouts de papier gras et froissés ; alors, il était le roi du monde, il pouvait tout. Il cachait ses billets dans son slip, là où d'ordinaire les garçons plus grands ne cherchaient pas, et il courait à la boucherie s'acheter du jambon, de la mortadelle, du boudin, il se fourrait tout ça dans la bouche sans prendre la peine de sortir de la boutique et l'avalait sans mâcher, le plus vite possible, comme un chien, afin que personne ne l'en prive. Le vendeur, M. Pierevochkine, était sympathique : joues roses et scintillement d'une dent en or. Il ne le chassait pas, comme tant d'autres, et, en hiver, il lui offrait même du thé. Ce n'est que bien plus tard, après des années, que Vadim réalisa que Pierevochkine trichait sur la monnaie. Il arrondissait ses fins de mois en volant un enfant sans domicile.

– Monsieur Solohov ?

En entendant son nom d'emprunt, Vadim leva la tête et reposa le magazine de motos dans la corbeille. Il se trouvait dans le salon d'un tatoueur. Sur les murs, il voyait les motifs les plus populaires – dragons, papillons, hiboux, proverbes en langues étrangères – et dans les haut-parleurs, il entendait bourdonner une musique aux sonorités saturées. Il n'avait aucune idée du genre que ça pouvait être, s'il s'agissait de metal ou de rock. Dans les taudis qu'il habitait, il n'avait pas de radio, même chose en prison. La musique ne lui manquait pas ; pour lui, elle aurait pu ne pas exister, tout comme les films ou les livres, d'ailleurs.

Vadim pénétra dans la cabine, salua le tatoueur et ôta son tee-shirt. Il se vit dans la glace : par-dessus ses muscles, il avait une peau parsemée de cicatrices et de dessins maladroits. Un chat avec un chapeau. Une négresse aux gros nichons dans une jupe hawaïenne. Un tank d'où, en lieu et place du canon, pointait une bite dressée. Un couteau dessiné comme s'il lui transperçait le cou : le manche d'un côté, la lame de l'autre. Il s'était tatoué parce que tout le monde se tatouait en prison, par ennui ou pour rouler des mécaniques. Il détestait ces gribouillis. Dès qu'il était sorti, il avait tenté de les effacer lui-même, d'abord à l'aide d'une pierre ponce, puis avec une éponge métallique. Il terminait rouge de sang, mais l'encre transparaissait toujours sous la peau. Quelqu'un lui avait suggéré d'utiliser du détachant ; à son grand étonnement, cela avait marché, mais la douleur était insupportable, même pour lui. Mais à présent… à présent, il avait de l'argent. À présent, il pouvait payer pour effacer un tatouage après l'autre, effacer cette vie passée, ses humiliations, sa honte. Vadim s'installa dans le fauteuil et ferma les yeux.

– On nettoie ce qui reste de l'église orthodoxe ? Ou on commence quelque chose d'autre ?

– L'église, grogna Vadim.

Il n'aimait pas les affaires laissées en suspens.

– Très bien. Attention… dit le tatoueur en allumant le laser. Ça va faire mal.

Faire mal. Vadim sentit le rire monter dans sa gorge. La bonne blague. Je t'aurais bien montré ce que c'est que la douleur, comment c'est quand tout devient blanc, quand tu hurles à en perdre la voix. Tu verrais alors ce que c'est que la douleur.

Dring, dring. Dring, dring. Le téléphone qu'il avait dans la poche de son pantalon sonna. Peu de gens possédaient ce numéro. Et il ne pouvait ignorer aucun d'entre eux.

– Il faut que je décroche, grogna-t-il en se hissant sur le coude.

– Bien sûr. Aucun problème.

Vadim sortit le téléphone. En voyant qui appelait, il jura tout bas. Il ne pouvait pas s'agir d'une bonne nouvelle.

– Oui ? fit-il en décrochant.

Après quoi, il écouta en acquiesçant de temps en temps. Les muscles de son visage se crispèrent, son front se couvrit de rides. Il craignait que ce moment arrive. Ils avaient trop traîné en route, ils avaient laissé trop de traces.

– Qui ? chuchota-t-il.

Quand il entendit la réponse, sa grimace céda la place au sourire.

– Mmh. Je comprends, dit-il. Pour l'heure, on observe. Oui, oui. Bien entendu.

Vadim raccrocha et tendit la main vers son tee-shirt.

– On finira une autre fois, lança-t-il au tatoueur.

– Un boulot urgent ?

– Oui, déclara-t-il en enfilant le vêtement, un boulot qui ne peut pas attendre.

Ah, les pendaisons de crémaillère : les manteaux suspendus les uns sur les autres, le sol du vestibule jonché de chaussures, des assiettes en plastique abandonnées sur les rebords des fenêtres, une foule de gens dans la cuisine et la file d'attente aux toilettes. Tout le monde est serré, il faut se frayer un chemin partout, faire attention à ne marcher sur personne, à ne bousculer personne, même la musique semble à peine tenir entre quatre murs : les basses font frémir les vitres et trembler les entrailles. Le trafic le plus dense est sur le seuil du balcon, les uns sortent fumer, les autres reviennent après leur clope. Sur le balcon, les visages sont colorés en orange par la lueur des briquets, tandis que les mégots flottent en se balançant en cadence dans un pot à l'eau brunie par les cendres. Oleg se rappela toutes les soirées sauvages de sa période estudiantine, les chips qu'on faisait passer avec de la bière chaude et les baisers au goût de tabac, les fous rires hystériques et les chansons reprises en chœur en meuglant, le vomi dans les vases et le sommeil d'ivrogne sur un tapis, avec un pull roulé en boule en guise d'oreiller. Cette fameuse fois où Slawa s'était assis trop près d'une bougie et où sa chemise avait pris feu, mais il était trop soûl pour s'en rendre compte et il avait fallu l'éteindre à l'aide d'une couette. Ou la fois où Ksenia avait dansé sur la table qui s'était brisée en deux sous son poids ; ils l'avaient rafistolée avec de la bande adhésive et recouverte d'une nappe, afin que ses parents ne le découvrent pas – ou plutôt pour qu'ils le découvrent le plus tard possible. Ou la fois où, en plein hiver, au milieu de la nuit, ils avaient fait un saut à l'épicerie avec Ruslan pour racheter de l'alcool, et où, sur le chemin du retour, ils s'étaient cassé la figure, l'un après l'autre, sur une flaque verglacée. Toutes les bouteilles s'étaient brisées. Le bon vieux temps.

Oleg ôta sa veste, sortit une bouteille renflée avec un bouchon en cristal de son sac à dos et l'offrit à Kasia, la maîtresse de maison.

– Hé, Oleg ! dit-elle en lui faisant la bise. Qu'est-ce que tu as apporté ? C'est une sorte de potion magique ?

– À forte dose ? En effet.

– Khleb… ni… kov… dit Kasia en lisant à grand-peine les caractères cyrilliques décoratifs. Ça vient du Bélarus ?

– Oui. C'est une vodka distillée à partir de pétales de blé avec un extrait de raisins secs.

– Ooooh… Ça a l'air bien.

– Et le goût est encore mieux…

– Je serais ravie de vérifier. Allez, viens, tout le monde est déjà là.

Kasia travaillait avec lui au *Content moderation*… jusqu'à la veille, jour où elle avait posé sa dém. Oleg n'en avait pas été particulièrement étonné ; depuis qu'elle avait rejoint l'équipe, Kasia se plaignait chaque jour. Un coup, c'était que la main lui faisait mal à force de cliquer, un autre, que les images qui défilaient devant ses yeux lui donnaient mal au crâne, un autre encore que, lorsqu'elle rentrait à la maison après le travail, elle n'était pas capable de se concentrer sur quoi que ce soit. Les chefs n'avaient pas cherché à la retenir. Tout le monde savait qu'il y avait un fort roulement à la modération du contenu, les gens grillaient assez vite. Dans les autres salles, des babioles personnelles colonisaient les bureaux

– la photo d'un gamin aux dents manquantes dans un cadre en forme de cœur, un pot de fleur miniature, la figurine du héros favori d'une bande dessinée –, c'était le témoignage du temps qui passait, telle une mousse qui recouvrait un vieux mur, tels les cernes de croissance des arbres. Chez eux, les postes de travail étaient vides : un clavier, une souris sur un tapis corporate et c'est tout. Tout le monde savait n'être là que pour un instant, qu'il n'y avait aucune raison de prendre racine, ça ne ferait qu'ajouter des bricoles à transporter dans le carton quand l'heure de faire ses adieux sonnerait.

Oleg pénétra dans le salon qui n'était vaste qu'en théorie. Bien que la fête eût à peine commencé, les lignes de démarcation avaient déjà été tracées : le canapé était occupé par les copines du lycée, les amis de la fac s'entassaient autour de la table avec la nourriture tandis que les sièges pliables près du mur étaient devenus le QG de l'équipe des modérateurs de contenu d'où, de temps en temps, on envoyait un émissaire avec pour rôle de remplir les stocks de cacahouètes et de chocolats Ptasie Mleczko. Davydas, Andreï, Sergueï et Liina : les gardiens de ton fil d'actualité, tous âgés de vingt et quelques années, les arbitres de l'élégance et les censeurs qui définissaient la liberté de la parole – des milliers de décisions par jour et trois mille złotys par mois. Oleg entendait déjà les bribes d'une conversation menée sur fond d'un rap de Cardi B :

– … ces nouvelles directives sur les émojis ? Ils disent qu'on doit faire gaffe aux aubergines parce qu'elles peuvent impliquer une agression sexuelle… Et le petit rat serait antisémite. Si, si, je t'assure !

– *I went through your phone last night…*

– … parce que, réfléchis, si la Lehava est antisémite, alors pourquoi Młodzież Wszechpolska ne l'est pas ? Ils ont des opinions identiques.

– *Saw some things I didn't like…*

– … bon d'accord, alors dis-moi pourquoi un enfant de sept ans nourri au sein est encore OK, alors qu'un enfant de huit ans tombe déjà sous le coup de la pédophilie ? Ça n'a aucun sens !

– *It's killing me, killing me, killing me, oh…*

Quand Liina l'aperçut, elle se leva et approcha pour lui dire bonjour. Le soulagement se dessinait sur ses traits.

– Mon Dieu, heureusement que t'es venu. Ils ne parlent que de boulot…

– Fallait changer de sujet.

– Tu crois que je n'ai pas essayé ? Viens, on va sur le balcon.

Ils se frayèrent un chemin entre les fumeurs et s'installèrent au niveau de la balustrade. D'ici, on voyait des toits hérissés d'antennes et des immeubles de bureaux partiellement dissimulés derrière les barres d'habitation.

– Comment ça va, toi ? demanda-t-elle. Du neuf ?

– Hmm… au fond, oui, mais…

– Quoi ?

– Je n'étais pas censé parler boulot.

– Toi aussi, tu as du mal à digérer les nouvelles consignes ?

– Non, non. Il s'agit des faux comptes. Tu te souviens ?

Liina sortit un joint de la poche de son haut de survêtement.

– Oui. Tu as trouvé quelque chose d'intéressant ?

– En fait, oui.

– Alors qu'est-ce que tu attends ? Raconte.

– Tu es sûre ? s'enquit Oleg en s'appuyant au gardecorps. Ça ne t'ennuie pas ?

– Sûrement pas. Balance.

– Tu m'as un peu inspiré… Tu sais, l'autre fois, quand tu t'es demandé si ces comptes pouvaient être reliés entre eux.

– Et donc ? Ils le sont ?
– Ah, attends…
Oleg regarda autour de lui à la recherche d'un quelconque support didactique. Il piocha une poignée de capsules de bouteilles de bière dans un pot de fleurs vide.
– Tout porte à croire qu'il y a plusieurs niveaux, tu vois. Il y a quelques comptes vraiment bien faits, c'est du travail de pro.
Il posa sur une table de jardin les capsules marquées de l'étoile d'Heineken.
– Ces comptes ont des photos, des amis, ils publient quelque chose tous les jours. Ils rédigent de nouveaux statuts : que l'UE est mauvaise, que les Ukrainiens sont dégueus, que les pédés pervertissent nos enfants et cetera, et cetera. Puis viennent d'autres comptes…
Des nouvelles capsules entourèrent les étoilées.
– … ils ont certes quelques photos, quelques apparences de normalité, mais ce n'est vrai qu'au premier coup d'œil. Ces comptes-là ne sont utilisés que pour écrire des commentaires. "Tout à fait juste !", "C'est bien dit !", "À cent pour cent !" et des trucs du genre.
– Et plus loin ?
– Le troisième cercle…
Oleg déposa pêle-mêle le reste des capsules qui tintèrent sur la table en plastique.
– … est composé de faux manifestes, sans photos, sans aucune activité normale. Ceux-là ne servent que de caisse de résonance, ils likent et partagent.
– La vache.
– Ouais.
Un vent frais souffla. Liina remonta la fermeture éclair de son survêt.
– Je serais curieuse de savoir qui fait ça, dit-elle. Et pourquoi.
– Ce n'est pas si dur à imaginer… il y a des élections cette année.

– Où ça ?
– Hé, ici, en Pologne.
– Mais oui, j'ai complètement oublié ! Et donc quoi… dit-elle avant de s'interrompre un instant. Le grand méchant ours venu de l'Est ?

Oleg garda le silence un instant. Il réfléchissait.

– Hmm… Je n'ai pas de preuves concrètes et je ne saurais d'ailleurs pas comment les chercher, mais…

Il donna une pichenette à l'une des capsules pour qu'elle heurte la suivante.

– Il y a des fautes d'orthographe caractéristiques, tu comprends… des fautes qui font qu'on voit que, pour celui qui écrit ces messages, le polonais n'est pas sa langue maternelle, mais que c'est le russe.

– On peut sérieusement reconnaître ça ? demanda Liina, de l'incrédulité dans la voix.

– À vrai dire, pour moi, c'est simple comme bonjour parce que j'en ai vu ma dose. Mes parents m'envoyaient faire du polonais dans une école du dimanche, et ce n'était pas un grand défi parce qu'on parlait polonais à la maison… mais j'y avais quelques copains qui faisaient des fautes si horribles que ça te faisait mal aux yeux en les lisant.

– Par exemple ?

– Genre des orthographes caractéristiques… des *f* à la place des *w*… ou *hleb* et non *chleb* pour dire “pain”… Mais ce qui sautait le plus à la figure, c'étaient les mots intraduisibles, *pakupki* pour dire “emplettes” par exemple.

– Eh ! Vous avez vu Tomek ? les interrompit une fille.

Dans sa version subjective de la réalité, une version fortement imbibée d'alcool, le balcon tanguait sur les côtés tel un bateau sur une mer déchaînée.

– Quel Tomek ?
– Euh… mon Tomek, quoi.
– Hmm, non.

– Ah… ah oui, balbutia-t-elle, avant de retourner dans l'appartement en slalomant au passage entre des piquets invisibles.

– Eh ben dis donc… dit Oleg avant de siffler à travers ses dents. Elle en tient une couche. Et il est encore tôt.

– Et après ?

– À mon avis, elle ne va pas tarder à aller vomir.

– Non, non, protesta Liina en riant. Quelle est la suite de tes découvertes ?

– La suite ? Il n'y en a pas, dit Oleg en haussant les épaules. Maciek m'a fait clairement comprendre que je ne devais pas me mêler de ce qui ne me regardait pas.

– Et ?

– J'ai peur que, si je retourne le voir encore une fois, je me fasse virer.

– Et alors ? Tu vas laisser ça en plan ?

– Et qu'est-ce que tu ferais à ma place ?

À l'intérieur de l'appartement, une dispute avait éclaté. D'après les bribes de cris qu'on entendait, on pouvait déduire que la jeune femme ivre avait fini par trouver son Tomek et que celui-ci n'était pas seul. Liina observa attentivement les capsules de bouteilles disposées sur la table.

– Quelque chose que je ne regretterai pas plus tard, déclara-t-elle.

Julita détestait faires ses bagages. Elle oubliait toujours quelque chose : quand ce n'était pas son chargeur, c'étaient ses chaussettes, quand ce n'était pas sa brosse à dents, c'était son pyjama. D'ailleurs, d'autres questions l'embêtaient : emporter son imperméable ou pas ? Il prenait beaucoup de place dans la valise, mais si elle ne le prenait pas, il pleuvrait à coup sûr toute la semaine. Elle pourrait certes l'enfiler, mais par cette chaleur elle allait suer à grosses gouttes. Un parapluie dans ce cas ? Elle possédait un chouette parapluie décoré de Moumines. Mais où est-ce qu'il était ? Dans le placard du vestibule, oui, elle l'y avait mis à coup sûr. Et des chaussures de rechange ? Ça ne serait pas bête, mais des légères, des ballerines à rayures par exemple…

Grincement de clés dans la serrure, claquement du verrou. Leon se tenait sur le pas de la porte. Il ne s'était pas rasé ce matin. Julita aimait sa barbe.

– Tu es déjà rentré ? lui demanda-t-elle.

– Tu le demandes sérieusement ou sarcastiquement ?

– Sérieusement. Je croyais que tu terminais quelque chose d'important aujourd'hui.

– C'est allé plus vite que prévu.

Leon balaya la pièce du regard.

– Tu pars quelque part ? demanda-t-il.

– Oui, répliqua Julita en jetant des chaussettes roulées en boule dans la valise. À Londres.

– À Londres ?

– Faut que je te l'épelle, chéri ?

– Non, non, c'est juste que…

Leon enleva le cordon avec le badge magnétique de son bureau de son cou. On dirait une laisse, se dit Julita, c'est tellement de circonstance, dans son cas.

– … c'est assez inattendu, tout ça. Mais… tu pars en avion ?

– Non, pas question, tu penses bien.

Aéroport de Varsovie. Scintillement des gyrophares. Détonations. Sang sur les sièges.

– Brrr… fit Julita en frémissant. En bus.

– Ah oui. Et tu pars quand ?

– Dans…

Julita regarda sa montre. Il était 21 heures.

– … dans une heure et demie.

– D'accord… fit Leon en haussant un sourcil. Pourquoi cette hâte, si je peux me permettre ? Qu'est-ce qu'il y a, on vend le nouveau Harry Potter en avant-première ?

– Tu te rappelles l'admirateur régulier de Kandy ?
– Mmh… oui. Alex machin chose.
– Il est mort, dit Julita en jetant ses culottes dans la valise. Officiellement, il a fait une overdose de médicaments.
– Oh putain.
– Ouais.
– Donc, c'est une grosse affaire.
– C'est ce que me suggère mon pif de journaliste.

Julita ôta son imperméable du dossier de la chaise. Après un instant d'hésitation, elle le plaça dans la valise. Bien entendu, celle-ci ne voulait plus se fermer.

– Laisse, je vais le faire, dit Leon.
– Moui… fit Julita d'une voix grave, avec un enrouement jazzy, tout en plissant les yeux. Montre-moi à quel point tu es viril.
– Encore une fois, je ne sais pas si c'est un sarcasme ou…

Julita ne lui permit pas de finir sa phrase. Elle l'agrippa par le cou, enfonça légèrement ses ongles dans sa peau et l'embrassa sur la bouche.

– Et maintenant, tu le sais ? chuchota-t-elle dans son oreille.

Il n'avait pas besoin de répondre. Elle sentait une autre confirmation.

– Oui.
– Parfait.

Elle le poussa sur le lit jonché de leggings, de bas et de paperasse. Elle s'assit sur lui, enleva son tee-shirt, ôta son soutien-gorge par mouvements rapides, impatients. Bien qu'ils fussent ensemble depuis plus d'un an, quand il la voyait nue, il faisait toujours la même tête. Oh mon Dieu, disait son visage, quel veinard je suis, je dois rêver. Elle adorait ça. Être dévorée du regard. L'enfiévrer. Elle se pencha, lui offrant ses seins à embrasser, elle pressa ses hanches contre lui. Un fourmillement agréable se répandit dans son corps, depuis le bas-ventre jusqu'à ses lèvres dont s'échappa un gémissement. Cela faisait longtemps qu'ils n'avaient pas fait l'amour. Trop longtemps.

Pourtant, Julita ne voulait pas faire l'amour. Elle voulait baiser, là, maintenant, et fort. Mais elle savait qu'avec Leon il fallait y aller doucement, que son tempérament pouvait lui faire peur. Alors, au lieu d'arracher sa chemise, elle la déboutonna bouton par bouton. Au lieu d'empoigner ses cheveux, de s'asseoir sur son visage et de s'enfoncer sur ses lèvres, elle lui caressa le dos. Au bout du compte, comme elle n'en pouvait plus, elle l'aida à enlever son pantalon en luttant au niveau des cuisses – ah, cette foutue mode ultra slim ! – puis elle l'attira en elle, l'enlaça avec ses jambes. Elle renversa la tête, soupira. Béatitude. Le vide dans son esprit. L'être humain, avec ses questions idiotes, ses peurs et ses doutes, se diluait alors, en même temps que le "moi" hypersensible à son propre sujet, tout ce qui comptait, c'était le ici et le maintenant, ce lit qui grinçait, elle, lui, sa respiration brûlante, sa barbe de trois jours qui frottait contre sa peau. La tête de Leon masquait ou dévoilait tour à tour le plafonnier, jour, nuit, jour, nuit, jour, nuit. Nuit.

Il s'écroula sur elle, luisant de sueur, inerte. Elle avait envie de plus, de beaucoup plus, mais prit soin de ne pas le montrer, de ne lâcher aucun grognement de déception, aucun râle insatisfait. Elle devait faire attention à ne pas froisser sa fierté masculine. Il n'y avait rien de plus fragile au monde.

– Tu as aimé ? demanda-t-il.

– Beaucoup, répondit-elle.

Et c'était d'ailleurs vrai. Simplement, ça avait été trop court.

– À cent pour cent ?

– À cent un, dit-elle en l'embrassant sur la joue. Et maintenant ferme ma valise s'il te plaît, comme tu l'as promis, parce qu'il faut que je file bientôt.

– Bien sûr. Je vais juste aux toilettes vite fait.

Julita s'étira, bâilla, puis s'empara de son tee-shirt. Leon passa la tête par l'embrasure de la porte de la salle de bains : il avait l'air d'un coucou d'horloge annonçant une heure pile.

– Julita ?

– Oui ? demanda-t-elle en enfilant son tee-shirt par-dessus sa tête.

– Tu n'as pas emporté tes médicaments.

– Lesquels ?

– Le Seronil.

– Ah oui.

Merde, se dit-elle. Souris, fais comme si c'était un oubli.

– Donne-les-moi, s'il te plaît.

Il s'assit au bord du lit, nu comme un ver, la mine grave. Aïe, se dit-elle, c'est l'heure du sermon.

– Julita… est-ce que tu les prends ?

– Bien sûr, dit-elle en hochant énergiquement la tête. À cent pour cent. À cent un.

– Regarde-moi dans les yeux.

Elle soupira lourdement. Mais elle fit ce qu'il lui demandait.

– Oui ?

– Julita, tu te rappelles ce que t'a dit ta thérapeute, commença-t-il en lui posant la main sur l'épaule. Tu souffres du syndrome de stress post-traumatique. Tu dois…

– Dans une seconde, je souffrirai du syndrome de stress de rater mon bus.

– Tu es sûre que c'est une bonne idée d'y aller ? Toute seule ? Maintenant ?

– Je te rappelle que c'est toi qui m'as conseillé de regarder l'affaire Kandy de plus près.

– Oui, mais je ne pensais pas que… euh… je ne pensais pas que l'affaire serait de cette ampleur.

– Je vais me débrouiller. Et puis, je m'absenterai seulement quelques jours.

– Je ne vais pas réussir à te convaincre ?

– J'en doute.

– Bon… dit-il dans un soupir avant de tendre la main vers son pantalon. Dans ce cas, on file à la gare.

Ils s'habillèrent sans un mot, chacun plongé dans ses pensées. Ils descendirent jusqu'à la voiture et prirent la direction de la gare Varsovie Zachodnia. L'instant d'après, un véhicule garé de l'autre côté de la rue démarrait pour les suivre.

Aneta avait envie de s'acheter quelque chose. Un truc, n'importe quoi, une récompense pour avoir tenu le coup avec son père deux jours durant. Il était parti aux aurores, à 6 h 15. Quand elle lui avait demandé pourquoi si tôt, il avait répliqué que du travail l'attendait à la maison, qu'il était grand temps d'enduire la clôture de lasure, sinon elle finirait par pourrir, qu'il fallait aussi désherber le jardin parce que sa mère n'allait pas y arriver seule, vu l'état de son dos. Cependant, Aneta était persuadée que ce n'était pas une question de clôture, de jardin et encore moins de vertèbre, mais qu'il s'agissait d'une ultime mesquinerie en guise d'au revoir. Il avait choisi ce train matinal rien que pour la tirer du lit, pour la regarder réprimer ses bâillements et frotter ses yeux rougis. Il voulait lui montrer qu'il se levait dès l'aube, lui, l'homme de la campagne, le sel de la terre, tandis que sa fille avait été ramollie par la ville. Quoi, on aurait envie de rester bien au chaud sous sa couette jusqu'à midi ? On a oublié ce que c'était qu'un travail véritable ?

Aneta examinait les vêtements suspendus, elle les faisait défiler sans délicatesse, claquant les cintres les uns contre les autres. Après un moment, elle choisit trois robes et se dirigea vers la cabine d'essayage. Elle se déshabilla dos au miroir ; quand elle se penchait, d'immondes bourrelets apparaissaient sur son ventre, elle ne voulait pas voir ça. Elle enfila la première robe en dentelle noire. Le tissu faisait des plis, montait… non, certainement pas. Elle enfila la deuxième. Celle-ci irritait la peau. Aneta ne donna pas sa chance à la troisième, elle n'en avait plus le temps, ce n'était pas la peine. Elle se rhabilla et quitta la boutique. Une fois dans la rue, elle regarda sa montre. Il lui restait dix minutes avant son rendez-vous.

Ah, la rue Nowy Świat ! Un fin ruban d'élégance européenne qui traversait le centre de Varsovie. Si tu t'éloignes trop d'un côté, tu vas tomber sur la rue Chmielna et ses immeubles désaffectés aux façades taguées et ses concerts d'ivrognes accompagnés d'une guitare désaccordée. Tu pars dans l'autre sens et, très vite, au rez-de-chaussée des immeubles du quartier Powiśle, tu verras les supérettes Żabka, Biedronka et tout le reste de ces boutiques d'alimentation discount. Mais là, au milieu, si on plisse les yeux un instant, oui là, ça pourrait être Paris.

Aneta prit une profonde inspiration puis laissa l'air s'échapper lentement. Il n'est pas là, il est parti, tu ne le verras plus avant Noël. D'ailleurs, à Noël, au lieu d'aller chez les parents, tu pourrais partir dans un pays chaud, ta mère y survivra. Elle contourna un groupe d'Espagnols qui prenaient d'assaut le trottoir avec leurs valises, refusa un dépliant publicitaire qui vantait les mérites des pierogis comme chez papi et mamie. 69, 67, 65… voilà, 63, rue Nowy Świat. Aneta se recoiffa puis enfonça le bouton de l'interphone. *Bzzzt*, c'était ouvert.

Daniel Królak l'attendait à la porte, mains nouées dans le dos, large sourire.

– Bonjour. Je vous en prie, allons dans mon bureau, là, à gauche. Que puis-je vous proposer ? Thé ? Café ?

– Café, dit Aneta en s'asseyant dans un fauteuil en cuir, avant de croiser les jambes. Noir, sans sucre.

– Tout de suite.

Tandis que Królak s'affairait avec la cafetière, Aneta en profita pour analyser la pièce. Belle hauteur sous plafond, vieux parquet en chêne, d'immenses fenêtres qui donnaient sur une allée prestigieuse et, en parallèle, bureau et placard IKEA, quelques livres, un tableau. C'était comme s'il avait emménagé la veille.

– Tenez, dit Królak en posant une tasse fumante sur la table devant elle. Avant que nous commencions… je voudrais vous dire que je suis ravi que vous vous soyez décidés à collaborer avec Net Solutions.

– Eh bien… l'offre était très attractive.

– Quand nous tenons vraiment à un client, nous sommes très accommodants. Enfin bref… Comme nous vous l'avons signalé par mail, nous avons commencé à préparer le questionnaire, cela prendra quelques jours. En revanche, nous avons déjà déposé la paperasserie relative à la création de l'institut de sondage.

– Parfait.

– Lors de nos précédents entretiens, nous avons discuté des publicités Facebook, j'ai l'impression que nous sommes d'accord sur ce sujet… Aujourd'hui, je voudrais aborder avec vous les publicités du programme Google Ads.

– Et concrètement ?

– Ah… Je vais vous répondre par une question. Savez-vous quel est le moyen le plus simple d'identifier les chômeurs en ligne ?

– Je dirais à travers des demandes telles que "Pôle emploi", "offre d'emploi" ou un truc de ce genre.

– On pourrait croire ça, dit Królak en acquiesçant, mais ce qui ressort des études, c'est que la corrélation entre ces deux ensembles est assez faible. Les chômeurs de longue durée savent très bien où se trouve leur agence pour l'emploi, donc ils n'ont pas besoin de le demander à leur moteur de recherche. Inversement, les personnes qui travaillent cherchent aussi parfois de nouvelles offres.

– Très bien, dans ce cas, éclairez-moi.

– Il s'avère que le signal le plus fort, c'est la recherche de termes à connotation érotique durant les heures de bureau, dit Królak. Quand j'ai lu ça, j'étais moi-même interloqué. Mais quand on y réfléchit… les chômeurs restent seuls à la maison, ils s'ennuient, ils sont frustrés… Alors, humm… ils décident de se soulager.

– C'est passionnant. Mais quel est le rapport avec Pologne Demain ? Les chômeurs ne sont pas un groupe démographique que nous visons parce qu'ils ne vont pas voter.

– Oui, oui, vous avez parfaitement raison, ce n'était qu'un exemple que j'ai choisi pour sa valeur… humm… de divertissement, disons. L'essentiel, c'est que…

Il prit un instant pour réfléchir.

– Disons-le comme cela. Les publicités traditionnelles sont associées à des questions concrètes. Si quelqu'un cherche le mot clé "crédit", nous lui montrons une pub dans laquelle Pologne Demain explique comment ce parti facilitera la vie des victimes de crédits contractés en francs suisses. Quelqu'un d'autre tape "impôts", alors Pologne Demain réplique qu'elle va les baisser. Mais l'efficacité de cette méthode est limitée. Parce que, par exemple, est-ce que les personnes en phase terminale vont taper "je suis en phase terminale" dans Google ? Ou alors, est-ce que les hommes qui trompent leurs femmes vont y inscrire "je trompe ma femme" ? Mais en observant les corrélations, ces groupes deviennent…

– Minute, dit Aneta en lui coupant la parole. Vous voulez me dire que vous êtes en mesure d'identifier les personnes en phase terminale ?

– Certaines, oui, en effet. Et parfois même avant qu'elles n'entendent le diagnostic de la bouche de leur médecin.

– Vous vous fichez de moi.

– Pas le moins du monde, répliqua Królak en secouant la tête. Qu'est-ce que vous faites quand vous vous sentez mal, mais que vous ne savez pas concrètement ce qui vous arrive ?

– Bah... je cherche les symptômes.

– Voilà. L'autodiagnostic. Une pratique très courante, on plaisante même parfois en parlant de "docteur Google", pas vrai ? Alors je vous montre...

Królak se leva, s'approcha du tableau et dessina un cercle.

– Imaginez que ce sont les internautes qui ont cherché la phrase "j'ai un cancer du pancréas, que faire ?" On peut supposer qu'on leur a récemment annoncé ce diagnostic. Alors, on vérifie ce qu'ils cherchaient avant... Et il s'avère que, quelques semaines plus tôt, bon nombre d'entre eux inscrivaient des requêtes telles que "perte de poids, caillot de sang, urine sombre" ou "douleurs digestives, mal de dos". On peut donc supposer, avec une probabilité forte, que les prochaines personnes qui rechercheront ces combinaisons de mots ont également un cancer du pancréas, bien qu'elles ne le sachent peut-être pas encore elles-mêmes.

– Et les infidèles ?

– Ah ça, c'est un cas intéressant.

Le sourire de Królak s'étendit d'une oreille à l'autre.

– Vous savez quelle requête précède la plupart du temps les demandes "ma femme veut le divorce" et "ma femme m'a surpris en train de la tromper" ?

– Laquelle ?

– "Comment se débarrasser d'une mauvaise haleine". Corrélation très forte. En deuxième place, il y avait "comment obtenir du Viagra". Donc, vous voyez, quand un homme se reprend en main après des années de laisser-aller, ce n'est pas bon signe. Autre exemple, Uber se vantait il y a quelques années d'être capable d'identifier ses clients qui ont vécu ce qu'on appelle un coup d'un soir sur la base des endroits où ils montent, où ils descendent et à quelle heure ils reviennent à la maison. Parce que, vous voyez, si quelqu'un commande un trajet pour une discothèque et qu'il va ensuite à une adresse totalement nouvelle…

– C'est absolument passionnant, vraiment. Mais revenons-en aux élections.

– Oui, oui, bien sûr.

Królak reposa son marqueur et s'assit derrière le bureau.

– Excusez-moi, je m'emballe parfois quand je parle de statistiques. Et donc, les élections… Madame Aneta, nous vivons à une époque si formidable, nous disposons de tant de données inouïes que nous sommes capables d'identifier n'importe quel groupe de personnes en ligne, grosso modo tout ce que vous désirez. Des mères célibataires avec deux enfants à charge ou des femmes qui ont déjà avorté, ou des cheminots touchant des pensions, ou des dyslexiques de Basse-Silésie… *Sky is the limit*, comme disent les Américains, ajouta Królak avec un accent impeccable. Et pour chacun une pub différente, un slogan différent, comme il se doit. La mère de deux enfants verra que vous maintiendrez les aides sociales et la femme qui a avorté que vous allez légaliser la procédure.

Aneta but un peu de café. Il était déjà froid, mais elle ne le remarqua même pas. Prenant son silence pour un encouragement, Królak poursuivit.

– Parce que, vous comprenez, Facebook est incroyablement utile, cela va de soi, mais les gens y présentent une version idéalisée et artificielle d'eux-mêmes. Si on prenait ces données au pied de la lettre, il s'avérerait qu'on part tous sans cesse en vacances dans des paradis tropicaux. Bien entendu, nous sommes en mesure d'arracher ces masques aux gens, mais ça prend du temps. Tandis que les moteurs de recherche… les gens ont l'impression que personne ne voit ce qu'ils y inscrivent, alors ils sont francs. Ils y sont douloureusement francs.

– Je comprends, dit Aneta en retrouvant enfin la voix. Je vais en parler avec notre état-major et nous allons définir les principaux groupes que nous voulons cibler. Quoi d'autre ?

– Rien, c'est… Ah si, bien sûr, j'ai failli oublier le plus important. Ce n'est pas la peine de vous rappeler que la Pologne est divisée en deux camps, pas vrai ? La droite conservatrice du PiS, Droit et justice, et la droite libérale du PO, la Plateforme civique ?

– Ce n'est pas la peine, non.

– Exact. On s'adresserait différemment à un électeur du PiS et différemment à un électeur de PO. Mais comment les distinguer entre eux ?

– J'ai peur de tenter ma chance. Vous allez me dire que les électeurs du PiS cherchent des portraits du maréchal Piłsudski à cheval et des chants du festival de la chanson militaire ou un truc de ce genre.

– Ha, ha ! Królak rit de bon cœur jusqu'à s'en taper la cuisse. Excellent ! Non, non, ici, le truc est encore plus simple. Il s'avère qu'on peut les distinguer rien que sur la base du vocabulaire qu'ils utilisent.

– C'est-à-dire ?

– Ce qui ressort de notre analyse, c'est que les électeurs du PiS utilisent dix fois plus souvent des mots tels que "honte", "martyrs", "traître" ou l'expression "qui ça dérange si". Ils commettent aussi plus souvent des fautes de ponctuation. Tandis que les électeurs de PO utilisent sept fois plus souvent des mots tels que "appartement" ou "constitutionnel". Bien sûr, ce ne sont que des exemples, il y en a d'autres… Bon, ce n'est pas la peine que je vous dise ce qu'on pourrait en faire, non ?

– Ce n'est pas la peine. Et ce n'est pas non plus la peine de demander si souvent si c'est la peine.

– Ha, ha ! Pardon, c'est un tic de langage. Du coup, j'attends un retour de votre part ?

– C'est ça. Je reviens vers vous bientôt… et merci pour cet exposé si instructif.

– J'espère que je ne vous ai pas ennuyée.

– Pas du tout, répliqua Aneta en se levant.

D'ailleurs, c'était tout à fait exact. Il l'avait plutôt inquiétée.

Julita n'était jamais allée à Londres, mais elle s'en était bien évidemment fait une image dans sa tête, un collage de clips vidéo, de films et d'illustrations de livres : les Beatles qui traversent un passage piéton d'un pas alerte, des soldats coiffés de chapeaux de fourrure ridicules, le Tower Bridge sur fond de ciel nuageux. Quand ils entrèrent dans la ville, elle colla son nez à la vitre embrumée, cherchant ces images familières. Mais la banlieue de Londres ne les évoquait en rien, Julita avait toujours le même panorama devant les yeux : des rangées de maisonnettes ridicules, des baraques de poulet frit (Croustillant ! Frais ! Halal !), des supermarchés, et ainsi de suite, et encore, comme si quelqu'un faisait défiler le même fragment de paysage enroulé sur un cylindre devant ses yeux. Ce n'est qu'au bout d'une bonne heure, quand ils se rapprochèrent du centre-ville, que les choses commencèrent à changer, les bâtiments gagnèrent en élégance, et qu'elle entraperçut au coin de la rue son premier taxi noir.

Le trajet de vingt-quatre heures était passé étonnamment vite. Au début, elle avait encore tenté d'entrer en contact avec Heather, la sœur d'Alexander, mais celle-ci ne répondait pas à ses appels et ne réagissait pas à ses messages sur les réseaux sociaux. Tant pis, il faudrait la persuader d'avoir cette conversation une fois arrivée sur place, Julita avait un don pour ça. Puis l'autocar l'avait bercée, et comme en terme de sommeil elle avait accumulé du retard depuis des jours, elle ne fut réveillée que par un douanier britannique.

Le bus se frayait un passage jusqu'au centre-ville, trop grand pour les ruelles étroites, trop long pour les virages serrés, le volant du mauvais côté. Ils roulaient à cinq à l'heure et les secousses combinées à la puanteur des gaz d'échappement donnaient la nausée. Enfin, le bus rampa jusqu'à Victoria Station et atteignit sa place de stationnement. Avant que le chauffeur ait eu le temps de couper le moteur, les passagers s'étaient déjà levés pour rassembler leurs affaires le plus vite possible, pour atteindre la sortie le plus vite possible. Puis il fallut faire la queue pour récupérer les malles – pas des valises, non, parce que si ces gens avaient eu des valises, ils seraient venus en avion, mais bien des malles, grosses, encombrantes, les biens de personnes qui avaient décidé de s'installer au Royaume-Uni pour de bon. D'ailleurs, on la voyait sur eux, cette permanence : leurs enfants – des Jessica, des Max, des Oliver – répondaient à leurs mères en anglais, les złotys étaient convertis en livres sterling et des diamants brillaient aux oreilles des hommes.

N'étant venue qu'avec un bagage cabine, Julita se dirigea aussitôt vers la sortie de la gare, faisant fuir une volée de pigeons qui dévoraient des frites ramollies. Elle avait réservé une nuit dans un hôtel du quartier, un hôtel sordide et cher. Une brève conversation avec la réceptionniste, une montée par des escaliers étroits et tortueux, et elle découvrit une pièce moquettée et une salle de bains si petite que, assise sur les toilettes, Julita était incapable de fermer la porte. Elle ne se coucha même pas dans le lit, elle savait qu'elle ne s'endormirait pas, qu'elle allait se retourner dans les draps, se recouvrant et se découvrant successivement, ajuster sans cesse ses oreillers et se gratter la peau qui commencerait soudain à la démanger pour on ne savait quelle raison. Elle sortit donc son ordinateur, écrivit un bref mail à Leon – tout va bien, je t'embrasse, fais de beaux rêves – et recommença à chercher des informations relatives à Alexander McCabe et à sa mort.

Il était né en 1980 dans une famille de la classe moyenne supérieure, on l'avait envoyé à Wells Cathedral, une école avec internat, dès l'âge de cinq ans (sur les photographies, on voyait des garçons trop sérieux pour leur âge en short et mini-cravate, au garde-à-vous, en rangs serrés, sur une pelouse impeccablement tondue), puis il avait obtenu une licence et un master au London School of Economics et, pour finir, un doctorat en informatique à l'University College London. Il n'y avait que de rares images de lui en ligne. Sur tous les clichés, il était souriant, joyeux, il était difficile de relier ce visage aux transcriptions des échanges avec Kandy, à cette angoisse qui paralyse, à cette solitude accablante. Julita ne trouva que de rares allusions à sa mort : une courte note sur le site de son département universitaire ("C'est avec une grande tristesse que nous disons adieu à un collègue…"), le souvenir d'un ami sur Twitter ("Quel gâchis de perdre…"), un article dans la presse régionale ("… découvert dans son appartement. En dépit des efforts des secouristes médicaux…"). Pour le dire brièvement, il n'y avait là rien d'intéressant, rien qui puisse donner un coup de pouce à l'enquête. Julita tenta donc d'établir ce qu'Alex avait fait deux ans plus tôt, qu'est-ce qui avait bien pu lui arriver, mais n'obtint aucun résultat, *niente, nada*.

Tant bien que mal, elle tint le coup jusqu'à l'aube – livre, journal, tourner en rond dans la chambre –, puis elle prit un petit-déjeuner rapide à l'hôtel, œufs brouillés au micro-ondes, haricots blancs dans une sauce rouge pâle et petites saucisses dont le goût ne permettait pas d'établir si elles étaient végétariennes ou ordinaires. Pour faire passer le tout, elle but un café acide avant de quitter l'hôtel.

Heather McCabe travaillait en tant que Marketing Executive à l'agence de relations publiques Harrow and

Finch, tout près de la station Farringdon. Julita déplia le plan du métro ; l'enchevêtrement des traits colorés était intimidant. Elle mit un long moment avant de retrouver sa propre station, Victoria, puis elle suivit l'itinéraire des trains en déplaçant son doigt sur le papier glacé. Donc, cinq arrêts sur Victoria Line, puis un autre sur Hammersmith & City ou Circle… Elle nota tout cela sur un bout de papier.

Julita descendit dans le métro… et fut prise de stupeur. Il y avait foule, partout, pour sortir, pour entrer, aux distributeurs de tickets. Se mouvoir dans cette rivière humaine n'équivalait pas à la marche, mais à une épreuve de canoë-kayak en montagne, à une lutte incessante contre les courants, les tourbillons, les obstacles saillants (valise, enfant). Par-dessus le marché, l'air était humide, étouffant, la peau se couvrait de sueur en un clin d'œil. Quand elle parvint enfin à monter dans une rame, elle comprit mieux l'angoisse d'Alex de quitter la maison. Le changement de ligne ne posa pas de problèmes, mais elle finit par se tromper de couloir et dut rebrousser chemin, en évitant les gens qui marchaient dans la direction opposée et, pour finir, il s'avéra qu'il y avait des retards sur la ligne Hammersmith & City, alors les wagons de la ligne Circle se remplirent tant qu'elle ne put monter dans les deux premiers trains et ne réussit à s'entasser avec les autres que dans le troisième.

Elle atteignit enfin la station de Farringdon. Elle ne savait pas de quel côté du quai se trouvait la sortie, mais fut emportée par la foule. Bruit de chaussures sur l'escalier métallique, crissement de roues, grincement dans les haut-parleurs, *mind the gap, mind the gap,* et enfin elle sortit à la surface ; elle prit une profonde respiration, tel un nageur qui émerge des flots, et tourna aussitôt dans une ruelle latérale, prête à tout pour fuir cet essaim.

Le siège de Harrow and Finch était situé non loin de la gare, dans un bâtiment de trois étages en briques rouges. À travers les fenêtres, on pouvait voir un *open space* moderne : de l'aluminium mat et la lueur pâle des plafonniers. Julita fuma une cigarette, puis poussa la porte vitrée et s'approcha du comptoir d'accueil.

– Bonjour, en quoi puis-je vous aider ? demanda l'hôtesse en anglais, avec un accent à peine perceptible.

Son badge l'identifiait comme se prénommant NATALIA, c'était donc probablement une compatriote, mais il aurait été malvenu de passer au polonais, pas professionnel en quelque sorte.

– Je souhaiterais voir Heather McCabe, annonça Julita en prenant soin de prononcer le "th" de façon suffisamment molle.

– Vous aviez rendez-vous ?

– Non.

– Dans ce cas, je suis désolée, mais…

– C'est urgent.

– Je n'en doute pas, mais si vous n'aviez pas rendez-vous, j'ai peur de ne pas pouvoir vous aider.

– Je suis journalise, voyez-vous, et…

– Je suis vraiment désolée, mais je ne peux rien faire pour vous. Y a-t-il autre chose ?

– Non, mais…

– Dans ce cas, je vous demanderai de bien vouloir quitter le bâtiment.

Julita tambourina sur le comptoir du bout des doigts.

– Écoute-moi, ma petite Natalia, dit-elle en basculant sur le polonais. Je ne bougerai pas d'ici avant que tu aies décroché ton téléphone pour l'appeler.

– Dans ce cas, j'appelle la sécurité, répliqua l'hôtesse d'accueil sans ciller, dans la langue de Mickiewicz également.

Julita hocha la tête. Puis elle sortit son portable et se mit à filmer.

– Vas-y, appelle-les, dit-elle. Je vais faire un tel scandale qu'on va m'entendre jusqu'à Buckingham. Après quoi je posterai ça en ligne et je décrirai la manière dont j'ai été passée à tabac dans une agence de relations publiques, hashtag Harrow and Finch, hashtag violence, hashtag scandale, hashtag réceptionniste Natalia.

La fille lui lança un regard meurtrier. Mais elle décrocha le combiné et appela – et ce n'était pas la sécurité.

– Bonjour… Oui, je sais, je vous demande pardon… dit-elle d'un ton humble et révérencieux. Mais il y a une dame ici, elle insiste pour vous rencontrer… Elle prétend être journaliste, mais… Non, je ne sais pas à quel sujet. Oui, bien sûr, je demande tout de suite.

L'hôtesse dissimula le combiné de la main et grogna à l'intention de Julita :

– C'est à quel sujet ?

– Son frère.

– Au sujet de votre frère. Oui ? Bien sûr. Bien sûr. Bien sûr. Entendu…

L'hôtesse adressa à Julita un sourire mauvais. Peine perdue, disait-il, t'auras que dalle.

– Oui, je vais m'assurer que…

– Alex habitait à Kensington ! hurla soudain Julita. Durant les trois mois qui ont précédé sa mort, il n'est pas sorti de chez lui ! Il y a quatre ans, il est allé à Tokyo !

La réceptionniste ouvrit de grands yeux. Elle voulut raccrocher, mais Julita l'attrapa par la main.

– Vous partiez en vacances à Blackpool ! cria-t-elle dans le combiné.

– Mais… mais qu'est-ce que vous foutez ?

– Il écoutait The Roots !

– Mais lâchez-moi ! Veuillez me lâcher tout de suite !

L'hôtesse finit par arracher le combiné et le remettre à sa place. Ses joues étaient rouges ; une mèche de ses cheveux tombait sur son front.

– Quittez ce bâtiment sur-le-champ ou j'appelle la police, grogna-t-elle entre ses dents.

– D'accord, mais est-ce que tu pourrais…

– Dégage d'ici, espèce de…

Drrrr. Drrrr. Elles posèrent leurs yeux sur le téléphone en même temps. L'hôtesse lança à Julita un regard noir. Après la troisième sonnerie, elle décrocha.

– Oui ? Je vous écoute, madame McCabe… Oui… Oui… fit-elle en déglutissant. Bien entendu, je transmets.

Clac, le combiné revint à sa place. La réceptionniste garda le silence un long moment ; elle digérait sa défaite.

– Elle sera là dans cinq minutes, annonça-t-elle enfin sans regarder dans sa direction.

Heather McCabe avait une quarantaine d'années, des cheveux bruns coiffés en un chignon serré et des lunettes à monture de métal très à la mode ces derniers temps. Le luxe se voyait de façon ostentatoire sur elle : une bague avec un diamant gigantesque, des chaussures à plusieurs centaines de livres. On comprenait aussi que cet argent ne lui était pas venu facilement : son front était creusé d'un sillon, ses yeux étaient rougis par les insomnies et cerclés de rides. Elles s'assirent dans un café de l'autre côté de la rue, près de la fenêtre. Il allait sans doute pleuvoir. Comment pouvait-il en être autrement.

– Je te remercie d'avoir accepté de me parler, dit Julita en accrochant son blouson au dossier de sa chaise.

L'anglais, c'était quand même une langue merveilleuse, tout le monde se tutoyait d'emblée, il n'y avait aucun "monsieur-madame", aucun vouvoiement. Julita le maîtrisait bien, assez pour suivre une Heather qui avalait la fin de ses mots. Le mérite n'en revenait en aucun cas à ses professeurs du lycée de Żukowo, mais à Nirvana, Pearl Jam et aux Red Hot Chili Peppers. Elle avait passé des heures, dictionnaire à la main, au-dessus des livrets des CD piqués à sa grande sœur, pour essayer de comprendre les lamentations d'un Anthony Kiedis à moitié nu ou si Kurt Cobain voulait dire que quelque chose pue comme un fantôme adolescent ou sent comme l'alcool d'une adolescente. Et bien que l'amour pour ses anciennes idoles fût révolu, les mots appris par cœur lui étaient restés en mémoire.

– Pour le moment, j'ai accepté d'écouter ce que tu me voulais, répliqua Heather, et comment tu en sais autant au sujet d'Alex.

– Tu vois, j'écris un article à propos d'une fille… Alex et elle…

– Une fille, tu dis ?

– Oui.

– Tu es sûre que ça a un rapport avec mon frère ?

– Oui. Ils… Humm, comment appeler ça… Ils ont eu une histoire d'amour, dit Julita après une seconde d'hésitation, mais voyant l'incrédulité dans les yeux d'Heather, elle précisa très vite : En ligne.

– Intéressant. Et combien de temps ça aurait duré ?

– Au minimum six mois… Plus, je suppose.

– Ah…

Pendant un bref instant, un sourire apparut sur les lèvres de Heather.

– Ça expliquerait bien des choses, dit-elle.

– Comment ça ?

– Alex m'a demandé une fois de lui conseiller des cosmétiques sympas pour femme… Or, il ne sortait plus du tout de chez lui à cette époque. Il ne voulait pas me dire pourquoi ni pour qui c'était… Ils se sont rencontrés un jour ? Elle est venue lui rendre visite ?

– Pas que je sache… J'imagine qu'il les a envoyés par la poste.

– Bon, peu importe.

Heather s'empara de sa tasse de thé. Un thé avec du lait, bien entendu.

– Et qu'est-ce qu'elle devient ? demanda-t-elle.

– Elle est morte.

– Morte ?

Clignement des yeux, incrédulité.

– Qu'est-ce qui s'est passé ?

– Elle a été assassinée.

Silence. Heather reposa sa tasse sans boire. Ses mains tremblaient.

– On sait qui a fait ça ? Ou pourquoi ? demanda-t-elle après un moment.

– Non, mais… je pense que ça a un rapport avec Alex. J'ai lu la transcription de leurs conversations. Il lui a confié avoir des problèmes, se sentir en danger et…

Julita s'interrompit. Heather blêmit et s'affaissa sur sa chaise.

– Tout va bien ?

Elle ne répondit pas. Elle dissimula sa bouche de la main en réprimant les sanglots qui montaient. Julita ne savait plus quoi faire : la réconforter, la prendre dans ses bras, lui demander comment elle pouvait l'aider ? En fin de compte elle ne fit rien et attendit. Heather ôta ses lunettes et pressa un mouchoir au coin de ses yeux afin d'éponger les larmes avant qu'elles n'étalent son mascara.

– Je suis désolée, je… balbutia-t-elle.

– Ne t'excuse pas. Je vois bien que c'est difficile, si tu veux…

– Je l'ai dit… j'ai dit que quelque chose clochait…

– Pardon ?

– Avec sa mort… avec Alex. La police a conclu à un suicide ou à un accident, il aurait fait une overdose de médicaments… Mais… quelque chose ne collait pas, tu comprends ? Mais je ne savais pas quoi. Puis je me suis rappelé… Ils m'ont dit qu'ils l'avaient trouvé dans la baignoire. Mais Alex craignait l'eau, enfant déjà… Je me souviens de l'hystérie quand nos parents le lavaient… Il n'est jamais allé à la piscine, il ne se baignait pas dans la mer, c'était toujours une douche rapide et basta, l'eau devait avoir la température du corps, pas un degré de plus, pas un degré de moins…

– Tu l'as dit à la police ?

– Oui, bien sûr.

Heather avait repris son calme, prononçant soigneusement chacun de ses mots, il ne restait plus nulle trace de ses larmes. Oh, le célèbre flegme britannique ! songea Julita. Il y avait de quoi en être jalouse.

– Leur réponse, c'était que la porte était verrouillée de l'intérieur, qu'il n'y avait aucune trace d'effraction... et que les gens changeaient avec le temps. Et je me suis laissé convaincre, tu comprends... Mais à la lumière de ce que tu me dis...

Elle s'interrompit. Il était inutile de finir.

Julita patienta un peu, le temps que la sœur d'Alexander s'apaise et boive son thé. Puis elle commença à creuser :

– Dis-moi... est-ce qu'Alex aurait eu des ennuis il y a environ deux ans ? Au cours de l'été 2018 ?

Heather quitta sa tasse des yeux. Elle était ébahie.

– Oui... comment tu le sais ?

– Il l'a évoqué dans ses conversations avec la fille... mais sans entrer dans les détails.

– Avec moi non plus. Il ne m'a jamais confié ce qui s'était réellement passé.

– Dis-moi simplement ce que tu sais.

– Je devrais peut-être commencer par préciser que mon frère était très...

Heather leva les yeux à la recherche du terme adéquat.

– ... sensible ? Non... Non, ça c'est l'euphémisme qu'utilisaient nos parents quand ils voulaient expliquer ses comportements à quelqu'un. Alex connaissait des problèmes de nature psychologique. Des troubles anxieux, des phobies, des états dépressifs, des attaques de panique.

– Je comprends...

– À un moment, ça allait tellement mal qu'il a dû interrompre ses études. Il a passé une année entière en thérapie intensive, on lui prescrivait des médicaments de plus en plus forts… Au bout du compte, il a réussi à se maîtriser, tu sais ? Il a terminé le lycée, il a fait des études… Bien sûr, ça n'a jamais été un boute-en-train, mais il s'est fait un ou deux amis… Il vivait normalement, à son échelle. Jusqu'en 2018.

Heather prit une profonde inspiration et lissa un pli sur sa chemise.

– Cette année-là, il est parti donner une conférence aux États-Unis, dit-elle après un instant. Il l'appréhendait énormément parce que pour lui, traverser Londres, c'était déjà un sacré défi, alors un vol à l'autre bout de la planète, tu imagines… En plus, il devait y présenter ses travaux pour la première fois, il disait que c'était une vraie bombe, qu'il avait découvert quelque chose d'incroyable…

– Mais quoi, précisément ?

– Je ne sais pas. Il ne me l'a pas dit et je n'ai pas posé la question. Pour être franche, je ne savais pas très bien de quoi il s'occupait. Tous ces ordinateurs, c'est de la magie noire pour moi…

– Oui, c'était pareil pour moi. Et… qu'est-ce qui s'est passé ?

– La présentation n'a pas eu lieu, répliqua Heather, et Alex est revenu plus tôt que prévu. Je suis allée le chercher à l'aéroport. Tout le chemin du retour, il est resté derrière et n'a pas dit un mot. Et puis il est monté chez lui, il a fermé la porte… et il n'est plus jamais ressorti.

La clochette suspendue au-dessus de l'entrée tinta et elles se tournèrent machinalement vers elle. Un homme grand et large d'épaules en blouson noir approcha du comptoir. Il se mit à choisir des sandwichs et elles reprirent leur conversation.

– J'ai cru… dit Heather en se frottant les tempes. J'ai cru qu'il n'avait simplement pas réussi, qu'il était monté sur scène, qu'il avait vu toutes ces personnes et que le stress l'avait submergé. Ou alors qu'il avait eu si peur de faire une intoxication alimentaire qui l'empêcherait de montrer sa présentation qu'il avait été pris de maux d'estomac juste au moment de monter sur scène. Ce genre de choses lui est déjà arrivé par le passé, tu sais.

– Mais tu n'en es pas sûre.

– Non. Par la suite, je lui ai demandé ce qui était arrivé, mais il n'a pas voulu me le dire. Pour être honnête... il était difficile d'avoir une conversation normale avec lui après ça. Il a cessé de laisser quiconque entrer chez lui. Durant un certain temps, il répondait au moins aux appels, mais ça s'est arrêté aussi, on ne pouvait plus échanger avec lui que par SMS ou par mail. Et il faut bien avouer que je n'écrivais pas très souvent. Qu'est-ce que j'aurais pu lui demander ? Quoi de neuf ? Comment ça se passe ? Qu'est-ce que ça aurait donné...

Julita ne répondit pas. Elle se rendait compte que ces questions ne lui étaient pas adressées, que Heather ne voulait pas connaître son opinion mais apaiser sa conscience. Dans son esprit, elle aurait pu en faire davantage. Elle aurait pu écrire plus souvent, insister pour en apprendre plus. Il aurait peut-être fini par se confier à elle. Dans ce cas, elle n'aurait peut-être pas été en train de parler à une étrange journaliste venue de Pologne.

– Tu te souviens... hasarda Julita quand les dernières questions se furent éteintes. Est-ce que tu te rappelles le nom de la conférence où il est allé ?

– Euh... Humm... Non, excuse-moi, ça ne me reviendra pas. Je me rappelle seulement que lorsqu'il m'a confié ce nom, je me suis dit que ça ressemblait à un congrès de sourds-muets.

– Attends, attends... le DEFCON ?

– Oh oui, c'est exactement ça ! Qu'est-ce que c'est ?

– La plus grande convention de hackers au monde.

Heather cligna des yeux comme si quelque chose venait de lui entrer dans l'œil.

– De hackers ? demanda-t-elle, incrédule. Et qu'est-ce qu'il faisait là-bas ?

– Très bonne question, répliqua Julita.

Dans sa jeunesse, Oleg jouait beaucoup aux jeux vidéo. Il appréciait surtout ceux où on pouvait créer son personnage, choisir sa race, son métier, la taille et la forme de son nez. Il façonnait des mages reptiliens, des elfes assassins, des guerriers nains. Il traversait ensuite dans leurs bottes de vastes contrées où chaque grotte dissimulait un trésor, où les loups portaient des cottes de mailles et où chaque villageois proposait une tâche urgente à tout aventurier audacieux en quête de gloire et ne craignant pas la mort. Quand venait l'heure de faire un choix crucial – prendre le parti du roi Zorymax ou celui des rebelles sous l'égide de la belle Etriel, détruire le temple du sanguinaire Xarthas ou devenir son champion honni –, Oleg effectuait toujours une sauvegarde du jeu puis testait différentes options de dialogue et leurs conséquences. Une fois qu'il avait essayé tous les chemins disponibles, il choisissait celui qui lui plaisait le plus et continuait l'aventure. Il regrettait de ne pouvoir le faire à présent : vérifier comment se déroulerait son existence s'il envoyait l'e-mail qu'il venait de rédiger ou s'il l'effaçait et oubliait toute l'affaire.

Il savait très bien que ce n'était pas la peine d'aller voir Maciek. Son chef lui avait clairement fait comprendre qu'il devait cesser de perdre son temps en investigations d'amateur, que quelqu'un d'autre était en charge de ça. C'est pourquoi, dans le champ des adresses, il avait aussi inscrit celles du directeur général du réseau pour la Pologne et de la chef de l'unité locale de la sécurité, Paulina Jarosz. Oleg y décrivait tout ce qu'il avait trouvé : les faux comptes, leur hiérarchie, les fautes de syntaxe indiquant des origines de l'Est. Un tel dossier, Maciek ne serait plus capable de le balayer sous le tapis. Soit ils feraient quelque chose avec ça, soit ils le licencieraient aussi sec.

Oleg fut surpris de constater que la perspective d'être mis à la porte ne le rendait pas particulièrement triste ; il sentait que, de toute manière, il ne serait pas capable de tenir le coup dans ce travail très longtemps. Il avait l'impression que cliquer sur de nouvelles photos et de nouveaux messages mettait son cerveau en bouillie. Quand il quittait le bureau après huit heures de travail, il avait mal au crâne, il ne pouvait plus se concentrer sur rien et après… il ne pouvait pas non plus trouver le sommeil. En cela, Maciek avait sans doute raison : c'était un travail pour ordinateur.

Ne pète pas plus haut que ton cul, un cochon discret creuse profondément. Peut-être bien, mais Oleg n'avait plus envie de creuser. Il prit une profonde inspiration, appuya sur le bouton "Envoyer" et se leva de son bureau. Il sentit la montée d'adrénaline, le sang bouillonner à ses tempes. Que la volonté du ciel soit faite. Il se rendit au coin cuisine, mit de l'eau à chauffer pour un thé. Avant qu'elle ait eu le temps de bouillir, il entendit le claquement de talons dans le couloir. Il savait déjà que ce n'était pas la peine de sortir un mug du placard. Il n'aurait de toute manière pas le temps de boire.

– Oleg ?

Ewa, une des responsables des ressources humaines, se planta sur le pas de la porte.

– Oui ?

– Tu peux me suivre, s'il te plaît ?

– Mmh. Bien sûr.

Ding. La bouilloire venait d'indiquer que l'eau était arrivée à ébullition.

Julita se tenait à l'angle de Wrights Lane et de Kensington High Street, devant un immeuble de quelques étages datant des années 1970 ou 1980 qui tentait avec insistance, mais malheureusement sans succès, d'imiter l'élégance des maisons du XVIIIe siècle environnantes; les briques n'avaient pas la bonne couleur, les bords étaient trop tranchants, les fenêtres trop rapprochées. C'était là. Troisième étage, appartement numéro 8: l'appartement où Alex voulait se cacher du monde entier. Il s'avérait qu'on venait de le mettre en location une nouvelle fois et qu'il était toujours sur le marché. Julita décida donc de le visiter, bien qu'elle ne sût pas trop pourquoi. Que pourrait-elle encore découvrir après deux ans, que pourrait-elle apprendre? Mais bon, puisqu'elle était déjà sur place…

Elle tourna en rond un quart d'heure dans le quartier avant de trouver le bon endroit. Londres était une ville particulièrement dure à maîtriser: c'était un galimatias de rues aux noms identiques, de numéros de maisons à peine visibles, incluant une flopée d'impasses. Par ailleurs, elle s'orientait à l'aide d'une carte, si, si, une carte, en papier, pliable en huit, agitée par le vent. À côté des autres touristes, auxquels leur téléphone indiquait où et quand il fallait tourner, combien de temps encore et à quelle distance ils se trouvaient, elle avait l'air de débarquer d'une autre époque. Bien évidemment, ça aurait été plus pratique avec un smartphone, elle s'en rendait parfaitement compte, elle était tentée de l'allumer, mais après ce qu'elle avait vécu, elle préférait prendre ses précautions.

Elle regarda à gauche, personne. Elle s'aventura dans la rue et fut furieusement klaxonnée par une voiture qui arrivait sur sa droite; en la dépassant, le chauffeur se tapota le front du bout du doigt. Le cœur de Julita cogna plus fort. Fais gaffe à toi, s'injuria-t-elle mentalement, il y en a déjà un qui t'a renversée un jour, ça suffit. Elle s'arrêta devant l'interphone et appuya sur le bouton marqué du 8.

– Allô? grésilla la voix dans l'écouteur. C'est pour une visite?

– Oui.
– Entrez.
Julita monta au troisième. L'agent immobilier l'attendait sur le palier : teint basané, cheveux noirs luisant de gel coiffés en arrière, chemise blanche déboutonnée sur son torse. Il la toisa du regard, assez effrontément, sans se cacher ; il fixa un instant sa poitrine.
– Oh, oh ! fit Julita en fermant son blouson jusqu'au menton. Il fait froid ici.
– L'immeuble est ainsi fait. Anna Kowalski ? Le rendez-vous de 13 h 15 ?
– C'est ça, confirma-t-elle en hochant la tête.
Elle ne regardait plus dans sa direction, mais examinait autour d'elle. L'appartement était petit, c'était un deux-pièces : chambre à coucher, salon avec cuisine, salle de bains ; quelques meubles en contreplaqué baptisés de noms nordiques et des murs nus, fraîchement repeints. L'odeur de la peinture flottait encore dans l'air.
– Tu visites avec quelqu'un ? Ou seule ?
– Seule.
– Je vois, dit l'agent en haussant un sourcil. Tu sais que le loyer est de deux mille livres par mois sans les charges ?
Deux mille livres sterling, compta-t-elle dans sa tête, c'est-à-dire plus de dix mille złotys. Oh la vache.
– Oui, oui, pas de souci, répliqua-t-elle, s'efforçant de paraître nonchalante. Tu me permets de faire un tour ?
– Mais je t'en prie. Si je peux aider en quoi que ce soit…
– Je demanderai sans faute, dit-elle en lui coupant la parole. Merci.
L'agent sortit son téléphone et s'adossa au mur. Mouvement caractéristique du pouce, gauche, gauche, gauche, droite, gauche – il était sur Tinder, il cherchait une fille pour un rencard. Elle songea à Leon. Quelle chance qu'il

l'attende à la maison. Quelle chance qu'elle ne soit plus obligée de dîner avec des gars coincés qui l'interrogeraient sur ses passe-temps ou sa couleur favorite, ni d'échanger des SMS avec des don Juan du genre de celui-ci.

Bon, se dit-elle, l'appart, concentre-toi sur l'appart. Après qu'ils avaient emporté le corps, le logement a été vidé, nettoyé, finalement repeint, et ensuite quelqu'un d'autre a vécu ici. Est-ce qu'il restait quelque chose d'Alex ici ? Ces taches sur le plan de travail de la cuisine peut-être ? Ou alors cette rayure sur la fenêtre ? Ou encore ce trou laissé par un clou sur lequel était suspendue une image ou une photographie… Mais qu'est-ce que cela lui indiquait ? Rien. Elle entra dans la chambre, regarda par la fenêtre Hyde Park qui, en hiver, se transformait en Winter Wonderland. Elle imagina Alex, appuyé sur le rebord de fenêtre, en train d'écouter les voix au-dehors. Ou alors de ce côté, sur son lit, son ordinateur portable sur les genoux, absorbé par sa conversation avec Kandy. Elle s'accroupit dans un coin et jeta un œil sous le bureau. Peut-être que, par on ne savait quel miracle, un bout de papier, une carte de visite ou une photo aurait été préservée… Non, rien.

– Il y a cinq prises de courant dans cette pièce, trois sous le bureau et deux près du lit, cria l'agent depuis le salon.

– Ah oui. Merci beaucoup.

Julita se leva, épousseta ses genoux et passa à la cuisine. Elle ouvrit les placards sous l'évier, renifla. Rien, aucune odeur. Dans les tiroirs, il n'y avait pas de coulées d'huile ni de sel éparpillé. Cela tendait à prouver que tant Alex que les locataires suivants cuisinaient exclusivement en versant de l'eau bouillante sur des soupes en poudre. Encore une fois, il n'y avait là rien de surprenant. Il était temps d'aller examiner la salle de bains.

– L'appartement dispose d'une douche et d'une baignoire… dit l'agent derrière elle.

– Oui, je vois. Merci.

C'était une salle de bains britannique typique : moquette au sol, des murs en plâtre peints en blanc, sans carrelage, et une odeur de moisi masquée par des produits chimiques. Julita se plaça devant le lavabo – muni de deux robinets, bien évidemment – et ouvrit le placard suspendu au-dessus. Les étagères étaient couvertes de dizaines de cercles à peine visibles, probablement des marques laissées par des flacons de médicaments, par tous ces Maxolon, Inderal et autres Alprazolam qu'Alex engloutissait comme des dragées. La douche semblait avoir été fréquemment utilisée : le rideau était défraîchi et des traînées jaunâtres menaient jusqu'à l'évacuation d'eau. Il restait la baignoire : blanche, immaculée, on aurait dit qu'on venait de la livrer.

– La baignoire a été remplacée récemment ? demanda-t-elle.

– Pardon ? Minute, je vérifie dans mes documents… Non, je ne crois pas.

– Bon. Merci, ça…

Elle s'interrompit. Quelque chose avait attiré son attention, un creux dans l'enduit du mur. Au niveau de la tête. Des rayures concentriques avec un creux au milieu. La marque d'un coup.

– Je peux t'aider pour autre chose ?

– Mmh. Oui, dit Julita en hochant la tête. Tu pourrais te coucher dans la baignoire, s'il te plaît ?

L'agent la fixa, interloqué.

– Quoi, pardon ?

– Dans la baignoirc. Est-ce que tu pourrais te coucher dans la baignoire ?

– Mais… pourquoi ?

– Mon copain est à peu près de ta taille. Je voudrais vérifier s'il sera à son aise.

L'homme hésita un moment et leva les yeux au ciel. Qu'est-ce que ces gens ne vont pas inventer, semblait-il dire. Et dans un second temps : que ne ferait-on pas pour l'argent…

– Allez, d'accord… soupira-t-il avant de s'exécuter, avec sa chemise élégante, son pantalon moulant et ses chaussures en peau de serpent.

Dans un autre contexte, ça aurait pu être rigolo. Mais pas dans celui-ci.

– Pourrais-tu te redresser un peu… Encore un peu… Parfait.

La tête de l'agent dépassait du rebord de la baignoire de quelques centimètres. Il y avait un creux pile derrière l'occiput. Julita vit Alex en train de se débattre, tenter de sortir, éclabousser, cogner son crâne contre le mur. Elle visualisa quelqu'un en train de lui tirer les cheveux pour le maintenir en place, avant de finir par relâcher sa prise.

– Merci, lança Julita en pivotant sur ses talons. Ça sera tout.

– Mais… tu prends l'appartement ou pas ? Hé !

Elle ne répondit pas, elle descendait déjà l'escalier. Si elle avait encore des doutes sur la nature accidentelle de la mort d'Alex, ceux-ci venaient de s'évaporer. Elle referma la porte de l'immeuble derrière elle et s'arrêta dans la rue. Et lorsqu'elle leva la tête, elle vit une caméra. Celle-ci était accrochée au-dessus de l'entrée du bâtiment situé de l'autre côté de la rue. Et elle regardait droit vers elle. Un œil noir, arrondi, sans pupille. Ce n'est qu'un hasard, se dit Julita, ignorant le sang qui tambourinait à ses tempes. Mine de rien, dans cette ville, il y avait une caméra à chaque coin de rue. Ce n'était pas la peine de basculer dans la paranoïa.

Elle se dirigea vers la bouche de métro la plus proche, d'un pas paisible, bien qu'elle eût envie de courir.

6

Le mot "Amitié" couvrait l'intégralité du mur, calligraphié dans différentes langues, en différentes couleurs, dans différents alphabets. Les caractères cyrilliques côtoyaient le sanscrit, les kanjis japonais, les lettres hébraïques. Une grande et heureuse famille qui recouvrait la planète entière, tous différents, tous égaux.

– Oleg ?

Il se tourna vers les visages des gens assis de l'autre côté de la table. Leurs expressions contrastaient avec le décor joyeux de la pièce. Maciek, son chef, était appuyé au dossier de son siège, les bras croisés sur le torse. Les mains d'Ewa, la représentante des ressources humaines, étaient placées en pyramide devant elle et ses lèvres brillantes de gloss ne formaient qu'un trait. Derrière la vitre, Varsovie s'étendait, étonnamment verte vue depuis ce quinzième étage.

– Tu sais pourquoi nous t'avons convié à un entretien ? demanda Ewa.

Convié, elle est bien bonne, se dit-il. Bien qu'il travaillât ici depuis peu, le langage édulcoré de rigueur au bureau commençait à l'agacer. Helena a décidé de poursuivre sa carrière ailleurs… Kuba a souhaité passer davantage de temps avec sa famille…

– À cause de mon mail ? répliqua-t-il, répondant à la question par une autre question.

– C'est exact, fit la RH. D'après ce que je comprends, Maciek t'avait pourtant demandé de te concentrer sur tes prérogatives, n'est-ce pas ?

– Mmh.

– Donc, tu serais d'accord pour dire que tu as ignoré une consigne ?

– Ben non… j'étais concentré sur mes prérogatives, je faisais mon travail, mais…

– Mais tu l'as mal fait, dit Maciek en lui coupant la parole. Tes résultats sont bien en dessous de la moyenne. Parfois, tu n'as même pas atteint le millier de modérations par jour. Tu as souvent commis des erreurs bien que…

Maciek ne termina pas sa phrase, déconcentré par son portable qui s'était mis à vibrer sur la table. Il fit signe à Ewa de prendre le relais tandis qu'il déverrouillait l'écran.

– Oleg, nous sommes sincèrement désolés, dit-elle en joignant les mains dans un geste conciliant, mais nous avons l'impression que tu n'exploites pas ton potentiel au sein de l'équipe *Content moderation*.

Ewa se tourna vers Maciek, en quête de soutien. Cependant, celui-ci ne la regardait pas, ses yeux restaient rivés au téléphone. Ses sourcils s'étaient levés, son visage s'était figé.

– Ewa.

– Hmm ?

Il lui montra l'écran. Un grand silence se fit dans la pièce. Les secondes passaient, devenaient des minutes… La bouche d'Oleg était si sèche que sa langue collait à son palais. Ewa rendit le portable à son propriétaire.

– Excuse-moi, dit-elle en souriant largement, tu nous permets de te laisser seul un instant ?

– Pardon ?

– Nous devons discuter d'un point.

– Bien sûr.

Ils sortirent dans le couloir. Il voyait leurs silhouettes de l'autre côté de la vitre laiteuse, il entendait leurs chuchotements nerveux – un théâtre d'ombres. De quoi s'agissait-il ? Ils revinrent au bout d'un instant. Maciek ne le regardait même plus, il fixait la vitre et se mordillait la lèvre. Ewa était tendue. Elle avait l'air d'une élève modèle qui venait d'apprendre qu'à cause d'une méprise, elle avait révisé le mauvais chapitre du manuel pour un contrôle et qu'elle était incapable de répondre à la moindre question.

– Excuse-nous pour cette interruption, dit-elle en reprenant place à table.

– Non, ça va, ça ne fait rien.

– Avant que nous sortions, je te disais que, manifestement, tu n'exprimais pas ton plein potentiel à la modération du contenu, c'est pourquoi… dit-elle en souriant cordialement. C'est pourquoi, nous voudrions te proposer un transfert dans un autre département.

Oleg crut avoir mal entendu. Elle avait vraiment dit ça ?

– Et… commença-t-il avant de s'interrompre. Et dans lequel, concrètement ?

– Au département de la cybersécurité, répondit-elle.

Julita n'arrivait plus à tenir en place. Deux trajets de vingt-quatre heures en l'espace de trois jours, c'était manifestement trop : elle avait mal au cou, ses jambes s'engourdissaient, son estomac se crispait ; elle avait l'impression d'être une canette écrasée. Comme si ce n'était pas assez, l'autocar avait fait une pause près d'un McDonald's une heure plus tôt et maintenant tout l'habitacle puait le carton imbibé d'huile. Julita pressait son pull contre son nez, mais ses vêtements s'étaient aussi gorgés de puanteur, à l'instar de ses cheveux, d'ailleurs. Elle s'étira, replia ses genoux sous son menton et appuya ses pieds contre le fauteuil de devant. C'était mieux. À peine, mais mieux.

– Hé, dit la passagère de la rangée de devant en se retournant, vous pourriez arrêter de pousser comme ça ?

– Excusez-moi… je suis très mal assise.

– Nous sommes tous mal assis, chère madame.

Elle aurait pu prendre un avion. En classe affaires, si elle avait voulu. Mais à la seule pensée de devoir une nouvelle fois monter dans un cockpit, ses poils se hérissaient sur tout son corps.

Julita se redressa et ferma ses yeux qui picotaient. Encore une demi-heure, se dit-elle. Elle devrait tenir le coup. Elle aurait peut-être dû rester à Londres une nuit de plus, voire deux, visiter le British Museum et se balader sur Oxford Street, manger des *fish and chips* et rendre visite à des amis de fac qui s'étaient installés au bord de la Tamise. Mais elle sentait qu'elle n'aurait pas pu y prendre plaisir, que ses pensées auraient de toute manière vaqué vers Kandy et Alex. Ce sujet s'était transformé en obsession, comme l'affaire M. Pistache dans le temps. Et tant mieux. Elle adorait ça. Montée d'adrénaline, concentration totale, un seul objectif. Les idées idiotes disparaissaient, tous ses dilemmes aussi – et pourquoi ci, et pourquoi ça, est-ce que ça vaut le coup –, tout ce qui comptait, c'étaient les faits nouveaux, les pièces nouvelles du puzzle.

Avant de monter dans le bus retour, elle avait encore rendu visite au département d'Alex à la fac, mais bien qu'elle ait trouvé des interlocuteurs bavards, elle n'avait rien appris. Rares étaient ceux qui se rappelaient Alex et ceux qui avaient été en contact avec lui n'avaient pas la moindre idée de la découverte qu'il avait faite ni du thème de sa présentation. Bien évidemment, Julita avait cherché des informations à son sujet en ligne. Elle avait trouvé sans mal la description dans le programme de 2018. Le problème, c'était que celui-ci était assez laconique et ne faisait pas avancer l'enquête.

COMMENT SAUTER PAR-DESSUS LES AIRS
ET CHANGER LE COURS DE L'HISTOIRE
Alexander J. McCabe, PhD
Le contenu de l'article n'est pas divulgué
à la demande de l'orateur.

Sauter par-dessus les airs? Qu'est-ce que cela voulait dire? Et de quelle histoire parlait-il? Et qu'est-ce que cela avait à voir avec Kandy? Et avec X1? Rien que des questions, aucune réponse. Julita ouvrit les yeux et regarda par la fenêtre. Varsovie, enfin. C'était dimanche, un dimanche où les magasins étaient fermés, alors les rues étaient désertes et ils atteignirent la gare en quelques minutes. Cette fois, c'est elle qui se leva en premier et se fraya un chemin jusqu'à la sortie. Elle chercha le visage de Magda dans la foule; sa sœur lui avait proposé de venir la chercher. Elle la découvrit sous l'auvent, dans une pèlerine crème et des talons aiguilles rouges, un sac en croco sur l'épaule. Son élégance jurait tant avec le laisser-aller général dans la gare qu'elle avait l'air de poser pour une session photo d'avant-garde pour *Vogue Magazine*: il ne manquait plus que quelques patates éparpillées par terre.

– Oh mon Dieu, dit Magda en posant son regard sur ses cheveux gras. Tu as une mine affreuse.

– Je t'aime aussi.

– Tu as une nouvelle phase punk? Je croyais que ça t'était passé.

– Tu sais ce qu'on dit. *Punk's not dead.*

– Et c'est bien dommage. Bon, suis-moi, je me suis garée à la limite de la légalité.

– Mmh…

Julita jeta son sac d'ordinateur portable sur son épaule. Donc, sa sœur n'avait pas changé.

– Quoi de neuf? demanda-t-elle.

– Chez moi? C'est l'ennui. Boulot, gamins, rencards désastreux. Dis-moi plutôt ce que tu faisais précisément à Londres? Parce que dans tes SMS, tu es restée très vague.

– Si tu t'étais installé Signal, comme je te l'ai demandé…

– Laisse tomber.

Magda ouvrit sa voiture, un immense SUV garé sous un panneau “STATIONNEMENT INTERDIT”.

– Allez, raconte. Leon m’a dit que tu t’occupais de cette camgirl de Mińsk.

– Tu connais cette affaire ?

– Ouais. Même trop bien.

– Oh ? Comment ça ?

Avant que Magda ait eu le temps de répondre, un moustachu en pull troué déboula sur la voiture.

– Qu’est-ce qu’il y a, la p’tite dame sait pas lire ?! hurla-t-il. Je peux pas décharger mes marchandises !

– Plus poliment, je vous prie !

– Quoi poliment, quoi poliment ? T’as de la merde dans les yeux ! Dégage d’ici ou j’appelle la police !

– Vas-y, appelle-la, connard ! grogna Magda en claquant sa portière.

Confuse, Julita détourna le regard. Bien entendu, quelqu’un les filmait déjà, un type en casquette. Au moins, il avait assez de décence pour le faire discrètement, comme par hasard, et non en leur plantant le portable sous le nez. Julita visualisait déjà la vidéo sur YouTube : L’ENGUEULADE D’UNE CONNASSE PLEINE AUX AS AVEC UN PÉQUENOT LAMBDA. Ça allait être le buzz du jour.

Le moteur vrombit, la voiture démarra dans un crissement de pneus.

– Tu sais que c’est lui qui avait raison ? demanda Julita en mettant sa ceinture.

– Eh, tu veux rentrer à pied ?

– Non.

– Alors fais pas la maligne.

Vrrr, vrrr, Magda appuyait sur le champignon, passait rapidement les vitesses, jusqu’à la cinquième. Comment faisait-elle pour conduire ainsi avec des talons aiguilles de cinq centimètres, Julita n’arrivait pas à le comprendre.

– Donc, tu me dis que tu as entendu parler de cette Kandy ?

– Oh oui ! J'ai même vu la vidéo.

Julita lui lança un regard étonné, mais Magda fixait la route devant elle. Compte tenu de son style de conduite, c'était sans doute mieux ainsi.

– Je ne pensais pas que tu aimais ce genre de choses.

– Parce que, d'ordinaire, je ne les regarde pas. Quelqu'un me l'a montré.

– Qui ça ?

– Sasza, répliqua Magda en accélérant encore pour passer à l'orange.

Julita eut l'impression qu'on lui assénait un coup à l'estomac.

– Attends… ta Sasza ?

– Eh oui, dit sa sœur en hochant la tête. Un camarade a envoyé le lien à toute la classe.

– Oh putain de merde.

– Ouais.

Ce genre de vidéo ne meurt jamais, songea Julita. Ces films disparaissent un temps, effacés des sites les plus populaires et des réseaux sociaux. Et puis ils reviennent, comme une maladie mal soignée, et se répandent par la fibre optique. On ne sait pourquoi, on ne sait dans quel but, mais des geysers de fange jaillissent des profondeurs du web.

Elles traversèrent la place Zawiszy. La façade arc-en-ciel de l'hôtel Sobieski passa sous leurs yeux. Julita venait de comprendre pourquoi sa sœur lui avait proposé ce coup de pouce, pourquoi elle avait loué les services d'une nounou exprès pour se rendre à la gare.

– Qu'est-ce que je peux faire ? demanda Magda. Comment je peux expliquer ça à une fillette de neuf ans ?

– Je ne sais pas. Je suis navrée, Magda, je voudrais bien t'aider, mais ce sont des questions à poser à un psychologue.

– Il n'y a pas de marque de téléphone qui pourrait bloquer cette merde ?

– Non. Je veux dire, tu peux installer des filtres parentaux…

– Mais ?

– Mais ils sont moyennement efficaces. Et puis, ce copain peut de toute façon lui montrer ça sur son téléphone à lui, s'il veut.

Elles roulèrent en silence. Magda alluma la radio, elle zappait entre les stations, aucune ne lui convenait.

– Et donc quoi ? demanda-t-elle. On ne peut rien faire ?

– Moi, à ta place, je parlerais avec le personnel de l'école… avec les autres parents…

– Dans quel but ? Qu'est-ce que je vais leur dire ?

– Hmm. Je ne sais pas…

La voiture s'engagea sur le pont Poniatowski. Il y avait foule sur les quais de la Vistule et, sur les bords sablonneux d'en face, du côté du quartier Praga, des pique-niques et autres barbecues. L'eau, verdâtre et sale d'ordinaire, scintillait d'or dans les rayons du soleil couchant. Idyllique.

– Il faudrait peut-être organiser des ateliers de sécurité en ligne pour ces enfants. Si tu veux, je pourrais…

– Des ateliers ! pouffa Magda. Pour des gamins de neuf ans ? Mais tu entends ce que tu dis ? Ces morveux viennent à peine d'apprendre comment se torcher correctement le cul !

– Je sais. Je sais.

Elles roulèrent un instant en silence. Les roues rebondissaient sur l'asphalte cahoteux.

– Comment va Sasza ? demanda Julita.

– Mal. Elle hurle la nuit. Elle recommence à mouiller son lit.

– Oh mon Dieu…

– C'est du délire, Julita. Je ne maîtrise plus rien. Moi, à son âge, j'avais des cauchemars à cause des loups du film *L'Académie de Monsieur Kleks*… Et elle, elle a vu un type étrangler une femme en train de se débattre. C'est complètement barge.

– Je comprends.

– T'y comprends que dalle, s'indigna Magda. Il faudrait que tu aies un enfant pour comprendre.

Encore quelques carrefours, quelques infractions au code de la route et elles arrivèrent à destination. Magda gara sa voiture en brisant une bouteille de bière vide sous ses roues.

– Excuse-moi de t'être tombée dessus comme ça, dit-elle.

Elle gardait toujours ses mains sur le volant, ses ongles soignés s'incrustaient dans le cuir couleur crème.

– Tu n'as pas à t'excuser.

Elles sortirent de l'habitacle. Julita se hissa sur la pointe des pieds et serra sa sœur dans ses bras. De toutes ses forces.

– Tu veux monter ? proposa-t-elle.

– Non, non. Tu es fatiguée, tu vas vouloir prendre une douche…

– Ça peut attendre.

– Ça ne devrait pas, crois-moi.

– À ce point ?

– Bah, quand tu m'as enlacée, je vais te dire…

Magda fronça son nez et agita la main en guise d'éventail.

– Pfffiou…

– D'accord, j'ai compris.

Magda ouvrit la portière. Mais elle ne remonta pas dans sa voiture.

– Écoute…

– Oui ?

– Je te rappelle au sujet de ces ateliers, d'accord ?

– Bien sûr.

Le SUV quitta le trottoir et disparut au carrefour. C'est la première fois, songea Julita. C'est la première fois que ma grande sœur me demande de l'aide.

La salle était pleine à craquer. Toutes les places étaient prises. Toutes, jusqu'à la dernière. La ville recevait la visite d'une célébrité, un habitué des couvertures de magazines sur papier glacé et des plateaux de télévision, le plus célèbre footballeur polonais, l'icône de la mode masculine, mais aussi, ne l'oublions pas… un député parlementaire et figure de proue du parti Pologne Demain, Artur Warecki.

Pour les habitants de Konin, c'était l'événement le plus important du mois. Voici qu'une star des écrans à cristaux liquides prenait corps et descendait des cieux pile ici, dans cette ville oubliée qui vivait toujours dans le souvenir d'une gloire passée, quand les gens travaillaient encore en deux-huit dans les mines, quand la centrale électrique tournait si fort que les eaux du lac Ślesiński servant à la refroidir chauffaient jusqu'à des températures tropicales, l'époque bénie où la voïvodie de Konin figurait encore sur les cartes administratives, une région de 5 139 kilomètres carrés peinte couleur moutarde. L'arrivée de M. Artur Warecki, c'était la preuve vivante que la Pologne A et la Pologne B faisaient bien partie du même pays, qu'on pouvait traverser la membrane qui le divisait en deux.

Artur monta sur scène – pantalon fin en laine couleur aigue-marine, ceinture fine, chemise blanc-neige qui reflétait la lumière des projecteurs et un sourire qui rendait les femmes toutes choses. Il leva les mains en guise de salut. Un tonnerre d'applaudissements lui répondit.

– Bonsoir, Konin !

Les applaudissements gagnèrent encore en intensité, ils remplirent la salle et se déversèrent par les fenêtres entrouvertes sur les rues désertées.

– La dernière fois que je suis venu chez vous, c'était en 1997, déclara Artur. C'était lors de ma dernière saison au Śląsk Wrocław, on jouait un match contre votre Górnik, mais le club s'appelait encore Aluminium Konin à l'époque… Quelqu'un s'en rappelle ?

Dans le public, plusieurs voix confirmèrent.

– Et comment que vous vous en rappelez… On s'est pris une belle rouste. 3 à 0, si ma mémoire est bonne. Votre défense me bloquait si bien que je n'ai pas touché un ballon. Vous aviez fini la saison en deuxième position, j'étais persuadé que vous alliez monter en première ligue l'année suivante, que vous connaîtriez une période faste à la Groclin Grodzisk. Mais l'argent a commencé à manquer. Les bons joueurs sont partis, on a pris des jeunots pour les remplacer. Et ça a été la fin.

Une pause. Artur se promenait sur scène, la mine peinée.

– Et pourquoi ? Parce que l'aciérie Huta Aluminium a connu des difficultés financières et a cessé de financer le club. Et puis, en… en…

Il avait oublié. Aneta leva les yeux de l'ordinateur portable ouvert sur ses genoux. Elle était assise sur le côté de la scène précisément pour qu'il puisse la retrouver facilement dans ce genre de situations. 2009, prononça-t-elle lentement, sans un bruit, pour qu'il puisse lire les mots sur ses lèvres.

– … en 2009, reprit Artur, l'aciérie a cessé sa production d'aluminium. Deux cents personnes ont perdu leur emploi. En 2014, Fugo-Odlew a fait faillite. On a alors licencié cent personnes. L'année dernière, on a fermé la centrale électrique, deux cents personnes ont perdu leur travail. Bientôt, ça sera le tour des mines Adamów, Ościsłowo… Kleczewo sans doute aussi. Ce n'est qu'une question de temps. Le dilemme, c'est… et ensuite ? Où vont aller tous ces mineurs ? Est-ce qu'il y a un plan pour ça ? Est-ce que quelqu'un s'y prépare ? Le ministre fait semblant de ne pas voir le problème, il dit que le chômage à Konin est au plus bas depuis 1999. Il oublie de dire que c'est peut-être parce que vingt mille personnes ont quitté la ville pour chercher du travail ailleurs ? Il faut faire quelque chose contre ça. Les vieilles industries s'écroulent, comment on les remplace ?

Aneta soupira de soulagement. La partie la plus difficile du discours était derrière lui. À présent, il ne lui restait plus que le blabla ordinaire : que le pays devait se moderniser, que la Pologne avait besoin d'entreprises innovantes et concurrentielles sur le marché mondial, que les hommes et les femmes politiques devraient écouter les électeurs et non l'inverse. La question du vote par Internet surgirait certainement aussi à un moment ou un autre, une question sur laquelle Artur revenait avec une obsession digne de Caton l'Ancien. Ce qui lui posait problème, c'étaient les introductions qui faisaient appel aux affaires locales ; il fallait retenir les noms, les faits, les chiffres, et Artur n'était pas doué pour ça. Il lui fallait des antisèches, des associations d'idées mnémotechniques, des souffleurs. Ils basaient cette partie sur des recherches Internet populaires dans la région. Dans le cas de Konin, Aneta avait remarqué de nombreuses questions liées aux mines : "licenciement mine", "fermeture mine", "mine et après", "restructuration mine", et cetera. Les mineurs, qui représentaient toujours une part significative des habitants, pressentaient apparemment que des nuages sombres s'amasseraient au-dessus de leurs têtes. On pouvait exploiter cette crainte, capitaliser dessus.

Aneta estima que la situation était sous contrôle, alors elle reposa le regard sur l'écran de son ordinateur. Dans son navigateur, elle avait ouvert Facebook où elle menait, sous le nom d'Artur, une quinzaine de discussions parallèles avec ses fans. Elle avait pour principe de répondre à tout le monde, peu importait si l'internaute lui adressait des compliments ("merci pour l'expression de votre soutien, je vous souhaite le meilleur!") ou des insultes ("pourriez-vous m'expliquer en quoi j'ai provoqué une si vive réaction de votre part?"), s'il abordait des questions politiques ("c'est un excellent postulat, je l'ajouterai certainement à mon programme!") ou des suggestions d'une autre nature ("proposition intéressante, mais en tant qu'homme marié, je me vois dans l'obligation de refuser"). Chaque interlocuteur devait sentir qu'il avait un lien personnel avec lui, que si seulement Artur n'était pas aussi pris, ils seraient certainement devenus amis et auraient organisé un barbecue ensemble. Aneta menait chaque jour des centaines de conversations de ce type… et chacune était un peu différente. Pour les adolescents qui gardaient sur le mur de leur chambre un poster d'Artur au sommet de sa gloire à l'AS Roma (chevelure au vent, jambe musclée qui prépare une reprise de volée, tribunes en folie), il était un pote du foot avec lequel il serait sympa d'aller boire une bière. Envers les femmes qui s'entichaient de lui, il était assez charmeur – sans toutefois dépasser les limites du convenable – et envers les personnes âgées, il était courtois et galant, il ne manquait jamais de prendre des nouvelles des petits-enfants et de la santé. Certains n'écrivaient à Artur qu'une seule fois, d'autres régulièrement, ils lui confiaient leurs problèmes et lui demandaient conseil. Au début, Aneta avait connu des ratés, confondant les sujets et les personnes, mais avec le temps elle avait gagné en aisance. Elle réfléchissait comme un processeur: vite, en multitâche… et sans émotions.

Une fois qu'elle se fut débarrassée de la correspondance d'Artur, elle bascula sur son compte personnel. Ici, c'était plus calme, il n'y avait que deux messages: une copine lui demandait comment s'était passé son week-end avec son père ("nickel, personne ne sait me déprimer autant que mon vieux") et une cousine l'invitait au baptême de son dernier rejeton, le septième au moins – le mélange d'une éducation sexuelle catholique et des nouvelles allocations familiales du PiS avait porté des fruits spectaculaires ("excuse-moi, mais je ne pourrai pas venir, ça tombe en pleine tournée électorale"). Il ne lui restait plus qu'à vérifier ses mails et elle pourrait reprendre son souffle. Dix-sept nouveaux messages, le premier de la part de Daniel Królak.

De : Daniel Krolak <daniel.krolak@netsolutions.pl>
À : Moi <aneta.bielinska@polognedemain.pl>
Date : 30 juillet 2020 12:20
Objet : Le questionnaire

Madame Aneta,
Veuillez trouver ci-joint le lien vers notre questionnaire : http://tinyurl.com/e84fhHu
Je vous serai reconnaissant d'avoir vos éventuelles remarques. Une fois qu'elles auront été prises en compte, nous aimerions procéder à un lancement en douceur, c'est-à-dire partager l'enquête avec un groupe d'utilisateurs choisis afin de tester sur eux l'efficacité des publicité ciblées à l'aide de la méthode A/B, avant le lancement à l'échelle nationale.
Bien cordialement,
Daniel Królak
CTO, Net Solutions Sarl

Ils sont rapides, se dit Aneta. Très rapides. Bon d'accord, vérifions. Elle cliqua sur le lien. La page se chargea en un clin d'œil, les pop-up sur le respect de la vie privée, sur les cookies et la protection des données apparurent : accepter, accepter, accepter. Alors, elle vit un fond blanc et sur ce fond… la Pologne, mais une Pologne un peu étrange, s'étalant sur la Tchéquie, mais sans la Mazurie ; on aurait dit celle du Xe siècle, du temps de Mieszko Ier. L'instant d'après, le pays commença à s'étendre, comme de l'encre qui s'étalerait sur la carte, à l'est, au sud, et puis à se réduire un instant plus tard pour éclater en plusieurs morceaux qui finissaient par s'unir, par grandir encore, et encore, jusqu'à remplir tout l'écran, puis par se contracter, morceau par morceau, jusqu'à disparaître totalement de la carte, avant de réapparaître à nouveau, d'abord dans ses frontières de l'entre-deux-guerres, et enfin, sous sa forme familière d'après-guerre, une forme basée sur l'Oder et le Bug. L'animation s'interrompit alors, un point d'interrogation apparut au milieu de l'écran et une inscription en dessous :

= = = = TA POLOGNE, TON AVENIR = = = =
Remplis ce questionnaire pour découvrir
quelle est Ta Pologne du futur !
Chaque personne qui remplira ce questionnaire recevra
un bon promotionnel d'une valeur de 50 złotys à utiliser
dans les magasins Motylek.
Institut Pologne d'Avenir
< Connecte-toi via Facebook >

Pas mal, songea Aneta, ça attire l'attention. Mais la première phrase devrait être plus encourageante. Enfin bon, on trouvera bien quelque chose. Voyons la suite.

Le plus important pour moi, c'est que l'ordre règne en Pologne.
D'ACCORD SANS OPINION PAS D'ACCORD

La Pologne devrait être au centre des événements.
D'ACCORD SANS OPINION PAS D'ACCORD

La Pologne devrait faire preuve de compassion envers ceux qui sont dans le besoin.
D'ACCORD SANS OPINION PAS D'ACCORD

La Pologne devrait maintenir le dialogue avec ses voisins.
D'ACCORD SANS OPINION PAS D'ACCORD

Et ainsi de suite, et ainsi de suite. Vingt questions en tout. Y répondre avait pris moins de cinq minutes à Aneta. Et tant mieux, parce que si ça prenait un instant de plus, la plupart des gens auraient perdu patience. Aneta envoya ses réponses, le résultat apparut une seconde plus tard. Ta Pologne du futur, c'est : UN SOLITAIRE AMBITIEUX. Tu mises sur les affaires internes et un développement dans le cadre des frontières actuelles. Le contact avec les pays voisins et la politique étrangère n'ont pour toi qu'une importance secondaire. Partage ce résultat avec tes amis !

Un tonnerre d'applaudissements. Artur avait fini de parler. Aneta referma son ordinateur et se joignit aux acclamations.

Un ours sortit d'entre les rochers. Au début, il observa les touristes entassés de l'autre côté de la palissade d'un regard indifférent, mais quand les flashs commencèrent à crépiter, il leur présenta son derrière et s'allongea sur le ciment chaud. Un gémissement de déception parcourut la foule.

– Hé, nounours ! cria quelqu'un. Sois pas comme ça, montre ta truffe.

– L'ourson est trèèèèès gentil aujourd'hui, déclara avec fierté un élève de maternelle.

– Faut peut-être lui lancer quelque chose ? s'interrogea une femme. Marek, vas-y, balance-lui un truc.

– Mais quoi ?

– Bah, un biscuit, pour qu'il se retourne.

– Attends un peu…

Julita n'entendit pas la suite, leurs voix furent couvertes par des voitures qui passaient sur la route. L'enclos des ours se trouvait à proximité immédiate de la rue ; c'était une publicité vivante du Zoo de Varsovie. Leon, qui était un donateur permanent de Greenpeace, observa la scène avec dégoût.

– Au moins, ils ne le forcent pas à danser… dit Julita.
– Effectivement, c'est un progrès.
– Si tu veux, on peut leur faire la remarque.
– Eh… dit-il avec un geste dédaigneux de la main. Notre bus arrive.
Le 160 se gara à l'arrêt. Ils montèrent dedans ; il y régnait une fraîcheur agréable, la clim soufflait sur les peaux en sueur. Bien que quelques sièges fussent libres, Julita s'assit sur les genoux de Leon. Des écrans les entouraient : devant, derrière, sous le plafond ; des pubs passaient sur chacun d'entre eux.
– Alors, Londres ? demanda Leon. Hier, il n'y a pas trop eu moyen d'en parler.
C'était vrai, admit Julita. La veille, quand ils s'étaient installés pour dîner, elle s'endormait sur son assiette. Alors que Leon avait fait tant d'efforts : il avait cuit une pizza, il avait acheté du bon vin (c'est-à-dire sucré et peu cher) et faisait semblant de ne rien désirer de plus dans la vie que la boîte de biscuits métallique ornée de Big Ben que Julita lui avait achetée dans une boutique de souvenirs de Victoria Station.
– Bah, qu'est-ce que je pourrais te raconter… commença-t-elle en haussant les épaules. C'est grand.
– Pfff…
– Ben quoi ?
– C'est tout ce que tu as à me dire ?
– Tu sais, j'y suis restée à peine plus d'une journée…
– Bienvenue dans la nouvelle émission de voyage de la star du reportage polonais, Julita Wójcicka, déclara Leon d'une voix de ténor. Les capitales mondiales en une seconde. Londres, c'est grand. Madrid, c'est chaud. Paris, c'est joli.
– Ha, ha, très drôle.
– Prague, c'est bondé. Berlin, c'est hipster.
– C'est bon, arrête ou je te mords, dit Julita en lui pinçant l'épaule.

– Alors, fais un effort. Londres. Allez. Raconte.

– Très élégant… Et très cher… L'architecture est sympa, mais c'est un foutoir sans nom…

– Et le Tower Bridge ? Tu as vu le Tower Bridge ?

– Non. Je ne suis pas du tout allée sur les bords de la Tamise.

– Mmh. Tant pis, va falloir qu'on y aille ensemble un jour.

– Je te prends au mot, dit-elle avant de l'embrasser sur la joue.

Ils roulèrent un moment enlacés et en silence. Le bus s'approchait de la vieille ville. Le néon sur le pont Gdański annonçait "CONTENT DE TE VOIR".

– Et ton enquête ? demanda Leon. Les Américains t'ont répondu ?

Julita avait écrit aux organisateurs du DEFCON avant de quitter Londres. Bonjour, je m'appelle Machin Bidule, je m'occupe de l'affaire Alex McCabe, je vous serais reconnaissante de m'envoyer la présentation de sa conférence ou de me mettre en contact avec une personne qui en connaît le contenu, bien cordialement…

– Moui, dit-elle en hochant la tête. Ils m'ont répondu.

– Et ?

– Rien, malheureusement. Ils m'ont dit que, premièrement, ils ne fournissent pas ce genre d'informations et, deuxièmement, ça fait longtemps qu'ils ont effacé les documents de l'année précédente, rapport à la sécurité et au respect de la vie privée, blablabla, tandis que le gars qui organisait la conf d'Alex a disparu sans laisser de traces.

– Oh mon Dieu, quelqu'un l'a tué ?

– Non, dit Julita en secouant la tête. Il a créé une nouvelle version de cryptomonnaie basée sur une blockchain, il a amassé des millions de dollars de divers investisseurs et a disparu dans la nature. Il s'est sans doute enfui avec de faux papiers.

– Bah dis donc. Sympa.

– Ouais.

– Alors, qu'est-ce qu'il te reste ?

– Je n'en suis pas sûre… C'est pour ça que j'ai pris rendez-vous avec Jan.

– C'est chouette qu'il t'aide.

Le bus s'arrêta. Quand la porte s'ouvrit, une cacophonie se déversa à l'intérieur : la mélodie d'un petit train touristique, la voix du guide croassant dans un haut-parleur portatif, le claquement de sabots sur les pavés.

– Leon…

– Oui ?

– Tu es sûr que tu ne m'en veux pas de sortir le soir de mon retour ?

– Non, tranquille. Je comprends que ce soit important. De toute façon j'ai prévu de voir Bartek et Mateusz.

– Laisse-moi deviner, vous allez encore jouer à Heroes of Might and Magic ?

– Je veux, oui. Nous devons établir une bonne fois pour toutes qui est le maître d'Enroth.

Le bus s'approchait de leur arrêt. Julita se leva et jeta le sac de l'ordinateur sur son épaule.

– Merci de me soutenir autant. Tu es adorable.

– Je sais, répliqua-t-il tout sourire. À ton avis, à quelle heure tu vas rentrer ?

– Je n'en ai pas la moindre idée, mais ne m'attends pas.

Le bus s'immobilisa devant l'abri, la porte s'ouvrit. Un bref bisou en guise d'au revoir et chacun partit de son côté.

– Oh, bonjour.

L'hôtesse d'accueil sourit en voyant Julita arriver.

– Et donc vous avez réussi, l'autre jour ?

– Pardon ? demanda Julita.

– Eh bien, avec la cravate pour votre mari ? Avant cette réunion importante ?

– Avant cette réunion… Aaaah… oui, merci. Je suis arrivée à temps.

– J'en suis ravie, dit la fille, radieuse. Vous voulez que je vous fasse entrer ?

– Non, non, ce n'est pas la peine. Je vais attendre… commença-t-elle, mais les mots ne voulaient pas sortir de sa bouche. Je vais attendre mon mari dans le hall.

– Comme vous préférez.

Julita s'assit sur le canapé en cuir et croisa les jambes. Oups.

L'instant d'après, des gens se déversèrent d'un ascenseur. Des tailleurs, des costumes-cravate, des porte-documents en cuir… Tous bavards, échangeant des potins de bureau, ravis du week-end qui approchait. Jan sortit en dernier. Il avait des écouteurs dans les oreilles et les mains dans les poches.

– Salut, dit Julita.

– Salut.

– Qu'est-ce que tu écoutes ?

– De la musique, dit Jan en rangeant ses écouteurs. Viens, il y a un snack pas loin d'ici, rue Waryński, on peut s'y poser.

– OK. Écoute…

– Oui ?

– Il se pourrait que votre hôtesse d'accueil croie que tu as une femme.

– Ah ? fit-il en grimaçant. Laisse-moi deviner, toi ?

– Bah, ce n'est pas impossible…

Il ne commenta pas, exception faite des yeux levés au ciel.

Ils se rendirent dans la cafétéria. L'air y sentait le chou, le sarrasin trop cuit, les lardons ; des bouffées de vapeur jaillissaient des casseroles, des cheveux humides et frisés collaient aux tempes des cuisinières.

– Tu as lu mon mail ?

– Je l'ai lu.

– Et qu'est-ce que tu en penses ?

– Que ce n'est pas gagné. Les organisateurs du DEFCON en ont rien à foutre de toi… D'ailleurs, ça ne m'étonne pas, j'y suis allé l'année dernière et ils sont obsédés par le respect de la vie privée, déclara Jan en buvant une gorgée d'un jus maison. Tu n'as pas accès à l'ordinateur d'Alex ni à celui de Kandy…

– Mmh. Continue.

– Bah, je ne sais pas si j'ai un truc intéressant à dire. Tu peux contacter des gens qui sont allés à sa conf, il a peut-être parlé avec quelqu'un… quelqu'un se rappelle peut-être quelque chose…

– Hé, minute… dit Julita, soudainement illuminée. J'ai une idée.

– Oui ?

– Le tour de passe-passe que tu m'as montré sur Facebook… on peut le faire avec des lieux ?

– Comment ça ?

– On pourrait retrouver toutes les vidéos et les photos prises à Las Vegas quand Alex y était…

– Ah oui. Tu vas te ramasser une tonne de casinos et de strip-teaseuses. Crois-moi, j'y suis allé, je l'ai vu de mes yeux vu…

Julita arrachait des morceaux de sa serviette en papier qu'elle froissait ensuite en boules.

– Bon d'accord, dit-elle l'instant d'après. Et si on y ajoute la condition qu'elles doivent être taguées avec le mot DEFCON ? Alex y figure peut-être quelque part au second plan… Tu vois le truc, quoi, quelqu'un se fait un selfie et Alex est derrière dans une file d'attente pour un café…

Jan recula sur sa chaise et noua ses mains derrière la tête.

– Peut-être, marmonna-t-il après un instant. On peut essayer.

– D'accord, alors attends un peu.

Julita sortit son ordinateur de son sac. Avant de l'allumer, elle s'assura qu'elle n'était pas dans le champ d'une caméra, que l'écran n'était pas visible par les serveurs et depuis les fenêtres. Puis elle se connecta via un routeur web mobile. Jan balaya son ordinateur du regard – caméra obturée, filtre de confidentialité sur l'écran, ports USB inutilisés bloqués par des verrouilleurs – et il hocha la tête avec approbation.

– Tu fais des progrès, dit-il.

– Merci, sensei.

– Mais tu devrais encore cacher la diode de ton SSD.

– Parce que ?

– Parce que quelqu'un pourrait l'utiliser pour te piquer des données.

– Comment ?

– Il y a un *malware* qui, une fois installé sur un disque, transmet des fichiers grâce à cette lumière. Comme un espion qui émettrait en morse avec une lampe torche.

Les yeux de Jan brillaient. La technologie était bien l'unique sujet qui pouvait le rendre bavard.

– Il suffit que quelqu'un enregistre le clignotement de ta diode à l'aide d'une caméra et il pourrait décoder ce qui se passe sur ton ordinateur même si tu n'es présentement pas connectée au réseau.

– Putain. C'est malin.

– Ouais.

– Tu as de la bande adhésive ?

– Non.

– Alors, je vais le faire quand je… Attends.

Julita arracha l'étiquette de leur bouteille d'eau et en obstrua la diode.

– Quoi d'autre ? demanda-t-elle.

– Bah, il y a encore la question des émissions électromagnétiques. Si quelqu'un s'acharne, il pourrait en déduire les données que tu affiches.

– Bordel, tu as raison… Et on peut faire quelque chose contre ça ?

– Hmm… Il y a ce qu'on appelle des pochettes Faraday, des housses pour téléphone et ordi qui bloquent le champ élec…

– Je sais. Ça coûte combien, ce machin ?

– Quand j'en achetais, il y en avait à cent dollars.

– Bon, ça va encore. Je vais me le noter pour en commander. Bon d'accord, je suis sur Facebook… J'ai l'ID de Las Vegas, j'ai l'ID du DEFCON… Comme ça, c'est bon ?

– Oui, mais il faut transcrire les dates différemment, ils utilisent un format inhabituel. Une minute… Là, ça devrait marcher.

Jan tourna l'écran vers Julita.

www.facebook.com/search/photos-in/108081209214649/
between/aug/8/2018/date-3/aug/13/2018/date-3/
tagged/90487656655/intersect

– D'accord, je clique… dit-elle en retenant son souffle.

La page recracha ses résultats. Une multitude de résultats. Des images, des posts. Des enregistrements vidéo dont certains duraient une quinzaine de secondes, d'autres des quinzaines de minutes. Sur certaines, on ne voyait que quelques visages, sur d'autres une rivière humaine. Avenue principale en pleine nuit, des gars ivres chantent quelque chose vers la caméra, des taxis jaunes les dépassent. Une salle de conférences, des stands, des posters, des gens discutent, quelqu'un rit. Un casino, des rangées de machines clignotantes, une foule multipliée par son reflet dans un plafond de glace. Une discothèque, des stroboscopes, des lasers, une piste de danse pleine. Julita relâcha l'air de ses poumons… et s'effondra sur sa chaise.

– Non, c'est sans espoir… gémit-elle. Il nous faudrait une année entière pour parcourir tout ça… Je veux dire, on pourrait poster ces vidéos sur Twitter et demander de l'aide aux gens, mais… Bah quoi, pourquoi tu ris comme un imbécile ?

Jan se frotta le menton et leva les yeux vers elle.

– Tu as entendu parler de ce programme de surveillance en Chine ?

– Comme quoi ils identifient les gens sur les enregistrements des caméras surveillance pour leur attribuer des points en fonction de leur comportement ?

– Ouais.

– Bien sûr. Tout le monde en a parlé.

– On peut faire la même chose. Sans les points, je veux dire…

– Attends, attends… Alors quoi, il y a un programme qui identifie des visages sur les vidéos ?

– Ouais.

– Mais qui l'a conçu ? Des services secrets ?

– Non, non. Amazon. Le site qui vend des bouquins.

– J'imagine bien que ce n'est pas le fleuve au Brésil, s'indigna Julita. Viens-en aux faits.

– Ils ont mis en ligne un outil. Ça s'appelle Rekognition, avec un K.

– Et tu y as accès ?

– Moi, non. Mais PCW si.

Jan ouvrit son sac à dos et en sortit son ordinateur pro.

– Nous avons le droit d'utiliser Rekognition pour nos applications, on paye en fonction du nombre d'images traitées. Tu aurais une photo de cet Alex quelque part ?

– Bien sûr.

– Alors passe-la-moi et commence à télécharger ces vidéos Facebook.

– D'accord. Mais… tu n'auras pas de problèmes pour t'être servi à des fins personnelles du matériel de ta boîte ?

– Et toi, tu as des problèmes quand tu imprimes un billet perso sur une imprimante au taf ?

– Je travaille de chez moi.

– Tu sais de quoi je parle, s'exaspéra Jan. Vu la quantité de données qu'on fait passer par les services d'Amazon chaque jour, ça ne se verra pas. Bon, allez, au boulot.

Silence. Des clics, des clics, des clics, le vrombissement des ventilateurs et le bourdonnement des disques durs. Une demi-heure passa. Une heure. Une heure et demie. Deux. Ils commandèrent à dîner et mangèrent en silence, fixant les écrans de leurs ordinateurs. Dehors, la nuit tomba.

– D'accord, je suis prête, déclara Julita. Là, c'est le disque avec toutes les vidéos et photos. 1211 fichiers.

– Bien. Balance.

Jan lança le programme: une barre de progression apparut sur l'écran. Elle se chargea en quelques minutes. 5 résultats.

– Cool. Attends... On va encore lire les métadonnées pour arranger tout ça dans l'ordre chronologique... Bon, c'est prêt. J'envoie?

– Envoie.

Première vidéo. Nuit torride illuminée par les néons. Balcon d'hôtel avec vue sur la rue. Palmiers. Voitures. Casinos aussi grands que des pyramides. Musique tambourinant quelque part au loin.

En fond, on entend la voix d'une jeune femme.

– Saluuuut, comme vous pouvez le voir, ça y est, je suis arrivée à Las Vegas! Et je voudrais me vanter de mon appart qui déchire...

La vidéo s'arrête. Un taxi se gare devant l'hôtel et un passager en sort. C'est Alex McCabe. Il porte un bas de jogging en coton et un sweat à capuche. Il tient un sac d'ordinateur portable à la main. C'est un sac caractéristique, avec un rabat rouge.

– Oh putain de sa mère... gémit Julita. Wow, wow, chapeau.

– Mmh.

– Excuse-moi, Jan, mais moi, vraiment… les mots me manquent…

– La première fois que j'ai vu ça, j'ai réagi pareil. Suivant ?

– Ouais, vas-y.

Deuxième vidéo. Restaurant d'hôtel, petit-déjeuner. On voit deux hommes dans le champ, le premier est obèse, barbu, une casquette de base-ball enfilée à l'envers, le second porte une chemise hawaïenne et il a un piercing dans le nez.

– Salut les mecs, regardez sur qui je suis tombé, dit celui à la casquette. C'est Ben, mon pote de Penn State. Ben, dis un mot à la caméra pour que…

Pause. Coin en haut à droite, juste au-dessus de la tête de Ben. Une table, trois chaises. Alex McCabe est assis sur l'une d'entre elles. Dans son assiette, il n'a qu'un toast et une poignée de comprimés colorés. Une femme est assise en face de lui. Elle a des cheveux teints en violet attachés en queue-de-cheval, un anneau dans l'arcade sourcilière et un tee-shirt orné d'un drapeau de pirate. Alex semble stressé, il se pince la main en regardant sur le côté. Mais ils discutent.

– Cette fille… tu l'as déjà vue ? demanda Jan.

– Non.

– Mmh.

– Alex n'a pas l'air du genre à chercher de nouveaux amis dans un hôtel, dit Julita. Alors soit c'est elle qui l'a abordé, soit ils se connaissaient d'avant. Bordel, si seulement on pouvait entendre ce qu'ils se disent… On pourrait trafiquer le son pour mettre ce bouffon à casquette en veilleuse et écouter leur conversation ?

– Attends, je vais la repasser …

Clic, un instant de concentration et Jan qui fouille dans les réglages de son lecteur.

– Non, c'est impossible.

– Merde.

– Mais… Ce n'est pas dramatique. On va passer ça à travers LipNet.

– Le programme qui permet de lire sur les lèvres ?

– Ouais. Tu l'as déjà utilisé ?

– Non.

– Tu devrais. Tu peux le télécharger gratuitement sur GitHub. 93 % de propositions correctes, c'est presque deux fois mieux que le meilleur des spécialistes.

Jan lança le programme et marqua le visage d'Alex ainsi que celui de son interlocutrice. Quand il rappuya sur Play, des sous-titres apparurent comme par magie en bas de l'écran.

DÉBUT DE L'ENREGISTREMENT
FEMME : … c'est vraiment passionnant ! Et tu y as travaillé seul ?
ALEX : Hmm… Oui.
FEMME : Incroyable. Et alors, tu l'as déjà publié quelque part ?
ALEX : Non, ici ça *ILLISIBLE* *ILLISIBLE* première.
FEMME : Et ta conf, elle est quand ?
ALEX : Demain.
FEMME : *ILLISIBLE* 100 %.
ALEX : Dans ce cas, j'y serai.
FIN DE L'ENREGISTREMENT

Julita fixait l'écran, bouche bée.

– Pas mal, hein ? dit Jan en souriant. C'est juste dommage que tu n'aies pas appris grand-chose.

– Mais ce n'est pas rien non plus, dit Julita en plantant sa fourchette dans une pomme de terre refroidie. On a la confirmation qu'il existe au moins une personne à qui Alex a parlé de sa découverte.

– Au fond, tu as raison… Il faudra la chercher par la suite.

– Impérativement. Allez, mets la suivante.

Troisième vidéo. Le cadre est rempli par une feuille avec la phrase DURANT LE DEFCON LE WI-FI DE L'HÔTEL SERA ÉTEINT. On entend la voix de l'homme qui filme.

– On dirait qu'on a mauvaise réputation, dit-il, manifestement amusé.

La caméra tourne et dévoile un hall d'hôtel.

– Bon, je ne peux pas dire qu'elle soit totalement infondée…

La vidéo s'arrête. Alex est dans le hall. Il regarde sa montre. Il attend quelqu'un, un taxi peut-être. Mais arrivé à la fin du film, on ne découvrait malheureusement pas qui.

– Rien d'intéressant, sans le contexte en tout cas, déclara Julita, retenant difficilement un bâillement.

– Mmh. Suivant, ou tu regardes encore une fois, au cas où…

– Non, suivant.

Quatrième vidéo. Couloir d'un centre de conférence. Il y a des groupes de gens, ils portent des badges autour du cou. C'est une femme qui filme avec son téléphone. La caméra glisse lentement de gauche vers la droite et parcourt la salle.

– Dans un instant, je vais au Village des Drones pour une démo, annonce-t-elle, mais d'abord je voudrais vous montrer à tous combien…

Pause. Alex apparaît au fond du couloir. Il a son sac avec l'ordinateur sur l'épaule. Il va aux toilettes.

– Pas intéressant non plus, dit Jan. Prête pour la dernière vidéo ?

– Non, non, attends. Fais-la défiler jusqu'au bout.

– Quoi, tu veux vérifier combien de temps il passe aux chiottes ?

– Juste fais-le, d'accord ?

– … il y a de filles cette année, reprend la femme.

Deux hommes entrent aux toilettes. Ils détonnent par rapport aux autres conférenciers. Crânes rasés. Épaules larges. Blousons noirs.

– C'est vraiment réconfortant. Pour la première fois, je ne me sens pas comme une extraterrestre ici. Bon, c'est tout pour le moment. N'oubliez pas de liker et de partager mes posts. Vous trouverez toutes les transmissions du DEFCON à l'adresse…

Les deux hommes sortent des toilettes. L'un d'eux tient un sac à ordinateur à la main. C'est le sac d'Alex.

– Oh putain… dit Julita en se cachant la bouche. Tu vois ça ?! Tu vois ?!

– Je vois.

– Pas possible… Il ne leur a pas fait cadeau de son ordi, hein ?

– Je ne crois pas.

– Bordel, ça commence à former un tout… d'accord… on envoie la dernière ?

– Ouais.

Cinquième vidéo. Rue. Soir. Terrasse d'un bar. Tables rondes, parasols rouges, immenses verres remplis d'alcool. Dans le champ, on voit un homme et une jeune femme avec une jupe très courte assise sur ses genoux. Ils s'embrassent. La main de l'homme serre les fesses de la fille. Une alliance en or scintille à son doigt.

– Kyle ! Kyle ! Kyle ! scandent des voix masculines, dont celle de l'homme qui tient le téléphone. Hiiiha ! Ce qui se passe à Las Vegas reste à…

Stop. De l'autre côté de la rue, Alex est assis sur un banc. Il tremble. Il sanglote. Du sang coule de son nez, il a une lèvre fendue et un œil tuméfié. Les passants le contournent soigneusement. Fin de l'enregistrement.

Le personnel de la cafétéria s'apprêtait à fermer l'établissement. La caissière comptait l'argent, un jeune homme au tee-shirt taché lavait le sol. On n'entendait plus ni bouillonnement d'eau, ni grésillement de plaques chaudes, ni tintement de couverts. Tout était devenu silencieux.

– Il faut transmettre ça à la police anglaise, déclara finalement Julita.

– Oui. Je m'en occuperai.

Ils restèrent assis un moment sans parler, fixant l'écran de l'ordinateur.

– Tu sais… il y a des moments… chuchota-t-elle. Il y a des moments où je réalise que ce n'est pas un jeu de pistes, que… bordel, qu'un homme est mort.

– Mmh.

– Ça t'arrive aussi ?

– Non, dit Jan en secouant la tête, parce que moi, je ne l'oublie jamais.

Il la surprit en disant cela. Désagréablement.

– Qu'est-ce que tu veux dire par là ?

– Tu sais ce que je veux dire par là.

– Jan, je te jure, je ne le fais pas seulement pour pondre un article qui fera du bruit, mais pour…

– Ce n'est pas ça… dit-il en balayant l'air de la main.

– Alors c'est quoi ?

Il détourna le regard et se gratta la joue.

– Alors ? fit-elle en lui donnant une pichenette sur l'épaule. Dis-moi.

– Ce n'est pas un jeu, Julita. Deux personnes sont mortes, répliqua-t-il après un moment. Tu veux être la troisième ?

– Comment ça ?

– Réfléchis un peu. Alex a découvert quelque chose. Un gros truc. Suffisamment gros pour qu'on le vole, pour qu'on le tue, pour qu'on tue la fille à qui il en a parlé. Tu es en bonne voie pour découvrir ce que c'était… et pour connaître le même sort.

Jan se tourna vers elle et la regarda droit dans les yeux.

– À ta place, je me demanderais si ça vaut le coup.

– Ça vaut le coup, renvoya-t-elle sans hésitation.

– Ah oui ? Parce que ?

– Parce que ça me mènera peut-être à X1.

Quelqu'un vint se placer au-dessus d'eux. La caissière.

– Excusez-nous, monsieur-dame, nous allons fermer…

– Oui, oui, on a presque fini.

La femme hocha la tête, mais commença à éteindre les lumières au cas où le message ne serait pas passé. Jan ferma son ordinateur et le rangea dans son sac. Il eut un sourire en coin.

– Bah quoi ? demanda Julita, légèrement agacée. Qu'est-ce qui te fait marrer ?

– J'avais un copain dans ton genre, tu sais ? À l'école de police. Toujours fonceur. Toujours droit au but. Là où ça se passe. Ils l'ont pris chez les antiterroristes.

– Ah oui ?

Julita ouvrit la porte et sortit dans la rue. La soirée d'été était étouffante, mais le vent qui gagnait en force annonçait l'arrivée d'un orage. Elle chercha des cigarettes dans son sac à main.

– Et qu'est-ce qu'il devient ?

– Il est mort, annonça Jan.

Puis il se dirigea vers le métro sans un mot d'au revoir.

Durant un long moment, Julita fut incapable de bouger.

7

Un aigle couronné.

Une jeune femme aux cheveux en brosse montre à la caméra cet emblème de la Pologne imprimé sur carton. Devant elle, il y a un fût métallique d'où s'élèvent des flammes. Au fond, on voit une forêt.

– C'est le symbole d'un millier d'années d'oppression du patriarcat. Au nom de ces symboles, des femmes ont été enlevées comme butin de guerre. Elles ont été vendues telles des bêtes. Elles ont été frappées, violées. C'est pourquoi nous, la Milice féministe, nous le rejetons. Ça n'a jamais été notre emblème, ce n'est pas notre emblème, ça ne sera jamais notre emblème !

La fille glisse le carton dans le fût. Aussitôt, le papier se plie, noircit, se met à fumer.

– La-Po-logne-est-une-femme ! scande la jeune femme et les arbres renvoient l'écho de sa voix. La-Po-logne-est-une-femme !

Fin de la vidéo. Oleg se détourna de l'écran.

– Ça ne te fait probablement ni chaud ni froid, non ? demanda Pola.

Elle était assise sur le bureau, ses pieds balançant dans le vide.

– J'ai vu pire à la modération du contenu.

– J'imagine.

Non, songea Oleg, tu n'imagines pas. On ne peut pas s'imaginer ça. Il se peut que tu aies vu une vidéo que tu n'aurais pas dû. Il se peut que la curiosité ait pris le dessus et que tu aies cliqué sur un film où l'ISIS brûle vif un pilote jordanien enfermé dans une cage. Quelqu'un t'a peut-être montré l'enregistrement de l'assassinat d'Adamowicz. Mais tu ne sais pas ce que ça fait de regarder ce genre de choses tous les jours, huit heures durant. Tu ne sais pas ce que ça te fait au cerveau.

Pola, sa nouvelle patronne, avait achevé un doctorat en *computer science* à l'université Stanford, puis elle avait travaillé deux ans dans une grosse banque. Elle y concevait ces algorithmes qui avaient pris la place des traders ; en un millième de seconde, ces programmes vendaient ou achetaient des actions valant des millions de dollars. Dans les bourses américaines, il n'y avait plus de gars en chemise-bretelles aux manches retroussées qui se hurlaient dessus, les téléphones ne sonnaient plus rageusement. Tout ce qui comptait, c'était d'avoir le programme le plus rapide ; chaque micro, nano ou picoseconde avait son importance. C'est pourquoi les banques payaient des montagnes d'or pour l'accès à des fibres optiques qui permettaient un transfert de données un peu plus court… et c'est aussi pourquoi elles garantissaient des salaires à six chiffres à des informaticiens à peine sortis des facs.

Mais ce n'était pas fait pour moi, lui avait raconté Pola durant la pause déjeuner ("Salut, je m'appelle Paulina, mais tout le monde m'appelle Pola. C'est chouette de t'avoir dans l'équipe"). Et effectivement, dans son legging orné de chats et d'arcs-en-ciel pixélisés, dans son ample sweat en coton marqué d'un *YA BASIC, BITCH!*, elle n'avait pas l'air de quelqu'un qui correspondrait à une institution financière sérieuse. Ni à aucune autre, d'ailleurs.

– Cette vidéo, reprit Pola, a atteint le million de visionnages en une journée. Elle a eu près de quatre mille commentaires…

– Wow.

– N'est-ce pas ? Et il a fallu en effacer cinq mille de plus parce qu'ils contrevenaient à nos *terms and conditions*. À l'inverse de la vidéo en soi.

– Attends, mais l'interdiction d'outrage aux symboles nationaux, ça existe…

– Maintenant oui, mais à l'époque pas encore, répliqua Pola. Nous avons ajouté ce principe un peu après. Une tempête d'insultes et de boue s'était à l'époque déchaînée sur nous, comme quoi nous ne défendions pas la dignité des couleurs nationales ni celle de l'emblème, un député nous téléphonait en boucle avec des menaces, il envoyait des lettres à l'ambassade… Il a fallu faire quelque chose pour qu'il se calme. Mais ce n'est pas le plus intéressant dans l'histoire.

Pola s'interrompit un instant pour boire à sa bouteille une gorgée d'une substance qui ressemblait à un mélange d'herbe fraîchement coupée et de bourbe du fond d'un lac de Mazurie.

– Notre algorithme a classé ce film comme manipulation potentielle, reprit-elle.

– Pourquoi ?

– Pour plusieurs raisons.

Pola n'arrêtait pas d'agiter ses pieds. Oleg commença à se demander s'il s'agissait d'un tic nerveux ou d'une forme de gymnastique de bureau ; peut-être que le bracelet connecté qu'elle portait au poignet comptabilisait alors des pas supplémentaires ?

– Premièrement, il a été chargé à 3 heures du matin, c'est-à-dire à un horaire inhabituel pour l'Internet polonais. Deuxièmement, les métadonnées du clip vidéo ne correspondaient pas à l'adresse IP d'où on l'a envoyé, ce qui fait naître le soupçon que l'auteur a masqué sa localisation à l'aide d'une connexion VPN. Troisièmement, le compte qui a été utilisé, la Milice féministe, a changé de nom trente jours plus tôt. Avant cela, figure-toi qu'il s'appelait Asiates chaudasses.

– Sérieux ?

– Ouais. C'est une pratique courante. Les mecs, sans offense, on les appâte avec des nichons comme des mouches avec du miel. Quand tu veux gonfler rapidement un site, tu y postes d'abord des nanas à poil durant quelques semaines et puis, une fois que tu as une quinzaine de milliers de suiveurs qui bavent bien, tu le vends pour quelques centaines de dollars. Et alors, abracadabra…

Pola agita une baguette magique imaginaire.

– Les demoiselles dévêtues disparaissent et, à la place, on découvre le site d'un musicien ou, je ne sais pas, moi, d'un resto à poisson ou tout ce qui passe par la tête du nouveau proprio.

– Mais ce… commença Oleg en se grattant la nuque. Les gens ne se désabonnent pas de la page ?

– Certains si. 15 % en moyenne. Les autres ne s'en donnent pas la peine, c'est trop de boulot.

– Mais il suffit d'un seul clic…

– Un seul… c'est déjà trop, déclara Pola en haussant les épaules. Tout est relatif. Et donc, ce compte nous a semblé suspect, on l'a mis sous microscope. Les admins s'y connectaient toujours à partir de la même adresse IP, à Ruda Śląska… avec une unique exception. Une seule et unique fois, cinq mois plus tôt, quelqu'un s'y est connecté depuis Saint-Pétersbourg.

– Bah voyons, comme par hasard… Mais attends, si je voulais me faire l'avocat du diable, j'aurais pu dire qu'un admin aurait pu aller en vacances en Russie…

– … et qu'il est allé tout droit rue Savushkina, là où la célèbre Internet Research Agency avait alors son siège ?

– Ah oui… fit Oleg en levant la main dans un geste d'excuses. Je n'ai pas d'autres questions.

– Ben voilà. Tout porte à croire qu'un pauvre troll a commis une erreur et oublié d'allumer son VPN. Il faut admettre qu'il s'est rapidement rendu compte d'avoir foiré le truc parce que la connexion n'a duré que trois secondes.

– Et ça a suffi… ?

– Ça a suffi. Après quoi, abracadabra, l'administrateur du compte s'est téléporté à nouveau chez nous, à Ruda Śląska.

– Incroyable.

– Attends, attends, ça n'est pas encore fini.

Pola sauta de son bureau et s'accroupit près de sa chaise à lui. Oleg se leva pour lui céder la place.

– Reste assis, dit-elle.

– Mais…

– Reste assis, c'est un ordre de ta hiérarchie. Où est-ce que c'était… Non, non… Oh, je l'ai !

Une autre vidéo apparut sur l'écran de l'ordinateur.

– On a aussi posté ce film à partir de la même adresse à Ruda Śląska.

Une chambre plongée dans la pénombre. Un visage de jeune femme avec en fond un mur nu. Elle a un œil au beurre noir et un filet de sang coule de sa lèvre ouverte.

– Tu l'as déjà vu ? demanda Pola.

– Je ne crois pas…

– Alors accroche-toi, c'est du sacré délire.

Pola appuya sur Play. L'image était granuleuse, le son déformé par la compression.

– Aujourd'hui, à l'arrêt de bus, deux mecs noirs m'ont abordée, dit la fille de la vidéo. Ils m'ont demandé quelle heure il était… Et… et…

La fille mord ses lèvres pour étouffer un sanglot.

– Quand j'ai sorti mon téléphone du sac, ils me l'ont arraché. Ils m'ont dit qu'ils me le rendraient si… qu'ils me le rendraient si je les suivais jusqu'à leur voiture… qu'ils voulaient seulement me parler… Mais… quand ils ont fermé la portière, l'un d'eux m'a tordu les bras… Et le deuxième a déboutonné mon pantalon… Je me suis débattue… C'est là qu'ils m'ont frappée la première fois. Et…

– On va passer au grand final, d'accord ? demanda Pola. Ça dure bien quelques minutes. Un instant…

Pola fit défiler la vidéo – accélérée cinq fois, la fille bougeait la bouche en silence, tel un poisson qui s'étouffe. Sur ses joues, des larmes coulaient en abondance, vite, comme des gouttes de pluie sur la vitre d'une voiture en mouvement.

– Je crois que c'est là…

– … qu'il ne pouvait rien y faire… déclare la fille en pleurs.

– Mince, trop loin, dit Pola en arrêtant à nouveau l'enregistrement. Attends… Là, maintenant.

– … ça n'a rien donné. Le policier m'a dit qu'il ne pouvait rien y faire parce que c'étaient des migrants, des gens qui sont aujourd'hui particulièrement protégés, que c'est une exigence de l'Union européenne… Quand ils les ont relâchés… ces mecs… ils se sont moqués de moi. Celui qui me frappait le plus fort, quand il s'est arrêté sur le seuil, il m'a dit qu'on se reverrait… Et… et…

– Ils sont ingénieux, n'est-ce pas ? demanda Pola en appuyant sur la barre d'espace.

Pause. Visage tordu par les sanglots, joues salies par le mascara étalé.

– Cette vidéo a été postée par le compte Migrants dégagez de Pologne, précisa Pola après un instant. Et je dois les féliciter, c'est devenu un *viral* comme on en fait peu. Deux millions de vues au compteur dès la première journée. On en a même parlé au journal télé. Le fait que la fille ne donne ni le lieu ni le moment de l'agression n'a pas gêné grand monde, tout comme le démenti de la direction générale de la police nationale. Le lendemain, trois petites frappes de Piaseczno ont lynché un étudiant algérien à un arrêt de bus. Jambe cassée, commotion cérébrale, hémorragie. D'après leur déposition, ils ont été inspirés par cette vidéo, justement. Ils disaient défendre la race blanche.

Oleg secoua la tête.

– Pas possible, putain… chuchota-t-il.

– Ouaip. Action, réaction.

– Attends, mais…

Il s'interrompit. Demander? Ne pas demander? Il avait peur de passer pour un idiot.

– Oui? fit Pola en lui donnant une tape sur l'épaule. Qu'est-ce que tu voulais dire?

D'accord, se dit Oleg, maintenant, je ne peux plus reculer.

– En fait, pourquoi ils font ça?

– Comment ça, pourquoi?

– Tu sais, dans le sens de… Qu'est-ce que les Russes en retirent? Après tout, là, ils sont une caisse de résonance pour des thèses contradictoires.

– C'est simple. Il s'agit de tendre l'atmosphère. Les gens se radicalisent, campent sur leurs positions. Il est alors plus difficile de s'entendre, de trouver un compromis, tu comprends.

– Ah oui, donc ils ne promeuvent pas un point de vue géopolitique concret…

– … mais veulent juste qu'on s'engueule entre nous. Et, soyons francs, ils n'ont pas à nous pousser beaucoup. Oh, excusez-moi, je vous laisse passer, madame.

Pola s'écarta du palmier posé dans un coin de la pièce pour céder la place à la femme de ménage. Celle-ci marmonna des remerciements et plongea entre les feuilles. *Pchit, pchit, pchit*, elle actionna le vaporisateur plusieurs fois. L'espace d'un instant, le bureau sentit la forêt tropicale après la pluie, mais l'instant d'après on ne percevait à nouveau que l'odeur caoutchouteuse de la moquette.

– Mais, reprit Oleg, notre compagnie compte faire quelque chose contre ça, pas vrai?

– Bien sûr que oui, mon garçon! En 2016, ne nous voilons pas la face, on a merdé dans les grandes largeurs, on a été pris de court. Mais, maintenant, c'est l'alerte rouge et tout le monde sur le pont. Nous tenons une liste de pages et de comptes qui diffusent la gangrène ou qui ressemblent à des bots, nous surveillons leur activité et notons les adresses IP suspectes. Et, d'ici une semaine ou deux…

Pola s'interrompit pour regarder sa smartwatch en train de vibrer.

– *Fuck*, je parle trop, comme d'hab. J'ai une réunion dans dix minutes et je ne t'ai toujours pas dit ce que tu es censé faire. Alors, je vais le faire maintenant rapidos et, au pire, tu me poseras des questions détaillées plus tard, d'accord ?

– Bien sûr.

– Alors, écoute, ce que tu as écris sur les fautes de langage était super intéressant. Ça ne m'avait pas traversé l'esprit d'y prêter attention, alors que c'est vraiment une bonne piste. Tape-m'en cinq, mon gars.

– Merci.

Oleg frappa la paume de sa nouvelle chef.

– Le problème, c'est que tu es seul, tandis que les messages qu'il faudrait vérifier sous cet angle, il y en a une tonne.

– Je m'en rends compte. Je me disais que je pourrais faire une formation pour les modérateurs de contenu et leur apprendre à détecter…

– Non, non, non, quelle idée, dit Pola en agitant la main, manifestement impatiente. Ça serait une perte de temps totale. Ça durerait des semaines, puis les gens partiraient de chez nous et il faudrait tout reprendre de zéro. Tu vas faire une formation, certes, mais pour mon algorithme.

– Quoi ? fit Oleg, en clignant des yeux. Mais commcnt ?

– Rien de plus simple. Je t'ai préparé ici une base de messages provenant des trolls de notre cher voisin russe. Il y en a dans les dix-sept mille, si ma mémoire est bonne. Quand tu verras ces fautes caractéristiques dont tu parlais, tu les marques et clic, au suivant, jusqu'à ce que tu arrives au bout.

– Humm… D'accord, mais il faut encore expliquer un peu pourquoi j'ai tel mot marqué et pas un autre?

– Bah justement, ce n'est pas la peine. C'est en cela que consiste la beauté du *machine learning*. Il suffit que tu crées un ensemble d'erreurs et l'algorithme définira lui-même ce qui les réunit. Et après, il va les détecter aussi bien que toi. Que dis-je, même mieux que toi!

– Sérieux?

– Sérieux, sérieux. Bon, écoute…

Pola jeta un autre coup d'œil à sa smartwatch. Oleg suivit machinalement son regard et lut le nom de la réunion.

– … il faut vraiment que j'y aille, je ne peux pas rater ça. Jacek, mon numéro 2, va te lancer le programme et te montrer comment on l'utilise, mais ne te bile pas, c'est hyper simple. Un chimpanzé moyennement dégourdi pourrait le capter. Bon allez, je file, ciao, ciao.

Pola avait raison. Le programme était d'une simplicité banale: si le texte ne comportait pas d'erreurs, Oleg appuyait sur le bouton avec un smiley souriant. Si le texte contenait des fautes qui suggéraient que le russe était la langue maternelle de la personne qui l'avait rédigé, il marquait les erreurs par un double clic et appuyait sur un smiley triste. Après quelques messages, il travaillait déjà comme un automate. *Clic clic, clic clic, clic clic*, les pensées fuyaient l'écran et le cerveau remplissait le vide ainsi créé. Que manger au dîner? Ce fauteuil est inconfortable. Un chimpanzé moyennement dégourdi, je crois que je vais ajouter ça à mon CV. Il faut que j'appelle maman. Ça fait longtemps que je ne lui ai pas parlé. Je serais curieux de savoir de quoi traitait la réunion de Pola. "Botnets, la purge." C'est intrigant.

Le parc Skaryszewski semblait sorti d'un conte de fées. Il y avait des pontons cachés derrière les rideaux de branches de saule, des statues de danseuses en bronze et laiton aux bras levés vers le ciel, sans oublier l'épaisse senteur de chocolat provenant de la fabrique Wedel qui se mélangeait à l'odeur de l'herbe fraîchement coupée. Cependant, l'effet était partiellement gâché par les mégots et les capsules de bouteilles de bière piétinés sur le sentier boueux.

– Oh, viens, on va s'asseoir là, près de l'étang, dit Julita, on aura un peu d'ombre.

Piotr hocha la tête et la suivit. Il marchait lentement, regardant attentivement sous ses pieds chaussés de tennis d'un blanc immaculé. Nettoyer après le passage de son chien n'était pas encore entré dans les mœurs de tout le monde.

– *Min niet!* cria Julita qui s'était déjà installée sur un banc et ôtait ses sandales. La voie est libre!

– Merci. Et donc, continue ton histoire.

– Où est-ce que j'en… Ah oui, je m'en souviens. Alors, il m'a dit, réfléchis pourquoi tu…

Elle s'interrompit à mi-phrase.

– Oui? Pourquoi tu quoi?

– Attends, attends…

Julita pencha la tête, plissa les yeux.

– Tu entends ça? demanda-t-elle.

De l'autre côté de l'étang, des gens faisaient un pique-nique. L'eau portait le son de leur musique. Un rythme marqué, régulier. Et des complaintes féminines.

– Oh non… fit Piotr en se prenant la tête à deux mains. Ne me dis pas que c'est…

– Si, si. C'est le *Rota* dans la version de Wioletta Słaby.

– Oh mon Dieu… qu'est-ce que j'ai fait…

Quelque temps plus tôt, à la demande de Julita, Piotr avait posté sur le site de Meganews.pl un article joliment railleur au sujet d'une chanteuse en herbe et de sa première chanson. Le texte avait été cliqué à la folie, il n'avait pas quitté la page d'accueil du site plusieurs jours durant, alors le sujet avait été repris par d'autres. Wioletta avait réalisé son rêve et était passée à la télé dans une émission matinale. Elle avait amené deux copines avec elle : placées derrière elle, en bottes de cow-boy à paillettes et en shorts ultra courts, elles tiraillaient de leurs faux ongles les cordes de guitares électriques hors tension.

– On va peut-être l'envoyer à l'Eurovision l'année prochaine avec ce morceau ?

Julita gonfla ses lèvres et commença à se tortiller au rythme de la musique sautillante.

– Mais si jamais ça se passe en Allemagne, ça tombera mal.

– Pourquoi ?

– À cause de ça : *Nous ne permettrons pas que l'Allemand nous crache à la figure ni qu'il germanise nos enfants* ?

– Ah oui, c'est vrai.

Piotr enleva ses lunettes de soleil et essuya la sueur sur son visage.

– Tout ça, c'est de ta faute, tu sais ?

– Oh, ne sois pas si modeste, je n'ai fait que te souffler le sujet.

– Allez, ne m'énerve pas… Termine plutôt ton histoire avec Jan.

– Ah oui, j'ai oublié. Donc, à ce moment-là, il me dit…

Julita fit une mine menaçante, elle plissa le front et fronça les sourcils.

– Dans quel but tu fais tout ça, bordel ? Tu veux te faire buter ?

– Ah… questions légitimes, somme toute. Et qu'est-ce que tu lui as répondu ?

– Rien.

– Rien ? Julita Wójcicka en est restée sans voix ? Je n'y crois pas une seconde.

– Et pourtant.

Sur les lieux du pique-nique, de l'autre côté de l'étang, les convives allumèrent un barbecue. La fumée s'élevait dans les airs, ça sentait le grillé.

– Pour être franc, ce n'était pas une question idiote, dit Piotr un instant plus tard. Tu risques vraiment gros.

– Je sais, je sais…

– Alors, ça vaut peut-être le coup d'y répondre. Au moins pour toi-même. Pourquoi tu fais ça ?

Pendant un long moment, Julita ne répondit pas. Elle arrachait les grains d'un brin d'herbe puis les jetait dans l'eau.

Piotr lui donna une pichenette à l'épaule. Délicatement.

– Alors ? demanda-t-il.

– Mon Dieu, je n'en sais rien. Parce que ça me booste. Parce que je ne peux pas résister à la curiosité. Parce que je veux débusquer X1. Parce que je suis vraiment désolée pour cette fille. Parce que… oh, peu importe.

– Dis.

– Non, ça ressemblerait aux envolées lyriques d'une lycéenne exaltée.

– Je te promets de ne pas rire.

Julita se tourna vers lui et le regarda droit dans les yeux.

– Parole de scout ? demanda-t-elle.

– Ouais.

– Comment dire ça… Humm. Je veux prouver que je suis douée… Mais je ne sais pas à qui, tu comprends ? Je ne sais pas à quoi ça me sert. Mais je sens que je dois le faire, que sans ça, tout cela…

Elle hésita.

– … tout cela n'aurait aucun sens.

– Mais tu n'as pas peur que…

– Bien sûr que j'ai peur. J'ai tellement peur que je n'en dors pas la nuit. Pour être honnête, depuis l'affaire Buczek, je suis complètement déprimée. Mais… je ne sais pas faire autrement. Sans ça… sans ça, je ne suis personne.

– Personne ? Toi, la star du reportage polonais ?

Elle pouffa de rire et s'essuya les mains. Ses doigts étaient verdis par l'herbe.

– Quelle star ? demanda-t-elle. Mon premier gros sujet, je l'ai eu sur un plateau de la part d'Emil. Et le fait que le truc soit monté en flèche, que ces textes aient été si populaires… ce n'est pas de mon fait, tu comprends ? Tous ces éloges… je ne les ai pas mérités. Je dois encore les gagner. Sans quoi, je serais un escroc.

– Alors pourquoi tu ne laisses pas tomber ?

– Pour faire quoi ? Retourner à Żukowo ? Pour que les gens secouent la tête en soupirant, ah, la petite Wójcicka, si prometteuse, elle aurait pu faire ce qu'elle voulait, mais elle n'a pas su se débrouiller, elle n'a pas tenu le coup. Pas question.

Piotr ne dit rien. Il l'enlaça, simplement.

– Comment ça se fait, demanda-t-elle dans un soupir, en posant sa tête sur son épaule, que les gays sachent si bien écouter ?

– L'écholocalisation.

– Pardon ? fit Julita en se redressant.

– Bah, comment tu crois qu'on se déplace dans les *dark rooms* ? Quand j'entre dedans, je fais *bip, bip, bip*, mais très, très bas…

– Ha, ha ! Mon Dieu, Piotr, t'es vraiment con…

– … et alors, ces sons rebondissent sur les murs et je vois d'emblée où…

Dring, dring. Dring, dring. Téléphone portable.

– On reprendra ton fascinant témoignage dans un instant, dit Julita en ouvrant son sac à main.

Elle regarda l'écran. Le sourire disparut de ses lèvres.

– C'est qui ? demanda Piotr.

– Jan.

– Ho, ho, quand on parle du loup. Mets-le sur haut-parleur.

– Non, arrête…

– Allez, vas-y, décroche.

Julita fit glisser le combiné vert sur le côté et appuya sur le bouton du haut-parleur.

– Salut, Jan, comment va ? Tu as réussi à retrouver la nana de la vidéo ?

– Non.

– Sérieux ? Aucun résultat ?

– Aucun. Sur l'enregistrement, on la voit de profil, alors c'est difficile de faire une *reverse search*.

– D'accord… Et maintenant ? On est au point mort ?

– Un peu, oui, dit Jan.

On entendait un bruissement sur la ligne, comme s'il déplaçait des feuilles de papier.

– Mais quand je serai au DEFCON, je peux la chercher un peu, reprit-il. Elle y viendra peut-être aussi cette année…

Piotr et Julita échangèrent un regard.

– Holà ! Attends, attends… dit-elle en fronçant le front. Tu vas au DEFCON ?

– Pour le boulot. Comme l'an dernier.

– Pourquoi tu ne me l'as pas dit ?

– Et je suis tenu de te faire un rapport sur ma vie privée ?

Pause. Julita se mordit la lèvre.

– Quand est-ce que tu pars ? demanda-t-elle après un temps.

– Dans trois jours.

– C'est si proche ?

– Mmh.

– Ah, je comprends. Bon, alors garde les yeux grand ouverts.

– OK.

– Salut.

Julita remit le téléphone dans son sac et pianota sur le banc du bout des doigts. Elle mit un long moment à calmer sa respiration.

– Bon. – Elle adressa à Piotr un sourire radieux. – Tu veux que je te rapporte quelque chose de Las Vegas ?

L'appartement puait la colle : c'était une senteur étouffante, irritante. Vadim se frotta le nez du revers de la main. Il connaissait bien cette odeur. Des souvenirs qu'il aurait préféré oublier revinrent le hanter. Canalisations, tuyaux d'eau chaude : il n'y a que là qu'on parvient à survivre à l'hiver. Un grand sac en plastique colle aux doigts et schlingue tant qu'on en a les larmes aux yeux. Des gueules rieuses, édentées, en sueur, des yeux vitreux. Vadim prend le sac dans ses mains ; le premier réflexe serait de détourner la tête, de se boucher le nez et de s'enfuir. Mais, en fin de compte, il approche son visage parce que tout le monde fait ça, parce que c'est la seule façon de tenir le coup. Il prend une première inspiration, une deuxième, une troisième jusqu'à ce que sa tête se remplisse d'un nuage chaud, que les voix s'étirent comme de la gomme, que les couleurs pulsent. Durant un instant, ça serait même agréable. Mais après, quelqu'un s'empare d'un couteau et quelqu'un d'autre lui saisit les mains. La lame entaille sa peau, un trait après l'autre, les coupures forment une échelle. Sans raison, pour rien, pour que dalle, seulement pour qu'il se passe quelque chose. Un rire. Un cri. Des pleurs. Et puis le vide, et puis on ne sait pas quoi, un trou, la nuit noire, et il tient encore le sac qui colle aux doigts, il réprime encore un haut-le-cœur, il prend une autre inspiration profonde et tout se répète. L'hiver dans son ensemble, ce sont ces moments scellés à la colle, tissés par la faim, saisis par le gel.

Vadim se leva de table et ouvrit la fenêtre en grand. C'était mieux. L'appartement puait la colle parce qu'il était neuf, ou plutôt en cours de rénovation : des câbles sortaient des murs, il manquait le plan de travail dans la cuisine et, dans la salle de bains, il restait encore une cuvette de toilettes ébréchée par les ouvriers. Vadim et les autres avaient payé un extra pour que le propriétaire les laisse emménager en l'état, tout ça parce que de l'autre côté de la rue, pile au niveau des fenêtres d'en face, habitait Julita Wójcicka.

Quand la voiture de Leon Nowiński s'arrêta devant l'immeuble, Vadim alluma le microphone directionnel et mit ses écouteurs. Il le faisait dans le noir. Il n'allumait jamais la lumière dans cet appartement pour ne pas éveiller de soupçons ; ça ne le dérangeait pas, il était habitué à l'obscurité. *Clac*, le matériel commença à capter des sons : la clé qui tourne dans la serrure, le grincement des gonds, le bruissement des vêtements. Des pas, claquements de portes de placard, tintement de casseroles. Tout cela en silence. Ils avaient dû se disputer. Ce n'était pas la première fois.

– Julita…

Nowiński finit par rompre le silence.

– Je sais que c'est sans espoir, mais… continua-t-il. Je t'en prie. N'y va pas.

– J'ai déjà acheté les billets.

– Alors annule-les.

– Premièrement, je ne pense pas pouvoir, dit Wójcicka en ouvrant le frigo. Et deuxièmement, je n'en ai pas envie.

– Tu te rappelles ce qui s'est passé la dernière fois que…

– Bien sûr que je me rappelle ! Je me rappelle parfaitement.

– Quelle garantie tu as que ça sera différent cette fois ? Que tu ne t'effondreras pas ?

– Aucune.

La porte du frigo claqua.

– Alors qu'est-ce que je dois faire, d'après toi ? demanda la jeune femme. Ne plus jamais monter dans un avion ?

– Mais si, je t'en prie, vas-y. Mais pour ta première fois, tu devrais peut-être prendre un vol pour Rzeszów et pas pour Las Vegas.

Vadim siffla entre ses dents. Las Vegas. Il sortit son portable et se mit à pianoter un message. Il le faisait lentement, en observant attentivement chaque lettre. La conversation filtrait toujours à travers ses écouteurs. À chaque mot supplémentaire, la jauge du panneau du microphone indiquait des décibels croissants. “Je ne suis pas d’accord. Je n’ai pas besoin de ta permission. Je crois que tu n’as pas du tout besoin de moi. Ne dis pas ça.”

Envoyer. Sans interrompre son écoute, Vadim ouvrit une conserve de pâté de volaille et se mit à le manger à la cuillère, comme un yaourt. La dispute parvint à son point culminant, puis chacun partit dans son coin. Wójcicka finit de faire sa valise et alla prendre une douche. Nowiński fit les cent pas dans la chambre. Il prit quelque chose dans l’armoire : bruissement d’un emballage plastique déchiré, zip d’une fermeture éclair qu’on ouvrait.

Ding! Vadim lut le nouveau message. Celui-ci le ravit.

– Vous payez en liquide ou par carte ? demanda la serveuse.

Elle était jeune, probablement tout juste sortie du lycée, elle avait de longs cheveux noirs et de grands yeux marron.

– Par carte, dit Artur en ouvrant son portefeuille.

– Sans contact ?

– Je dois vous avouer que ce n’est pas ma manière préférée.

La serveuse rit nerveusement et rougit. Elle accepta le règlement, donna le ticket, puis salua d’une mini-révérence et s’éloigna de la table.

– Oh, Artur, Artur… soupira Aneta.

– Bah quoi ?

– Nous en avons déjà parlé. Flirter avec les serveuses, c’est pas cool.

– Mon Dieu, on ne peut même plus plaisanter ?

– On peut, mais sans sous-entendus.

– Ah… ta génération est trop sensible, répliqua-t-il en remettant sa veste.

Comment se débrouille-t-il, se demanda Aneta, pour ne pas avoir d'auréoles sous les aisselles même par cette chaleur ?

– Ça sera quoi, la prochaine étape ? Il faudra regarder ses pieds quand on s'adressera à une femme pour éviter d'en faire un objet ?

– Il suffira de ne pas regarder ses seins, rétorqua Aneta. Viens, sinon on va être en retard à notre rendez-vous.

Ils sortirent dans la rue. Un orage semblait en approche : le vent s'était levé, des nuages de plus en plus épais et sombres s'amassaient au-dessus d'eux. Les clients du restaurant se déplaçaient de la terrasse vers l'intérieur. Les camelots s'empressaient de bâcher leurs stands.

– On devrait peut-être prendre un taxi ? proposa Aneta en levant la tête.

– Mais non. On y sera avant la pluie.

– Facile à dire… Tu n'es pas en talons.

– *Cara mia*, je n'ai pas regardé ce que tu portais, ça ne serait pas professionnel, déclara Artur avec une indignation feinte, avant de se diriger à pied vers le siège de leur parti.

Aneta leva les yeux au ciel. Artur était un macho incorrigible. Ça l'irritait énormément, toutes ces portes tenues de manière démonstrative, tous ces sacs lourds arrachés des mains ou ces chaises rapprochées ou reculées pour elle. Au début, ils se disputaient à ce sujet. Quand il lui demandait pourquoi elle ne souriait pas plus, elle répondait par un regard qui aurait glacé un geyser, et le mini bouquet de fleurs qu'il lui avait offert pour la Journée des femmes, elle l'avait mis dans un bocal de café vide et placé dans les toilettes du bureau. Étonnamment, ces gestes démonstratifs ne dérangeaient pas Artur, ni le fait qu'Aneta le traite impitoyablement de sexiste. Autant, d'ordinaire, il était très sensible à la critique – il était capable de reparler pendant des semaines d'un commentaire peu flatteur à son sujet sur Internet –, autant il acceptait les sarcasmes d'Aneta avec le sourire, voire la provoquait un peu. De manière générale, leur relation débordait assez largement du cadre habituel d'un rapport supérieur-subordonnée : Artur était capable de lui envoyer une blague stupide par SMS au milieu de la nuit ou de lui demander conseil sur le cadeau à acheter pour l'anniversaire de son fils et, dès qu'il en avait le temps, il l'invitait à déjeuner. Aneta savait que les potins de bureau leur attribuaient une liaison, mais il n'y avait pas là une once de vérité. Simplement, ils s'appréciaient, à leur façon particulière et en dépit de leurs différences.

Effectivement ils arrivèrent avant la pluie, mais il s'en était fallu de peu. Quand Aneta pianota le code de l'interphone, les premières gouttes s'abattirent sur le trottoir derrière elle, des gouttes lourdes et grosses qu'on ne voyait qu'au cours d'un été caniculaire. Avant qu'ils n'aient atteint le deuxième étage, des éclairs éclatèrent de l'autre côté de la vitre et leur flash inonda la cage d'escalier.

– Królak est déjà là, annonça Tomasz en les voyant arriver. Je l'ai installé dans la salle de conf.

– Oh, super. Tu peux demander à Iwona de nous apporter du café ?

– Bien sûr.

– Tu es un trésor. Viens, Aneta.

Daniel Królak était seul dans la pièce, le regard rivé sur la fenêtre derrière laquelle l'orage se déchaînait, son ordinateur portable posé sur la table devant lui.

– Bonjour, monsieur Daniel, dit Artur en lui tendant la main. J'espère que vous n'avez pas attendu trop longtemps.

– Non, non, pas du tout, quelques minutes à peine.

– Dans ce cas, commençons. Quel tour de magie nous présentez-vous cette fois ?

– Ha, ha, monsieur le député, dit Królak en riant, je suis loin d'être magicien.

– C'est ça, c'est ça... Montrez-nous plutôt ce que vous avez dans votre chapeau.

– Dans mon chapeau ? Ha ! Excellent !

Daniel Królak jeta la tête en arrière, hilare.

– Eh... j'ai des publicités pour vous, annonça-t-il. Tout est prêt. Dès que vous nous donnez le feu vert, nous pourrons commencer.

– Il y en a combien, au bout du compte ? demanda Aneta.

– Des pubs ? Attendez un instant que je vérifie...

Królak ouvrit son ordinateur, cliqua plusieurs fois sur la souris. Il étira le cou telle une tortue qui émerge de sa carapace.

– Plus de sept mille variantes, déclara-t-il.

Artur et Aneta échangèrent un regard étonné.

– Pardon, combien ? demanda le député.

– Plus de sept mille, répéta Królak. Sept mille cent huit pour être précis.

– Ah oui... fit Aneta en se redressant sur sa chaise. Et on pourrait en voir un exemple ?

– Mais je vous en prie, dit Daniel Królak en tournant son ordinateur vers eux. Faites.

Aneta s'empara de la souris et cliqua au hasard. Une photographie qu'elle avait publiée un jour sur Instagram s'afficha : Artur avec des lunettes (verres zéro, le veinard avait toujours une vue de faucon), penché au-dessus d'un bureau recouvert de paperasse et, derrière lui, sur un tableau blanc, un diagramme accroché avec un aimant – elle ne savait plus où elle avait déniché ce schéma. Artur est concentré sur sa lecture, il tient un crayon à la main, une calculatrice est posée sur la table. Sous l'image, quelques lignes de texte s'affichaient.

Sous-titre : POLOGNE DEMAIN – L'ÉCONOMIE, ESPÈCE DE SOT !
Couleur : #0000FF
Variante du bouton : Pouce 27/B/V3
Déterminantes :
SEXE
Masculin
ÂGE
25-35 ans
ORIENTATION SEXUELLE
Hétérosexuel
ÉTAT MATRIMONIAL
Célibataire
En relation non officielle
OPINIONS
Anarcho-capitalisme
Libertarisme
Monarchisme
ÉDUCATION
Supérieure incomplète
Supérieure
DOMICILE, TAILLE
>500 mille
INTÉRÊTS
Économie
Fantasy, Science-fiction
Érotisme
RÉSULTATS DU TEST
Névrosisme >80
Conscience morale >45
Amabilité <30
Ouverture aux expériences >40
Extraversion <40
RECHERCHES
"défoncer le gaucho"
"TV Republika"
"Ayn Rand"
"vidéo sex"
"Polaks péquenots"

Artur frotta sa barbe rasée de près, fronça les sourcils – en un mot, il faisait tout son possible pour paraître absorbé dans ses pensées. Ce qui indiquait, d'après ce qu'Aneta avait eu le temps de découvrir, qu'il n'avait aucune idée de ce qu'il regardait.

– Vous pourriez peut-être agrémenter cet exemple d'un commentaire de metteur en scène ? suggéra-t-elle, épargnant à son patron le soin de poser une question.

– Bien entendu, à votre service. Chacune de ces publicités s'adresse à une catégorie et, plus précisément, à une sous-catégorie d'internautes. Nous les définissons selon de nombreux critères dont nous listons ici seulement les plus importants. Dans ce cas précis, nous avons affaire à… humm…

– … à un monarchiste boutonneux supporter de Janusz Korwin-Mikke, dit Aneta, terminant sa phrase.

– Ha, ha ! Oui, en effet, on pourrait le formuler ainsi.

Iwona, la secrétaire, pénétra dans la pièce. Elle déposa sur la table une cafetière, des tasses et des biscuits. Aneta la remercia d'un hochement de tête.

– D'accord, mais ce slogan ? L'économie, espèce d'idiot…

Artur grimaça et croisa les bras sur sa poitrine.

– Je ne sais pas. Pour être honnête, ça ne me plaît pas plus que ça, dit-il. C'est du vu et revu. Pourquoi l'avoir choisi ?

– Eh bien, voyez-vous… dit Królak en ajustant sa cravate. Le hic, c'est que ce n'est pas nous qui l'avons choisi.

– Et qui donc ?

– Les gens. Chaque pub a été testée en plusieurs variantes. Différentes couleurs, différents textes, différentes photos. Nous avons montré la version A à un groupe de gens, et la version B à un autre. Lorsqu'il s'avérait que plus de gens cliquaient sur la version B, nous rejetions la version A et la remplacions par la version C.

Et ainsi de suite jusqu'à ce qu'il reste celle qui attire l'attention d'un plus large échantillon d'utilisateurs.

– On dirait que cela fait énormément de travail.

– Tout ça est pleinement automatisé. Il suffit de cliquer une fois et le reste se déroule tout seul.

– Je vois, fit Artur en se grattant le nez. Très bien, mais pourquoi c'est ce slogan-là qui marche le mieux ?

– En fait, c'est ça le truc, on ne le sait pas. Mais le savoir nous est complètement inutile pour atteindre notre but qui est de maximiser l'engagement de l'internaute. Vous comprenez ?

– Oui, oui, bien sûr… Humm… Voyons le suivant…

Clic. Une autre photographie. Artur sur un terrain de foot, dans sa tenue de footballeur, au cours d'un événement caritatif. Il est accroupi auprès d'une fillette de sept ou huit ans en pleurs qui se tient un genou éraflé jusqu'au sang. Elle vient certainement de faire une chute en jouant. Artur a posé une main sur son épaule et lui dit quelque chose. Il a l'air préoccupé, il tente de la consoler.

Sous-titre : POLOGNE DEMAIN NE TE LAISSERA JAMAIS TOMBER DANS LE BESOIN

Couleur : #008080

Variante du bouton : Flèche 45/C/V1

Déterminantes :

SEXE

Féminin

ÂGE

25-55 ans

ORIENTATION SEXUELLE

Hétérosexuelle

ÉTAT MATRIMONIAL

Mariée

En union libre

Séparée

Divorcée

OPINIONS
Centriste
Centre-droit
Droite
ÉDUCATION
Sans bac
Bac
DOMICILE, TAILLE
5-20 mille
20-100 mille
INTÉRÊTS
Sport
Éducation
Santé
Produits domestiques
RÉSULTATS DU TEST
Névrosisme >60
Conscience morale >55
Amabilité >30
Ouverture aux expériences >40
Extraversion >55
RECHERCHES
“violence femme info”
“mari bat que faire”
“mari bat enfants”
“où obtenir un certificat médical avec ITT”
“comment masquer un œil au beurre noir”

Derrière la fenêtre, le tonnerre gronda. Secouées par le vent, les branches cognaient les vitres. Cependant personne n’y prêtait attention, tous les regards étaient concentrés sur l’écran.

– Est-ce que…

Artur s’interrompit un instant et se râcla la gorge.

– Est-ce que je comprends bien, reprit-il, est-ce que cette publicité, elle…

– Oui, confirma Aneta. Elle vise les victimes de violences conjugales.

– Le *clickrate* dans ce groupe cible s'élève à plus de 70 %, affirma fièrement Daniel Królak. C'est un très bon score.

– Sans doute... fit Aneta en croisant les jambes. Et est-ce que vous savez quel *clickrate* auront les articles qui diront que Pologne Demain cible par ses publicités les femmes battues ou violées ? Parce que moi, je pense qu'il sera encore plus élevé.

– Et qui irait découvrir ça ? Et comment ? Ces pubs ne sont destinées qu'à un groupe bien défini. Et à personne d'autre.

– D'accord, mais si la commission électorale nous ordonne de montrer quels... commença Artur.

– Monsieur le député, vraiment, ne vous en faites pas pour la commission. La commission vit encore à l'âge de pierre, dit Królak avant de prendre une grande inspiration et de relâcher lentement l'air de ses poumons. Cher monsieur, tout cela est parfaitement légal. Nous parlons ici derrière des portes closes, entre amis. Je pense que nous pouvons nous promettre de rester discrets. L'efficacité de nos méthodes est très élevée, ça, je peux vous l'assurer personnellement. Et vous avez besoin de notre aide, car sans elle vous vous retrouverez en dehors de l'Assemblée nationale.

– Oui, je comprends. Humm... les coûts restent au niveau préalablement convenu.

– C'est exact.

– Je comprends. Aneta, tu as d'autres questions ?

Aneta en avait beaucoup. Mais pas pour Królak. Elle secoua donc la tête.

– Dans ce cas, nous vous remercions, dit Artur en se levant de table. Nous vous contacterons dans les prochains jours.

– Entendu.

Królak sourit de toutes ses dents et récupéra son pardessus sur le dossier de son siège.

– J'attends votre retour avec impatience, ajouta-t-il.

La porte s'ouvrit et la pièce fut inondée de bribes de conversations, de sonneries de téléphone, de grincements de plancher. Puis tout redevint calme, seule la pluie tambourinait sur les vitres.

– Alors ?

Artur s'appuya contre le dossier de son siège et posa les pieds sur la table.

– Alors quoi ? fit Aneta.

– Qu'est-ce que tu en penses ?

Elle resta un moment silencieuse, observant l'eau qui coulait sur la vitre.

– Sincèrement ? dit-elle finalement. Je n'aime pas ce mec.

– Oh, ce n'est pas bien, dit Artur en la menaçant du doigt. On ne juge pas les gens sur leur apparence, c'est toi-même qui…

– Artur, arrête. Ce n'est pas drôle. Ce qu'il nous propose… ce n'est pas drôle.

Le député Warecki leva les yeux au ciel et croisa les mains derrière la tête.

– Ça ne l'est pas, on est d'accord, admit-il. La politique en général n'est pas très marrante.

– Qu'est-ce que tu veux dire par là ?

– Pfff, franchement… dit-il en haussant les épaules. Faut croire que c'est comme ça qu'on s'en sort aujourd'hui. Bizarre que ce soit précisément à toi qu'il faille l'expliquer.

– Ah oui ? Parce que quoi, je passe pour celle qui n'a aucun scrupule ?

– Jusque-là, tu n'en avais pas.

– Jusque-là, on ne se demandait pas comment manipuler les femmes battues.

– Oh sainte mère, tout de suite manipuler !

Agacé, Artur abattit sa main sur la table, faisant tinter les petites cuillères.

– Et quoi encore ? dit-il. Dans cette pub, on dit qu'on ne les laissera pas tomber. Et on ne les laissera pas tomber, alors quel est le problème ?

– Je... commença Aneta avant de déglutir. Je serais curieuse de savoir si les "maris qui frappent" sont aussi une catégorie à part. Je serais curieuse de savoir ce que Królak compte afficher pour eux. À ton avis, hein ?

Artur ne répondit pas. Il détourna le regard.

– Écoute... D'où est-ce que tu le sors, ce Królak ? demanda Aneta au bout d'un moment.

– Un ami me l'a conseillé.

– Quel ami ? demanda Aneta en appuyant ses coudes sur la table.

– *Che cazzo è ?* Un interrogatoire ?

– Je suis juste curieuse.

– Tu ne le connais pas, répliqua Artur.

Puis il sortit de la pièce.

La déflagration d'un coup de feu ne sonne pas du tout comme à la télé. Il n'y a pas de bang puissant dont l'écho se réverbère sur les murs. Rien qu'un craquement sec et bref. Comme celui d'un pétard. Ou celui d'un ballon qui explose.

Quand Julita avait entendu ce bruit, lorsque Emil avait appuyé sur la gâchette d'un pistolet pressé contre la tempe en sueur du vice-ministre Broniarek, elle avait eu le temps de se dire ouf, l'arme s'est enrayée. Mais, au même moment, le sang avait giclé. Sur le cockpit couleur crème. Sur l'appui-tête. Sur ses joues à elle. Sur ses cheveux. Sa bouche. Broniarek avait glissé du dossier, soudainement, telle une marionnette dont on aurait coupé les fils. Julita avait senti l'odeur du plastique chaud et une puanteur d'entrailles – une odeur de boucherie. Elle s'était mise à crier. Mais pas "au secours", pas "à l'aide", non, c'était un hurlement de terreur, guttural, animal, qui s'était échappé tout seul de ses poumons, sans quoi il les aurait fait exploser. Tout le monde hurlait, tous les passagers de l'avion. Alors, Emil avait appuyé le canon contre sa propre tempe. Ses lèvres tremblaient. Des larmes coulaient sur ses joues.

Crac.

– Allô !

La voix du chauffeur du taxi la ramena à l'instant présent.

– Est-ce que vous pourriez vous dépêcher un peu ? demanda-t-il. Parce que si je reste là plus de sept minutes, ils vont me facturer trente złotys. Et qui est-ce qui va les payer, hein ? Vous allez les payer ?

– C'est bon, c'est bon...

Julita s'empara de son portefeuille et lui tendit un billet de banque froissé.

– Tenez. Gardez la monnaie.

– Oh merci. Bon voyage.

Julita ouvrit la portière, sortit, et le chauffeur lui donna sa valise et son sac. Aéroport Varsovie-Chopin. Elle n'était jamais revenue ici depuis les événements. Elle ne voulait pas être là. Son cœur cognait, son souffle était saccadé, sa peau était parcourue de frissons, son corps entier lui disait : fuis ! Elle glissa la main dans la poche de son pardessus et serra un tube en plastique. Du Seronil. Elle en avait avalé une double dose. Elle aurait peut-être dû en prendre une triple. Elle pénétra dans la zone des départs, constituée de sols polis jusqu'à l'éclat, du grondement des valises à roulettes, de la fraîcheur de la climatisation. Et, partout, des images rémanentes : là, il y avait eu des policiers, et là, les gyrophares s'étaient reflétés, et par là-bas, on l'avait évacuée après la fusillade. Sur une civière. Elle avait été incapable de marcher seule. Elle ferma les yeux, fort, jusqu'à ce que des formes bizarres bourgeonnent sous ses paupières, des fractales qui s'étalaient à l'infini. Tu vas y arriver, s'encourageait-elle mentalement, tu vas tenir le coup, il suffit de monter dans l'avion, d'attacher ta ceinture, de te blottir sur ton siège et tout ira bien. Malheureusement, elle était capable de duper tout le monde, sauf elle.

Six mois plus tôt, elle avait reçu une invitation à une conférence prestigieuse au sujet de nouveaux médias. Les organisateurs prenaient en charge l'hôtel et l'avion, le magazine *Poprzek* avait promis de lui rembourser ses frais. Le problème, c'était que la conférence avait lieu à New York. Une semaine durant, elle avait réfléchi, délibéré, appelé des amis, ressassé le sujet avec Leon, demandé son avis à son thérapeute. En fin de compte, elle avait décidé de le faire, de se forcer. Elle avait effectué les démarches pour obtenir un visa. Elle avait fait sa valise. Et puis, le jour du décollage, elle n'était même plus capable de sortir du lit. Elle était restée couchée sur le ventre, les ongles plantés dans le matelas, comme si elle luttait pour que personne ne la traîne de force à l'aéroport. Elle avait peur que ce soit pareil cette fois-ci, elle craignait de craquer d'un moment à l'autre. Le simple fait d'être là, d'avoir eu le courage de franchir le seuil du Terminal, elle ne le devait qu'à une seule chose. À sa fierté blessée.

Elle passa le contrôle de sécurité (Oh mon Dieu, pourvu que le portique ne bipe pas).

Elle passa le contrôle des passeports (Oh mon Dieu, pourvu qu'on ne me pose aucune question).

Elle vérifia le tableau des départs (Oh mon Dieu, pourvu qu'il n'y ait aucun retard).

Quand elle arriva devant sa porte, l'embarquement venait de commencer. La plupart des passagers avaient formé une file d'attente, mais certains restaient assis sur les bancs. Parmi eux : Jan. Il lisait un journal en plissant les yeux. Julita se dirigea droit sur lui. Le sourire aux lèvres.

– Quoi de neuf en politique, monsieur ? demanda-t-elle.

Il frémit. Puis il abaissa son journal, lentement.

Ça valait le coup, songea Julita, souriant d'une oreille à l'autre, ça valait le coup rien que pour voir sa mine ahurie.

– Que… qu'est-ce que tu fais là ? balbutia-t-il.

– C'est une question piège ? Je pars à Los Angeles. Et, de là-bas, je prends un vol pour Las Vegas. Je vais au DEFCON.

Jan replia son journal et le posa. Puis il secoua la tête, incrédule.

Elle s'assit à côté de lui et plaça son sac sur ses genoux.

– Je sais, dit-elle, je suis folle.

– Tu aurais pu me le dire.

Elle n'en croyait pas ses oreilles, il lui tendait lui-même la perche. Et quelle perche ! Il ne fallait surtout pas qu'elle laisse passer l'occasion.

– Et je suis tenue de te faire un rapport sur ma vie privée ? demanda-t-elle, aussi nonchalamment qu'elle put.

– Très drôle.

– Moi, ça me fait rire.

Ils restèrent assis en silence. Quelqu'un somnolait à côté d'eux. Derrière la baie vitrée, les avions décollaient et atterrissaient.

– Jan, écoute, je te suis reconnaissante pour ton aide et tout…

– Mmh.

– Mais c'est mon affaire. Je ne la laisserai pas. Et je ne la céderai pas.

– Aha…

– Menons-la tous les deux. En partenaires. D'égal à égal. Toi, tu ne me fais plus de coups bas et moi, je ne te fais plus de surprises. On découvre ensemble ce qui est arrivé à Kandy et à Alex, après quoi, *pouf!*, je disparais de ta vie. Qu'est-ce que tu en dis ?

Jan ne répliqua pas. Pendant longtemps.

– À une seule condition, dit-il en fin de compte.

– Oui ?
– Tu m'obéis. Tu fais ce que je dis.
– Excuse-moi, et où est passé le partenariat dans tout ça ? Jan, je me suis vraiment formée, je suis…
Il ne l'écoutait pas. Il sortit de sa poche un téléphone qui vibrait et en déverrouilla l'écran.
– Allô, allô, Jan ? Ici la terre. Ici la terre, vous me recevez ?
– Tu as acheté ces pochettes Faraday ? demanda-t-il sans détacher ses yeux du portable.
– Pardon ?
– Tu les as achetées ou pas ?
– Oui, je les ai. Pour l'ordi portable et le téléphone. Mais pourquoi…
– Ton téléphone. Où est ton téléphone ?
– Là, dit-elle en tapotant une poche de son pardessus.
– Ton sac, dit-il.
– Quoi mon sac ?
– Donne-le-moi.
– Mais pourquoi ?
Au lieu de répondre, Jan enleva le sac de ses genoux et ouvrit la fermeture éclair.
– Euh… fit Julita en se grattant la tête. Je peux savoir ce que tu fais ?
– J'ai une application sur mon téléphone qui mesure l'émission d'ondes électromagnétiques.
Jan sortait tous les objets du sac, les uns après les autres : un sachet de cacahouètes, un paquet de mouchoirs, un tube de baume à lèvres. Il contemplait chacun d'entre eux avant de le reposer sur le côté.
– Quand elle enregistre un pic soudain dans mon environnement immédiat, elle m'envoie une alerte. Comme à l'instant. Est-ce que tu as encore du matériel électronique là-dedans ? Une liseuse ? Une tablette ?
– Humm… Non, je ne crois pas non.

– Là.

Jan prit sa trousse à médicaments. À l'intérieur, tout au fond, il y avait une sorte de porte-clés : minuscule, noir, plat. Julita le voyait pour la première fois de sa vie.

– Oh mon Dieu… fit-elle en se couvrant la bouche. Est-ce que c'est… ?

– Un mouchard.

Julita sentit le sang quitter son visage. Elle s'affala sur le banc.

– Mais… Qui…

– Le chauffeur du taxi peut-être ? dit Jan en détachant le pendentif. Un douanier qui contrôlait tes bagages… Ou peut-être que ça a été fait par quelqu'un d'autre, plus tôt. Hier soir, mettons. Peu importe.

– Les derniers passagers sur le vol de LOT Polish Airlines numéro LO23 à destination de Los Angeles sont priés de se rendre sur-le-champ à la porte d'embarquement F, annonça une voix de femme par les haut-parleurs. *Last passengers travelling to Los Angeles…*

– Comment ça, peu importe, putain ?! grogna Julita.

Ses yeux devenaient vitreux. De rage. De peur.

– Les probabilités que tu découvres qui c'était sont proches de zéro. Ce n'est pas ça l'important à l'heure qu'il est, répliqua Jan. Julita, je vais te dire ce que je ferais à ta place. À ta place, je prendrais mes cliques et mes claques, je retournerais à la maison et je me consacrerais à un autre sujet. Je ne sais pas, moi, écris sur les maillots de bain qui seront à la mode cet été. Là, c'est au-dessus de ton niveau. Pour être honnête, c'est aussi au-dessus de mon niveau à moi.

– Et donc quoi, on laisse tomber ? Juste comme ça ?

– J'ai transmis à des potes de la police ce qu'on a établi jusque-là. Ça devrait leur suffire pour faire avancer l'enquête.

– Comme ils l'ont fait à l'époque pour M. Pistache ? Pour Xtraterrestria1 ?

– Écoute, je garderai les yeux bien ouverts, j'apprendrai peut-être quelque chose. Mais toi…

– … mais moi, je dois rester sagement planquée chez moi ? C'est ça, ton plan si brillant ?

Jan soupira. Il regarda d'abord sa montre, puis le tableau électronique au-dessus de la porte d'embarquement.

– Tu feras comme tu veux, dit-il en se levant. Comme d'habitude.

Il n'attendit pas sa réponse. Il montra son passeport et son billet au personnel de l'aéroport et, l'instant d'après, il disparaissait sur la passerelle articulée.

Julita restait assise sans bouger, telle une statue de sel, le regard fixé sur le mouchard noir.

Puis elle le jeta par terre, l'écrasa du talon et se dirigea vers la porte d'embarquement.

– Je vous souhaite bon voyage, dit l'hôtesse en lui restituant ses documents.

Son sourire était aussi large que factice. Julita marmonna quelque chose en guise de réponse et pénétra – ou plutôt courut – sur la passerelle. Elle voulait que ça se termine au plus vite, elle souhaitait être déjà à l'intérieur, s'installer, fermer les yeux et ne plus les ouvrir tant qu'ils n'auraient pas atterri. Cependant, plus elle s'approchait, moins elle avançait, ses genoux fléchissaient, sa respiration se faisait haletante, comme si elle souffrait de l'altitude. À quelques pas du sas, elle dut s'arrêter. Les souvenirs qu'elle tentait de fuir, d'effacer, de rayer de sa mémoire ces deux dernières années revenaient en force. Le cri. La détonation. La fumée. Le sang.

– Est-ce que tout va bien, madame ? lui demanda le steward qui attendait devant la porte d'accès.

– Oui, oui, merci.

Elle fit quelques pas chancelants et fut dépassée par d'autres passagers retardataires : un homme d'affaires avec un porte-documents en cuir, une jeune femme en survêtement et sandales, avec un oreiller gonflable autour de la nuque, et un malabar à la coupe en brosse dans un ample blouson à capuche.

– Votre siège ?

– 12C.

– Premier couloir à droite, dit le steward. Je vous souhaite un agréable voyage.

C'est le second souhait qui ne se réalisera pas aujourd'hui, songea amèrement Julita en se dirigeant vers sa place. Elle regardait ses pieds et s'appuyait sur les appuie-tête des fauteuils. Le sang cognait à ses tempes, la sueur ruisselait dans son cou. Encore un peu. Encore un petit bout. Enfin, elle arriva jusqu'à sa place, rangea ses bagages et s'écroula sur son siège. J'ai réussi, se dit-elle, je vais y arriver, je vais y arriver.

Puis les hôtesses de l'air se mirent à fermer les compartiments à bagages.

Clac. Clac. Clac. Clac.

Julita sentit ses muscles se crisper. Tous. Jambes. Bras. Cou. Sa respiration s'affolait à nouveau, elle avait l'impression d'étouffer, elle voulait ouvrir la bouche, mais ne pouvait pas, ses mâchoires étaient si crispées qu'elle en avait mal aux dents, elle n'était plus en mesure de desserrer ses poings. Elle fut secouée de tremblements. Un cri croissait dans sa poitrine, le cri bestial de l'épouvante.

– Madame, est-ce que tout va bien ?

Elle entendit la question, mais ne put répondre, elle ne pouvait même pas se retourner.

– Madame ? Hé, madame…

– Faut peut-être appeler l'hôtesse…

– Je crois qu'elle a une attaque…

– Prends une inspiration profonde.

C'était le chuchotement de Jan. Juste à côté. De manière inattendue.

– Doucement, dit-il.

Dégage, avait-elle envie de lui dire, dégage avec tes conseils à la noix, emmène-moi loin d'ici plutôt, maintenant, immédiatement, vite ! Mais elle ne pouvait pas. Alors, elle essaya de faire ce qu'il lui disait.

– C'est ça… jusqu'à ce que tu te remplisses les poumons. D'accord… Et maintenant, retiens l'air… Un, deux, trois… Et expire par le nez. Doucement, doucement. Et encore une fois. Inspire… Un, deux, trois… Expire.

Son corps commença à se relâcher. Lentement. Très lentement.

– Continue à faire ça, dit Jan.

À présent, elle était en mesure de regarder sur le côté. Il était accroupi près de son siège. Elle remarqua aussi d'autres têtes. Les gens la dévisageaient.

– Ferme les yeux, conseilla Jan. Voilà. Tout va bien. Ce n'est qu'une crise de panique qui va passer dans un instant. Tout va bien. Inspire. Un, deux, trois… Expire…

Elle déplia ses doigts. Elle ouvrit la bouche, décollant ses lèvres scellées.

– Excusez-moi, est-ce que vous avez un souci ? demanda l'hôtesse de l'air qui venait d'apparaître près de son siège.

L'inquiétude s'entendait dans sa voix.

– Non, non… parvint à balbutier Julita.

– Vous êtes sûre ?

– Mon amie a un peu peur de l'avion, déclara Jan avec le sourire.

Ce sourire lui donnait un air étrange. Comme si ce n'était pas lui.

– Mais ça va déjà mieux, reprit-il. Excusez-moi, est-ce que vous pourriez changer de place avec moi ? J'ai le 17J, près de la fenêtre. Merci beaucoup…

L'hôtesse de l'air observa Julita un instant, mais finit par estimer que la situation était sous contrôle, elle alla donc vaquer à ses occupations.

– Tiens, bois un peu.

Jan lui tendit un gobelet d'eau.

– De toutes petites gorgées, dit-il. Doucement.

Elle n'avait pas soif, mais fit ce qu'il lui disait de faire. Ça l'aida. Elle se calma.

– Mon Dieu, Jan… – Julita s'essuya la bouche d'une main tremblante. – Sans toi, on m'aurait débarquée… Je ne sais pas comment te remercier…

– Tu ne devrais peut-être pas, dit-il en attachant sa ceinture.

Toc.

Toc toc.

Toc toc toc toc toc toc toc toc toc toc.

Les grains de maïs en train d'éclater cognaient les uns après les autres sur le couvercle métallique. Aneta réduisit le feu et secoua la casserole pour que le pop-corn n'accroche pas. Puis elle rajouta un peu de beurre et de sel, et *voilà**, c'était prêt.

– Qu'est-ce que tu veux boire ? demanda-t-elle en ouvrant le frigo.

– Tu as de la bière ? lui répondit une voix d'homme en provenance du salon.

– Oui. Blonde ou brune ?

– Peu importe.

"Si ça importait peu aux gens, ils s'embrasseraient le trou du cul", disait son père. Toujours, dès que ces deux mots retentissaient, peu importait si c'était à la maison, lors d'un dîner chez une tante ou à l'église, que l'on s'adresse à lui ou qu'il s'agisse d'une bribe de conversation entendue par hasard, il répétait toujours cet adage. C'était plus fort que lui. Très satisfait, une étincelle dans le regard, dévoilant dans une sourire des dents brillantes

* Les mots en italique suivis d'un astérisque sont en français dans le texte. (*NdT*)

derrière sa moustache, hé, hé, je leur ai cloué le bec ! La mère de Julita le suppliait, Stefan, pas en public, ça ne se fait pas – des reproches chuchotés d'une voix tremblante et rejetés d'un regard.

Aneta tressaillit. Elle saisit la première canette qui lui tomba sous la main, prit le bol de pop-corn et gagna le salon ; elle sentait le sol froid sous ses pieds nus. Grzegorz était vautré sur le canapé, un sourire béat aux lèvres. Il ne s'était pas encore rhabillé. Dommage. Vêtu, il présentait mieux, on voyait son standing et son argent, et ses lunettes à l'épaisse monture violette lui donnaient un air intello. Nu, c'était un type de quarante ans lambda qui s'était laissé aller : bedaine pâle, torse flasque couvert de grains de beauté d'où pointaient de longs poils frisés.

Ils s'étaient rencontrés deux ans plus tôt. Il l'avait abordée au restaurant, mais avec classe ; aucun "est-ce que ça t'a fait mal quand tu es tombée du ciel" ou autre "qu'est-ce qu'une belle fille comme toi fait toute seule". Il savait comment l'impressionner : théâtre, opéra, vernissages, week-ends dans des spas en province, des établissements où on entendait plus souvent de l'anglais que du polonais. Accueilli partout avec les honneurs, reconnu en habitué, grand connaisseur de bons vins, amateur d'art, polyglotte… Plus tard, il s'avéra bien évidemment qu'il s'agissait en grande partie d'une posture, que bien qu'il prononçât *foie gras** avec un accent impeccable, une fois à Paris il n'était plus capable de se faire comprendre des serveurs, il s'avéra aussi qu'il ne différenciait pas un Monet d'un Manet et qu'à la maison, quand personne ne regardait, il préférait s'envoyer une binouze Strong Warka que de se délecter de la note truffée d'un Tenuta Nuova.

Il était marié, bien sûr qu'il était marié. D'ailleurs, il avait des enfants aussi, trois, le plus âgé avait dix ans. Au début, il lui racontait à quel point il était malheureux dans son mariage, qu'il devait divorcer, qu'il le ferait, bien sûr, mais pas tout de suite, encore une année, allez, deux, grand maximum, et il enverrait bouler tout ça et l'emmènerait faire le tour du monde. La énième fois, elle lui avait demandé d'arrêter de raconter des conneries. Elle ne croyait pas à ses promesses et n'en avait pas besoin. Elle voulait quelqu'un ici et maintenant. Rien de plus.

– On regarde un truc ? demanda-t-elle en posant le bol sur la table basse.

– Pourquoi pas.

– J'ai entendu dire que *Russian Doll* est sympa.

– Tout me va.

Elle alluma son ordinateur portable. Il lui posa la main sur le dos, la caressa le long de la colonne vertébrale. Elle aimait ça. Après l'amour, il devenait tendre.

– Je vérifie juste un truc vite fait sur Facebook, d'accord ? dit-elle.

– Le boulot ?

– Mmh. C'est une période intense ces temps-ci tu sais, on vient à peine de démarrer cette campagne intern…

Elle s'interrompit. Sur son mur Facebook, entre les photos de vacances d'un ami et le lien vers un article, elle découvrit une publicité – une publicité de Pologne Demain. Sur l'image, Artur Warecki tape dans la main d'une fille, membre des jeunesses de leur parti. Elle est rieuse, elle le regarde d'un air captivé. Sur le cliché, il y avait un slogan. Un slogan qui lui dressa les cheveux sur la nuque.

ARTUR EST COMME UN PÈRE POUR MOI

Pologne Demain – viens découvrir comment rejoindre notre famille !

Impossible. Ce fut sa première pensée. Puis vint la seconde : elle avait rempli le test quand Daniel Królak le lui avait envoyé pour validation. À ce moment-là, elle était connectée avec son compte personnel. Or, le questionnaire n'aspirait pas seulement les résultats – son profil psychologique –, mais aussi son âge, son sexe, son lieu d'habitation, ses likes. Mais même alors, même alors… Comment ? Par quel miracle ? On pouvait vraiment y lire tout ça sur elle ? Ou est-ce que Królak avait aussi eu accès à sa messagerie ? Aux messages dans lesquels elle se plaignait de son père à qui voulait bien l'entendre ?

– Aneta… dit Grzegorz en se redressant. Tout va bien ?

– Il faut que tu partes, dit-elle en refermant son ordinateur.

– Je ne comprends pas… Il se passe quelque chose ?

– Oui, dit-elle en hochant la tête. Il se passe quelque chose.

Pologne Demain – toujours du côté des pères. Cette publicité avait été envoyée à Karol Borkowski d'Inowrocław (droits parentaux suspendus après un divorce difficile), pendant qu'il attendait à l'arrêt de bus devant le tribunal.

Pologne Demain : le Rempart de l'Europe. Ludmiła Więcek de Wyszków, qui ne ratait pas une messe même quand elle avait une angine et trente-neuf de fièvre, plissa ses yeux cachés derrière d'épais verres de lunettes puis, après un instant d'hésitation, cliqua sur le lien.

Pologne Demain, c'est une Pologne de salaires décents, lut Radosław Gralczyk après avoir envoyé une nouvelle fois son CV moche et mal mis en forme, orné d'une photo d'identité périmée, à un employeur potentiel.

Pologne Demain, c'est une Pologne tolérante, annonçait le slogan inscrit sur fond d'un drapeau arc-en-ciel affiché sur le portable de Krzysztof Rybiński, un lycéen d'Ostrołęka qui n'avait encore avoué à personne qu'il était gay.

Le site de Pologne Demain planta peu après 21 heures. Les serveurs n'avaient pas supporté l'augmentation du trafic.

8

Julita rêvait depuis longtemps de voir la tour Eiffel. La carte postale qui en était ornée et qu'elle avait reçue de sa tante en 1999 était son premier objet venu de l'étranger. Elle s'en souvenait parfaitement encore aujourd'hui : il y avait un timbre orange avec une Marianne à deux francs, une inscription en relief *carte postale** en jolis caractères, un tampon légèrement estompé et un coin plié. Elle avait épinglé cette carte au-dessus de son lit sur un tableau en liège, aux côtés des posters de Radiohead et de Metallica qu'elle avait arrachés des pages du magazine *Bravo* de sa grande sœur (lentement, précautionneusement, afin d'éviter d'élargir les trous des agrafes). La tour Eiffel lui faisait penser à un film en noir et blanc, à des pavés luisants de pluie, à une chanteuse à la voix éraillée, à la fumée de cigarettes et au goût amer d'un café noir. Elle s'était promis d'aller à Paris avant ses trente ans et de voir la ville de ses propres yeux, mais chaque année quelque chose empêchait le projet – d'abord le manque d'argent, puis la phobie des longs voyages et maintenant la pandémie.

À présent, ses rêves étaient devenus réalité… en quelque sorte. La tour Eiffel s'élevait juste à côté d'elle, derrière la vitre du taxi. Elle côtoyait l'Arc de Triomphe, le Colisée et le palais des César. Il y avait aussi un hôtel qui ressemblait à un immeuble parisien classique – une façade couleur grès ocre, des corniches décoratives, des fenêtres mansardées et un toit gris-bleu –, mais d'une taille gargantuesque, agrandi une quinzaine de fois, maladivement enflé. Et tout ceci sur fond de ciel bleu pâle, entre des rangées de palmiers bordées de publicités – les grandes lettres vibraient dans l'air stagnant du désert.

– Mon Dieu, que c'est kitsch, gémit-elle.
– Tu t'attendais à quoi ? répliqua Jan.
– Je ne sais pas, moi… pas à ça. Oh sainte mère, tu as vu cette boule ? C'était une pub de Swarovski.
– Attends de la voir la nuit.
– Elle brille ?
– Comme les couilles d'un chien en rut. Bon, ramasse tes affaires. On est arrivés.

Ils descendirent du taxi climatisé sans transition sur un trottoir brûlant ; le brusque changement de température leur donna des vertiges. Ils étaient devant l'hôtel Planet Hollywood, sa longue façade ondulée aurait pu être assez élégante si quelqu'un, suivant en cela un *horror vacui* typique de cette ville, n'avait pas collé dessus des centaines de disques métalliques qui aveuglaient à présent les passants en réfléchissant les rayons du soleil. Quelques posters étaient suspendus à l'immeuble, chacun de la taille d'un court de tennis : des publicités de bars, de restaurants, de spectacles prochains de stars passées de mode. Celui qui pendait au-dessus de l'entrée de l'hôtel annonçait : DEFCON 28.

– Viens, on y va, dit Jan.
– Attends… et le p'tit-déj ?
– Ben… tu n'en as pas pris à l'hôtel ?
– J'ai eu une panne d'oreiller, répliqua Julita.

Elle n'avait pas pu fermer l'œil des deux vols, rien ne l'avait aidée, ni le Seronil (deux cachets), ni le vin (cinq mignonnettes), ni de compter les moutons (mille sept cent quarante-deux). Quand elle arriva enfin à son hôtel, elle était épuisée, elle voyait double, ses jambes flanchaient. Elle s'était écroulée sur le lit, toute habillée, ses chaussures aux pieds, rien que pour un instant, pour reprendre des forces. Elle fut réveillée par un coup de fil de la réception. La sonnerie lui faisait exploser le crâne et donnait la nausée ; cela faisait longtemps qu'elle n'avait pas connu une telle gueule de bois.

– Mon Dieu, tu es pire qu'une gamine… marmonna Jan dans sa barbe. Là, au coin, il y a un resto mexicain. Ça irait ?

– Ça irait.

– Parfait.

Jan passa devant en se faufilant dans la foule des gens qui marchaient en sens inverse. Le premier jour du congrès était sur le point de commencer, les participants arrivaient au Planet Hollywood. C'était un défilé de tee-shirts noirs, de chemises à fleurs, de tongs claquant sur des pieds nus, d'étoffes synthétiques qui bruissaient. La majorité du public était constituée de jeunes hommes, mais on entendait aussi des voix féminines et, ici et là, on pouvait voir des cheveux gris. L'ambiance était joyeuse, il y avait beaucoup de rires, de tapes dans le dos, de conversations bruyantes. Comme tout cela est banal, pensa Julita, en observant les gens qui passaient, ça semble tellement ordinaire. Ce n'était pas comme ça qu'elle avait imaginé le grand rassemblement mondial de hackers.

Au coin, il y avait effectivement un resto avec une grande terrasse équipée de chaises métalliques multicolores, à l'ombre d'immenses parasols entourés de guirlandes d'ampoules et de haut-parleurs dont suintait de la musique mariachi. Julita voulut s'installer, mais Jan s'arrêta un instant devant une vitrine. Il avait l'air de chercher quelque chose. Peut-être une bonne promo.

– Hé, on y va ? demanda-t-elle.

– Mmh. J'arrive.

Ils choisirent une table loin de la rue ; Julita commanda un burrito spécial petit-déjeuner et un café, Jan un Coca, comme à son habitude. La serveuse leur apporta également d'immenses verres remplis d'eau et de glace pilée.

– Combien de fois tu es venu ici ? demanda Julita.

– À Las Vegas ?

– Mmh.

– C'est la deuxième. La première fois, c'était l'année dernière.

Au carrefour devant le restaurant, le feu passa au rouge et le trafic, constitué d'immenses SUV et de pick-up aux roues de tracteurs, s'arrêta. L'un d'entre eux tirait une remorque avec un panneau publicitaire sur lequel trois blondes chichement vêtues se tortillaient. DES FILLES DIRECTEMENT DANS TA CHAMBRE. COMMANDE-LES DÈS MAINTENANT.

– Ça ne m'étonne pas que tu aies voulu revenir, dit Julita en buvant une gorgée d'eau glacée. Il y a de jolies vues.

– Ah oui.

– Écoute, Jan… on peut parler de ce mouchard ? Ça me tracasse.

– J'espère bien.

– Qui me l'a posé ? Tu as une théorie ?

– C'est dur à dire, dit Jan en buvant son Coca. Au fond… ça m'étonne que quelqu'un t'ait installé une camelote pareille. Ce matériel coûte une somme ridicule, on le trouve sur Allegro.pl pour quelques dizaines de…

– Sérieux ?

La serveuse posa la nourriture devant elle ; le burrito médium tenait à peine dans l'assiette.

– Oh mon Dieu, merci. Quoi ? Non, non, sans sauce.

– Sérieux. Petit, facile d'utilisation, avec microphone intégré… Ça marche du tonnerre pour suivre les maris infidèles.

– Tu suggères quelque chose ?

– Quoi ? Non. Je veux dire par là que n'importe qui peut s'offrir ce mouchard, donc en soi, il ne constitue pas une piste valable. Mais à la lumière de ce qui est arrivé à Kandy et Alex… Je prendrais ça très sérieusement.

– Et donc quoi…

Julita prit une bouchée. C'était excellent. Pourtant, il lui fut difficile de l'avaler.

– Tu crois qu'il s'agit des mêmes gens qui les ont… Tu vois, quoi ? demanda-t-elle.

– Je miserais là-dessus. Ils ont dû découvrir par je ne sais quel moyen que tu t'intéressais à l'affaire. Ils veulent vérifier ce que tu comptes faire et ce que tu as déjà eu le temps d'établir.

– Bordel.

– Eh ouais.

– Bon d'accord, mais puisque tu as trouvé ce mouchard, ça leur sera plus difficile, pas vrai ? Je veux dire, ils savent certainement que je suis à Las Vegas, mais ils ne seront pas en mesure de suivre chacun de mes pas. N'est-ce pas ?

Jan ne répondit pas. Il s'essuya la bouche à l'aide d'une serviette en papier qu'il roula ensuite en boule avant de la jeter dans le verre vide.

– Tu vas me parler, oui ? demanda-t-elle.

– Tu sais combien de temps tient la batterie d'un tracker miniature comme celui-là en usage continu ? répliqua-t-il. Trente-six heures.

– C'est peu…

– Eh oui, c'est peu. Il faut croire que le mouchard ne leur était pas nécessaire pour te suivre tout le temps, mais plutôt pour te localiser si jamais ils te perdaient de vue.

Julita se figea devant son assiette.

– Donc…

– Donc quelqu'un a dû venir jusqu'ici dans ton sillage, conclut Jan. Probablement par le même avion.

Julita balaya du regard la terrasse du restaurant. C'était peut-être cet homme aux cheveux poivre et sel qui lisait un journal ? Peut-être cette femme en tenue de joggeur qui prenait sa nourriture en photo ? Peut-être le couple qui se pelotait dans un coin ? À moins que le criminel soit dans la voiture aux vitres teintées garée de l'autre côté de la rue. En dépit de la chaleur, un frisson parcourut son échine.

– C'est pour ça que tu t'es arrêté devant cette boutique, dit-elle après un instant, soudainement éblouie. Tu vérifiais dans le reflet si quelqu'un nous suivait.

– C'est un vieux tour, mais parfois il fonctionne.

– Et ? Tu as vu quelqu'un de suspect ?

– Non.

Julita farfouillait inconsciemment dans la nourriture qui refroidissait.

– Il n'est pas trop tard pour reculer, dit Jan en le silence. Tu peux te rendre à l'aéroport tout de suite et prendre un vol retour.

– Non.

– Mais…

– J'ai dit non.

Jan donnait l'impression de vouloir ajouter quelque chose, mais il ravala ses paroles. Il se retourna vers la rue et croisa les bras sur sa poitrine.

– Dans ce cas, finis de manger et on y va.

– Je n'ai plus faim, répliqua Julita en se levant de table.

Je ne suis pas raciste, mais regardons les choses en face : les blancs ont inventé l'ampoule, la radio, le téléphone, la bombe atomique et Internet. Tandis que les nègres ? Comment construire des cases en bouse de vache.

Clic. Absence de fautes de langage. Oleg bâilla longuement et frotta ses yeux qui piquaient. Suivant.

Ce livre sur les escargos montre que les pédérasts commencent a fassoner les enfants des leur plus jeune age. Comme ca, grace au fric des juifs, ils détruisent les valeurs familiales.

Clic. Présence de fautes de langage, mais qui n'indiquent pas une personne russophone. Oleg regarda sa montre. Il restait dix minutes jusqu'à la réunion ; il avait encore le temps de faire quelques phrases. Suivant.

Chacun a le droit de décider qui il invite dans son domacile. Alors pourquoi l'UE enlève ce droit à la Pologne ? Pourquoi chacun a le droit de traverser nos frontières quand bon lui semble ?

Clic. Erreur typique d'une personne russophone. Oleg marqua le mot "domacile" puisque, en russe, on disait *doma* pour dire "maison", puis il but une gorgée d'un Red Bull dégazéifié.

Il planchait sur ces messages depuis deux semaines déjà, il était parvenu à parcourir les trois mille premiers, quatorze autres milliers stationnaient dans la file d'attente. Le travail était ennuyeux, affreusement ennuyeux, mais après ses péripéties à la modération du contenu, cela ne le dérangeait pas plus que ça. Bien entendu, il n'aimerait pas faire ça toute sa vie – oh mon Dieu non, combien de temps peut-on patauger dans une propagande pleine de fautes d'orthographe –, mais Pola avait indiqué dès le début que cette tâche avait un cadre bien défini, qu'il s'agissait seulement d'entraîner son algorithme, que ce n'était que le programme pilote. La question, c'était : et après ? Il aimait bien le département de la cybersécurité, on y traitait des problématiques intéressantes : Bartek, assis devant l'ordinateur d'à côté, aidait à concevoir un mécanisme qui détectait automatiquement les pédophiles à la recherche de victimes sur leur réseau social, et Yusuf, venu en Pologne de Turquie, testait la vulnérabilité du site aux extorsions des mots de passe. Oleg espérait que, une fois sa corvée achevée, il serait affecté à un projet similaire. Le problème, c'est qu'il ne savait pas coder : le C++ lui faisait penser à une chaîne de télé cryptée tandis que le Java lui évoquait une marque de café. Dans le monde des nouvelles technologies, comme il avait déjà eu le temps de le constater, ça le plaçait d'emblée dans le rôle d'un prolétaire analphabète, voire d'un rouage interchangeable. C'est pourquoi il décida de faire bonne figure, d'impressionner Pola par son ardeur au travail et par son assiduité. Elle lui avait dit que parcourir cette base de données prendrait un trimestre ? Alors il achèverait ce travail en un mois. Elle l'avait prévenu que les heures sup ne seraient pas payées ? Tant pis, il viendrait quand même les week-ends et les jours fériés. Qu'elle voie qu'il tenait à ce poste, qu'il apprenait vite, et alors qui sait… il resterait peut-être ici bien au chaud plus longtemps que prévu ? Suivant.

Souvenez-vous-en ! Dès que ces PlatoCiviciens reviendront au pouvoir, ils ouvriront les frontières à la vermine de l'Est. Au lieu de nos églises, on aura des temples orthodoxes et des mosquées. On va les combattre tels des Soldats maudits ! Vive la Pologne blanche et catholique.

Oleg sourit avec aigreur. Il se souvenait parfaitement de ce message, dupliqué des centaines de fois et chargé par des centaines de comptes simultanément. Pola lui avait dit qu'il devait s'agir d'un accident de travail, quelqu'un avait dû taper une mauvaise commande et le botnet, au lieu de simuler une dispute Internet ordinaire, avait donné la voix à un chœur parfaitement synchronisé ; pendant un court moment, on avait vu les fils tirés par le marionnettiste. Oleg lui avait alors demandé combien il y avait de faux comptes de ce genre, comme ça, en pourcentage. La réponse fusa : ça dépend du réseau. Chez nous, moins d'un dixième. Chez d'autres, jusqu'à la moitié. Or, lorsqu'on dépasse la frontière magique de 50 %, il se passe de drôles de trucs. Les algorithmes de sécurité, censés filtrer le trafic suspect, commencent à considérer les faux comptes comme la norme et les vrais utilisateurs comme des fraudeurs qui doivent être retirés du réseau. Le parasite consomme son hôte.

– Hé, Oleg !

Il détacha son regard de l'écran. C'était Yusuf. Il venait de se lever de son bureau et verrouillait son clavier.

– Oui ?

– La conférence commence dans deux minutes. Tu viens ?

– Oui, oui, j'arrive, je fais juste un truc…

Clic. Absence de fautes de langage typiques d'une personne russophone.

– J'arrive.

Ils prirent l'escalier parce qu'une queue s'était formée devant les ascenseurs ; tout le personnel de l'entreprise avait été convié à la transmission de cette conférence. Une seule salle dans l'immeuble était en mesure de les contenir tous, l'espace de sociabilisation au seizième étage. Quand Yusuf et Oleg arrivèrent, les sièges autour des tables étaient déjà pris, alors ils s'assirent contre le mur. Tymek, le gai luron des ressources humaines, se débattait avec les réglages d'une énorme télévision qui pouvait faire mille choses à la fois, mais qui ne voulait plus, pour rien au monde (pile à ce moment-là !), capter la bonne chaîne, et cela bien que quelques heures plus tôt tout ait fonctionné parfaitement. En dépit du progrès technique dont la marche s'accélérait exponentiellement, en dépit du fait que chaque année qui passait, il y avait de plus en plus de mégahertz partout autour d'eux, de mégaoctets et autres mégabits, les objets inanimés, surtout ceux qui portaient le préfixe "smart", tombaient toujours en panne au pire moment : Internet plantait pile quand il fallait régler quelque chose, l'ordinateur effectuait des mises à jour quand on était pressé. C'était peut-être là une caractéristique immanente de la technologie, cette malice, une loi physique encore inconnue à ce jour, une accablante résistance de la matière que l'homme pliait de plus en plus hardiment à sa volonté.

– Bon, ça a marché, déclara Tymek avec un soulagement manifeste, nonobstant sa chemise trempée de sueur. Je ne fais pas de discours parce que ça a déjà commencé… Bon visionnage.

La conférence de presse avait lieu dans une sorte de bâtiment gouvernemental : colonnes, marbres, lustres en cristal. Plusieurs personnes se tenaient devant des microphones, un fonctionnaire de rang moyen, un militaire en uniforme de gala, une femme en tailleur inspiré par la période tardive de Margaret Thatcher. Pola était également là, bien qu'il fût difficile de la reconnaître dans son ensemble noir et blanc strict, sans sa quinzaine de piercings, dans les oreilles et ailleurs, sans son maquillage flashy et vêtue d'une chemise boutonnée jusqu'au cou. C'est elle qui commençait à présent à parler. Les flashs crépitèrent.

– Bonjour messieurs-dames, bienvenue.

Elle salua le public et posa ses notes sur le pupitre. Ce n'était pas son genre de lire une feuille, mais ici chacun de ses mots avait une importance, une signification, chaque terme pouvait se traduire par des bénéfices ou des pertes se chiffrant en dizaines de millions de dollars.

– Nous sommes conscients que notre entreprise joue un rôle clé dans la vie de ses utilisateurs, dit-elle. Elle ne sert plus seulement à évoquer des sujets privés, elle est devenue une plateforme où on discute des questions fondamentales, une agora moderne. Nous en sommes très fiers, mais nous sommes également conscients que cela fait peser sur nous une énorme responsabilité. Nous devons fournir aux utilisateurs un espace dans lequel leurs voix sont entendues, mais où aucune n'est étouffée, un espace où règne la liberté d'expression, mais où il n'y a nulle place pour les discours haineux. Notre équipe de modérateurs travaille jour et nuit pour…

Oleg songea à Liina ; il balaya la salle du regard à sa recherche, mais ne la trouva nulle part. Cela faisait longtemps qu'ils n'avaient plus parlé. Un peu parce qu'il avait été accaparé par le travail dans son nouveau département et un peu parce qu'il se gardait bien d'approcher les locaux de son ancienne équipe de trop près. Il n'avait vraiment pas envie de tomber sur Maciek, pas après le sale coup que celui-ci lui avait fait.

– … garants de la démocratie, poursuivait Pola. C'est précisément pour cela, gardant en mémoire les prochaines élections parlementaires, que nous avons décidé de prendre des mesures draconiennes. Ce matin, nous avons supprimé près de soixante-dix mille faux comptes qui ont été utilisés pour diffuser de fausses informations et pour manipuler nos utilisateurs. Nous avons ciblé en particulier les profils qui s'immisçaient dans des discussions politiques, qui encourageaient la xénophobie ou qui harcelaient les minorités sexuelles. Il n'y a aucun doute que cette vaste campagne de désinformation était menée dans le but d'influencer le résultat des élections prévues cet automne…

Oleg se leva et se hissa sur la pointe des pieds pour voir par-dessus les têtes de ses collègues. Il se passait peut-être quelque chose ? Peut-être que toute l'équipe des modérateurs de contenu était restée devant ses écrans pour éteindre un incendie soudain ? Mais non, Davydas était près de l'entrée, tandis que Balzas s'était assis à la turque pile devant la télévision. Liina était peut-être malade ? Ou alors, elle avait pris sa journée parce qu'elle avait été de garde de nuit la veille ?

– Qu'est-ce qu'il y a, pourquoi tu t'agites autant ? chuchota Yusuf.

– Je cherche Liina. Tu vois qui c'est ? Pas très grande, un piercing dans le nez et…

– Je vois qui c'est, bien sûr. Parfois, on va fumer ensemble…

Il hésita.

– … je veux dire, on fait une pause clope, quoi.

– Ah oui. Et tu l'as vue aujourd'hui ?

– Non, dit Yusuf en secouant la tête. Maintenant que j'y pense, ça fait quelques jours que je ne l'ai pas vue.

– Merde… mais…

– Eh, vous, là ! Chuuut ! siffla Tymek. On écoute !

Oleg s'interrompit au milieu de sa phrase et se rassit par terre. Il eut du mal à se concentrer sur la conférence. Il avait un mauvais pressentiment.

– Nous avons également supprimé des milliers de comptes qui étaient utilisés à des fins purement commerciales, déclara Pola, des comptes utilisés pour promouvoir un contenu en violation des conditions d'utilisation du réseau ou pour gonfler artificiellement un nombre d'abonnés. Ces faux profils, gérés par des sociétés de relations publiques peu scrupuleuses, ont été utilisés par de nombreuses personnalités publiques, musiciens, acteurs, chefs cuisiniers, ainsi que par de soi-disant influenceurs. Une jeune journaliste, dont je ne mentionnerai pas le nom ici, possédait même plusieurs centaines de faux comptes parfaitement camouflés à son usage exclusif, des comptes qui nous ont été signalés par un utilisateur vigilant. Il faut que cela cesse. Toute personne qui utilise notre réseau…

Oleg sortit son téléphone et écrivit un SMS à Liina. Il attendit une minute, deux. Aucune réponse. Il lui envoya un autre message, par WhatsApp cette fois. Rien. Il se cacha derrière Yusuf, sélectionna le numéro. *Ti-ri-rii*, signal d'une ligne morte. Bordel de merde. Maintenant, il s'inquiétait réellement.

– … pour votre attention.

Pola acheva son discours et s'écarta des microphones.

– OK, merci à tous, dit Tymek. Ceux qui le souhaitent peuvent rester pour les questions des journalistes, mais si vous avez des choses urgentes à faire, je ne vous retiens pas plus…

Avant que Tymek n'ait achevé sa tirade, Oleg franchissait la porte. Il se fraya un passage dans la foule, descendit l'escalier en courant, plusieurs marches à la fois, jusqu'au quinzième étage. La salle du *Content moderation* était déserte, la plupart des gens revenaient à peine de la réunion, mais dans un coin de la pièce il y avait Andreï, le vétéran, dans l'équipe depuis trois ans. Oleg n'aimait pas parler avec lui ; ce type avait tant de fois regardé des vidéos censées prouver que les attentats du 11 septembre avaient été commis sur ordre de la CIA, que la terre était plate et que les avions, contrôlés par une conspiration sioniste planétaire, pulvérisaient des gaz qui provoquaient l'homosexualité chez les gens, qu'il avait commencé à les croire.

– Salut, dit Oleg. Est-ce que Liina est là ?

– Non.

– Ah ? Et pourquoi ?

– Je ne sais pas, dit Andreï en haussant les épaules.

Il ne détachait pas son regard de l'écran, le doigt toujours sur la souris, *clic, clic, clic*, subdivision de l'attention, il n'allait quand même pas faire baisser sa moyenne pour une conversation.

– Elle est sortie, conclut-il.

– Quand est-ce qu'elle est sortie ?

– Attends… avant-hier, je crois.

– Pourquoi ça ?

– Elle s'est sentie mal.

Oleg eut envie de le prendre par le col et de le secouer, de crier, eh ! eh !, réveille-toi, bordel, regarde-moi ! Au lieu de ça, il s'approcha et prit un siège.

– Elle s'est sentie mal parce que… ? demanda-t-il en gardant difficilement son calme. Qu'est-ce qui s'est passé ?

– Euh…

Andreï se figea un instant : il faisait probablement face à un cas limite, il n'était pas sûr de s'il fallait effacer ou garder le message.

– Excuse. Les enregistrements de cette fusillade en Nouvelle-Zélande sont ressortis, tu vois. Toute la semaine, sans arrêt. Allez savoir pourquoi, bordel. Peut-être que des alt-right se sont passé le mot sur un forum pour nous bombarder avec ? Peut-être que c'est l'œuvre d'un bot ? Et donc voilà… Elle n'a pas tenu le coup.

Oleg avait vu cette vidéo une seule fois. Mais il était capable de la revisionner en pensée seconde par seconde, dans les moindres détails. Le pire, c'était l'enfant, de trois, quatre ans. Il courait droit sur la carabine, les bras levés, comme s'il voulait que quelqu'un le soulève, le câline.

– Quelqu'un est passé chez elle ? demanda-t-il. Quelqu'un a vérifié comment elle allait ?

– Hum ? Non. Mais pourquoi ?

– Pour de la merde, grogna Oleg.

Cinq minutes plus tard, il était déjà au pied de l'immeuble. Il voulut vérifier sur son portable comment se rendre chez Liina, mais n'arriva pas à taper son adresse. Ses mains tremblaient.

– Code barre ? demanda un type à l'enregistrement, un noir avec une immense coupe afro, dans un tee-shirt avec un extraterrestre pixélisé de *Space Invaders*.

– Voilà.

– Merci. Là, tu as ton pass, là le programme et la carte des stands, et là des coupons de réduction pour les restos du quartier. Des questions ?

Que faire si quelqu'un me suit ? songea Julita. Est-ce que ça vaut le coup de risquer sa vie pour une enquête ?

– Non, aucune, dit-elle avec un grand sourire.

– Dans ce cas, amuse-toi bien. Suivant !

Julita s'éloigna du comptoir. Jan l'attendait à proximité, devant un distributeur de Coca. Il lisait quelque chose sur son smartphone.

– Des nouvelles intéressantes ?

– Mmh mmh. Une purge dans les réseaux sociaux. Ils effacent des faux comptes.

– C'est pas trop tôt.

– Ce n'est qu'une opération de com', dit-il en haussant les épaules avant de ranger son téléphone dans sa poche. Prête ?

– Oui. Alors comment on s'y prend ?

– Je vais faire le tour des gens, je vais leur montrer la photo de la femme de la vidéo. Quelqu'un va peut-être la reconnaître.

– D'accord, ça me va. Et moi ? demanda Julita. Qu'est-ce que je dois faire ?

– Rien.

Julita haussa les sourcils. Très haut.

– Euh… excuse-moi, mais comment ça, rien ?

– Tu es sous surveillance. Il vaut mieux qu'ils ne sachent pas qui tu cherches. Garde tes atouts dans la manche.

– Mais…

– Et puis, dit Jan en lui coupant la parole, je ne veux pas que tu traînes partout dans l'hôtel. Il vaut mieux que tu restes dans le hall principal, parmi les gens.

– OK. Et tu ne crains pas pour toi ?

– Je pense qu'ils vont se concentrer sur toi, dit-il. Et puis, il me sera plus facile de me fondre dans la masse.

– Ah oui ? Et pourquoi ça ?

Jan la contempla comme s'il regardait une débile, puis, sans un mot, il lui indiqua l'entrée principale. Julita observa les gens qui se pressaient dans la file d'attente du contrôle de sécurité. À vue de nez, les trois quarts étaient des hommes. Principalement de type asiatique.

– Bon, d'accord, tu as peut-être raison… admit-elle à contrecœur. Mais je n'aime pas ça. Je n'ai pas envie de faire la plante verte.

– C'est ce qui était convenu, dit Jan. Tu fais ce que je dis.

– Je te rappelle que je n'ai jamais accepté cette proposition.

– Ah oui, dit-il en hochant la tête, tu n'en as pas eu le temps parce que j'ai trouvé un mouchard dans ton sac.

Avant que Julita n'ait trouvé une riposte adéquate, Jan se plaça dans la file. N'ayant pas vraiment d'autre choix, elle avança derrière lui. Ils faisaient à peu près la même taille. Un mètre soixante-dix. Dans des baskets à semelle épaisse.

– Ta manie de partir au milieu d'une conversation m'énerve, tu sais ? demanda-t-elle.

Il ne répondit rien.

– Et ta manie de ne pas répondre à mes questions aussi, ajouta-t-elle.

– Je croyais que c'était une question rhétorique.

Jan s'approcha de la table près du portillon et ouvrit son sac à dos. Manifestement las, l'agent de sécurité fouilla dedans sans conviction, tel un enfant qui picore du bout de la fourchette un dîner pas à son goût.

– C'en était peut-être une, mais…

Julita s'interrompit au milieu de sa phrase. Quelque chose à l'intérieur du sac à dos attira son attention.

– Tiens, tiens. Intéressant.

– Quoi ?

– C'est qui cette fille ?

Jan se retourna dans sa direction. L'étonnement s'inscrivit sur son visage.

– Pardon ?

– La crème pour les mains, dit-elle en indiquant un petit tube. Verveine et romarin. Tu ne me feras jamais croire que tu as acheté ça tout seul.

Jan referma le sac à dos et l'enleva de la table.

– Et tu sais ce qui m'énerve, moi ? grogna-t-il. Quand tu fouines. J'y vais. Tu ne dois pas sortir de la salle A, compris ?

– Mais…

– S'il se passe quelque chose, appelle.

Jan tourna les talons et disparut dans la foule. Julita soupira et regarda autour d'elle. De fait, la salle A était un immense hall dont partaient des couloirs vers différentes salles de conférence et autres amphis – c'était un gigantesque carrefour bondé. Au milieu, il y avait des panneaux avec le programme du congrès ou le fléchage et, le long des murs, elle vit des stands où on pouvait acheter des objets de pacotille marqués du logo du DEFCON : des bandeaux, des tasses, des tapis de souris. Julita parcourut les gadgets du regard et papota un peu avec une vendeuse – D'où viens-tu ? De Pologne ? Oh mon Dieu, c'est très loin ! Est-ce que tu te plais aux US ? Désolée pour Trump ! –, puis, lasse, elle alla voir le planning des conférences. Elle découvrit des ateliers, des cours magistraux, des présentations, "Sésame, ouvre-toi : comment prendre le contrôle d'un compte en banque à l'aide d'un synthétiseur vocal", "Copier des cartes SIM – c'est plus simple qu'on croit", "Pas si inviolable que ça : comment briser une blockchain". Sous ces titres, il n'y avait que des pseudos : m4m1L, Dorigen, bArYn2 ; personne ne donnait son prénom à moins d'y être obligé. Julita secoua la tête, incrédule. Bien entendu, elle avait déjà entendu parler du DEFCON, elle avait regardé des vidéos de certaines présentations, mais être ici, constater de ses propres yeux que ça se passait pour de vrai, que dans un hôtel très kitsch, au milieu d'une ville très kitsch, des gens racontaient sans faux-semblants comment exploiter des failles de sécurité ou comment pirater des mots de passe, ça, c'était autre chose – l'absurdité de cette situation sautait aux yeux. Bien évidemment, la version officielle, c'était que les intervenants n'évoquaient ces failles que pour attirer l'attention sur elles, pour que les concepteurs du logiciel défectueux, inconscients du problème jusque-là, puissent le réparer, et que ces intervenants n'avaient jamais perpétré eux-mêmes ce genre d'attaques, mais voulaient seulement sensibiliser au fait qu'elles étaient théoriquement possibles. C'était l'unique raison pour laquelle tout cela restait légal. Et, effectivement, certains hackers étaient mus par de nobles motivations. D'autres souhaitaient se vanter de leur découverte auprès de collègues, d'autres encore... étaient venus pour apprendre. C'était un secret de polichinelle que, parmi les participants au congrès, il y avait aussi de nombreux agents en civil. Il y en avait tellement qui traînaient dans le coin chaque année que, lors de l'un des DEFCON, on avait commencé à jouer à "Attrape un agent fédéral!" Tant le vainqueur que l'agent démasqué pouvaient compter sur des tee-shirts commémoratifs.

Julita s'approcha du tableau d'informations sur les "Villages", c'est-à-dire sur les ateliers consacrés à une question particulière : le Village des Objets Connectés par exemple, où avait lieu le concours de celui qui piraterait le plus vite un "thermostat intelligent" ou un "frigo intelligent" ; le Village Sans Fil, où on pouvait entendre parler des failles des protocoles wi-fi ou s'inscrire à des défis *Capture the Flag*, quand deux groupes de hackers tentaient de prendre le contrôle de l'ordinateur de l'adversaire ; le Village du Cambrioleur, où on pouvait jouer avec des passe-partout. Julita posa son regard sur la description du Village Électoral dont les participants tentaient – d'ordinaire avec succès – de manipuler les machines à voter. Le logo attira son attention : deux tibias croisés et une tête souriante, un smiley, avec une broche "A voté !".

Quelqu'un lui toucha le bras. Elle sursauta.

– Hé, *sorry*, tu peux te pousser ? lui dit un garçon vêtu d'un sweat à capuche et avec des taches de rousseur. Tu caches tout le panneau.

– Oui, bien sûr, balbutia-t-elle. Pardon.

Julita fit un pas de côté et regarda autour d'elle, cherchant le visage de Jan dans la foule. Une rivière humaine coulait devant ses yeux : une fille avec de longs cheveux bouclés, un homme replet à la barbe clairsemée, un Hindou en chemise rose, une Asiatique avec un tatouage dans le dos, un chauve large d'épaules au nez retroussé, une femme de ménage qui poussait un chariot avec une serpillière…

Julita se figea. Elle l'avait déjà vu. Ce mec chauve. Il était sur l'une des vidéos avec Alex. Celle où on lui volait son ordinateur aux toilettes. Avant qu'elle n'ait eu le temps de réagir – se cacher, crier, le prendre en photo –, l'homme avait disparu. Elle en eut mal au ventre, son cœur cognait à tout rompre. Est-ce que c'était vraiment lui ? L'instant d'avant, elle en était certaine, elle en aurait mis sa main à couper, or, à présent, l'image mémorisée se diluait. Ce n'était peut-être qu'une fausse impression, se dit-elle, à cause des nerfs ou de ce satané Seronil, à cause de son manque de sommeil. Peut-être.

– Salut.

C'était la voix de Jan.

Elle soupira de soulagement.

– Ils sont là.

Jan hocha la tête. Il n'avait pas à demander de qui elle parlait.

– Tu as établi un contact visuel ? s'enquit-il. Tu les as suivis ?

– Non.

– Bien. Il vaut mieux garder ses distances.

– Et qu'est-ce qu'on fait si jamais ce sont eux qui veulent les raccourcir ? demanda Julita. Qu'est-ce qu'on fait dans ce cas ?

– Il fallait s'en soucier avant, répliqua-t-il. Je ne sais pas. On verra.

La voix de Jan était calme, mais elle le connaissait assez pour savoir que ce n'était qu'une apparence. Sous son masque de dur à cuire, son stress ressortait. Plus que du stress, de la crainte même.

– Tu as réussi à apprendre quelque chose ?

– Non, dit-il en secouant la tête. Dès que je disais de quoi il s'agissait, les gens m'envoyaient paître.

– Ce n'est pas étonnant… Ils n'aiment pas les policiers par ici.

– Figure-toi que je ne commençais pas la conversation en résumant mon CV.

– Figure-toi… dit-elle en jetant un regard critique à son polo boutonné jusqu'au cou… que ce n'est pas nécessaire. Tu as une capture d'écran de la tête de cette nana ?

– Ouais.

– Montre.

Jan lui passa son téléphone avec la photo affichée. Julita l'agrandit jusqu'à ce que l'image se pixélise.

– Regarde son tee-shirt, dit-elle. Qu'est-ce que c'est ?

– Un drapeau de pirate, nous l'avons déjà…

Il s'interrompit, plissa les yeux.

– Ah non, attends… fit-il. Ce n'est pas un crâne…

– C'est un smiley, dit Julita en tapotant du doigt le tableau du planning. Avec une broche. C'est le logo du Village Électoral. Si cette fille aux cheveux violets y était l'an dernier, elle y est peut-être aussi cette année.

– Mmh… effectivement. D'accord, allons-y.

– Bon boulot, Julita, dit-elle.

– Humm ?

– Bah, puisque tu ne l'as pas dit, je me suis sentie obligée.

Jan leva les yeux au ciel, puis lui fit signe de le suivre. Ils se faufilèrent vers le couloir latéral au milieu de la foule qui se densifiait. Ils passèrent devant une pièce d'où s'échappaient des éclats bleutés de machines à souder, puis devant quelques filles coiffées à l'iroquoise, puis devant l'entrée d'un patio où quelques food-trucks préparaient déjà les repas du déjeuner qui ne saurait tarder – mexicain, chinois, brésilien, thaï, les odeurs se mélangeaient dans l'air chaud et faisaient saliver. Finalement, ils atteignirent la pièce où se trouvait le Village Électoral. Il y avait là des machines à voter éventrées, les câbles saillants, et beaucoup de monde autour ; les gens étaient assis sur des tables, par terre, en tailleur, avec des ordinateurs portables sur les genoux. La pièce était pleine à craquer et, malgré la climatisation poussée à fond, l'air y était étouffant, ça sentait la sueur et l'électronique en surchauffe. Au fond, sur le mur, était accrochée une affiche : un smiley et des tibias croisés.

– Regarde, dit Jan en lui donnant un petit coup de coude dans les côtes. Là-bas.

Elle suivit son regard. Dans un coin de la salle, devant une longue table jonchée de pièces de machines démontées, au milieu d'un cercle de gars en tee-shirts noirs, il y avait la fille de la vidéo, avec ses cheveux violets en queue-de-cheval et son piercing à l'arcade sourcilière. Elle analysait la carte-mère, concentrée, suivant du bout du doigt le trajet des circuits intégrés, on aurait dit une archéologue étudiant une inscription ancienne. Julita se dirigea vers elle, avec précaution afin de ne marcher sur aucune main ni aucun clavier.

– Salut, dit-elle. On pourrait parler ?

– Je suis occupée, marmonna la fille de la vidéo sans même regarder dans sa direction.

– Oui, je vois ça, mais c'est important, il s'agit…

– Excuse-moi, tu pourrais éviter de déranger ? lança l'un des garçons, un Latino à la barbe finement taillée. On fait un truc ici, OK ?

– Il s'agit d'Alex, reprit Julita, d'Alex McCabe.

– Connais pas.

La fille remit la carte-mère en place et s'empara du boîtier.

– Qui a le tournevis ? demanda-t-elle.

– Yeux brun, nez aquilin, dit Julita sans se décourager. Vous avez parlé ici il y a deux ans, au petit-déjeuner. Vous avez parlé de sa présentation.

– Hé, meuf, dit le Latino visiblement agacé, tu vas nous lâcher la grappe ou il faut que j'appelle la sécurité ?

– Attends, attends… dit la fille en détachant pour la première fois les yeux de la machine éventrée. Oui, je le remets. Qu'est-ce qu'il devient ?

– Il est mort.

Cette fois, tout le monde leva les yeux.

– Qu'est-ce qui s'est passé ?

– Un meurtre, très probablement, dit Jan. Est-ce qu'on pourrait parler… ailleurs ?

La fille le regarda, puis se tourna vers Julita. Elle lâcha un profond soupir.

– Ne m'attendez pas, lança-t-elle en se levant de table.

Il ne cligne jamais des yeux, remarqua Aneta. Ils le bombardent de flashs, encore et encore, et lui, rien, il ne grimace même pas, il regarde droit vers l'objectif. Incroyable. Je serais curieuse de savoir s'il s'est exercé à le faire. Peut-être qu'il se plantait devant un stroboscope et lui faisait des grands sourires ?

– Allons, venez plus près, je ne mords pas, dit Artur à des filles intimidées.

Elles firent un pas dans sa direction, souriantes, rougissantes, et se répartirent à ses côtés. Flash – une autre photo.

– On peut en faire une autre ? Avec mon téléphone ?

– Mais bien sûr.

La fille descendit de l'estrade pour échanger les appareils. Une file d'attente s'était formée à côté, longue de plusieurs dizaines de personnes, chacune avait le livre d'Artur sous le bras, *De l'Italie à la Pologne*. Enfin, ce n'était pas vraiment un livre, mais ses posts d'Instagram réunis en format papier, et c'était encore moins le sien, vu que c'est Aneta qui avait écrit les textes. D'ailleurs, ça n'avait pas été particulièrement difficile : quelques anecdotes footballistiques qu'elle connaissait déjà par cœur, quelques citations inspirantes sur fond de jolis paysages, le tout agrémenté de poncifs sur la politique. La publication avait eu lieu six mois plus tôt, mais ils continuaient à recevoir des invitations pour des rencontres avec des lecteurs. Ils en avaient déjà effectué plusieurs dizaines. La formule était toujours identique : un bref entretien avec un journaliste local, des questions du public, puis le clou du spectacle, une séance de photos avec dédicaces. Ces sessions pouvaient durer une heure, parfois même deux. Pour toute autre personne, ça aurait été une torture, mais pas pour Artur. Il adorait ça, il ressuscitait quand il était au cœur de l'attention, sous l'œil des caméras.

– Merci beaucoup, monsieur, dirent les filles en reprenant leurs exemplaires dédicacés.

– Pas de quoi, tout le plaisir était pour moi.

Maintenant, se dit Aneta, avant que la personne suivante n'approche. C'est le moment idéal, la moitié des gens étaient passés, donc il était déjà excité et à fond, les pensées ailleurs, et l'autre moitié l'attendait encore, donc elle disposerait d'un peu de temps. Elle monta sur l'estrade, s'accroupit près du pupitre.

– Hé, Artur… chuchota-t-elle, écoute, j'ai une migraine affreuse… Je vais t'attendre dans la voiture, d'accord ?

– Sûr. Tu as des cachets ?

– Non, dit-elle.

Bingo. Il avait mordu à l'hameçon. Elle savait qu'Artur, supplicié parfois par une ancienne blessure, ne partait jamais de chez lui sans antidouleurs. Et elle savait aussi où il les rangeait.

– J'ai de l'Apap dans la poche intérieure de ma veste.

– Merci, dit-elle en souriant, tu me sauves la vie.

Dès qu'elle s'était éloignée de la table, la personne suivante s'était approchée d'Artur, un quadragénaire avec une grande pile de mensuels *Football* à signer. Parfait, songea Aneta, ça l'occupera un moment. Elle enleva la veste suspendue au dossier de la chaise et descendit de l'estrade. Maintenant, vite, vite, disparaître entre les étagères avant qu'il ne s'en rende compte, avant qu'il ne l'appelle. Ça avait marché. Aneta sortit de la libraire, s'engagea sur la coursive du centre commercial et avança d'un pas décidé vers le parking tout en fouillant les poches de la veste. Elle sentit la forme familière sous les doigts. Le téléphone était bien là. Parfait.

Le centre commercial était immense, un des plus grands de Pologne, c'était une enfilade infinie de boutiques, de cafés et de fast-foods, partout des promotions, des bonnes affaires, des remises, deux articles pour le prix d'un, offre valable aujourd'hui seulement. Aneta traversa une place où se trouvaient des palmiers en pots en piètre condition où se cachaient des moineaux ; de temps en temps, ils volaient entre les feuilles pour attraper des miettes de nourriture sur les plateaux en plastique. Et maintenant à gauche puis, après le salon de manucure, à droite et elle était déjà arrivée à l'escalator, elle se frayait un chemin parmi les gens qui ployaient sous le poids des sacs de courses, faisant son possible pour aller plus vite, pour être déjà dans la voiture. Où est-ce qu'ils s'étaient garés… Papillon 63 ou Tortue 63 ? Tortue, croyait-elle. Elle marchait entre les voitures à la recherche de la Porsche d'Artur. Elle remarqua enfin la forme aérodynamique et familière au fond du parking, près du mur, sous un néon clignotant.

Elle s'assit sur le siège passager et sortit le portable d'Artur. Ces derniers jours, elle avait tenté d'apercevoir son code d'accès ; chaque fois qu'il prenait le téléphone en main, elle se plaçait un peu sur le côté et l'observait en douce par-dessous ses lunettes de soleil. C'était sans doute le 2, 8, 9, 0… *Code incorrect.* Merde. Alors peut-être le 2, 8, 6, 0… *Code incorrect.* Alors peut-être le 2, 8, 5, 0… *Bip*, écran déverrouillé. Ses oreilles bourdonnaient, sa gorge était sèche. Elle ouvrit la messagerie électronique et tapa dans la barre de recherche l'adresse de Daniel Królak. Cinq résultats. Elle cliqua sur le dernier en date.

De : Daniel Królak <daniel.krolak@netsolutions.pl>
À : Artur Warecki <artur.warecki@polognedemain.pl>
Date : 10 août 2020 16:23
Objet : Re : Craintes

Monsieur Arthur,
Ne vous inquiétez pas. Ces comptes contrevenaient au règlement d'utilisation du réseau social. Tandis que nous ne faisons simplement qu'exploiter leur business model. Les utilisateurs qui répondent à notre questionnaire acceptent de transmettre leurs données personnelles à des fins d'analyse (paragraphe 18, alinéa 6, point 2). Vous pouvez dormir sur vos deux oreilles.
Bien cordialement,
Daniel Królak
CTO, Net Solutions Sarl

Jeudi, 09 août 2020 23:48, Artur Warecki a écrit :

> Cher Daniel, avez-vous regardé la conférence d'hier ?
Comment cela influe-t-il
> sur notre campagne ?
> Cordialement,
> Artur Warecki

Intéressant, mais ce n'était pas ça qu'elle cherchait. Elle ouvrit le message le plus ancien, daté de mai.

De : Daniel Królak <daniel.krolak@netsolutions.pl>
À : Artur Warecki <artur.warecki@polognedemain.pl>
Date : 23 mai 2020 12:11
Objet : Coopération

Monsieur le député Warecki,
D'après ce que je comprends, vous avez déjà convenu des conditions de notre coopération avec mon supérieur – j'en suis ravi. Je suis à votre disposition. Contactez-moi au moment de votre convenance.

Bien cordialement,
Daniel Królak
CTO, Net Solutions Sarl

Aneta se redressa sur son siège et croisa les jambes. “Vous avez déjà convenu des conditions de notre coopération avec mon supérieur”, répéta-t-elle dans sa tête. Mais c’était plus d’un mois avant que Królak ne vienne les voir avec sa présentation, avant que le reste de l’état-major du parti – ou en tout cas qu’elle – n’apprenne son existence. Et puis, qui était ce supérieur ? S’agissait-il du patron de Net Solutions ? Ils ne l’avaient jamais rencontré, elle avait simplement vu son profil sur LinkedIn. Intéressant. Celui-ci avait peut-être écrit à Artur ? Elle vérifia s’il y avait d’autres mails envoyés depuis le domaine netsolutions.pl. Raté, rien que Królak. Aneta inscrivit le mot “collaboration”. Rien d’intéressant. “En ligne.” Idem. “Marketing Internet”. Zéro résultat. “Proposition” peut-être ? Un seul résultat. De la femme d’Artur, Kasia. Daté du 10 mai.

De : Artur Warecki <artur.warecki@polognedemain.pl>
À : Kasia Lubiś-Warecka <lubiswarecka@gmail.com>
Date : 10 mai 2020 16:44
Objet : Re : Plus tard

Artur, chéri, est-ce que tu devrais vraiment commenter ce genre d’affaires dans des mails... ? Réfléchis un peu parfois.
Le dîner t’attend au frigo.
K

Lundi, 10 mai 2020 16:31, Artur Warecki a écrit :

> Cara mia,
> J’arriverai tard aujourd’hui, ne m’attends pas. Excuse-moi, mais le type dont je t’ai parlé m’a appelé. Je ne sais pas quoi
> en penser, sa proposition me semble un peu louche, mais

> je pense que ça vaut le coup de se rencontrer. Aneta est super dans ce qu'elle
> fait, mais nous aurions bien besoin d'un coup de pouce supplémentaire. Et puis, il ne demande pas tant que ça, juste un seul point de programme. Bon, je ne sais pas. À réfléchir.
> Tanti bacioni,
> Arturo

– Oh putain ! gémit Aneta en mettant une main devant sa bouche. Oh putain de merde.

Des pas, des talons qui claquent sur le béton. Aneta connaissait ce bruit, elle connaissait ce pas alerte. Elle bloqua le téléphone, bordel, dans quelle poche il était déjà, la gauche ou la droite, la gauche ou la droite, vite, vite, la gauche elle dirait. Elle posa la veste sur la plage arrière de l'auto, se redressa et s'appliqua à calmer sa respiration.

L'Apap ! se souvint-elle soudain, elle n'avait pas pris d'Apap, que se passerait-il s'il remarquait que le nombre de cachets n'avait pas diminué ? En prendre un maintenant ? Non, il serait dans la voiture dans une seconde, elle n'en aurait pas le temps.

– Salut, dit Artur en ouvrant la portière. Comment ça va ? Mieux ?

– À peu près.

– Mais tu n'étais pas obligée d'embarquer ma veste…

– Pardon, balbutia-t-elle, je n'arrivais pas à trouver ces cachets et je ne voulais pas rester plantée derrière toi à fouiller tes poches, ça aurait fait mauvais genre…

– Au fond, tu as raison, admit-il en s'installant au volant. On y va ? Y a un petit bout de chemin jusqu'à Varsovie.

– D'accord.

Artur tourna la clé dans le contact ; le puissant moteur vrombit sous le capot.

– Tu es sûre que ça va ? demanda-t-il en la regardant en biais.

– Oui, pourquoi ?
– Tu es blanche comme un linge.
– Non, non, dit Aneta en déglutissant avec peine. Tout va bien.
Durant tout le chemin, elle fit semblant de dormir.

Des boîtes en carton, empilées les unes sur les autres, des chaises pliables en plastique, tachées de café, une table encombrée de papiers et de liasses de billets d'entrée de rechange, des spaghettis de câbles dans le coin, une tour de gobelets jetables usagés et un rouleau de serviettes en papier trempé – le chaos, du provisoire, de la pacotille –, en un mot, c'était la salle des organisateurs.
– Pardon, c'est toujours le bordel ici… Mais, au moins, personne ne va nous déranger, dit Liz.
C'était le prénom de la fille de la vidéo. En tout cas, c'est comme ça qu'elle s'était présentée ; ici, on ne pouvait croire personne sur parole. Elle venait au DEFCON chaque année depuis six ans, elle aidait à diriger le Village Électoral. Au début, elle ne voulait pas vraiment leur parler, on sentait qu'elle ne leur faisait pas complètement confiance. Par chance, il s'était avéré qu'elle avait lu les articles de Julita sur l'affaire Buczek, traduits en anglais. Cela leur permit de briser la glace.
– Merci de nous donner l'opportunité de parler, dit Julita en s'asseyant sur une chaise bancale.
– Pas de souci. Alors, qu'est-ce qui s'est passé ?
– Quelqu'un ne voulait pas qu'Alex fasse sa présentation, dit Jan, adossé au mur, les bras croisés sur la poitrine. Assez pour le passer à tabac et lui dérober son ordinateur. Et puis… et puis il a dû se passer autre chose. Parce que, quelques mois plus tard, Alex était mort.
– Officiellement, c'est un suicide, compléta Julita. Mais nous avons des raisons de croire que quelqu'un l'y a aidé.
– Mon Dieu…

– Nous tentons d'établir de quoi Alex devait vraiment parler. Sur votre page, il n'y a aucune information, le modérateur de la conférence d'Alex a disparu sans laisser de traces, personne ne répond à mes mails… Il ne reste que toi.

– Écoutez, moi non plus, je ne connais pas tous les détails…

– Alors dis-nous ce que tu sais.

Liz se versa de l'eau d'une bouteille, but une grande gorgée.

– Il s'agissait d'élections, dit-elle. En Estonie. Alex disait avoir trouvé un moyen de les pirater.

Julita et Jan échangèrent un regard. Ils savaient qu'il devait s'agir de quelque chose de sérieux. Ils ne pensaient pas que c'était à ce point.

Liz sourit en voyant leur réaction

– Eh oui, fit-elle, c'est exactement ce que je m'étais dit à l'époque.

– Très bien, mais… il t'a dit ça comment ?

– Il m'a dit qu'il avait conçu un *malware* qui…

Liz s'interrompit à mi-phrase.

– Au fait, vous savez au juste comment fonctionne le système de vote électronique en Estonie ? demanda-t-elle.

– Ouais, dit Jan en hochant la tête.

– Parle pour toi, intervint Julita. Je n'en ai pas la moindre idée.

– Comment expliquer ça le plus simplement… fit Liz en se grattant la tête. En Estonie, tout le monde possède une carte d'identité, d'accord ? C'est un truc un peu comme un passeport, mais…

– On sait. On a des cartes d'identité en Pologne aussi.

– Ah d'accord. Mais avec une clé RSA ?

– Non, dit Julita en secouant la tête.

– Et voilà. Chaque carte d'identité estonienne possède une clé cryptographique unique qui peut servir à vérifier une identité en ligne. Dans le cas d'élections, ça implique de télécharger d'abord une application spéciale et de donner sa clé pour se connecter. Puis tu sélectionnes un vote qui va être crypté et c'est sous cette forme qu'il est conservé sur le serveur. C'est seulement lorsque les élections s'achèvent que les votes cryptés sont gravés sur un disque DVD… Vous suivez ?

– Oui, répondirent-ils en chœur.

– Super. Où est-ce que j'en… ah oui. Les votes cryptés sont gravés sur un disque et transférés sur un ordinateur à part, spécialement assemblé pour l'occasion, et coupé du réseau pour rendre impossible toute attaque à distance. Seul cet ordinateur peut déchiffrer les voix et donner le résultat.

– Et alors, beaucoup de gens votent par ce moyen ? demanda Julita, faisant son possible pour se concentrer et ne pas se perdre dans cet exposé technique effectué en langue étrangère.

– Lors des dernières élections ? Plus de 30 %.

– Et il y a une copie de secours ? Sur papier ?

– Non. Rien que l'enregistrement électronique.

– D'accord. Continue.

– Et donc, Alex m'a dit qu'il avait lu un article d'un scientifique de l'Université du Michigan, un certain Halderman, qui avait décidé de vérifier à quel point ce système était vulnérable aux attaques.

– Laisse-moi deviner, dit Jan, il l'est.

– Bravo. Et tu sais ce qui est, selon Halderman, le maillon le plus faible du système ?

– L'application pour les votes ? suggéra Jan. Si quelqu'un avait piraté les serveurs de la commission électorale et substitué au programme une version infectée… Les utilisateurs l'auraient téléchargée et on aurait pu changer les votes dès le départ. Tu cliques sur le candidat X et l'application transmet en réalité un vote pour le candidat Y. Et tu n'en sauras jamais rien.

– Pas bête… dit Liz en hochant la tête. Mais la commission électorale effectue régulièrement un audit complet du code informatique. Même si quelqu'un parvenait à remplacer le programme par une autre version, elle s'en rendrait rapidement compte.

– D'accord, mais si l'un des membres de la commission était corrompu, alors…

– L'ordinateur pour compter les voix, dit Julita en lui coupant la parole.

– Quoi ?

– Le maillon le plus faible, c'est l'ordinateur pour compter les voix.

– Tu n'écoutes pas ce qu'on dit, pouffa Jan. Cet ordinateur est déconnecté du réseau, c'est ce qu'on appelle dans le jargon un ordi *air-gapped*, donc il n'y a…

– Ben oui, mais d'où sort son système d'exploitation à lui ? demanda Julita en l'interrompant une nouvelle fois. Ça ne tombe pas du ciel. Quelqu'un doit le concevoir. Et quoi, tu crois qu'on le fait aussi sur une machine déconnectée du réseau ? Si tu parviens à pirater le matériel du concepteur qui prépare le software, tu peux l'infecter à ce moment-là.

Jan ouvrit la bouche, mais la referma aussitôt sans avoir prononcé un mot. Manifestement, il était à court d'arguments. Le silence se fit dans la pièce, un silence interrompu seulement par Liz. En l'occurrence, par ses applaudissements.

– Bravo, dit-elle. Halderman est arrivé à la même conclusion. Tu es une nana très futée. Passe-nous voir au Village après ça. On aurait bien besoin de quelqu'un comme toi.

– J'y songerai, dit Julita avec un sourire radieux.

– D'accord, d'accord, mais minute… dit Jan en levant la main pour indiquer qu'il avait quelque chose d'important à dire. Parce que ce n'est pas du tout aussi simple. Tu dois d'abord établir précisément qui assemble cet ordinateur, pour savoir déjà qui tu dois attaquer.

– C'est vrai, fit Liz en hochant la tête. Impossible en apparence. Mais il s'avère que la commission électorale estonienne publie les vidéos du travail sur ce matériel par souci de transparence. On y voit les développeurs, leurs ordinateurs, il y a même des zooms sur leurs écrans. Et donc, quand on regarde ces enregistrements image par image, on constate qu'ils ont une approche assez souple des questions de sécurité. Sur ces ordinateurs, ils ont des dossiers avec des films piratés. Des torrents.

– Non... dit Jan en faisant de grands yeux. Je n'y crois pas.

– Eh si... Pire, sur un des enregistrements, on voit une fiche avec le nom de leur réseau wi-fi. Et leur mot de passe. Elle est punaisée au mur.

– Oh putain... Mais c'est...

– Et qu'est-ce que le gouvernement estonien en dit ?

– C'est une histoire amusante, dit Liz en se redressant sur sa chaise inconfortable. Halderman s'est rendu à Tallin pour présenter ses résultats. On l'a expulsé du pays. Ils l'ont accusé de travailler pour l'opposition.

Jan secoua la tête, incrédule.

– Bon d'accord, mais nous nous écartons du sujet, dit Julita. Assez parlé d'Halderman. Qu'est-ce que Alex a fait ?

– Il a décidé de tester si on pouvait effectivement exploiter ces failles pour changer les résultats électoraux. Et ce qui en est ressorti, c'est que c'était largement faisable. Le premier défi, c'est d'infecter un membre de la commission électorale. On peut le faire via un accès physique ou par des attaques de *spearphishing*... mais Alex a choisi une solution plus élégante.

Liz parlait avec une étincelle dans les yeux. La même qui apparaissait parfois dans ceux de Jan.

– La première chose que faisait son programme, c'est scanner le contenu du disque dur pour chercher la présence de certains mots prédéfinis, en l'occurrence les noms des informaticiens qui travaillent pour la commission électorale estonienne.

– Ah oui, donc, au lieu d'attaquer un ordinateur en particulier, il suffit de lâcher le *malware* n'importe où dans le réseau et d'espérer qu'il finira par arriver là où il faut?

– Exactement. Il suffirait de le lâcher sur des torrents, puisqu'on sait que les informaticiens de la commission les utilisent. Ou alors, supposons qu'on soit capable de pirater la page d'un journal estonien célèbre ou d'une chaîne de télévision, ce qui ne devrait pas être particulièrement difficile, et d'y placer une image infectée qui aurait le programme d'Alex inséré entre les pixels. Chaque internaute qui l'afficherait sur son ordinateur chargerait aussi le *malware* en question. L'Estonie est un petit pays, il y a fort à parier que la page serait visitée par un dirigeant de la commission un jour… Et, dans le cas contraire, par un membre de sa famille ou par un ami qui infecterait ensuite son ordinateur en y chargeant par exemple ses photos de vacances ou une version piratée de *Game of Thrones*. Si le programme ne détecte pas les noms de famille escomptés, il reste en sommeil…

– Et s'il les détecte? Qu'est-ce qui se passe?

– Alex avait utilisé une comparaison amusante… dit Liz en souriant. Il a dit que son programme se comportait comme une vesse-de-loup perlée. Au moment où tu marches dessus, elle explose et expulse dans l'air un nuage de spores.

– Beurk! fit Julita.

Jan et Liz lui lancèrent des regards étonnés.

– Navrée, c'est une phobie, dit Julita en se sentant rougir. Les champignons, c'est dégueu. Quand j'étais petite, j'ai dormi chez mes grands-parents à la campagne une fois, j'ai écarté mon lit du mur et là, c'était tout noir de…

Elle s'interrompit.

– Pardon. C'est sans importance.

– Hum, effectivement, grommela Jan avant de se tourner vers Liz. Tu parlais de spores ?

– Oui. Donc, ceux-ci faisaient deux choses. Premièrement, ils s'accrochaient à tous les fichiers de l'ordinateur. À chacun d'entre eux, sans exception. À partir de ce moment-là, à chaque fois que les informaticiens de la commission transportaient quoi que ce soit depuis leurs ordinateurs vers le serveur électoral coupé du réseau…

– Ils importaient également le *malware*. En passager clandestin.

– Exactement.

– Et la seconde chose ?

– Le programme cherchait une base de votes. À partir du moment où il la trouvait, il devait injecter dans le code les instructions suivantes. Au candidat 1, affecte tel pourcentage de voix. Au candidat 2, affecte tel pourcentage de voix.

– Wow, fit Julita en ouvrant de grands yeux. Et ça marchait vraiment ?

– Bah tu sais, je n'ai pas vu ce code… Mais Alex soutenait que oui. Les tests s'étaient avérés concluants.

– Jan ? C'est possible ?

– Humm… fit le Polono-Vietnamien en rassemblant ses pensées. En théorie, oui. Et si, en plus, on était au courant d'une faille par laquelle transférer ce programme, un *zero-day* si possible… personne ne pourrait se rendre compte que quelque chose s'est passé.

Ils se turent quelques instants. Liz triturait ses lacets, Julita secouait la tête, incrédule, tandis que Jan essuyait son front en sueur.

– Alex est allé voir les Estoniens avec ça ? reprit-il au bout d'un moment.

– D'après ce que je sais, non, répondit Liz en secouant la tête. Il m'avait dit qu'il l'annoncerait pour la première fois au DEFCON.

– Pourquoi ici ?

– Je ne sais pas, je ne lui ai pas demandé. Peut-être qu'il tenait à se faire remarquer dans le milieu.

– Et pourquoi il te l'a dit précisément à toi ?

– Je n'en ai pas la moindre idée non plus, dit la jeune femme en haussant les épaules. Je me suis jointe à lui à table parce que Josh, qui avait validé son abstract, m'avait dit que puisque je m'intéressais aux élections en ligne, il fallait que je discute avec ce gars. Au début, c'était une conversation pénible parce que, l'essentiel du temps, Alex fixait ses chaussures, mais une fois qu'il s'est décoincé… j'ai cru que j'allais tomber de ma chaise.

– J'imagine… Tu te rappelles encore quelque chose de cet entretien ?

– Attendez, que j'y réfléchisse… Non, je crois que c'est tout.

– Et la suite ? demanda Julita.

– C'est-à-dire ?

– Eh bien, vous avez eu votre conversation, tout portait à croire que ça allait être le clou de cette édition du DEFCON… Et puis, soudain, Alex s'est désisté et est rentré chez lui en avançant son vol de retour. Ça ne t'a pas étonnée ?

– Bien sûr que ça m'a étonnée. Je lui ai aussitôt écrit, salut vieux, qu'est-ce qui s'est passé, pourquoi tu as disparu… Il ne m'a jamais répondu. Et par la suite…

– Oui ?

– Quelques mois plus tard, les élections présidentielles ont eu lieu en Estonie. J'ai décidé de vérifier comment ça s'était passé, comme ça, par curiosité. Et il s'est avéré que le sort de l'élection s'est joué justement sur les voix exprimées par Internet. Le gars qui a gagné, ce Jaagup Sokk, en a eu 10 % de plus que l'autre candidat. Or, dans le vote traditionnel, il était en retard d'un demi-point.

– Donc, sans les voix exprimées en ligne…

– Oui, c'est l'autre qui aurait gagné.

Julita n'arrivait pas à en croire ses oreilles. Elle ne voulait pas y croire.

– Et alors, tu n'es allée nulle part avec cette info ? demanda-t-elle.

– Avec quelle "info" ? s'indigna Liz. Un type me parle d'un programme que je n'ai jamais vu de mes yeux. Je ne peux même pas être totalement sûre qu'il m'a dit la vérité. Il avait peut-être seulement envie de m'impressionner.

Jan se mordilla la lèvre et enfonça ses mains dans les poches. Il songeait à quelque chose, et probablement rien d'agréable.

– Écoute-moi, dit-il en s'adressant à l'Américaine.

Il parlait bas, mais fermement.

– Tu vas retourner au Village Électoral. Tu vas rassembler tes affaires, tu vas dire à tes potes que tu vas faire un saut rapide à l'extérieur pour déjeuner. Après quoi, tu jetteras ton téléphone, tu sortiras de l'hôtel par la porte de derrière et tu quitteras Las Vegas. Pour aller très loin.

– Tu déconnes, s'esclaffa-t-elle. J'attends cette conférence depuis un an, mon équipe…

– Liz, dit Jan en lui coupant la parole.

– Quoi ?

– Alex avait une copine. Elle est morte aussi. Et ce Josh dont tu parlais, l'animateur des débats ? Personne ne sait ce qui lui est arrivé. Drôle de coïncidences, tu ne trouves pas ? D'après toi, qu'est-ce qui est en jeu ici ? Parce que moi, je dirais que quelqu'un a décidé de tester le programme d'Alex en dehors du labo… et de se débarrasser de tous ceux qui connaissaient son existence.

La jeune femme ne répondit pas. Ce n'était pas la peine, on pouvait lire ses pensées sur son visage. D'abord : non, ce n'est pas vrai, c'est impossible. Et après : et si ? Que faire si jamais il dit vrai ?

– Ne commande pas d'Uber, continua Jan.

Il parlait lentement, comme s'il expliquait à une touriste égarée comment se rendre à la gare. Il ne tentait plus de la convaincre. Il savait que ce n'était plus nécessaire.

– Prends un taxi, dit-il, mais pour l'amour de Dieu, pas un qui attend à la station. C'est clair ?

– Oui…

– On va sortir en premier. Si quelqu'un nous observe, il y a une chance qu'il nous suive. Attends trente secondes, ne pars qu'après. D'accord ?

– D'accord… dit Liz, devenue pâle. Et vous ?

– Bonne question, marmonna Jan, en posant la main sur la poignée. Julita, tu es prête ?

– Oui… je crois, oui.

– Alors, viens.

Il ouvrit la porte du couloir. Dans la salle d'en face, une conférence venait de s'achever et des gens en sortaient. Jan et Julita profitèrent de l'occasion pour se fondre dans la masse. Julita marchait sur des jambes flageolantes, elle ne sentait plus le sol sous ses pieds. Jan dit quelque chose, mais elle ne l'entendit pas, abasourdie par des bribes de conversations menées tout autour d'elle et par ses propres pensées. Des élections falsifiées. Quelques milliers de lignes de code qui peuvent sauter par-dessus les airs sur un ordinateur coupé du réseau et changer le destin d'un pays entier. Elle comprenait enfin l'importance de l'enjeu et pourquoi certains tenaient tant à réduire Alex et Kandy au silence. Elle comprenait pourquoi elle pourrait être la prochaine sur la liste. Elle frissonna.

Ils revinrent dans le hall principal. Les gens faisaient la queue pour se faire prendre en photo avec un type déguisé en Neo, de *Matrix*. À côté, un garçon à barbichette tenait un panier et distribuait des clés USB marquées d'un ES-TU ASSEZ STUPIDE ? La file d'attente à l'entrée s'était tarie – ceux qui étaient censés venir au congrès étaient déjà là. L'agent de sécurité qui avait vérifié leurs sacs était à présent assis dans un coin, sur un petit tabouret, penché sur son téléphone portable. Son ventre volumineux reposait sur ses cuisses, tandis que ses doigts martelaient le petit écran qui clignotait de couleurs vives ; il jouait à un simple jeu à cliquer qui aidait à faire passer le temps, à presser les endorphines d'un cerveau inactif.

– Hé, attends, dit Julita en posant la main sur l'épaule de Jan. Où est-ce qu'on va au juste ?

– Je te l'ai déjà dit. À l'hôtel. On n'apprendra plus rien ici.

– Et après ?

– Je ne sais pas toi, dit Jan, mais moi je change mon billet d'avion… pour le prochain vol vers la Pologne.

Quelque chose clochait dans sa voix. Elle tremblait. Un instant plus tôt, avec Liz, il était encore capable de maintenir un visage impassible et de faire semblant de garder le contrôle, de savoir exactement quoi faire. À présent, ce n'était plus le cas.

– Jan, écoute, on devrait peut-être appeler la police et…

– Et qu'est-ce qu'on va leur dire, hein ? grogna-t-il. Hello, ici deux touristes polonais, nous venons de découvrir un complot mondial, on croit que quelqu'un nous suit, pouvez-vous nous fournir une protection ? À ton avis, ils vont nous prendre au sérieux ? Parce que moi je crois que, dans le meilleur des cas, ils vont nous obliger à souffler dans un ballon.

– Et tu ne pourrais pas activer tes contacts ?

– Mais quels contacts, bordel ? Ma pauvre fille, pour qui tu me prends ? Pour le commissaire Gordon ?

Il détourna le regard et ravala quelques mots. Quand il reprit la parole, ce fut plus calmement.

– Julita, c'est une affaire sérieuse. Très sérieuse. Mais tu n'as que des indices. En Pologne, tu trouveras peut-être quelqu'un qui te croira et t'aidera à rembobiner le fil. Mais, à ta place, j'y réfléchirais à deux fois avant de le dire à qui que ce soit. Et je me demanderais aussi si je devrais vraiment le faire.

Ils sortirent du Planet Hollywood. La fournaise les accabla ; avec le soleil au zénith, le trottoir était si chaud qu'il brûlait à travers les semelles. Jan tenta de héler un taxi, mais aucun ne s'arrêta.

– Jan ?

– Oui ?

– Tu crois qu'on est en danger ? Je veux dire... maintenant ?

Jan leva la main et l'agita. Sans succès ; le taxi ne ralentit même pas.

– Ça dépend s'ils savent ce que nous a appris Liz, dit-il en masquant le soleil de la main. Si ce n'est pas le cas, je suppose qu'ils vont jouer la précaution, qu'ils vont se limiter à la surveillance.

Julita hocha la tête. Elle avait une question évidente sur le bout des lèvres : et s'ils le savent ? Et s'ils les avaient mis sur écoute ? Mais elle ne parla pas. L'imagination lui fournissait les réponses.

Vadim déplaça les jetons sur le tissu vert et misa deux cents dollars sur le rouge. La croupière hocha la tête et fit tourner le tambour. L'instant d'après, la petite boule métallique commença sa danse, les gens rassemblés autour de la table la suivaient en retenant leur souffle : une retraitée en casquette de base-ball, un homme ivre avec un nœud pap élastiqué, une jeune femme dans une robe à paillettes. *Toc, toc, toc*, aussi longtemps que la bille bougeait, chacun d'entre eux était riche, chaque rêve pouvait devenir réalité. C'est précisément ce moment qui rendait accro, et non les rares gains.

Vadim jouait pour tuer le temps ; il avait un minuscule écouteur à peine visible à l'oreille : il attendait le signal. Bien sûr, il aurait pu faire autre chose, s'asseoir au bar avec un verre de whisky ou aller à la muscu. Mais il avait un faible pour les casinos. C'est dans un casino qu'il avait fêté son premier meurtre et qu'il avait flambé ses premiers butins. Bien entendu, ce casino-ci ne ressemblait en rien à l'autre, où il n'y avait pas de lustre en cristal mais juste une ampoule nue pendant du plafond, où il n'y avait pas de cocktails arc-en-ciel avec des parasols colorés, mais seulement des verres de vodka glacée. Ce fameux soir, il avait tout perdu, tout, jusqu'au dernier kopeck. Et, malgré cela, il s'était senti victorieux.

C'était merveilleusement simple : il suffisait de brandir une lame et, soudain, il ne voyait plus de l'indifférence ou du mépris dans les yeux des autres, mais de la peur. Un seul mouvement de la main et il cessait d'être un déchet, au contraire il gagnait un pouvoir divin, il devenait le maître de la vie et de la mort. Et quand les gémissements cessaient et que le sang versé commençait à coaguler et à noircir, tout ce qu'il ne possédait pas et qu'il avait si longtemps envié devenait soudain à lui : des chaussures cirées et brillantes, un portefeuille rempli de roubles, une montre en or sur un bracelet de cuir. À l'époque, il n'était pas encore capable de lire ce que les aiguilles indiquaient, mais il la remontait et la nettoyait consciencieusement chaque soir. Le tic-tac à peine perceptible de la trotteuse lui rappelait : tu n'as plus à supplier, tu n'as plus à mendier. Tu peux prendre.

Ses premières victimes étaient le fruit du hasard : un fonctionnaire soûl qui s'était endormi à l'arrêt et avait raté le dernier bus. Un commerçant qui s'était retourné pour prendre une bouteille sur l'étagère du haut. Une vieillarde, manifestement mal voyante, dans la mesure où elle lui avait demandé de l'aider à porter ses sacs de courses chez elle (aujourd'hui encore, il se souvenait du lapin en chocolat enveloppé dans du papier alu brillant, certainement un cadeau pour son petit-fils). Mais par la suite, il découvrit que ce qui lui venait si facilement, ce qui lui faisait tellement plaisir, posait pour une raison inconnue des difficultés à d'autres. Pire, ils étaient prêts à payer pour que quelqu'un le fasse à leur place. Dès lors, il avait cessé de rôder dans les ruelles sombres, serrant un canif dissimulé dans une poche de son manteau. Il attendait simplement un appel.

La bille sursauta encore sur le tambour de la roulette, mais de plus en plus lentement, de moins en moins vivement. Vadim porta le doigt à son oreille, tourna son regard vers la sortie. Il écoutait. Puis il chuchota quelque chose en réponse, très bas, afin que les gens serrés autour de lui ne l'entendent pas.

– Douze, noir, annonça paisiblement la croupière, indifférente aux lourds soupirs de déception et aux cris de joie.

Puis elle balaya les jetons mal misés, dont les deux cents dollars laissés par Vadim.

– Plus de chance la prochaine fois, dit un homme debout derrière lui.

Vadim ne répondit pas, il ne regarda même pas dans sa direction. Il se leva de table et ajusta son manteau de sorte que personne ne remarque le pistolet enfoncé sous la ceinture de son pantalon.

9

Julita et Jan logeaient dans le même hôtel. Bien entendu, ce n'était pas un hasard, il y avait des centaines d'endroits pour passer la nuit à Las Vegas, sans compter les rangées de motels aux abords de la ville et les innombrables appartements à louer. Julita avait supposé que, d'une part, Jan n'était pas le premier employé de PCW à venir dans ce parc d'attractions au milieu du désert et, d'autre part, que PCW réservait des chambres pour tous ses employés dans le même hôtel – parce que ristournes, points, accords de coopération et cetera. En utilisant le tour de passe-passe que Jan lui avait montré, elle avait identifié aisément sur Facebook plusieurs centaines de personnes qui travaillaient ou avaient travaillé un jour chez PCW, puis avait sélectionné leurs publications marquées du hashtag #LasVegas. Le moteur de recherche avait recraché plusieurs dizaines de photos dont la plupart avaient été prises à l'hôtel Lancelot. Quand Julita avait vu pour la première fois des images de celui-ci, elle avait éclaté de rire. C'était une sorte de palais Disney surplombé d'une quinzaine de tours aux toits pointus, chacun de couleur différente, mais furieusement vive – on aurait dit un gâteau en béton. À l'arrière, il y avait deux barres d'immeubles massives, hautes d'une quinzaine d'étages, couronnées de créneaux, et devant, une allée à trois voies entre des tourelles décoratives sur lesquelles flottaient fièrement des drapeaux américains aussi grands que des voiles de galion et, en guise de fossé, un parking qui ceignait l'ensemble. "Nos clients ont à leur disposition quatre piscines ainsi qu'un casino d'une surface de 9300 mètres carrés", annonçait le Lancelot. Julita n'avait pas besoin d'être séduite davantage.

On lui attribua une chambre au douzième étage, à l'angle de l'immeuble. La vue était époustouflante, surtout maintenant, la nuit : des néons clignotaient, la statue de la Liberté s'élevait sur fond de rails tordus de montagnes russes, un cordon de voitures se déplaçait lentement – les phares rouges se fondaient entre eux et ressemblaient à une coulée de lave. Quand Julita entrouvrit la fenêtre, la cacophonie inonda sa chambre : plusieurs concerts se faisaient concurrence, on entendait des coups de klaxon, des cris en provenance de la fête foraine, des chants d'ivrognes. Elle eut envie de faire un tour dans les rues de Las Vegas, de jouer au poker, de boire une margarita dans un verre de la taille d'un aquarium, d'aller en boîte et de danser jusqu'au matin. Mais elle savait que c'était impossible et ce qu'elle risquait sinon.

– Bon, j'ai réussi à changer la réservation… dit Jan en levant les yeux de son ordinateur.

Assis, il était recouvert d'une couette au cas où quelqu'un les observerait à l'aide d'une caméra cachée.

– On a tous les deux des billets pour le vol de 8 h 30 pour Los Angeles. Là, on change pour un vol vers Francfort et de là, pour Varsovie.

– Enfin… Tu en as mis, du temps.

– J'ai aussi vérifié d'autres trucs.

– Admettons. Combien ça a coûté, tout ça ?

– Ton billet, trois mille. Le mien, quatre mille cent.

– Dollars ?!

– Non, n'exagérons pas. Złotys.

– Ouf. J'ai cru que ça serait pire.

– Je vais dire ça à mon chef, dit Jan en souriant aigrement. Écoute, j'ai commandé un taxi pour 6 h 30. Je viendrai te chercher et on descendra ensemble. D'accord ?

– D'accord.

– Quand je sortirai, ferme ta porte à clé et mets la chaîne. N'ouvre à personne à part moi. Ça inclut le personnel de l'hôtel. C'est clair ?

– Très clair.

– OK. Alors à demain.

Jan lui fit un signe de la main et sortit dans le couloir. Dans la chambre, on n'entendait plus que la rumeur de la climatisation. Barricade ta porte, s'ordonna-t-elle mentalement. Elle posa ses mains moites sur le dossier de la chaise. Celle-ci était étonnamment légère. Dans son esprit, elle revit l'homme qu'elle avait aperçu au DEFCON et, avant cela, sur la vidéo avec Alex : mâchoire carrée, nez retroussé, cou qui fusionne avec des trapèzes puissants, torse sur lequel il était difficile de boutonner un blouson. Cet homme ne faisait pas l'effet d'une personne qu'une chaise pourrait arrêter… ni même une armoire en bois massif. Je serais curieuse de savoir si c'est le même type qui a étranglé Kandy, se dit-elle en déglutissant. Des images de la vidéo lui revinrent en esprit. Des mains serrées sur un cou. Le visage en train de blêmir. Des yeux où l'on voit d'abord de la terreur, puis plus rien.

Julita ouvrit la porte. Jan était toujours dans le couloir, il attendait l'ascenseur, son lourd sac suspendu à l'épaule.

– Hé, Jan ! l'appela-t-elle.

– Hum ?

– Viens voir deux secondes.

L'ascenseur s'ouvrit et l'éclaira d'une lumière blanche. Jan soupira et retourna dans sa chambre.

– Oui ?

– Écoute, je réfléchissais… commença-t-elle en se grattant la nuque. Tu ne pourrais pas rester ici pour la nuit ? Le matin, on passerait simplement chercher tes affaires. Ça serait plus sûr, non ? Et puis, il y a deux lits, donc… bah tu vois, quoi. Et je promets de ne pas trop parler.

Il hésitait.

– Jan… fit-elle en prenant une large inspiration.

Il était temps d'appeler un chat un chat.

– J'ai peur, d'accord? dit-elle. J'ai vraiment peur. Comme jamais dans ma vie. Je t'en prie… Ne me laisse pas seule ici, sinon je vais devenir dingue.

Il détourna le regard et passa la main sur sa barbe mal rasée.

– D'accord, dit-il au bout du compte, mais sans enthousiasme excessif.

– Merci, vraiment, merci beaucoup, moi, toute seule ici, je…

– Tu étais censée parler peu.

Il la contourna dans l'entrée, s'assit sur le lit libre et ôta ses chaussures. Julita s'installa dans le fauteuil et croisa les jambes. Elle tint le coup deux minutes.

– Tu as faim ? demanda-t-elle.

– Je préférerais ne rien commander parce que…

– Oui, oui, je comprends. On peut regarder ce qu'il y a dans le mini-bar ?

– Je peux te le dire. Des cacahouètes à trente dollars.

– C'est moi qui invite, déclara Julita. Pour te remercier, tu sais. Qu'est-ce que tu en dis ?

– Ça me va.

Julita dressa la table. Deux petites bouteilles de champagne, des chocolats, un petit pot d'olives noires et un paquet de chips goût bacon, le tout avec des gobelets en plastique et des mouchoirs jetables en guise de serviettes – le dîner le plus cher qu'elle ait jamais mangé.

– On met de la musique ? demanda-t-elle. Qu'est-ce que tu aimes en dehors de Judas Priest ?

– En mangeant, on pourrait mettre Múm.

– Direction l'Islande? Au fond, pourquoi pas. Un instant…

Elle pianota sur l'écran de son téléphone.

– Mets plus fort.

– Pourquoi ?

– On pourra discuter un peu tranquillement… Mais cache ta bouche quand tu parles.

Julita balaya machinalement la chambre du regard à la recherche de caméras espion et de microphones. Bien entendu, cela n'avait aucun sens ; à l'œil nu, elle n'aurait rien remarqué. Il aurait été plus pertinent de faire un scan à l'aide de cette application sur le téléphone de Jan, elle lui demanda donc si ça ne valait pas le coup d'essayer. Il répliqua que ce n'était pas la peine de se fatiguer. Si quelqu'un voulait les écouter, il y arriverait à coup sûr.

Ils s'assirent en tailleur sur la moquette duveteuse, près de la table basse. Derrière la vitre, la grande roue tournait.

– Alors, qu'est-ce que tu penses de tout ça ? demanda Julita en faisant passer les chips avec du vin mousseux aussi sucré qu'une limonade.

– Premièrement… tout porte à croire que quelqu'un a réellement piraté les élections en Estonie.

– Mais qui ?

– Le nouveau président a récemment déclaré que son pays devrait envisager de quitter l'OTAN, dit Jan en ouvrant le pot d'olives. Tu peux imaginer la suite.

Julita mit un chocolat dans sa bouche. Il était immonde : du sucre, de la chimie et encore plus de sucre.

– Oh mon Dieu, marmonna-t-elle.

Elle recracha la bouillie marron dans un mouchoir puis s'essuya la bouche.

– Quelle horreur… Verse-moi… Merci. Ouf. Jésus de Nazareth… comment peuvent-ils manger cette merde ?

– Question d'habitude. Mes parents réagissent de la même façon devant la carpe en gelée polonaise.

– Ha… Bah effectivement, quand tu y penses… du poisson dans de la graisse gélifiée… Tu veux du chocolat ? Ou je peux le jeter ?

– Jette-le.

Julita se leva de table et tira sur le pantalon qui glissait sur ses hanches.

– Et quel rapport aurait X1 avec tout ça ? demanda-t-elle devant la poubelle. Tu crois qu'il travaille pour les Russes ?

– Ça serait mon hypothèse. Beaucoup de pirates informatiques finissent par atterrir au GRU. Certains de leur plein gré… d'autres, pas vraiment. On leur fait une offre qui ne se refuse pas.

Julita s'assit à nouveau à table. En s'accroupissant, elle eut un léger vertige. Le mousseux sucré montait vite à la tête. Pas cool, se dit-elle, je ne devrais pas m'enivrer maintenant, ça ne serait pas raisonnable. Bon, c'est la dernière gorgée, se promit-elle en tendant la main vers le verre.

– D'accord, et deuxièmement ? demanda-t-elle.

– Pardon ?

– Tu as dit, premièrement. Il y a donc certainement un deuxièmement.

– Attends… Non, je ne sais plus.

– Alors moi, j'ai un deuxièmement.

– Ah ? En l'occurrence ?

– Alex a dû faire autre chose… ou bien apprendre encore quelque chose, déclara Julita.

Ses joues lui chauffaient. Elles devaient être rougies par l'alcool.

– Parce que, penses-y… Il est venu faire cette conférence au DEFCON, ils lui ont cassé la figure, ils lui ont volé son ordi… mais ils l'ont laissé en vie. Et quelque mois plus tard ils sont revenus, chez lui et chez Kandy, et ils n'étaient plus si magnanimes.

– C'est vrai… Humm. Il a peut-être trouvé des preuves concrètes que son *malware* avait effectivement été utilisé et qu'il avait pesé sur le résultat des élections…

– Probable. Ou quelque chose du même acabit.

Jan pencha le pot et versa quelques olives sur sa paume ouverte.

– Tu en veux un peu ?

– Avec plaisir.

Julita tendit la main vers une olive. Elle frôla la peau moite de Jan. Elle sentit une contraction de son bas-ventre. D'aaaaaccooord Wójcicka, se dit-elle mentalement, tu dois vraiment arrêter ce champagne.

– À ton avis… qui il faut aller voir avec ça ? demanda-t-elle pour revenir à la conversation et s'occuper l'esprit. Une fois de retour en Pologne ?

– Pour le moment, personne. Il te faut autre chose. Un prétexte.

– OK.

– Mais encore une fois, Julita… Est-ce que, vraiment…

– Si X1 est mêlé à ça ? demanda-t-elle en lui coupant la parole. Alors oui. Ça vaut le coup.

Jan pliait le paquet de chips vide en accordéon, lentement, avec précision, comme s'il exécutait un origami. Ses pensées erraient au loin.

– Tu es une dure à cuire, déclara-t-il après un temps.

– Mon Dieu, Jan… dit Julita en plaquant ses mains sur ses joues. Est-ce que c'était un compliment ?

– Holà, tout de suite, les grands mots…

– Eh ! cria-t-elle vers le plafond. Si vous nous écoutez, notez ça, s'il vous plaît ! Le 4 août 2020, à 21 h 40, Jan m'a fait un compliment !

– Tu es bête, dit-il, mais en souriant. Sérieux, il est déjà 21 h 40 ?

– À trois minutes près, oui.

– Alors il est temps de ramasser ça.

Jan se leva et chassa les miettes de ses mains.

– Demain, on est debout aux aurores, reprit-il. Qui prend sa douche en premier ? Toi ou moi ?

– Moi, répondit-elle. Les mecs éclaboussent toujours tout.

– D'accord.

Jan se laissa tomber sur le lit et sortit son portable pour lire quelque chose. Julita pénétra dans la salle de bains, se déshabilla, fit couler l'eau froide de la douche. Quand le jet fut parfait, elle se mit sous le pommeau, se savonna la peau, puis les cheveux ; elle ferma les yeux. Bordel, je n'ai pas pris mon pyjama, réalisa-t-elle soudain. Et le peignoir était resté sur son lit. Elle pouvait toujours s'enrouler dans la serviette, ou demander à Jan de lui passer ses fringues, ou alors…

Et si tu sortais d'ici toute nue ? lui suggéra une petite voix au fond de sa tête.

Toute trempée.

Je serais curieuse de voir comment il réagirait.

Elle fit glisser ses mains savonneuses en bas de son ventre jusqu'à ce qu'elle sente des poils sous ses doigts.

Il s'énerverait certainement contre elle. Au début. Puis…

Julita ouvrit les yeux et regarda le miroir embrumé.

– Mon Dieu, Wójcicka, tu déconnes, chuchota-t-elle, honteuse, effrayée par sa propre imagination, par son subconscient qui remontait à la surface, porté par le champagne, le stress et les cachets. Tu es vraiment une traînée.

Elle termina rapidement sa douche, s'essuya, commença à enduire ses cuisses de crème. Ses joues étaient toujours rouges. Non, au fond, je n'en ai pas envie, se persuadait-elle, on passe juste beaucoup de temps ensemble ces jours-ci et, d'accord, il y a une sorte de courant qui passe, je ne le nie pas, mais ce mec m'agace plus qu'il ne m'attire, et puis…

Soudain, la lumière s'éteignit. Le noir complet se fit dans la salle de bains.

– Très drôle, Jan ! cria-t-elle.

Personne ne répondit. La peur se répandit aussitôt dans tout son corps, pénétra ses jambes, ses mains, se déversa dans ses poumons, serra sa gorge, frappa son ventre.

– Jan ? appela-t-elle d'une voix tremblante. Jan, allume la lumière, bordel !

Des pas. Quelqu'un près de la porte de la salle de bains. On entendait sa respiration.

– Ce n'est pas moi, chuchota Jan. Sors. Vite.

Julita s'habilla en quelques secondes. Elle quitta la pièce pieds nus, dans un legging trempé et un tee-shirt, sans soutien-gorge ; l'eau dégoulinait de ses cheveux emmêlés dans son dos. Jan se tenait près de la fenêtre, son inséparable sac sur l'épaule, et regardait par la fenêtre : sombre silhouette sur fond de néons.

– Qu'est-ce qui se passe ? demanda-t-elle.

– Panne de courant, dit-il. Mais seulement à notre étage.

– Tu as appelé la réception pour savoir si…

– La ligne est coupée. Sur les portables aussi. Écoute, où est-ce que tu as…

Une voix féminine résonna dans les haut-parleurs, une voix agréable, paisible, suscitant la confiance :

– Chers clients. Nous nous excusons pour la panne d'électricité. Nous invitons les clients du douzième étage à rester dans leurs chambres, pour leur propre sécurité. Nous vous informerons de…

– Ton passeport, où est ton passeport ? demanda Jan.

Il l'avait presque crié.

– Là, avec mon portefeuille, parvint-elle à répondre.

– Prends-le. On y va.

– Mais mon ordi…

– Pas le temps.

Jan l'attrapa par la main et la tira derrière lui. Ils sortirent dans le couloir. Celui-ci n'était éclairé que par des voyants d'alarme près des plinthes ; le panneau de l'ascenseur était éteint. On n'y voyait plus grand-chose… en dehors d'une silhouette au bout du couloir.

– Oh mon Dieu, Jan, oh mon Dieu, là-bas…

– Viens, dit-il.

Il la poussa vers l'autre extrémité du couloir.

Mais oui, la sortie de secours, l'escalier anti-incendie, ils allaient descendre, ils seraient en sécurité, Julita voyait déjà la porte, trente, vingt mètres devant eux, ils y arriveraient peut-être, peut-être…

Jan l'attira dans un couloir latéral.

– Jan ! cria-t-elle en se débattant. La sortie était là-bas !

– Je sais.

– Lâche-moi ! Là-bas, il y a…

Il s'arrêta un instant et lui serra les poignets.

– Julita, chuchota-t-il, il faut que tu me fasses confiance maintenant. Il le faut. Tu comprends ?

Elle hocha la tête. Des larmes coulaient sur ses joues.

– Alors viens. Vite.

Ils couraient dans le couloir. Au bout, il y avait plusieurs chambres. Toutes les portes étaient fermées. Jan ouvrit son sac et en sortit quelque chose, un boîtier métallique de la taille de sa paume. Il l'accola à la serrure magnétique. *Bip*, la lumière passa au vert, c'était ouvert. Julita en fut estomaquée, mais n'eut pas le temps de poser des questions, pas le temps de s'étonner, ils étaient déjà à l'intérieur.

– Qui est là ? cria un homme du fond de la chambre.

Maintenant, elle le voyait : un homme en peignoir se tenait plus loin. Il tenait une tige métallique dans les mains, une tige probablement destinée à régler les stores.

– On ne vous veut aucun mal, dit Jan. On veut seulement…

– Dégagez ! hurla l'homme. Cassez-vous ou je vous fracasse la tête !

– Écoutez-moi ! Je ne veux pas…

Mais l'homme prenait déjà son élan, la tige fendit l'air en sifflant. Jan poussa Julita vers le mur tout en s'accroupissant pour éviter le coup. L'instant d'après, il frappait à son tour : d'abord dans le ventre et, quand l'homme se plia en deux, d'en haut, sur la base de la nuque, de toutes ses forces. L'homme s'écroula, son visage heurta le sol en marbre ; quelque chose craqua, probablement son nez. Un cri. Quelqu'un crie, remarqua Julita. Il lui fallut un instant pour comprendre que c'était elle, que c'était sa propre voix.

– La ferme, chuchota Jan. Il faut qu'on reste silencieux.

Ils passèrent au fond de la chambre. Celle-ci était trois ou quatre fois plus grande que celle de Julita : à travers les immenses fenêtres du sol au plafond, on voyait la ville illuminée. Au milieu de la pièce, il y avait un jacuzzi et, à côté, un lit en forme de cœur. Deux filles y étaient allongées : minces, blondes oxygénées, en talons aiguilles.

– Pitié, pitié, oh mon Dieu, j'ai un enfant, gémit l'une d'entre elles.

La seconde bondit du lit et courut vers la salle de bains ; la porte claqua.

– Par là, dit Jan en tirant Julita par la main.

À l'autre bout de la chambre, dans le coin, il y avait un escalier en colimaçon. L'appartement était un duplex. Ils dévalèrent les marches métalliques vers le niveau inférieur et déboulèrent dans le couloir. Là, la lumière n'avait pas disparu et une musique agréable s'écoulait des haut-parleurs.

– Maintenant la sortie de secours, déclara Jan.

Ils coururent vers la porte, puis descendirent l'escalier, vite, vite ; Julita se rendit compte que sa plante de pied saignait, elle devait s'être coupée, et profondément avec ça ; elle n'avait même pas senti quand c'était arrivé. Ils entendirent des pas au-dessus d'eux, un étage plus haut. Quelqu'un courait. Une personne avec de lourdes bottes. Oh mon Dieu ! songea-t-elle, quelqu'un nous attendait là. Ils m'auraient tuée. Ils m'auraient déjà tuée. Plus vite, plus vite, elle descendait plusieurs marches à la fois, haletante, en sanglots, elle ne voyait plus rien à travers ses larmes.

– Maintenant par là, dit Jan en la tirant par la main.

Elle leva les yeux. Ils étaient au premier étage, au-dessus du casino. Ils coururent vers l'ascenseur dont la porte se refermait ; Jan passa la main entre les battants pour activer la photocellule. À l'intérieur, il y avait deux adultes, un homme et une femme, avec une ribambelle d'enfants en maillots de bain. Chacun tenait une bouée gonflable à la main : une bouée-cheval, une bouée-panda, une bouée-dragon. Manifestement, ils revenaient de l'une des quatre piscines.

– Je suis désolé, dit l'homme, un quadragénaire bronzé, mais je crois qu'on n'entrera pas tous et…

Jan ne le laissa pas finir sa phrase, il se rua à l'intérieur en poussant toute la petite famille contre le mur du fond ; les animaux gonflables grincèrent, les enfants se mirent à hurler.

– Papa, papa, il m'a tapé !

– Waaagh !

– Rick, tu vas dire quelque chose, bordel ?!

– Hé ! dit le père en attrapant Jan par l'épaule. Pour qui tu te prends ?

Jan ne répondit rien. Simplement, il le regarda, il le regarda de telle manière que l'homme se calma aussitôt. Le fait que Jan ait du sang sur ses mains joua peut-être aussi un rôle ; le liquide rouge coulait de ses articulations éraflées et couvrait le sol de l'ascenseur de gouttelettes rouge sombre.

– Oh non… gémit Julita. L'ascenseur… Il monte… au neuvième étage.

Jan se retourna vers le panneau de contrôle. Il appuya sur le bouton d'ouverture de la porte pendant cinq secondes, puis sur la fermeture de la porte durant les cinq suivantes. Un message apparut sur l'écran à cristaux liquides : *VIP ACCESS*. CHOISIS TON ÉTAGE. Jan enfonça le bouton C, Casino. L'ascenseur descendit docilement.

Ils restèrent là, serrés comme des sardines, visage contre visage, en sueur, terrifiés, chacun pour une raison différente. La mère serrait la fillette contre elle, le père tenait les deux garçons par la main. L'un d'eux, âgé de cinq ou six ans, regarda Julita droit dans les yeux. Puis il lui tira la langue.

L'ascenseur s'immobilisa. Casino. Jan poussa Julita et ils prirent d'un pas vif la direction de la sortie. Ils dépassèrent des rangées de machines à sous, autour d'eux tout clignotait, scintillait, produisait des sons, tandis que la petite monnaie tintait. Julita observa la salle : des retraités, un enterrement de vie de garçon, une excursion de Japonais, quelques jeunes femmes dans des robes moulantes en satin. Soudain, un homme imposant dans un costume trop étroit émergea d'entre les machines à sous. Il était impossible de le contourner, de l'éviter, on pouvait peut-être reculer, mais ceux d'en haut étaient certainement déjà sur leurs talons. Putain, putain, putain !

– Excusez-moi, messieurs-dames… dit le colosse en fixant les pieds nus et en sang de Julita.

Cette vision n'eut pas l'air de l'étonner outre mesure. Il avait certainement vu pire ; après tout, on était à Las Vegas.

– … mais nous avons un *dress code* de rigueur dans notre casino. Des chaussures et une chemise sont obligatoires.

– Pardon ? demanda Jan. Ah ? Oui, bien entendu, on ne fait que passer…

– Je comprends. Dans ce cas, je vais vous raccompagner jusqu'à la sortie.

– Non, ce n'est pas la peine. Nous sommes pressés… nous sommes pressés pour le concert.

– Le concert ? fit le videur en haussant un sourcil, avant de jeter un autre regard aux pieds de Julita. Mmh…

– Vous savez, on est partis très vite parce que des types louches rôdaient sur notre palier. Vous comprenez ? Il vaut mieux prendre ses précautions.

– Je comprends, dit l'agent en devenant encore plus sérieux. Je vais m'en occuper.

Le videur fila vers l'ascenseur en disant quelque chose à voix basse au micro caché dans la manche de sa chemise. Jan tira Julita vers la porte.

– Ça les ralentira peut-être un peu, dit-il.

– Pourquoi tu ne lui as pas expliqué ce qui se passe ? Ils nous auraient peut-être aidés ? Ils auraient pu appeler la police…

– Cet hôtel n'est pas sûr, répliqua Jan sans ralentir. On ne sait pas combien ils sont, où ils sont, ni en quoi ils peuvent être déguisés. Même si la police vient ici… ça ne veut pas du tout dire qu'ils nous conduiraient au poste. Tu comprends ?

– Alors c'est quoi le plan ?

– On doit sortir, aller sur le Strip. Là, on prendra les transports pour l'aéroport. C'est notre meilleure option. Ils n'oseront pas frapper à l'aéroport. D'accord ?

– D'accord.

– On avance droit devant. Vite, mais sans courir. On ne veut pas attirer l'attention sur nous et encore moins provoquer la panique. Si les gens autour prennent peur, ça sera le chaos et ce sera plus facile de nous buter. C'est clair ?

Julita hocha la tête. L'instant d'après, ils étaient dehors ; il faisait toujours chaud, étouffant. Ils passèrent par le pont au-dessus du petit étang et, peu après, ils atteignirent le Strip, au milieu d'une foule de gens ivres : des hommes en chemise déboutonnée jusqu'au nombril, des femmes qui titubaient sur leurs talons comme sur des échasses. À présent, il suffisait de trouver un taxi. Pourquoi il y avait si peu de taxis dans cette putain de ville ? Peut-être là, à l'angle, on pourra guetter sur deux rues à la fois…

Julita aperçut un visage connu. Devant eux. Crâne chauve, nez retroussé, yeux bleus et froids. Il tenait quelque chose à la main, sous un blouson pendu à son bras. C'était un pistolet. Avec un silencieux.

– Oh mon Dieu, Jan, dit-elle en le tirant par le coude. Regarde... là... tu le vois ?

– Ne t'arrête pas.

– Il y en a aussi un derrière. Et j'en vois encore un derrière.

– Je sais qu'il y en a derrière.

– Ils ne vont pas nous tuer ici ? Pas vrai ? Jan, pas vrai ? Il y a trop de gens ?

– Sauf que personne ne nous regarde. Il leur suffirait de nous rattraper et de nous coller un canon dans le dos. Et ça serait la fin. Viens, ne t'arrête pas, bordel.

– Jan, mon pied... Je me suis coupée jusqu'à l'os...

– Tu n'as pas le choix. Tu n'as pas le choix, Julita.

– Oh Jésus, oh Jésus, ils arrivent... celui de devant... et l'autre derrière...

– Ne t'arrête pas.

– Au secours !!! hurla Julita.

Elle ne voulait pas le faire. Elle avait simplement craqué.

– Aidez-nous !!!

Jan s'arrêta et mit la main sur sa bouche. Sa main tremblait. Les passants leur adressaient des regards étonnés, légèrement inquiets ; tout le monde gardait en mémoire la fusillade qui avait eu lieu ici trois ans plus tôt. Des fous ? Et si oui, est-ce qu'ils étaient armés ? Fuir ? Ne pas fuir ?

– Ne crie pas, siffla-t-il à travers dents. Ça ne donnera rien et si la panique éclate...

Elle ne l'écoutait pas. Réfléchis ! se sermonna-t-elle. Réfléchis. Réfléchis ou tu vas mourir. Elle regarda autour d'elle. Ils se trouvaient près de ce salon de Swarovski, à côté d'une immense boule en verre qui scintillait comme un diamant.

– Agenouille-toi, dit-elle, surprise par son propre calme.

– Julita, qu'est-ce que tu…

– Maintenant, c'est toi qui dois me faire confiance. D'accord ?

Il la regarda droit dans les yeux. Il hocha la tête. Il fit ce qu'elle lui demandait.

– *Ooooh myyyy gooood !!!* hurla Julita aussi fort qu'elle put.

Elle mit dans ce cri toute sa terreur.

– Je n'y crois pas ! Jan, oh mince, j'ai cru que tu ne le ferais jamais !!!

Les gens commençaient à ralentir, les mines intriguées : qu'est-ce qui se passe ? Bien, c'est qu'il fallait. Julita ôta une bague de son doigt – un simple cercle de métal avec une améthyste, qu'elle avait reçue de Magda pour son quatorzième anniversaire – et la glissa dans la main de Jan. Il sourit. Il avait compris.

– Julita, dit-il, très fort lui aussi, avec une emphase théâtrale. On ne se connaît pas depuis longtemps, c'est vrai, un peu plus de deux ans seulement…

Les gens commencèrent à s'arrêter. D'abord deux, trois personnes. Puis d'autres, curieux de savoir ce qui les intéressait autant. Quelqu'un sortit un téléphone et commença à les filmer.

– … et pour être honnête, il y a des moments où tu m'énerves comme c'est pas croyable… poursuivait Jan.

– … oh mon Dieu, toi aussi ! Tu n'as pas idée !

– … je t'ai même traitée de folle plus d'une fois…

Jan parlait si fort que sa voix s'éraillait.

– … Mais… mais malgré cela, je ne veux personne d'autre…

– Ooooh, comme c'est mignon, dit une femme dans la foule.

– Un romantique !

– Chuuuut, ne les dérangez pas !

– Et je tiens vraiment, mais alors vraiment… hurlait Jan, éclairé à présent par des dizaines de flashs et encerclé par la foule.

Leur attention, leurs portables, leurs transmissions *live* étaient une garantie de sécurité.

– … à ce que tu rentres à la maison avec moi…

– Oh !

– Et… et c'est pourquoi, je voudrais te demander… veux-tu m'épouser ?

– Dis ouuui ! hurla quelqu'un dans la foule.

– Ta gueule ! hurla quelqu'un d'autre.

– Ouuuuui !! cria Julita.

Puis elle fit se relever Jan, l'enlaça et l'embrassa. Applaudissements. Flashs. Sifflements. Elle ne faisait pas semblant. Lui non plus. Ses lèvres étaient salées, sa langue brûlante, il sentait la sueur, le soleil et le sang ; il la tenait par les hanches, il l'attrapait par les cheveux. Ils donnèrent à la foule le spectacle que celle-ci attendait.

– Woooow !

– Vegas, baby !

– Longue vie, longue vie !

En fin de compte, elle s'écarta de lui ; délicatement. Il était temps de disparaître.

– Jan ! dit-elle, fort, pour couvrir les bruits de la foule. Marions-nous tout de suite ! Ici, à Las Vegas !

– Ooooh !

– Aaaah !

Encore plus de sifflets, d'applaudissements, la foule se fit plus compacte.

– Taxi ! Vous pourriez nous appeler un taxi ?

– Quoi ? Oui, bien sûr…

– Et vous ? Vous, là ? Vous pourriez être nos témoins ?

– Helen, qu'est-ce que tu en penses…

– Non mais, avec plaisir…

– Taxi ! Le taxi est là !

Julita regarda le chauffeur : un hindou en turban, souriant d'une oreille à l'autre. Lui aussi pouvait avoir été remplacé par un de leurs sbires, mais ils ne pouvaient pas traîner plus longtemps, ils devaient prendre ce risque. Ils montèrent dans le véhicule, claquèrent les portières. De l'autre côté de la vitre, elle vit des dizaines de visages ravis. Et un, sur lequel se dessinait l'irritation, celui d'un grand chauve aux yeux bleus.

– Où voulez-vous que je vous conduise ? demanda le chauffeur.

– À l'aéroport, répliqua Jan.

– Quoi ? Mais là, personne ne va vous marier…

– Je sais. Vas-y, roule.

Quand la voiture démarra, Julita s'effondra sur son siège et cacha son visage entre ses mains.

Bzzt. Bzzt. Bzzt. Oleg enfonçait le bouton de l'interphone encore et encore, mais rien, aucune réponse. Peut-être qu'elle n'entend pas ? se dit-il. Elle prend peut-être une douche ? Une très longue douche ?

Mouvement dans la cage d'escalier ; une silhouette se dessina sur la vitre, pixélisée par le filet d'acier coulé dans le verre. Lorsque la porte s'ouvrit, poussée par un vieil homme avec une casquette démodée, Oleg se glissa à l'intérieur du bâtiment. C'était un immeuble ancien, datant encore d'avant-guerre, chose rare à Varsovie, on le distinguait par ses sols à carreaux épais, par la hauteur de son plafond, par sa rambarde recourbée. Et par la crasse qui recouvrait tout, une crasse accumulée pendant des décennies, recouverte d'une fine couche de peinture écaillée. Si on la grattait avec une clé ou une pièce de monnaie, on pourrait probablement creuser jusqu'à la suie expulsée dans les airs par la ville agonisante, jusqu'à cette poudre noire qui était retombée sur les bâtisses de la rive droite de la Vistule.

Oleg grimpa l'escalier en courant, l'écho de ses pas résonnait dans la cage d'escalier. Liina louait un appartement tout en haut, au cinquième étage. Oleg y était déjà venu une fois, il l'avait aidée à monter un canapé. Cela leur avait pris une demi-heure parce que cette saloperie pesait une tonne, ne permettait aucune prise, meurtrissait les doigts et les obligeait à faire des pauses régulières. En guise de remerciement, Liina l'avait invité à manger une pizza au resto d'en face. Il faudra que tu repasses un de ces quatre, lui avait-elle dit alors qu'il partait en direction de l'arrêt de bus. Il avait imaginé ce retour autrement.

Il déboula au dernier étage trempé de sueur, prenant avidement des bouffées d'air vicié et chaud. Appartement numéro 12 : épaisse porte en bois peint en vert criard. Il frappa. Il cogna. Rien. Il colla son oreille à la porte. Il entendait quelque chose. Une sorte de rire.

– Liina ! cria-t-il. Liina, t'es là ?

Aucune réponse. Il poussa la porte de toutes ses forces ; elle se déplaça d'un ou deux centimètres, puis la chaîne tendue grinça. À travers l'interstice, on voyait le couloir : par terre, il y avait le sac et le blouson de son amie. Et, à côté, une crotte de chat.

– Bordel… gémit Oleg.

Il regarda tout autour de lui : le long rebord de fenêtre était encombré de pots d'aloès, mais il y avait aussi une bouteille remplie d'une eau verdâtre et, dans un coin, une paire de béquilles appuyées contre le mur. Oleg s'en empara et les enfonça dans l'intervalle entre la porte et le chambranle, il tira une fois, deux, trois ; la chaîne éclata, éparpillant ses maillons dorés par terre. Oleg jeta les béquilles pliées et pénétra à l'intérieur. Ça puait. Mais pas comme il l'avait craint. Ce n'était pas une odeur de viande pourrissante. Liina était allongée sur le canapé, enveloppée dans une couette, recroquevillée. Partout autour d'elle, des boîtes de conserve, des papiers. Et, devant elle, sur la table basse, il y avait un ordinateur portable sur lequel passait un épisode de *Friends*. Les blagues fusaient, le public invisible mais enthousiaste hurlait de rire.

– Liina ? fit Oleg en s'accroupissant près du canapé. Hé ! Qu'est-ce qui t'arrive ?

Elle le regarda. Ses yeux rougis étaient barbouillés de mascara étalé. Elle ne répondit pas.

– Hey, je m'inquiétais beaucoup pour toi… J'ai entendu dire qu'il t'est arrivé un truc au boulot et…

– Pousse-toi, lança-t-elle d'une voix rauque.

– Pardon ?

– Ça va être la scène des zones érogènes.

– Que quoi ?

– Regarde.

Oleg se tourna vers l'écran et vit le célèbre appartement new-yorkais monté de toutes pièces dans un studio californien. Rachel et Monica sont assises sur le canapé, Chandler leur fait face ; ils sont tous jeunes et beaux, figés dans les années 1990 durant lesquelles la flanelle et le balayage régnaient encore en maîtres et durant lesquelles tout était tellement plus facile. Monica dessine un schéma de zones érogènes féminines dans un cahier ; elle a décidé d'expliquer enfin aux hommes le pourquoi du comment.

– Là… là, c'en est une aussi ? demande un Chandler embarrassé en pointant un endroit sur le dessin.

– Mmh. Et une assez importante.

– Oui, oui. Bien sûr, je sais. Je regardais juste à l'envers.

– Parfois, ça aide, lance Rachel.

– Ha, ha ! Ça me fait rire à chaque fois ! dit Liina, et elle partit d'un rire aussi sec qu'une toux, à l'unisson du public.

Et puis, soudain, comme si quelqu'un avait appuyé sur un interrupteur, elle se mit à sangloter. Affreusement. C'était un sanglot qui pliait le corps en deux, qui coupait la respiration, qui privait de paroles. Elle tentait de dire quelque chose, mais la salive s'amassait dans sa bouche, une salive qu'elle était incapable de ravaler, qui coulait sur son menton, tandis que des gémissements s'échappaient de sa gorge.

– Ça y est, tout va bien, tout va bien, répétait Oleg en boucle, tel un mantra, en caressant ses cheveux emmêlés.

Par ses chuchotements, il voulait recouvrir la peur de son amie et sa peur à lui.

– Tout va bien.

– Je… je…

Chaque mot était pour elle un combat.

– Chuuut…. Tout va bien.

Il resta assis à côté d'elle. Il la berçait dans ses bras, chuchotant jusqu'à ce que sa gorge devienne sèche. Il fallut environ une demi-heure pour que Liina cesse de trembler et se calme. Oleg l'aida à s'asseoir, lui tendit des mouchoirs, lui fit du thé ; pour atteindre le robinet, il dut ôter de l'évier une vaisselle couverte d'une croûte de crasse et chasser des chats affamés. Il fallut une heure pour que Liina soit capable de parler.

– Oh mon Dieu, Oleg… gémit-elle en crispant ses doigts sur une tasse. Excuse-moi…

– Ne t'excuse pas.

– Je…

Elle balaya du regard sa chambre en désordre. Des larmes lui montèrent à nouveau aux yeux.

– Je suis vraiment…

– Tout va bien. Ne t'inquiète pas.

Liina porta la tasse à ses lèvres gercées et frémissantes, elle but un peu de thé. Bien qu'il fasse très chaud dans l'appartement – situé au dernier étage sous une toiture en tôle –, elle restait emmitouflée dans une épaisse couette.

– Merci d'être venu, dit-elle après un moment. Toute seule… je ne sais pas quand est-ce que je me serais levée…

– Pas de quoi.

– Si, il y a de quoi, dit Liina en frissonnant avant d'ajuster sa couette. Il y a de quoi.

Deux chats se frottaient contre les jambes d'Oleg en émettant des miaulements de remontrance : donne à manger ! Change notre eau ! Nettoie notre litière ! Il les chassa doucement. Chaque chose en son temps.

– Écoute… que… commença-t-il. Qu'est-ce qui s'est passé ?

– Rien d'important, au fond. C'est juste que… j'ai compris où était ma limite, dit Liina en essuyant de la salive sèche au coin de ses lèvres. Je me disais que, puisque je travaillais à la modération depuis deux ans, c'est que j'avais le cuir épais grave… Que rien ne m'atteignait. Mais avant-hier… toute la journée, on a été bombardés par les vidéos de Nouvelle-Zélande. Sans arrêt. Dedans, il y a ce passage… où ce petit garçon…

Sa voix trembla à nouveau.

– Je sais, dit Oleg, la gorge serrée. Je sais lequel.

– … la première fois, je l'ai juste effacé. La deuxième. La troisième. Mais quand je l'ai vu la quatrième fois… Cette peur dans les yeux du petit garçon, et puis quand il tombe par terre… et il ne bouge plus, mais ce type continue à lui tirer dessus en rigolant…

– Liina…

– Et tout le monde crie… Mon Dieu, ils crient si affreusement… Et… Ce petit garçon n'a plus de tête, mais…

Oleg s'assit à côté d'elle sur le canapé et l'enlaça. Liina prit une inspiration profonde et relâcha lentement l'air de ses poumons.

– Quand je l'ai vu pour la quatrième fois, dit-elle après un temps, bien plus tranquillement, j'ai su qu'il fallait que je sorte. Immédiatement. J'ai encore réussi à rentrer chez moi tant bien que mal… Comme si quelqu'un m'avait préprogrammée… Mais quand je suis arrivée ici… je me suis totalement effondrée.

– C'est bon. On va te requinquer.

Un pigeon se posa derrière la fenêtre. Il les observa un instant, de son œil en bille, manifestement intrigué, puis s'envola.

– Putain… dit Oleg en se grattant la tête. J'espérais qu'après ce nettoyage… Tu sais, après la suppression de tous ces faux comptes… Que ça irait mieux, qu'il y aurait moins de cette merde.

– À mon avis, c'est le contraire.

– Quoi ?

– Il y en a plus.

– Sérieux ?

– Mmh. Ce n'est pas la première fois que je le remarque. Ils effacent des faux comptes… et l'instant d'après, vlam ! fit Liina en claquant des doigts. Les égouts débordent.

– Humm. Étrange. Je veux dire, je ne m'attendais pas à ce que le problème disparaisse complètement, après tout, une partie de ces merdes est publiée par des gens normaux…

– Bah… est-ce qu'ils sont vraiment normaux… je me poserais la question…

– Sûr. Mais des vrais gens, c'est ça que je voulais dire.

– Pour être honnête, je n'en serais pas si sûre non plus, répliqua Liina. Après que tu m'as dit comment on peut reconnaître des faux profils, je me suis mise à y prêter attention moi aussi… Tu sais, j'en ai fait une sorte de jeu pour m'occuper l'esprit… Et donc, une partie de ce flux, c'est certainement des faux.

– Sans déconner ?

– Ouais.

– Mais ce sont des comptes… politiques ?

– Euh… bah je crois bien, oui, je dirais ça, fit Liina en se frottant le nez. Parce que ce sont les mêmes thèmes qui reviennent… les migrants vont arriver, et les Arabes, et les lesbiennes, et ça sera la fin du monde, tu vois le truc.

– Étrange… Très étrange…

Miaaaou!!! Un des chats perdait patience.

– Dis, je vais nourrir tes chats, sinon ils vont commencer à me bouffer les orteils.

– Oui, oui… Mon Dieu, ça fait deux jours que je ne leur ai rien donné… Leurs croquettes sont dans le placard à côté du frigo.

– Là?

– Plus haut… Oui, là, c'est ça. Merci.

Dès qu'Oleg ouvrit la porte, les chats se mirent à danser autour des gamelles. Les boules sèches martelèrent les fonds en plastique, après quoi on n'entendit plus que le *croc, croc, croc* en cadence.

– Tu sais de quoi il s'agit? appela Liina depuis le canapé. D'après moi?

– Humm?

– Pourquoi il y a plus de contenu toxique après une purge?

– Ah. Non?

– C'est parce que ça crée du vide, dit Liina en reposant la tasse de thé sur la table. D'accord, tu as effacé on ne sait plus combien de comptes qui postaient ces immondices… Mais pas les gens qui veulent les regarder. Ils sont toujours là. Bons à prendre.

– Donc quoi…

– Après une purge, c'est la course à la création des pages qui linkent du contenu gore… parce que les gens ont soif de ça, parce qu'ils ont perdu leurs anciennes sources de divertissement et en cherchent de nouvelles.

– Il y a la demande, donc il y a de l'offre?

– Exact. Et par la même occasion… et par la même occasion, tu peux leur fourrer dans le crâne ce que tu veux.

Oleg commença à placer les assiettes sales dans le lave-vaisselle. Au fond de l'évier, entre les morceaux de nourriture ramollie, grouillaient des poissons d'argent.

Oleg grimaça, puis il ouvrit le robinet et les rinça à l'eau chaude.

– Tu l'as dit à quelqu'un ? demanda-t-il.

– Et tu crois qu'ils ne le savent pas, en haut lieu ?

Bonne question… songea Oleg en se savonnant les mains.

– On verra ça, dit-il. Je vais en parler à Pola.

– Comme tu veux. Oleg ?

– Oui ?

– Quand tu seras au bureau demain…

Liina se leva, chancela, s'appuya contre un mur.

– … dis-leur que je ne reviendrai pas.

Julita ne ferma pas l'œil de tout le vol. Jan non plus, d'ailleurs. Ils bavardèrent. D'abord, de ce qui s'était réellement passé à l'hôtel ("Comment savais-tu par où passer ?", "Quand tu es allée prendre une douche, j'ai regardé les plans de l'immeuble. Je me suis dit qu'il valait mieux réfléchir à un itinéraire d'évacuation, comme ça, au cas où", "Et cette porte ? Comment tu as fait pour ouvrir la porte de l'autre gars ?", "Au Lancelot, ils ont des serrures Onity. Elles ont un défaut de fabrication, elles ont leur propre clé cryptographique enregistrée en mémoire. Il suffit d'un gadget comme celui-ci, à cinquante dollars, pour la recopier et ouvrir des portes avec. C'est comme si toutes les serrures de cette marque avaient une clé cachée sous le paillasson", "Ah oui, et l'ascenseur ?", "Il y a beaucoup de modèles qui intègrent ce genre d'*override* pour le personnel. Il est dans la documentation qu'on peut trouver en ligne."). Puis ils parlèrent de ce qui arriverait quand ils atterriraient ("J'ai réussi à obtenir qu'on nous laisse quitter l'aéroport par une sortie latérale. Tu as un endroit où tu pourrais te planquer un moment ?", "Je vais me dénicher quelque chose"). En revanche, ils n'abordèrent pas un autre sujet brûlant qu'ils auraient bien volontiers oublié.

– Bienvenue à l'aéroport Varsovie-Chopin, annonça l'hôtesse de l'air. Il est 10 h 15 du matin heure locale, la température est de 27 degrés. Nous vous souhaitons…

Visiblement, les passagers n'étaient pas intéressés par ces souhaits parce qu'ils se levèrent de leurs sièges et commencèrent à ramasser leurs affaires et à enlever les sacs des coffres. *Clac, clac, clac*. Julita ferma les yeux, ses mains se crispèrent sur les accoudoirs. Elle respirait lentement, comme le lui avait montré Jan lors du premier vol. C'est bon, tu vas bientôt sortir d'ici, tu vas marcher sur la terre ferme. Et après… et après, tu vas te soucier de ce qui va arriver après.

Les gens se tenaient dans l'allée centrale, entassés, repliés, froissés. La porte s'ouvrit enfin et ils avancèrent droit devant. C'est maintenant ou jamais, songea Julita.

– Jan ?

– Oui ?

– À propos de… tu sais… ce…

– Mmh. Je sais.

– Bah… On ne devrait pas en parler ?

Jan se baissa pour faire ses lacets. Il avait des croûtes sur les phalanges.

– Et il y a des choses à en dire ? demanda-t-il.

– Justement, c'est ce qui m'interroge. D'après toi, il y en a ?

Jan se redressa, lissa sa chemise. On voyait qu'il était mal à l'aise, qu'il n'aimait pas ce genre de conversations. Ça n'étonnait pas Julita outre mesure. Bon d'accord, se dit-elle en soupirant, dans ce cas c'est moi qui commence.

– Parce que tu vois… Je me disais que ce n'était… comment dire… que le besoin du moment… que cela ne voulait rien dire… Mais…

Elle hésita.

– … mais je ne suis moi-même pas sûre que ce soit vrai. Ou si tout ce que j'ai dit, ce sont des mensonges. Tu comprends ?

– Mmh.

– Je ne dis pas que je vais te prendre au mot… je ne vais pas te traîner devant l'autel, tu vois…

– Ouf.

– Mais… ben… il y a peut-être quelque chose entre nous… Hé ? Jan ? Parle-moi.

Jan se leva et mit son sac à l'épaule.

– Ce n'est pas le bon moment.

– Je sais que ce n'est pas le bon moment, s'irrita-t-elle. C'est un moment horrible. Mais c'est comme ça.

Ils se placèrent dans l'allée, lui devant, elle derrière.

– Jan, vraiment, ta façon de me laisser en plan avec tes silences est épouvantable…

– Je réfléchis.

– Ah OK. Dans ce cas, je ne te dérange plus.

Ils avancèrent de deux rangées de sièges et s'arrêtèrent. Un gars avait décidé de refaire sa valise au milieu de l'allée. On entendit des grognements lourds et des soupirs remplis de reproches. Tout le monde voulait sortir au plus vite.

– Julita… chuchota Jan sur un ton tel que les cheveux de Julita se dressèrent sur sa nuque. Quelqu'un a tenté de te tuer. On ne sait pas s'il va recommencer ou pas. C'est là-dessus que tu dois te concentrer pour le moment.

– Mais…

– Mais quand la situation se calmera… on reprendra cette conversation. D'accord ?

– D'accord, répondit-elle, le ventre crispé.

Ils passèrent de l'avion par la passerelle en accordéon jusqu'au terminal. Deux policiers les attendaient là, en civil, un homme et une femme, l'amie de Jan, Martyna ou un truc du genre. Ils saluèrent d'un signe de tête et leur indiquèrent de les suivre. Ils approchèrent d'une porte sans aucune signalétique.

– Vous avez des bagages à récupérer ? demanda la policière.

Julita secoua la tête. Elle n'avait rien en dehors de son portefeuille et de son téléphone ; ses vêtements étaient sales et sentaient la sueur. Seules ses chaussures sentaient le neuf. Elle les avait achetées à l'aéroport de Las Vegas pour quarante dollars… avec des chaussettes qui avaient eu le temps de s'imbiber de sang.

– Dans ce cas, passez devant, dit Martyna.

Ils descendirent l'escalier jusqu'à la voiture. Ils avaient convenu que la police les conduirait jusqu'au terminal cargo pour brouiller les pistes, au cas où. Là, Magda et Leon étaient censés attendre Julita. Jan était contre, avançant qu'eux aussi pouvaient être sous surveillance. Julita l'avait convaincu de laisser tomber. Elle désirait terriblement les voir. Pour différentes raisons.

Mon Dieu, songeait-elle, Leon, il faut que je lui parle. Ou peut-être pas ? Peut-être que pour l'heure, il n'y a pas de quoi parler ? Ce n'est pas comme si elle avait couché avec Jan, quant à ces fiançailles, bon, ils n'avaient pas eu le choix. Mais non, se réprimanda-t-elle mentalement, il est toujours si franc avec moi, si sincère, douloureusement sincère. Je ne peux pas lui faire ça.

– Où se trouve cet appart ? demanda Jan, l'arrachant à sa réflexion.

– Hein ?

– Cet appart de Magda où elle va te conduire ?

– À Muranów. Rue Anders, par là.

– D'accord. Essaye de faire profil bas durant un temps, OK ? Je vais réfléchir à ce qu'on peut faire… Bobrzycki pourra peut-être nous aider.

– Le procureur ?

– Oui.

La voiture s'arrêta devant le terminal cargo. Ils en descendirent.

– Tu auras un ordi ? demanda Jan.

– Oui, je leur ai demandé de m'apporter mon ordi de secours. Pourquoi ?

Durant un instant, Jan ne répondit pas. Ils marchaient sur du bitume brûlant en direction d'un bâtiment au toit de tôle. Un camion chargé de containers passa près d'eux.

– Ne va pas faire un truc stupide maintenant, d'accord ? dit-il après un moment. Ne donne pas de coup de pied dans la fourmilière. Fais profil bas. C'est clair ?

Julita acquiesça ; elle connaissait l'enjeu. Elle voulait discuter encore, mais Jan évita son regard. Dès qu'ils pénétrèrent dans le hall, elle aperçut des visages familiers : Magda, sur son trente et un, comme toujours, mais l'inquiétude dessinée sur ses traits, et Leon, un grand bouquet de roses rouges à la main.

10

L'appartement était petit et mal fichu, c'était typiquement un logement destiné à la location. Magda l'avait acheté quelques mois plus tôt, le payant avec l'argent que Leszek avait dû transférer sur son compte après avoir perdu son procès en divorce. Mais il y avait un lit. Julita avait rêvé d'un lit. N'importe lequel, ça pouvait même être un vieux matelas jeté dans un coin ou un tapis de sol. Pourtant, elle savait qu'elle ne se coucherait pas de sitôt. D'abord Magda lui passerait un savon et lui dirait ce qu'elle pensait de ses choix de vie, et Julita ne ferait qu'acquiescer parce que, premièrement, il était difficile de discuter avec sa sœur aînée et, deuxièmement, il fallait admettre qu'elle avait un peu raison. Et ce ne serait qu'un échauffement parce que, après, l'attendrait une conversation avec Leon. Rien qu'à cette idée, elle en avait des sueurs froides.

Ils s'assirent dans la cuisine devant des plats chinois réchauffés au micro-ondes. Julita, pour qui ce n'était même pas encore l'heure du petit-déjeuner, picorait dans son assiette par politesse. Leon et Magda ne manifestaient pas non plus un grand intérêt pour leur repas. Ils savaient ce qui s'était passé à Las Vegas, peut-être pas tout, ils ne connaissaient pas les détails, mais ils en avaient appris assez pour en perdre l'appétit.

– Je ne comprends pas pourquoi la police n'affecte pas quelqu'un à ta protection, dit Magda.

Elle tentait de s'emparer d'un morceau de tofu frit avec ses baguettes jetables.

– On en a déjà parlé… C'est parce que rien ne prouve que ma vie est réellement menacée.

– Ah oui ? Et le fait que quelqu'un t'ait poursuivie en ville un pistolet à la main, ça ne compte pas ?

– Si je l'avais signalé à Las Vegas, probablement oui. Mais une fois dans le taxi, je n'avais pas envie d'un arrêt au commissariat.

Le silence se fit. Magda était en colère, c'était manifeste. Leon aussi faisait grise mine.

– Écoutez… je suis désolée de vous infliger de telles épreuves. Je comprends que ça puisse être difficile…

– Julita, chérie… dit Leon en lui posant une main sur l'épaule.

– Moi, je me suis habituée, dit Magda en engouffrant le tofu.

Elle parla la bouche pleine.

– Tu sais ce qui m'a aidée? demanda-t-elle. J'ai lu dernièrement un livre sur un de ces alpinistes parti en montagne et jamais revenu, qui a laissé une veuve et quatre enfants éplorés. Une copine du boulot m'avait dit que c'était si émouvant, si édifiant. Mais moi, ça m'a inspiré une autre réflexion.

– Laquelle?

– Que ces types sont des connards égoïstes, dit Magda en buvant de l'eau et en laissant sur le verre la trace de son rouge à lèvres. Ils savent pertinemment ce qu'ils risquent à se balader dans l'Himalaya, ils savent comment ça peut finir. Pire! Ils se rendent la vie difficile exprès. L'été, c'est à peu près sûr? Alors allons-y en hiver. Une police d'assurance? Quelle idée, une assurance, c'est une perte d'argent. Aventure, nous voilà! Et pourquoi tout ça? Pour de la merde. Si, si. De la merde. Ils le font pour l'adrénaline. Et la famille? Qu'elle se ronge les ongles jusqu'au sang. Et toi, tu es pareil.

– Magda…

– Y a pas de Magda qui tienne, grogna celle-ci. C'est une addiction, ma chère. J'ai essayé d'intervenir une fois, deux fois, trois fois, mais je vois que ça ne donne rien. Tant pis. À partir de maintenant, je vis avec la conscience que tu ne verras pas tes trente ans. Pour ma propre santé mentale, je t'ai fait mes adieux. Je sais même déjà ce que je mettrai le jour de ton enterrement. Cette fourrure que tu détestes tant.

– Minute, je comprends que tu sois énervée, mais… dit Leon en tentant de l'interrompre d'une voix irritée.

– Et tu sais ce qu'il y aura sur le ruban de la gerbe de fleurs ? poursuivit Magda, imperturbable. "À mon idiote de sœur. Morte par choix."

– Tu es injuste. Je ne cherche pas…

– Désolée, je n'ai pas envie de t'écouter, dit Magda en se levant de table. Les fringues sont dans ce sac-ci, l'ordi dans le sac à dos, le frigo est plein de bouffe. Tu peux rester ici aussi longtemps que tu veux. Mais quand ils viendront te buter, sors dans le couloir, s'il te plaît, parce que c'est compliqué ensuite de louer un appart où on a trouvé un cadavre.

– Magda ! cria Leon en tapant du poing sur la table.

– Attention, pas si fort, c'est du contreplaqué, lança encore la sœur aînée avant de claquer la porte.

L'instant d'après, on entendait ses talons marteler rageusement le sol.

Julita écarta son assiette. À présent, elle avait définitivement perdu l'appétit.

– Cette fois, elle a vraiment dépassé les bornes, grogna Leon avant de regarder Julita, l'air préoccupé. Tu tiens le coup ?

– Oui, oui, mentit-elle.

En réalité, elle était triste. Elle était affreusement triste.

– Qu'est-ce que je peux faire pour toi ?

Serre-moi dans tes bras, se dit Julita. Serre-moi dans tes bras et ne me lâche pas jusqu'à ce que je m'endorme. Ou, mieux, jusqu'à ce que je me réveille. Elle fut tentée de le dire à haute voix. Il l'aurait fait, il l'aurait fait sans hésiter. Mais elle devait d'abord lui parler, bien que ce fût la dernière chose dont elle eût à présent envie.

– Leon… Il faut que je te dise quelque chose.

– D'accord… fit-il en la regardant de biais. Euh…

– Quoi ?

– Bah, il se trouve que moi aussi… fit Leon en se passant la main dans les cheveux. Je voulais attendre un meilleur moment parce que… Je crois que je n'ai pas à t'expliquer pourquoi.

– Mais de quoi tu parles ?

– Je dois… Bordel. Je dois t'avouer quelque chose.

Merveilleux, se dit Julita. Tout cela devient de plus en plus intéressant.

– Ah oui ? fit-elle. Allons-y, qu'on s'en débarrasse. Toi en premier.

Leon fixa le sol, il s'arrachait nerveusement des bouts d'ongles.

– Avant… avant d'en venir au fait… Julita, je m'inquiète énormément pour toi. Il y a longtemps déjà, quand tu es partie à Londres… je me demandais sans cesse ce qui se passait avec toi. Est-ce que tu as été prise d'une crise de panique ? Est-ce que tu as bien pris tes cachets ? Est-ce que… tu vois, quoi… est-ce qu'il ne t'est rien arrivé ? Est-ce que personne ne t'a fait du mal ?

– Mmh…

Julita s'écarta de la table, croisa les bras sur sa poitrine. Ce long préambule l'inquiétait.

– Quand tu m'as annoncé que tu partais à Las Vegas… comme ça, de but en blanc, sans aucune préparation, sans consultation avec ton thérapeute, alors que la dernière fois que tu avais tenté de monter dans un avion, ça s'était terminé en…

– Tu étais contre. Tu me l'as clairement fait comprendre, renvoya Julita, préférant crever l'abcès.

– Et toi, tu m'as ignoré.

– Non, je ne t'ai pas ignoré. Simplement, j'ai pris ma décision.

– D'accord. Tu as raison…

Il s'interrompit.

– Mais… rien qu'à l'idée que tu serais à l'autre bout du monde, seule, et que je ne saurais pas ce qui se passe avec toi… que s'il t'arrivait quelque chose, je serais incapable de t'aider…

Elle cessa de l'écouter parce qu'elle comprit soudain où il voulait en venir.

– Mon Dieu… chuchota-t-elle.

– Quoi ?

– C'est toi qui as placé ce mouchard dans mon sac ?

Leon ouvrit grand la bouche. Il n'avait encore rien dit, mais sa mine désolée constituait une preuve suffisante. Julita sentit son sentiment de culpabilité céder la place à la fureur.

– Oh punaise… gémit-elle. Je le crois pas… mon propre mec…

– Julita, comprends-moi bien… c'était au cas où…

– Tu m'as baguée, dit-elle en lui coupant la parole, tu m'as baguée comme une putain de cigogne.

– Bien entendu, tu peux le trivialiser comme ça, mais…

– Oh, toi et tes paroles intelligentes. Tri-via-li-ser, dit-elle en accentuant les syllabes.

– De quoi tu parles ?

– Tu fais toujours ça. Tu te planques derrière de belles paroles, de belles phrases, tout ça pour ne surtout pas appeler les choses par leur nom.

Julita grinçait des dents et ravalait les insultes qui lui montaient dans la gorge.

– Tu sais ce que c'était ? demanda-t-elle. C'était un manque de confiance. Une violation de ma vie privée. Tu m'as traitée comme ta chose.

– Julita, je comprends que tu sois en colère, mais ne nous emballons pas…

– Tu sais à quel point j'ai flippé quand j'ai trouvé ce truc ? Tu sais ce que je me suis dit à ce moment-là ? J'ai failli avoir une crise cardiaque. Essaye de te mettre à ma place. Essaye…

Elle s'interrompit parce que Leon baissait la tête. Mais il souriait en coin.

– On peut savoir ce qui vous amuse tant, mon bon monsieur ?

– Essaye de te mettre à ma place… répéta-t-il. Elle est bien bonne. Dommage que tu ne t'appliques pas à toi-même cette méthode de temps en temps. Tu te rends compte de ce que tu nous fais subir, à quel stress tu nous exposes ?

– Oh, vous avez échangé vos notes avec Magda, à ce que je vois.

– Tu recommences.

– Quoi ?

– Tu trivialises, dit Leon. Tu coupes court par une blague stupide. Et moi, je parle sérieusement. Oui, j'avoue, j'ai fait une bêtise. Mais je l'ai faite parce que je devenais fou d'inquiétude pour toi.

Elle ne répliqua rien. Elle planta son regard dans la nourriture froide.

– Doux Jésus, Julita… dit Leon en se frottant le front. Je sais que ce n'est pas ce dont tu as besoin en ce moment… que… Mon Dieu, ça a même du mal à sortir de ma bouche… que quelqu'un a essayé de te tuer. On pourrait peut-être revenir sur ce sujet plus tard, quand tu reprendras tes esprits.

Silence. Julita croisa les jambes.

– Chérie, je t'ai demandé pardon. Je ne sais pas ce que je pourrais faire de plus pour…

– Rien. Tu ne peux rien faire.

Il soupira lourdement, théâtralement, pour lui montrer à quel point il était désolé, pour provoquer une réaction. Elle ne réagit pas. Elle connaissait ce tour de passe-passe. Et elle ne l'appréciait pas du tout.

– Et toi ? lui demanda Leon.

Manifestement, il préférait une autre dispute au silence qui résonnait à ses oreilles.

– Qu'est-ce que tu voulais me dire ?

– De partir, répondit-elle sans lever les yeux.

– Julita… ce n'est vraiment pas une bonne idée que tu sois seule en ce moment…

– Ce n'est pas une bonne idée, c'est vrai, admit-elle, mais je préfère ça à l'autre alternative.

Ils se turent. En fin de compte, Leon se leva de table et glissa sa chaise en dessous.

– Si tu changes d'avis, appelle-moi.

– Oui, oui. Je m'en souviendrai.

Il s'immobilisa encore dans le vestibule, se retourna pour voir si elle ne l'arrêtait pas au dernier moment. Après quoi, il sortit en refermant délicatement la porte derrière lui. Julita resta assise sans bouger un certain temps, puis elle se leva, nettoya les assiettes avec les repas à peine entamés. Quant aux roses, elle les jeta à la poubelle.

– Pola ! appela Oleg. Hé, Pola, attends !

La patronne de la section polonaise des *Security operations* s'arrêta au milieu du couloir et regarda ostensiblement sa montre. Elle semblait épuisée. Rien n'était en mesure de le masquer, ni le legging jaune canari ni le tee-shirt orné d'un crâne en cristal.

– Oleg, mon petit Oleg… dit-elle. Écoute, je n'ai que cinq minutes pour aller pisser, alors si ce n'est pas urgent…

– Un peu, oui.

– Bon, d'accord… Mais si je me pisse dessus durant ma réunion avec la direction, ça sera de ta faute. À propos, comment tu avances sur les tags des posts ?

– Bien, j'ai presque fini.

– Oh ? Super, super. Bon, cette salle est libre… Viens.

Ils pénétrèrent dans la salle de réunion qui faisait l'angle. Son thème principal, c'était la Californie : on avait tapissé le mur d'un papier peint sur lequel figurait une plage avec des palmiers, une planche de surf était suspendue au plafond, la table avait la forme d'un panneau routier américain marqué d'un *Route 1*, tandis qu'en face de l'entrée, on avait accroché un poster du Golden Gate Bridge. Ses collègues plus anciens lui avaient expliqué qu'initialement il devait s'agir d'une zone de détente où les employés étaient censés venir pour souffler un peu, méditer ou s'exercer au *mindfulness* au son du bruit des vagues et des cris des mouettes préenregistrés. Mais, par la suite, on s'était aperçu qu'on manquait toujours d'espace pour se réunir, alors la *RELAXATION ROOM* avait été rebaptisée *CONF ROOM CALI* et les mouettes s'étaient tues à jamais.

– Donc, de quoi s'agit-il ? demanda Pola.

– Tu sais, j'ai parlé avec Liina hier…

– Qui ça ?

– C'est une nana de la modération, une Lettonne, elle a récemment eu…

– Je te rappelle que tu as cinq minutes, s'agaça Pola. Alors, va droit au but.

– Oui, excuse. Donc, elle m'a dit qu'après cette purge que nous avons faite… on ne voyait pas du tout une diminution dans la quantité de contenu haineux… dont celui qui est publié dans un but politique… à partir de comptes manifestement faux.

– Ah oui ?

– Au contraire… Liina avait l'impression qu'il y en avait plus qu'avant. Que, tu sais… que puisqu'un vide avait été créé, alors quelqu'un tentait de le remplir…

Pola sourit. Tristement.

– Je t'aime bien, tu sais ? dit-elle en lui tapotant l'épaule. Tu es un petit trublion qui ne peut pas tenir en place.

Si ces paroles avaient été prononcées par quelqu'un d'autre, Oleg les aurait prises pour une insulte. Mais là... il se sentit agréablement flatté.

– Oui... Je connais ce problème, admit-elle. C'est entre autres de cela que je vais parler avec la direction. Mais... eh... je peux te faire confiance? Ce que je vais te dire restera entre nous?

– Bien sûr.

– Je doute qu'ils y fassent quoi que ce soit.

– Ah... pourquoi?

– Parce que imagine-toi de quoi ça aurait l'air... dit Pola en s'asseyant confortablement. Une grande conférence vient tout juste d'avoir lieu, on en a fait un pataquès comme quoi, oh là là, on a supprimé tant de comptes, tant de pages... Et quoi, trois jours plus tard, on refait la même chose? Tu sais quelle impression ça ferait? Qu'on ne contrôle pas la situation, qu'on n'est pas capable de la maîtriser.

– Mmh. Et on l'est?

– Ha! fit Pola en se claquant la cuisse. Bonne question. Bah on l'est, on l'est, bien sûr qu'on l'est. Mais ça aurait un coût énorme. Il faudrait changer les règles de création de comptes, employer dix fois plus de gens à la modération, puis certainement modifier aussi les principes de fonctionnement de nos algorithmes... parce que tu comprends...

Pola regarda sa montre. Elle considéra visiblement qu'elle avait encore un peu de temps parce qu'elle poursuivit son raisonnement.

– Est-ce que tu sais, au juste, comment ils fonctionnent? Comment on choisit ce qui atterrit sur ton mur ou pas?

– Bah, c'est ce qui correspond le plus à mes centres d'intérêt...

– Justement pas. Beaucoup de gens le pensent, mais ce n'est pas vrai. On affiche ce qui provoque ta réaction, ce qui fait que tu vas liker un truc, que tu vas le partager, que tu vas le commenter… Parce que, si tu le fais, on pourra le montrer à tes amis par la suite, et ils le feront aussi après, et ça crée une chaîne. C'est ainsi que ça fonctionne, par effet de groupe. Or, qu'est-ce qui provoque une réaction chez les gens ? Précisément pas les analyses socio-économiques mesurées du professeur Trucmuche ou des articles sérieux du *Tygodnik Powszechny*, mais des choses extrêmes. Soit des choses extrêmement mignonnes, du type un chihuahua aveugle qui a appris à faire du skate, soit extrêmement hideuses, révoltantes, ignobles.

– Attends, alors c'est nous-mêmes… Putain. Nous provoquons nous-mêmes ces vagues ?

– Eh oui, admit Pola en hochant la tête. Nous agitons une cape rouge devant le nez des gens. Et on gagne de gros, de très gros millions avec ça. Parce que chaque activité d'un utilisateur se traduit en fric. Quelqu'un l'a même calculé : chaque clic vaut cinquante centimes. Or, nous avons deux milliards d'utilisateurs actifs.

– Wow…

– Bienvenue au XXe siècle.

La jambe de Pola se mit à remuer de plus en plus vite. Manifestement, elle avait vraiment envie d'uriner.

– Pour être honnête, j'ai fini par m'y habituer, dit-elle. Tu connais l'adage, si tu tombes entre les corbeaux, croasse comme eux. Tant pis… Mais… cette fois, quelque chose m'a inquiétée.

– Quoi ?

Pola le fixa droit dans les yeux. Elle avait un regard intense et perçant.

– Motus et bouche cousue, d'accord ? demanda-t-elle. La loi du silence ?

– Tu as ma parole.

Pola hocha la tête. Elle rassembla ses pensées.

– Comme l'a dit ta pote, dès le lendemain de la purge, on a vu émerger de nouveaux faux comptes, d'un genre qu'on ne voyait pas jusque-là. Et c'est normal, je m'y attendais. Ce qui l'est moins… c'est que la majorité d'entre eux a, justement, une coloration politique. Et qu'ils promeuvent un seul parti.

– Lequel ?

– Pologne Demain. Et d'accord, chaque parti crée ses propres faux comptes, c'est une composante standard de la politique actuelle. Mais Pologne Demain n'en avait pratiquement pas jusque-là. Ou, pour être plus précis, elle ne les utilisait pas. Alors tu comprends, cela fait des mois que les autres partis se cassent du sucre sur le dos, grâce à quoi on a pu identifier et marquer leurs faux comptes, tandis que Pologne Demain est restée discrète. Bien sûr, ils avaient dû créer leurs comptes bien avant… Mais ils ne les utilisaient pas. Ils attendaient. Et maintenant qu'on leur a dégagé la voie… Ils sont entrés dans la danse. Et ils n'ont plus vraiment de concurrence.

Oleg fut si impressionné qu'il se leva de son siège.

– Mais ça veut dire… Ça veut dire qu'ils savaient qu'on allait faire une purge. Et à peu près quand.

– Bingo. Un petit malin s'est joué de nous. C'est pourquoi je vais mettre la pression à la direction pour qu'elle me permette de mener l'Apocalypse 2.0, de trancher dans ces nouveaux comptes. Mais… tu sais, Oleg, je vais te dire, je ne me fais pas trop d'illusions. Premièrement, comme je te l'ai dit, ça serait admettre notre défaite, une cata du point de vue PR. Deuxièmement, il faudrait le valider en haut lieu…

Pola leva les yeux vers la planche de surf accrochée sous le plafond.

– … qui est présentement très sensible sur les questions politiques et veut micro-manager tout ce qui s'y rapporte. Avant que des décisions ne soient prises, on sera en octobre, allez, peut-être fin septembre si tout va bien… Quoi qu'il en soit… dit-elle en haussant les épaules, ça interviendra après la bataille.

Quelqu'un jeta un œil dans leur salle de réunion à travers la porte vitrée et, voyant Pola, frappa avec insistance le cadran de sa montre.

– Écoute, faut que j'y aille, dit Pola.

– Bonne chance.

– Ben, je ne te dis pas merci.

Oleg resta seul dans la pièce. Il regrettait que l'entreprise ne dispose plus d'une zone de détente.

Encore. Encore la même chose. Dès qu'elle avait posé sa tête sur l'oreiller, le sommeil s'était envolé, disparu, comme un ballon percé par une épingle. C'est peut-être parce qu'il fait trop clair? Julita se leva et tira plus fort sur les rideaux. Non, ça ne l'aidait en rien. Elle tassa l'oreiller. Elle jeta l'oreiller. Elle le ramassa. À la fin, elle donna des coups de pied dans la couverture et alla dans le salon, là où elle avait laissé le sac avec ses affaires. Peut-être que, dans un éclair de génie, Magda avait eu l'idée d'y mettre ses somnifères? Non, rien de tel. Il est vrai qu'il y avait une pharmacie pas loin, carrément au coin de la rue… Mais elle préférait ne pas quitter l'appartement. Rien que le fait de sortir sur le balcon pour fumer – elle avait tellement envie de fumer! – semblait trop risqué.

Pas étonnant que je n'arrive pas à dormir, songea-t-elle. Après un tel accueil! C'est comme s'ils s'étaient passé le mot pour m'exaspérer. Elle revint dans la chambre à coucher; un million de pensées à la seconde traversaient son esprit telle une fibre optique. Elle pivota sur ses talons. Elle sortit son ordinateur: un ordinateur de secours, peut-être pas aussi bien sécurisé que le principal, resté à Las Vegas, crypté pour les siècles des siècles, mais il devrait faire l'affaire.

Elle ouvrit un navigateur et fit craquer ses doigts. Elle était censée se tenir tranquille, ne pas faire de vagues, mais… Au moins, elle se concentrerait sur autre chose, elle pourrait se fuir elle-même. Cependant, avant cela, elle devait vérifier un truc... Bien sûr, elles étaient là. Les vidéos de la demande en mariage de Jan. “Un couple de dingues se dit OUI”, “La vidéo la plus romantique que tu verras aujourd'hui”, “Des amoureux à Las Vegas” et ainsi de suite, tout dans la même veine... Neuf versions différentes, la plus populaire avait déjà été visionnée dix-huit mille fois. Julita était tentée de cliquer dessus pour voir de quoi ça avait l'air. Mais elle ne le fit pas. Elle craignait de revoir ce moment. Et sa propre réaction.

Elle referma YouTube et passa aux choses sérieuses. Puisque l'affaire concerne les élections, alors documentons-nous sur les élections : *e-voting*. Entrée. Elle parcourait les articles successifs avec des pauses pour bâiller. “Pourquoi le vote en ligne est un danger pour la démocratie”, “Une fille de onze ans pirate une machine à voter”, “Une faille critique découverte dans le système de vote électronique suisse”, “Les Pays-Bas renoncent aux machines à voter sous la pression d'activistes”. Pas seulement les Pays-Bas, d'ailleurs. L'Irlande. L'Allemagne. La Grande-Bretagne.

Bon d'accord, se dit-elle, voyons voir ce qu'on écrit à ce sujet sur le web polonais : *e-wybory*. Entrée. Julita lut l'intitulé du premier lien. Puis du deuxième. Au troisième, elle sentit la chair de poule recouvrir son corps.

“Introduisons un système de vote en ligne sur le modèle estonien”, propose Artur Warecki.
https://info.wiesci24.pl
Lors de sa conférence de presse de mercredi, le député Artur Warecki (Pologne Demain) encourageait à....

Il est temps d'entrer dans le XXIe siècle ! Vote pour l'e-vote !
https://polognedemain.pl/e-vote
Visite notre site et découvre pourquoi le vote en ligne est primordial pour...

Le champion de la modernité. Qui est le député Artur Warecki ?
https://quoideneufenpolitique.pl/portraits/artur-warecki-champion
Artur Warecki, ancienne star du ballon rond, se fait connaître aujourd'hui comme l'un des…

Si c'est un concours de circonstances, songeait-elle, faisant défiler la page des résultats vers le bas, alors il est improbable. Warecki, Warecki… elle avait déjà entendu ce nom, mais ne le connaissait pas plus que ça, elle ne s'intéressait pas assez à la politique. Il était temps de rattraper son retard. Né en 1978 à Kołdawa… Footballeur actif dans les années 1993-2010… Entre 2011 et 2015, animateur de l'émission *Quel coup de pied!*… Député au Parlement RP, VIIe assemblée, fondateur et président du parti Pologne Demain. Épouse : Katarzyna Lubiś-Warecka, coach personnel, diététicienne, auteure du très populaire compte Instagram "Je cours donc je suis"… Deux enfants, Lucjan et Weronika… Humm, curieux. Rien dans cette biographie ne suggérait un lien quelconque avec le monde des nouvelles technologies. Alors d'où lui venait cette obsession ? Julita limita sa recherche aux termes "Warecki" et "e-vote" : résultats du mois dernier, des six derniers mois, de l'année écoulée… Il n'y avait aucun résultat avant 2019. Intéressant.

Julita passa sur la page de Pologne Demain, mais les lettres commencèrent à trembler, à danser. Elle se frotta les yeux ; ça ne l'aida pas. Elle se leva de table, fit deux pas et dut s'immobiliser : les murs, le plafond et le plancher commencèrent une farandole. Elle parvint tant bien que mal à gagner la salle de bains, mit sa tête dans le lavabo et ouvrit le robinet d'eau froide. Des centaines d'épingles se mirent à picoter sa peau ; elle gémit et ouvrit les yeux en grand. C'était mieux. Elle jeta une serviette sur sa tête mouillée et s'assit une nouvelle fois devant son ordinateur.

La page de Pologne Demain se composait de poncifs et de photos d'Artur. Et il fallait le lui accorder, il était sacrément photogénique. L'attention de Julita fut attirée par un lien sur une colonne latérale, agrémenté d'une légende encourageante : "Ta Pologne. Ton Avenir. Réponds au questionnaire et tu recevras un bon d'achat de 50 złotys dans la chaîne de magasins Motylek !" D'accord, voyons ça. *Clic.*

Sur l'écran de l'ordinateur, une courte vidéo démarra, présentant les contours de la Pologne qui s'élargissait au rythme des succès ou rétrécissait, avec le temps, au rythme des défaites de plus en plus fréquentes. Son regard fut accroché par un minuscule carré au coin en haut à droite de son navigateur – l'icone de l'extension Disconnect dont le but était de bloquer les cookies, les pixels invisibles, les beacons et tout le reste de l'infrastructure si raffinée qui servait à suivre les agissements des internautes ne se doutant de rien. L'application comptabilisait chaque tentative de connexion rejetée : sur les pages ordinaires, il y en avait normalement quelques-unes, sur les grosses pages une quinzaine, et dans le pire des cas plusieurs dizaines. Sur la page "Ta Pologne. Ton Avenir", Disconnect en avait rejeté plus d'une centaine. Julita déroula la liste des connexions rejetées et secoua la tête, incrédule. Tous ceux qui étaient entrés sur cette page sans une protection adéquate avaient été aussitôt marqués par des dizaines de mini-programmes espions et se baladaient ensuite sur le Net tels des clébards hirsutes couverts de bardanes, ou tels des bourdons saupoudrés de pollen. Chaque mouvement, chaque page visitée par la suite, chaque achat effectué en ligne était enregistré, classé, interprété. De manière anonyme, bien sûr. Dans la mesure où, au XXIe siècle, on pouvait encore parler d'anonymat. "Conformément aux exigences de la loi Informatique et libertés, nous tenons à vous informer que ce site utilise des cookies pour analyser le trafic et optimiser les services fournis", proclamait-on en lettres blanches sur fond crème tout en bas de l'écran. C'était peu dire.

Julita remplit le questionnaire : un test psychologique déguisé en questionnaire électoral. De plus, la connexion se faisait via Facebook, grâce à quoi on pouvait aspirer des données supplémentaires. Ensuite, elle téléchargea sur son téléphone l'application nécessaire à l'obtention du chèque-cadeau des magasins Motylek, à ceci près qu'avant de l'installer, elle fit ce que personne ne faisait : elle lut les conditions d'utilisation. "En activant l'application, vous l'autorisez à accéder à vos contacts, au registre de vos appels, à la liste des programmes installés, à l'appareil photo, au microphone, à vos données de géolocalisation, à vos connexions avec des réseaux wi-fi…" D'accord, tout le monde faisait ça. Mais rarement de façon si agressive.

Julita écarta son ordinateur. Si quelqu'un était passé par toutes ces étapes – s'était enregistré, avait rempli le questionnaire et installé l'application –, il se plaçait devant ce mystérieux Institut Pologne d'Avenir comme devant le Jugement dernier, nu, la liste de ses péchés à la main. Sur la base des données transmises, on pouvait déduire absolument tout : l'âge, le genre, le statut socio-économique, les opinions politiques, les convictions religieuses, l'orientation sexuelle, le nombre et l'âge des enfants, les langues connues, les ambitions, les craintes… Tout. La seule consolation, c'était qu'il n'y avait pas de nom… en l'occurrence, au moins jusqu'au moment où quelqu'un chercherait à l'établir. Julita n'eut aucun doute : toute cette opération n'était qu'un grand braquage de données. La question, bien sûr, était de savoir comment Artur Warecki, député pour la première fois et ancien footballeur, avait les moyens et le savoir-faire pour l'accomplir. Qui l'aidait ? Et qu'est-ce qu'il voulait en échange ? À la lumière de ce qu'elle avait appris à Las Vegas, la réponse qui s'imposait était très inquiétante.

Elle s'empara de son téléphone et sélectionna le numéro de Piotr. La voix de celui-ci résonna dans l'écouteur :

– Alors, quoi de neuf? demanda-t-il.

Julita ouvrit la bouche, mais fut incapable d'émettre un son. Sa langue était collée à son palais.

– Allô ? Julita ? Tu m'entends ?

– Ou… oui, parvint-elle à balbutier.

– Oh sainte mère, tout va bien ?

– Mmh. Oui. Pourquoi tu me demandes ça ?

– Tu as une voix de mort-vivante.

Et c'est aussi de ça que j'ai l'air, se dit-elle, voyant son reflet dans l'écran noir et éteint de son laptop.

– Non, non… c'est juste le jet-lag… Écoute, j'ai encore un service à te demander…

– S'il s'agit de Wioletta Słaby, ma réponse est non, non et encore non.

– Non, c'est autre chose.

– Aha… Et quoi donc ?

– Je t'envoie les détails sur Signal.

– Oh, oh, un secret ! J'adore les secrets.

– Celui-ci en l'occurrence… dit Julita en déglutissant avec peine… celui-ci risque de ne pas te plaire.

Artur jonglait, dribblait, mettait des buts depuis l'autre bout du terrain. Même à présent, la quarantaine passée, dans son pantalon à plis et ses richelieus élégants, il gardait une maîtrise incroyable du ballon, on avait l'impression que celui-ci roulait de lui-même vers lui, qu'Artur l'attirait tel un aimant. Des gamins couraient autour de lui sur la pelouse du stade du Legia de Varsovie – dans des maillots trop longs, haletants, maculés d'herbe et de boue – et chacun tentait de lui piquer la balle, de le dribbler, de lui faire au moins perdre son rythme : sans résultat. Artur évitait les minots comme des piquets de slalom, ne ralentissait même pas sa course. Les journalistes étaient ravis. Les propriétaires du stade aussi. Les flashs crépitaient les uns après les autres, les mains applaudissaient toutes seules.

Après ce match de gala vint le moment de la conférence de presse. Quelques minutes au vestiaire – serviette, poudre, parfum, gel pour cheveux – et Artur renaissait… et il semblait renaître de l'écume de la mer ou d'une cuisse divine parce que les gens ordinaires ne ressemblaient pas à ça. Il monta sur la scène de la salle des conférences de presse d'un pas souple et se plaça derrière le micro. Aujourd'hui, il parlait des changements qu'il aimerait introduire dans le sport : comment il faudrait détecter et soutenir les nouveaux talents et comment modifier les règles de collaboration avec les fédérations. Cette fois-ci, il n'avait pas fallu le briefer longuement, ni imaginer des méthodes mnémotechniques, ni l'interroger sur les chiffres ; sur ce sujet, il était comme un poisson dans l'eau, on sentait qu'il s'agissait de sa passion.

Pourquoi s'est-il mis à la politique ? se demanda Aneta, assise comme toujours au premier rang, juste devant la scène. Dans quel but ? Parce qu'il ne pouvait pas supporter qu'après la fin de sa carrière sportive, les médias ne s'intéressent plus autant à lui et qu'un essaim de paparazzis ne le suive plus partout ? Parce qu'il voulait prouver à tout le monde qu'il n'était pas seulement un beau gosse simplet, mais qu'il en avait aussi dans le crâne ? Parce qu'il voulait vraiment accomplir quelque chose de grand, parce qu'il croyait pouvoir changer ce pays en mieux ? Cela faisait longtemps qu'elle se posait la question. À présent, elle se rendait compte qu'il pouvait aussi y avoir une autre explication : parce que quelqu'un l'avait convaincu de le faire.

Artur termina son discours : un salut, des applaudissements.

– Merci beaucoup à toutes et à tous. Est-ce qu'il y a des questions ? Oh voilà, madame, au deuxième rang.

– Bonjour, Aleksandra Resztych, *Gazeta Wieczorna*. Si votre parti intègre une coalition, est-ce que vous pourriez accepter le poste de ministre des Sports ?

– Il est trop tôt pour en parler. Oui ? La dame avec les lunettes.

– Grażyna Kalęba, *Poprzek*. À quoi attribuez-vous le soudain rebond de Pologne Demain dans les sondages ? Assez récemment, le soutien déclaré à votre formation oscillait entre 4 et 5 %. Là, l'enquête d'opinion CBOS d'hier vous attribue déjà 8 %.

– Je pense que cela confirme mon constat, les Polonais se sont lassés des anciennes divisions, ils cherchent quelque chose de nouveau et de nouvelles réponses. Pologne Demain, comme son nom l'indique, regarde l'avenir. Et c'est ce dont les Polonais ont besoin.

Artur sourit largement, comme un tonton affectueux sur le point d'offrir des bonbons aux enfants.

– Oui ? Monsieur, derrière ?

– Bonjour, dit un jeune homme avec une moustache à la Hercule Poirot. Ses questions étaient notées sur une feuille. – Piotr Miąsek, *Meganews*, se présenta-t-il. Monsieur le député, vous êtes un grand adepte du vote en ligne. Mais quid des questions de sécurité ? Quid du risque de falsifier les élections ?

Artur devint sérieux, serra les lèvres.

– N'importe quelle élection peut être truquée, cher monsieur.

– Oui, mais dans le cas d'un vote par les moyens traditionnels, ça laisse au moins des traces. On peut vérifier si, je ne sais pas, moi, si la croix n'était pas mal mise ou si dans telle circonscription on n'a pas comptabilisé plus de voix qu'il n'y avait d'inscrits. Dans le modèle estonien que vous donnez en exemple, il n'existe aucun…

– Cher monsieur, dit Artur en lui coupant la parole. On vote en ligne en Estonie depuis des années et il n'y a jamais eu aucun problème.

– Mais des doutes ont été émis. Le professeur Halderman de l'Université du Michigan a démontré que…

– Question suivante, s'il vous plaît. Oui ? Monsieur, dans le coin ?

– Robert Kowalczyk, *Football Nouveau*. Monsieur le député…

– Monsieur le député, dit le moustachu de *Meganews* sans se démonter. Est-ce que le nom d'Alexander McCabe vous dit quelque chose ?

Artur tressaillit. De manière à peine perceptible, un tout petit peu, mais il tressaillit. Du fond de la salle, on ne le voyait peut-être pas. Mais depuis le premier rang où Aneta était assise, c'était manifeste.

– Non, c'est la première fois que je l'entends, répondit Warecki, poliment, avec calme. Cher monsieur, veuillez laisser leur chance aux autres. Oui ? Le monsieur de chez *Football Nouveau* ?

Aneta n'entendit ni la question ni la réponse. Elle observait Artur. Elle fixait les gouttes de sueur qui perlaient sur sa tempe.

– Je crains de n'avoir plus le temps pour d'autres questions… Oh, ne faites pas ces têtes, nous aurons certainement d'autres occasions de parler. Je vous remercie, au revoir.

Les journalistes se levèrent de leurs chaises pliables et commencèrent à ramasser leurs affaires. Artur passa à l'arrière de la scène ; Aneta fila dans son sillage. À l'intérieur, il y avait aussi Tomasz, le chef de cabinet, et Lena, l'attachée de presse.

– Tu t'en es très bien sorti, dit cette dernière. Je pense qu'on devrait répéter ce schéma, mais dans une autre ville. Peut-être sur un terrain de jeu Orliki, vous savez, ces nouveaux terrains pour la jeunesse ? De façon plus intime, proche des gens ?

– Je suis pour, déclara Tomasz. Et faisons ça de préférence quelque part aux confins de l'Est, nos scores y sont toujours assez faibles. À Białystok ? Augustów ? Un truc dans le genre. Aneta, qu'est-ce que tu en penses ?

– Pourquoi pas. Ça a l'air bien.

Artur se plaça dos à eux et se prépara un café, les grains moulus craquaient dans la machine.

– Dites, qui c'était, ce mec ? demanda-t-il. Le jeune avec la moustache ?

– Ouais, je me posais la question aussi. Attends, je vérifie… dit Lena en pianotant l'écran de son smartphone. C'était quoi son nom, déjà ? Miąsek, non ? Effectivement, il y a quelqu'un qui s'appelle comme ça… Chef de la rubrique culture chez *Meganews*…

– Culture ? fit Artur en ajoutant un morceau de sucre dans son café, les seuls glucides autorisés par le régime alimentaire élaboré par sa femme. Curieux qu'il se soit autant intéressé à la question des votes.

– Je me suis dit la même chose, fit Tomasz en hochant la tête.

– Lena… dit Artur en buvant une gorgée. Est-ce qu'on pourrait faire en sorte de ne plus inviter ce monsieur ? Il est vulgaire.

– Mmh. Bien sûr.

L'attachée de presse hocha la tête. Si la demande l'étonna, elle n'en laissa rien paraître.

– Bon. Allez. La suite du programme ?

– À 11 h 30, nous devons être de retour au bureau, on a une réunion avec les chefs des régions…

– Bordel, alors il ne faut pas qu'on tarde, dit Artur en reposant sa tasse. Aneta, tu as préparé cette répartition des émotions selon les régions administratives ?

– Oui, je l'ai transmise à Tomasz, mais…

Aneta déglutit.

– … excusez-moi, mais je ne serai pas là.
– Oh ? Pourquoi ?
– Le médecin. Je suis désolée, c'est assez urgent et il n'y avait pas d'autres créneaux.
– Non, mais pas de problème, dit Artur soudain inquiet. J'espère que ce n'est pas encore la tête ?
– Comment ça ?
– Eh bien tu sais, quand on était à Katowice, tu as eu cette affreuse migraine…
– Non, non, c'est autre chose.
– OK. Prends soin de toi, d'accord ? Ciao.
– Bien sûr. Salut.

Aneta passa dans la salle de conférences. Celle-ci était vide, il n'y avait plus personne. Elle se dirigea vers la sortie principale ; elle dut se contrôler pour ne pas courir. Quelques personnes s'attardaient près de la porte : bruits de couloirs, échanges d'anecdotes. Elle balaya les visages du regard ; non, il n'était pas là. Elle sortit du stade, rue Myśliwiecka, regarda à droite et à gauche. Là. À l'arrêt de bus, de l'autre côté de la rue, il écrivait quelque chose sur son téléphone. Elle traversa la chaussée en courant et s'approcha de lui.
– Excusez-moi… Piotr Miąsek ?
Le jeune homme sursauta, faillit lâcher son portable.
– Oui… mince… vous m'avez fait peur. Aaah… ouf… De quoi s'agit-il ?
– On peut parler ?

Julita parvint enfin à s'endormir, mais seulement au petit matin – dans un fauteuil, dans un coin de la chambre, recroquevillée en position fœtale, la couette tirée sur la tête. Quelques heures plus tard, elle fut réveillée par un appel téléphonique de Piotr. Après cela, elle n'arriva plus à fermer l'œil. Ce qu'avait dit la directrice de la campagne Internet de Pologne Demain avait confirmé ses pires craintes… et en avait éveillé de nouvelles. Si cette Aneta acceptait de collaborer plus étroitement, si elle réussissait à copier le fameux mail, Julita aurait enfin du concret, quelque chose qui pourrait envoyer Artur Warecki par le fond… ainsi que ses commanditaires.

Bon, combien de temps encore ? se demanda-t-elle, en tournant en rond dans la pièce. Il avait dit qu'il serait là dans une demi-heure, or une bonne quarantaine de minutes s'étaient déjà écoulées. Elle s'arrêta devant le miroir et se regarda d'un œil critique : des poches sous les yeux, des lèvres mordillées jusqu'au sang, une coiffure digne du dernier jour de Woodstock. Mon Dieu, se dit-elle en démêlant ses cheveux, je devrais prendre soin de moi après ça, quand tout cela sera terminé. À condition qu'il y ait un après.

La sonnerie de l'interphone résonna. Elle courut au vestibule, manquant de peu de trébucher sur le tapis de l'entrée.

– Qui est là ? demanda-t-elle.

– C'est moi, répondit la voix dans l'écouteur – une voix qui semblait familière, mais deux précautions valaient mieux qu'une.

– Qui ça, "moi" ?

– Jan. Jan Tran.

– Ah oui… alors… – Elle hésita. – Alors dit quelque chose en vietnamien.

– Tu es sérieuse ?

– Bah, quand on n'a pas convenu d'un mot de passe, faut improviser.

– Plus je reste dans la rue et plus… Ough…

Un geignement.

– *Giận hóa mất khôn.* Satisfaite ?

– Entre.

L'instant d'après, elle entendit des pas sur les marches, de plus en plus proches. Elle regarda par le judas. C'était lui. Elle ouvrit une serrure, la deuxième, ôta la chaîne.

Dès qu'il pénétra à l'intérieur, elle verrouilla à nouveau la porte.

– Personne ne t'a suivi ?

– Non.

– Tu es sûr ?

– Autant que je puisse l'être.

Jan enleva son blouson et le suspendit à un crochet. Il portait un jean noir et une chemise noire. Cette couleur lui allait bien.

– Qu'est-ce que tu as dit ? demanda-t-elle.

– Hein ? Je n'ai rien dit.

– Non, là, en bas. En vietnamien.

– Ah, ça… dit-il en se grattant le crâne. Un vieux proverbe.

– Lequel ?

– "Qui écoute une folle partage sa cellule."

– Très drôle.

– Les proverbes sont la sagesse des nations.

Il la contempla un moment. Il soupira.

– Tu as mangé quelque chose au moins ?

– Non, rien, je n'ai pas faim.

– Viens dans la cuisine.

– Jan, je te dis que…

– Viens.

Julita estima qu'elle en avait assez des disputes pour le moment, alors elle le suivit. Jan ouvrit le frigo, en sortit un yaourt et du fromage frais.

– Tu aimes le fromage blanc ?

– Ça peut aller.

– Version sucrée ou salée ?

– Sucrée.

Jan commença à s'affairer en cuisine : il alluma la bouilloire, prit un plat creux et des assiettes dans le placard.

– Tu as lu mon message ? demanda Julita en s'asseyant sur une chaise avant de replier les genoux sous le menton. À propos de ce qu'a confié à Piotr la nénette de l'état-major de Warecki ?

– Ouais.

– Et qu'est-ce que tu en penses ?

Jan posa les tasses sur le plan de travail et se tourna dans sa direction.

– Humm. Moi, je vois ça comme ça. Alex McCabe trouve le moyen de pirater les élections estoniennes. Il décide de présenter sa découverte au DEFCON, mais l'affaire parvient je ne sais comment aux oreilles des Russes… au GRU ou au FSB, je ne sais pas… Pour l'instant, peu importe. Ils lui volent son ordi, le menacent, lui disent que s'il raconte à quelqu'un ce qui s'est passé, ils lui feront la peau. Ils s'emparent de son *malware*… Et ils modifient les résultats du vote en ligne. Le projet réussit assez pour faire élire un candidat favorable à la Russie. En un mot, c'est un formidable succès. Thé ou café ?

– Bah tu sais quoi… un thé, peut-être, exceptionnellement. Avec du citron, s'il y en a.

– Il y en a, dit Jan en tendant la main vers la corbeille de fruits. Ensuite, les Russes commencent à mater les endroits où ils pourraient greffer la merveilleuse habitude de voter par Internet. Ils décident de tenter le coup en Pologne… et ils contactent le député Warecki.

– Tu penses à ce mail à sa femme dont a parlé Aneta ? Celui où il fait référence à l'ajout d'un point de programme ?

– C'est ça. Bien entendu, ce n'est pas une preuve, même si on parvenait à l'obtenir en mains propres… Tiens.

Il posa une tasse fumante devant elle.

– Bois.

– Mais est-ce que je peux attendre que ça refroidisse ? Ou il faut que je le boive bouillant ?

– Si c'est trop chaud, souffle dessus. Où est-ce que j'en… Ah oui. Donc, quelqu'un prend rendez-vous avec Artur Warecki et lui explique à peu près ceci, monsieur le député, la popularité de Pologne Demain oscille autour du seuil électoral, votre formation entrera peut-être au prochain Parlement, ou peut-être pas... Nous pouvons vous aider à gagner ces quelques points supplémentaires, voire même à doubler votre score, qui sait... Nous avons là une société amicale... Comment elle s'appelait, déjà ?

– Net Solutions, répliqua Julita. Chose curieuse, elle a été fondée l'an dernier. Et je n'ai rien pu trouver à propos de Daniel Królak en dehors de ce qu'il a bien voulu poster lui-même sur sa page. Rien. Et les autres personnes censées travailler dans cette boîte n'existent que sur Internet. Leurs photos sur LinkedIn, ce sont des clichés de banques d'images renversés et passés par des filtres pour rendre le *reverse search* plus difficile.

– Tu t'es souvenue de te déconnecter ?

– Ha, ha ! Oui, je m'en suis souvenue.

– Tant mieux. Donc, quelqu'un dit à Warecki, monsieur le député, Net Solutions sera à votre service, un petit service entre amis... et en échange, nous ne voulons qu'une chose, c'est ajouter le vote par Internet à votre programme et spécifier que vous n'entrerez dans une coalition qu'avec des partenaires qui vous soutiendront dans cette réforme. Et puis, quand le vote en ligne sera introduit... ils pourront jouer sur l'équilibre de la balance. Quelques points par-ci, quelques points par-là... Qui sait combien de temps se sera écoulé avant que quelqu'un s'en rende compte. Si seulement on s'en rend compte un jour.

– Même si tout cela sort au grand jour, les Russes auront de toute façon atteint leur objectif. Imagine un peu le chaos que ça créerait, les accusations, les investigations, les commissions parlementaires... Les gens auraient définitivement cessé de croire aux élections.

– Tu as raison.

Jan s'accroupit devant un placard et en sortit un pot de miel sec comme de la pierre. Il se mit à le morceler avec la pointe d'un couteau.

– Tu penses que Warecki savait de quoi il s'agissait ? demanda Julita.

– Je n'en ai pas la moindre idée. Mais j'imagine qu'au début, il pouvait croire que c'était… comment dire… du lobbying à la limite de la légalité, tu vois. Peut-être qu'au début, il ne se rendait même pas compte à qui il parlait… et puis, c'était trop tard.

– Parce qu'ils avaient déjà de quoi le faire chanter.

– Exact, dit Jan en mélangeant le fromage avec le yaourt. Et tout allait comme sur des roulettes… jusqu'à ce que des complications surviennent. Comme tu le disais, Alex a dû apprendre quelque chose. Si je devais parier… Il s'est rendu compte que son étude avait été utilisée dans la vraie vie. Ou alors, il avait peut-être des raisons de soupçonner que ses amis de Las Vegas tenteraient de transplanter ce modèle en Pologne ? Tiens.

Il posa le bol de fromage frais devant Julita.

– Mange, dit-il.

– Mais…

– Pas de mais. Mange. Et donc… Alex découvre quelque chose, un truc qui ne doit pas être exposé au grand jour, quoi exactement… ça, on ne le sait pas encore. Quoi qu'il en soit, il en parle à Kandy.

– Il fait plus que lui en parler, dit Julita entre deux cuillerées. Il a dû lui envoyer quelque chose. Une preuve.

– Et pourquoi ça ?

– Tu as vu cette vidéo ? Son assassin cherche quelque chose. Il met le studio sens dessus dessous.

– C'est vrai, curieux… dit Jan en se léchant les doigts couverts d'éclats de miel. On n'a rien trouvé dans son ordinateur personnel.

– Parce que c'était une fille futée. Elle savait qu'elle avait un truc dangereux entre les mains. Un truc qu'elle ne devait pas garder à la vue de tous.

– D'accord. Et puis, c'est toi qui tombes sur cette piste…

– Non, pas moi. Emil. Tout a commencé par ce fichier qu'il m'a laissé. "Vérifie".

– Ah oui, c'est vrai. On ne sait toujours pas comment X1 intervient dans tout ça.

– Et si c'est vraiment le cas.

– Exact. Quoi qu'il en soit…

Jan approcha une chaise et s'assit à côté de Julita.

– … l'affaire atterrit chez toi. Tu commences à fouiller et les Russes s'agacent, ils t'observent… jusqu'à estimer à un moment donné que, même si tu n'es pas encore capable de réunir toutes les pièces du puzzle, tu en sais déjà trop. Puis, comme à ton habitude, tu te comportes en idiote et tu envoies Piotr à la conférence de presse de Warecki…

– Oh, excuse-moi, mais les résultats parlent pour eux. Cette Aneta nous a fourni des informations essentielles.

– Oui, admit Jan, mais tu as dévoilé ton jeu. Et tu as mis inutilement Piotr en péril.

– Et qu'est-ce qu'il aurait fallu que je fasse à ton avis ? Y aller moi-même ?

– Tu étais censée attendre, soupira Jan. Allez, vas-y, mange jusqu'au bout.

– J'en peux plus…

– Arrête de pleurnicher.

– Dernière bouchée.

– Si tu veux.

Julita avala le fromage, puis but du thé.

– Tu sais ce qui ne colle pas là-dedans, d'après moi ? demanda-t-elle.

– Quoi ?

– Si tu regardes les partis que les Russes soutiennent… c'est l'extrême droite. Or, le programme de cet Artur… si vraiment on peut parler d'un programme… est plutôt centriste. Modernisation. Économie… Il se tient à distance des divisions historiques.

– Ils ont peut-être réalisé qu'ils ne pousseront pas davantage de pions avec des formations extrêmes ? Ou peut-être qu'ils agissent en opportunistes ? Tu sais, aux États-Unis, ils misaient simultanément sur Trump et sur Sanders. N'importe quoi pour faire tanguer la barque, pour mettre l'establishment à l'envers.

– Tu as raison. Donc… dit Julita avant de s'interrompre. Et maintenant ?

Jan se leva et approcha de la fenêtre, il regarda par la fente à travers les stores. Il voulait peut-être admirer l'été à Varsovie ? Ou peut-être qu'il souhaitait s'assurer que personne ne rôdait autour de l'immeuble.

– J'ai parlé avec Bobrzycki, dit-il. On arrivera peut-être à te fournir une protection, mais ça prendra au moins une semaine ou deux…

– Et qu'est-ce que je suis censée faire entre-temps ?

– Attendre.

– Ah oui. Et ensuite ?

– Peut-être que cette Aneta parviendra à faire sortir des documents du bureau, des preuves. Moi, je vais essayer de transmettre l'affaire plus haut… Nous n'avons rien de concret, mais quelqu'un me prendra peut-être au sérieux. À ce moment-là, des agences aux sigles à trois lettres entreront dans la danse.

– OK, mais quelle est la probabilité que ça arrive, que quelqu'un prenne les choses en main ?

– Je ne sais pas.

– Jan…

Sa voix tremblait.

– … on est en août. Les élections sont dans deux mois. Qu'est-ce qui se passera si personne ne reprend notre piste ? Ou s'il n'arrive pas à résoudre l'affaire à temps ? Et si Warecki parvient à décrocher ses 5, 6, 7 % ? Qu'est-ce qui se passera alors ?

– Et qu'est-ce que tu proposes ? demanda-t-il.

– Sortir de l'ombre. Écrire là-dessus. Faire du bruit.

– Tu n’as aucune preuve.

– Que les Russes l’ont dans leur poche ? Effectivement, je n’en ai pas. Mais je peux faire du ramdam en ligne autour de leur questionnaire à la con, parler de la manière dont ils s’emparent des données des gens pour les manipuler ensuite, du fait que Net Solutions n’est qu’une façade de provenance douteuse. Je pense qu’Aneta m’en dira bien volontiers davantage à ce sujet. Je pourrais aussi écrire sur les problèmes du modèle estonien, que Warecki veut nous vendre de la poudre aux yeux.

– C’est peu.

– Peut-être. Mais si nous la jouons fine, si nous promouvons assez cette histoire… les autres commenceront aussi à y regarder de plus près, ils se mettront à lui poser des questions. Ça pourrait être le caillou qui déclenche l’avalanche.

Jan s’écarta de la fenêtre et s’adossa au four.

– Ça ne me convainc pas. Le risque est trop grand.

– Peut-être. Mais il est trop tard pour reculer.

– Mais si tu attends…

– Si j’attends, peut-être que je n’écrirai jamais là-dessus. Peut-être…

Elle s’étrangla en parlant.

– … peut-être que je n’écrirai plus jamais sur rien.

– Eh, eh ! Ne commence pas à pleurnicher.

– Jan, c’est la pure vérité. Combien de temps je peux rester ici ? Combien de temps ça va prendre avant qu’ils me localisent ? Qu’est-ce qui arrivera alors ?

Jan s’approcha d’elle et mit ses mains sur ses épaules. Il garda longuement le silence.

– D’accord, dit-il. On va faire comme tu dis.

Il l’avait retrouvée. Ça lui avait pris un peu de temps, mais il l’avait retrouvée. Il le devait. Vadim avait peu de sentiments – la partie de son cerveau responsable des émotions s'était atrophiée avec le temps, comme les muscles d'un homme plongé dans le coma, comme les yeux d'un animal vivant sous terre. Amour, joie, compassion, c'étaient des termes d'une langue exotique, décrivant des expériences totalement étrangères. Mais Vadim était toujours capable de ressentir de la colère. Et il en ressentait beaucoup.

Elle l'avait humilié. Ridiculisé. Détruit sa réputation. Il était assisté de trois gars, et ils l'avaient coincée, ils l'avaient prise au piège, et pourtant elle leur avait échappé. Puis, alors qu'il avançait dans sa direction, alors qu'il n'avait plus qu'à coller le canon entre ses omoplates, elle avait fait ce cirque avec les fiançailles. Il avait été obligé de s'arrêter. Il avait été obligé de la regarder faire. Il avait été obligé de tout raconter à ses patrons après ça. La chienne.

Et comme si ce n'était pas assez, ils l'avaient encore perdue de vue. Deux jours durant, Vadim n'avait pas dormi. Deux jours durant, il avait tourné en rond dans Varsovie, il avait fait le guet devant les appartements de sa famille, de ses amis, de ses collègues de travail, il avait fixé pendant de longues heures des fenêtres vides, jusqu'à ce que ses jumelles impriment des cercles autour de ses yeux rougis. Le reste de son équipe en avait fait autant. Cela avait valu le coup. Elle était là, de l'autre côté de la rue, au troisième étage, il voyait sa silhouette à travers les rideaux tirés, il écoutait en douce ses doigts pianoter sur le clavier, il entendait sa toux sèche. À présent, elle dormait. Il avait déjà les plans de son appartement, il connaissait le modèle de la serrure de la porte, une merde qu'on pouvait ouvrir en trois secondes. La seule chose dont il avait besoin maintenant, c'était d'un feu vert. Il n'en pouvait plus d'attendre, il n'arrivait pas à tenir en place. Son pied ne cessait de tressauter sur le plancher de la voiture, son portable tournait sans arrêt entre ses doigts en sueur ; la surface noire du verre réfléchissait les lumières des lampadaires.

Je vais le faire lentement, se promit Vadim, comme un enfant qui ouvre son cadeau en pensée pour faire passer le temps qui s'allonge avant une fête d'anniversaire. Pour qu'elle comprenne bien ce qui se passe, pour qu'elle entende le bruit de sa glotte écrasée, pour qu'elle sente son urine couler le long de ses cuisses. Il la lâcherait peut-être un instant, pour qu'elle tente de fuir, pour qu'elle essaye de ramper malgré ses jambes brisées. Ça serait un sacré spectacle.

Enfin, le son tant attendu, enfin le bref *ding!* si doux. Vadim approcha l'écran de ses yeux et fixa les lettres assez longtemps pour les reconnaître, pour les assembler en mots, puis les mots en phrases – yeux concentrés, lèvres qui bougeaient sans un bruit.

Numéro inconnu
14.08.2020
23:14
Changement de plans

Quand il réalisa ce qu'il venait de lire, il frappa le volant de toutes ses forces. Le son lancinant du klaxon se répandit dans la rue vide et l'écho renvoyé par les immeubles s'immisça dans les appartements, fit peur aux chats de gouttière. Puis, la voiture descendit du trottoir et disparut au coin de la rue.

Aneta s'agenouilla, s'appuya sur le siège des toilettes. Puis elle vomit. Sa gorge s'enflamma, ses yeux se remplirent de larmes, ses cheveux tombèrent sur son front froid mais en sueur. Ressaisis-toi, se dit-elle, reprends-toi en main, putain. Et que ça saute. Avant qu'ils ne commencent à se demander pourquoi tu es absente si longtemps. Mais ça recommença. Elle se plia, gémit. À présent, seule de la bile coulait de sa bouche.

Non loin de là, de l'autre côté du couloir, se tenait une réunion de crise. Une heure plus tôt, l'état-major du parti avait reçu l'information selon laquelle le magazine *Poprzek* allait publier dès le lendemain un article sur la campagne électorale de Pologne Demain sous la plume de Julita Wójcicka. Sujet en une, six pages d'analyses, de schémas, de courbes, rédigé de sorte que tout le monde comprenne, que tout le monde percute. Le journal leur avait demandé un commentaire – et les invitait à en débattre sur TVN24. Demain, à 9 heures du matin. En direct.

Aneta se leva et s'essuya les lèvres avec du papier toilette. La nausée persistait, mais elle savait qu'elle devait sortir, se ressaisir avant que quelqu'un ne vienne la chercher. Elle tira la chasse d'eau sur ses sucs puants, elle approcha du lavabo. L'article de Wójcicka évoquait à deux reprises un informateur anonyme. Aneta fixait à présent celui-ci dans la glace, droit dans les yeux. Elle se demanda si on pouvait y lire sa culpabilité, si on pouvait y voir ce qu'elle avait fait. Elle essuya le mascara qui avait coulé à l'aide d'un mouchoir et refit son maquillage.

Elle savait mentir, garder un air impassible et cacher son stress sous un masque. Sans cela, elle n'aurait jamais survécu à la maison. Si son père avait su ce qu'elle pensait réellement de lui, il l'aurait mise à la porte. Si sa mère s'était rendu compte de ce qu'elle pensait réellement d'elle, ça lui aurait brisé le cœur.

Elle lissa sa chemise, remonta son pantalon. Là. C'est fini. Crise résolue. Elle sortit dans le couloir. Le bureau, d'ordinaire palpitant de vie à cette heure, était cette fois terriblement silencieux. Les employés restés devant leurs ordinateurs ne parlaient pas. Ceux derrière la porte close de la salle de réunion parlaient à voix basse. Près de l'entrée, dans une corbeille en plastique rouge, ils avaient entreposé leurs téléphones en mode silencieux, et chacun de ceux-ci clignotait, vibrait, s'éclairait, on aurait dit des animaux qui s'agitaient dans une cage. Varsovie était déjà au courant. La nouvelle s'était répandue.

Aneta avait des doutes, bien sûr qu'elle en avait. Elle aurait pu garder l'histoire du mail pour elle, faire comme si rien ne s'était passé. Si elle avait tenu le coup jusqu'aux élections, s'ils avaient réussi à maintenir leur score des derniers sondages, elle aurait pu partir au faîte de sa gloire, crouler sous les offres d'emploi. Une fois que les autres partis se seraient rendu compte de ce qui s'était passé, une fois qu'ils auraient compris qu'ils étaient partis en guerre sur Internet armés de lance-pierres, son savoir-faire aurait valu de l'or. Elle aurait obtenu ce à quoi elle tenait réellement le plus : l'estime. Alors pourquoi ? Pourquoi était-elle allée voir ce Piotr Miąsek, de *Meganews* ? Pourquoi avait-elle accepté de parler à Julita Wójcicka ? Si quelqu'un lui avait posé la question, elle aurait probablement répondu qu'elle sentait que c'était la chose à faire, que c'était une action dictée par sa conscience. Et ça aurait été la vérité. Pourtant, il y avait aussi autre chose, une chose qu'elle était elle-même incapable de formuler, mais qu'elle percevait intuitivement, qu'elle ressentait. Elle était en colère. Elle était furieuse qu'Artur lui ait menti, qu'il l'ait exploitée, elle était vexée d'avoir été l'idiote utile d'un idiot utile. Elle était fâchée que celui qu'elle avait voulu impressionner en ait été complètement indigne. Une fois de plus.

Elle appuya sur la poignée. Personne ne la regarda, personne ne lui prêta attention, ils étaient trop pris par la discussion. Tant mieux.

– … minute, minute, dit Stach, leur juriste. Je voudrais vous rappeler que nous ne faisons rien d'illégal. Les sociétés de marketing collectent les données de leurs clients de la même façon et personne n'en fait un fromage.

– Tu ne vois vraiment aucune différence ? grogna le chef de cabinet. Tu ne vois pas de différence entre ceux qui essayent de te refourguer leur papier toilette et ce que nous faisons ? Parce que les gens vont en voir une.

Quand quelqu'un le leur fourrera sous le nez et les obligera enfin à regarder, ils la verront.

– Ils s'en ficheront peut-être ? Ça se tassera peut-être rapidement…

– Après un article de Wójcicka ? demanda Lena en haussant un sourcil. Vous savez quel rayon d'action ont ses textes ? Elle pourrait écrire sur le cycle de vie d'un scarabée bouffeur de crottin et elle aurait dix mille partages.

– Moi, j'ai été contre tout ça dès le début, dit Stach en croisant les bras sur sa poitrine.

– Ah oui ? Alors dommage que tu n'aies rien dit, putain.

– À moins qu'il l'ait fait, justement ? Peut-être que c'est Stach qui est l'informateur anonyme ?

– Si tu répètes ça encore une fois…

– Silence.

Muet jusque-là, Artur leur coupa la parole. Sa voix était calme, comme toujours, mais son visage était gris. Gris cendre. Aneta ne l'avait encore jamais vu dans cet état.

– Vous n'êtes pas dans une cour de récré, dit-il. Lena, on ne pourrait pas renvoyer la balle ? Dire que les autres partis font pareil ?

– Le souci, c'est que ce n'est pas totalement…

– Quand tu piges comment ça fonctionne, alors non. Mais pour la plupart des gens, c'est de la magie noire. On pourrait jouer là-dessus.

– Bah, si Aneta pouvait me préparer un comparatif des méthodes utilisées par la concurrence…

– C'est déjà fait, dit Aneta. Tu as reçu tout ça par mail.

– Brave petite, dit Artur en souriant.

– Et la télé ? On y va, sur ce plateau ?

– Je suis contre, dit Stach. Il est clair que cette Wójcicka va chercher à nous baisser le froc en direct.

– Et tu sais de quoi ça aura l'air si on refuse ? répliqua Lena. S'il n'y a aucun contrepoids à ce qu'elle raconte ?

On pourrait aussi bien faire nos valises et partir en vacances.

– Attendons Królak pour prendre la décision, dit Artur.

– Je ne sais pas si c'est raisonnable. Ce n'est qu'un conseiller, il ne saura pas si…

– J'insiste.

– Mais…

– S'il vous plaît.

Artur se versa de l'eau dans un gobelet. Il buvait toujours beaucoup quand il s'énervait. Cette fois, il terminait sa troisième bouteille.

– D'accord. Et il sera là quand ?

– Lorsque je l'ai appelé tout à l'heure, il m'a dit qu'il montait dans sa voiture.

– Bon, donc…

Stach s'interrompit au milieu de la phrase parce que la porte s'ouvrait. Królak apparut sur le seuil. C'était comme s'ils l'avaient invoqué en disant son nom à haute voix. Costume couleur graphite, serviette en cuir, lunettes à monture rectangulaire et cravate serrée sur un cou rasé de près. Qui es-tu ? se demanda Aneta. Quel est ton intérêt là-dedans ? D'ordinaire, il lui suffisait de jeter un œil sur quelqu'un pour le décrypter : elle savait que Lena avait un complexe de poids, que Tomasz trompait sa femme et que Stach avait des problèmes d'alcool ; ça se voyait. Mais Królak était une page vierge. Un homme mannequin.

– Bonjour, dit celui-ci avant de refermer la porte derrière lui.

– Bah il n'est pas très bon, c'est ça le souci, marmonna Tomasz.

– Monsieur Daniel, toute cette situation n'est effectivement pas jolie-jolie… commença Artur.

Est-ce qu'ils avaient échangé un regard de connivence ? se demanda Aneta. Ou est-ce que ce n'était qu'une impression ?

– Oui. J'en suis conscient.

– Nous sommes curieux de connaître votre opinion au sujet de cette invitation à la télé…

– Oui, oui, bien sûr, dit Królak en s'asseyant et en posant ses coudes sur la table de réunion. Je vous exposerai bien volontiers mon point de vue. Mais avant cela, je prierais Mme Aneta de quitter la pièce.

Silence. Tous les yeux tournés vers elle. Son ventre se contracta, son estomac vide rétrécit encore plus.

– Pardon ? parvint-elle à balbutier.

– Ne jouez pas l'étonnée…

Królak tira sur la fermeture éclair de son sac et en sortit un ordinateur. La machine était lisse, sans aucun autocollant ni même de marque du fabricant.

– Après tout, c'est bien vous qui avez parlé à Wójcicka, déclara-t-il.

– Monsieur Daniel, nous avons pour principe de ne pas lancer des accusations à la légère, parce que cela n'aide en rien et ne fait que…

– Ce n'est pas une accusation. C'est un fait.

Oh mon Dieu, songea Aneta, peut-être que quelqu'un nous a vus, peut-être que quelqu'un m'a dénoncée, peut-être que quelqu'un nous a suivis… Mais toutes ces pensées virevoltaient sous la surface. Elle n'en laissa rien paraître.

– Ah bon ? dit-elle avec un sourire moqueur.

Nie tout en bloc, c'est ta seule chance.

– Dans ce cas, j'imagine que vous allez nous présenter des preuves ?

– Si vous y tenez, répondit Królak en allumant son ordinateur. Comme vous le savez, l'entreprise Net Solutions procure des services analytiques sur la base des données obtenues sur des téléphones portables et sur Internet. Quand nous tenons à une grande précision et à un modèle multi-dimensionnel, nous réunissons ces données nous-mêmes, comme dans le cas de notre collaboration avec Pologne Demain… Sur d'autres projets, nous nous basons sur des informations réunies par des entreprises amies qui agrègent ce genre de données.

– Qu'est-ce que ça a à voir avec notre…

– Patience, monsieur Tomasz, dit Królak en lançant une sorte de présentation. Chacun de nous possède un smartphone. Chacun de nous y a des applications gratuites qui gagnent leur vie en affichant des publicités. Et, par la même occasion, elles recueillent les infos à propos de l'endroit où se trouvait un appareil donné au moment où cette publicité a été affichée. C'est pourquoi nous sommes par exemple capables d'estimer ce que les Polonais faisaient durant le premier dimanche où les magasins ont été fermés. On sait qu'au lieu de se rendre au centre commercial, tant ont visité un parc, tant sont allés au cinéma et tant sont restés à la maison.

Królak se tut un instant. Il cliqua sur quelque chose sur son ordinateur.

– Ces données sont anonymes… Mais seulement en théorie. Après tout, n'importe quel utilisateur ne passe pas huit heures par jour en moyenne dans les locaux de *Meganews*. Et n'importe qui ne va pas courir tous les matins au parc Dreszera, puis arrive en tramway à l'arrêt Kino Femina, s'arrête au café au coin avant d'aller à pied jusqu'au siège de Pologne Demain. N'est-ce pas, madame Aneta ?

Aneta ne savait pas quoi dire. Elle ne savait même pas quoi penser. Królak ne la regardait pas, il ne lui adressait aucun sourire hostile. Il retourna simplement l'écran de son laptop vers l'assemblée. Dessus s'affichait la carte de Varsovie couverte de points rouge vif – une cité en proie à la variole.

– Quand M. Artur m'a appelé pour dire ce qui se passait, j'ai décidé de voir si j'étais capable d'identifier ce Piotr Miąsek… Regardez, c'est ce point-ci. Il est venu à la conférence par le bus 188 depuis l'arrêt GUS, après être descendu du tramway 17 qui venait de Domaniewska, à quelques pas de la rédaction de *Meganews*, rue Cybernetyki… Après la fin de la conférence, ce point a quitté le stade et a traversé la rue Myśliwiecka. Et là, voyez…

Królak appuya sur une touche et l'image commença à se mouvoir, à pulser, comme s'ils avaient devant les yeux la coupe d'une fourmilière ou des abeilles dansant sur un rayon de miel.

– … un autre point rejoint le premier. Notre Aneta. Malheureusement, nous ne savons pas où elle est allée ensuite parce que quelqu'un lui a probablement dit d'éteindre son téléphone. Mais je parierais que ce n'était pas chez le médecin.

– Oh putain de sa mère… chuchota Lena.

Elle était terrifiée.

– Aneta ? dit Artur en contemplant ses ongles parfaitement soignés. Tu as quelque chose à dire ?

– Non, dit-elle, mais sa voix avait l'air étrange, inconnue, comme si ce n'était pas elle qui parlait, mais quelqu'un d'autre qui tirerait sur ses cordes vocales.

– Dans ce cas… dit Warecki avant de se râcler la gorge. Dans ce cas, je te demanderai de quitter ce bureau. Tomasz… est-ce que tu peux la raccompagner à la porte ?

– B… bien sûr, balbutia le chef de cabinet.

Ils se séparèrent sans un mot ; Tomasz semblait sur le point de tourner de l'œil. Aneta prit son sac et descendit l'escalier. Elle resta un instant devant l'immeuble, plissant les yeux sous le soleil d'août.

Après quoi, elle vomit dans une poubelle.

Julita rafraîchit la page de *Poprzek*. Puis encore une fois. Et encore une fois. Ça devait être la centième fois depuis la publication de son article. Trois cents likes. Trente commentaires. Un peu plus d'une centaine de partages. Pourquoi si peu, bordel ? Elle pensait que ce texte exploserait, se répandrait sur la toile comme une traînée de poudre, que le pays entier ne parlerait bientôt que de ça…

Soudain, une scène du DEFCON lui revint en mémoire. Jan, adossé au mur : il l'attend et lit quelque chose sur son portable. "Des nouvelles intéressantes ?" entend-elle de sa propre voix. "Une purge dans les réseaux sociaux." Elle réalisait seulement maintenant ce que cela impliquait pour elle ; à cause de tout ce stress, toute cette peur, cette poursuite à en perdre haleine, elle n'avait pas assimilé l'information. Le botnet d'Emil avait été démantelé. Quelqu'un lui avait arraché sa cape de super-héroïne et elle ne s'en était même pas rendu compte. Mais comment ? Emil lui avait écrit que les faux comptes qu'il avait créés étaient parfaitement masqués, indétectables pour des algorithmes qui veillent d'ordinaire sur les réseaux sociaux. Quelqu'un avait dû les signaler. Manuellement. Elle ressentit une colère croissante. Et de la peur.

– Je crains que vous ne deviez reposer votre téléphone pour un instant, lui dit la maquilleuse.

– Minute, c'est juste que…

– Chère madame, dans dix minutes, vous devrez déjà être sur le plateau. Et croyez-moi, vous ne voulez pas y aller avec ce visage.

– Ça va si mal que ça ?

– Je veux dire, comprenez-moi bien, vous êtes une femme très belle… dit la maquilleuse, confuse. Mais vous savez, il faut dormir parfois au lieu de faire la fête sans arrêt.

Oui, songea-t-elle, voilà ma vie bien résumée.

– Et maintenant, fermez les yeux, d'accord ? dit la jeune femme en s'emparant d'un pinceau.

– Ça marche.

Noirceur. Apaisante et terrifiante à la fois, la promesse du repos, le premier pas vers un cauchemar. Elle entrouvrit partiellement les paupières, pour qu'au moins un peu de lumière atteigne ses pupilles. Elle avait quitté son appartement la peur au ventre, le cœur au bord des lèvres. Jan était venu la chercher avec la voiture d'un ami et s'était garé à l'arrière de l'immeuble. Elle avait enfilé une casquette, d'immenses lunettes de soleil, elle marchait le regard fixé au sol. Ils avaient fait un détour par Wawer. On les avait fait entrer par le portail des livraisons ; il avait fallu négocier pour ça, mais ils avaient fini par avoir gain de cause. Jan était tout le temps avec elle. Il était assis là, dans un coin de la pièce, elle l'entendait feuilleter des magazines bariolés, elle l'entendait pester tout bas en lisant les confidences des stars. Mon Dieu, qu'est-ce qu'il était agréable d'entendre ces grommellements.

Le pinceau lui chatouillait les joues, le nez et les paupières. Elle se mordit les lèvres pour éviter d'éternuer. OK, je peux le faire, se dit-elle, ça va être plus difficile, mais je me suis déjà fait un nom, une place, j'écrirai à ce sujet, j'en parlerai, je le crierai sur les toits jusqu'à ce que les gens entendent. Et quand je ne serai pas devant les micros, je fouillerai jusqu'à ce que je trouve des preuves concrètes. Peut-être avant les élections, peut-être après. Mais je ne renoncerai pas.

Elle entendit la voix de la maquilleuse :

– Là, on a besoin d'un peu plus de fond de teint… encore un instant, d'accord ?

– Mmh.

Elle était curieuse de rencontrer Warecki. Que ferait-il quand elle lui lancerait ses accusations au visage, quand elle se mettrait à l'interroger sur les procédures de l'e-vote estonien, quand elle en dévoilerait les failles ? Comment réagirait-il quand elle montrerait en direct ce qu'on pouvait faire avec les données qu'il recueillait grâce à un institut complice ? Elle avait regardé des enregistrements de ses prises de parole, elle savait que c'était un orateur hors pair, qu'il serait difficile de lui faire perdre contenance, de le pousser à la faute. Mais elle y arriverait. Il le fallait. Si elle faisait en sorte que Warecki bégaye ou perde contenance, le monde s'y intéresserait… parce que ça se laisserait transformer en même.

La porte s'ouvrit. Pas masculins. Odeur d'eau de Cologne.

– Bon, enfin, vous êtes là, dit la seconde maquilleuse. S'il vous plaît, asseyez-vous.

Julita ouvrit les yeux… et en resta bouche bée. Ce n'était pas Warecki, mais Królak. Daniel Królak de Net Solutions.

– Bonjour, madame Julita, monsieur Jan, dit-il dans un large sourire. Ravi de vous voir.

Elle remarqua dans le reflet du miroir que Jan tiquait. Królak n'était pas censé connaître son nom.

– Avec vous, ça va aller vite, dit la maquilleuse. Vous avez une peau de bébé, pas une seule ride… On va seulement mettre un peu de poudre pour que le front ne brille pas.

– Bien sûr. Je m'en remets à vos mains expertes.

– Je croyais que j'allais parler avec le député Warecki, dit Julita.

– Oui, oui, je m'en doute, dit Królak en fermant les yeux. Malheureusement, il a eu un imprévu plus important.

– Plus important ? C'est-à-dire ?

– Ah, tout savoir… dit Królak en souriant. N'est-ce pas le rêve de tout un chacun ?

– C'est certainement le vôtre.

– Madame Julita, vous aussi, vous avez une veine de fouineuse. Nous ne sommes pas si différents que ça.

– Oh, je ne sais pas, dit Julita en lui adressant un sourire radieux. Moi, par exemple, je ne parle pas si bien le russe.

– Qu'est-ce que vous voulez dire ?

– Vous verrez en direct ce que je veux dire.

– Excusez-moi… hasarda la maquilleuse, manifestement intimidée.

Il était difficile de ne pas sentir la tension qui flottait dans l'air.

– … pourriez-vous cesser de parler un instant ? demanda-t-elle. Une seconde…

– Comment vont nos invités ? dit le producteur de l'émission en passant la tête par la porte de la salle de maquillage. Prêts ?

– Oui, je termine à l'instant.

– Dans ce cas, suivez-moi. Il reste deux minutes.

Królak se leva, remercia sa maquilleuse et sortit dans le couloir. Julita eut du mal à se lever de son fauteuil. Ses jambes chancelaient.

– Bonne chance, dit Jan en lui serrant la main.

Fort. À lui faire craquer les os.

– Tu crois… Tu crois que ça va aller ?

– Je crois, lui chuchota-t-il à l'oreille, que tu vas le massacrer. Allez, file.

Julita sourit, se tint plus fermement sur ses pieds. Après quoi, elle rejoignit Królak.

– Suivez-moi, dit le producteur.

Il les conduisit dans un long corridor avant d'ouvrir la porte du studio. Des murs verts qui, à l'écran, se changeaient en cartes, en photographies, en étagères de livres, entouraient un enchevêtrement d'épais câbles noirs disposés par terre. Plus loin, il y avait une longue table en verre et trois fauteuils. Rasé de près, l'animateur était déjà assis dans l'un d'entre eux.

– Je vous en prie, prenez place, leur dit le producteur. Madame à gauche, monsieur à droite… Filip, les micros !

– Dans un instant.

– Pas dans un instant, maintenant ! Une minute avant la prise d'antenne !

– Bonjour, dit l'animateur en tendant d'abord la main à Julita, puis à Daniel Królak. La discussion promet d'être intéressante, pas vrai ?

– Très. – Królak leva la tête pour faciliter la tâche au technicien son qui accrochait un minuscule microphone au col de sa chemise. – J'ai hâte d'y être.

– Moi aussi, répliqua Julita.

– Une atmosphère de ring, dit le présentateur en souriant. C'est bien. On aura de l'audience.

Le producteur se mit à faire le décompte :

– On commence dans dix… neuf… huit…

– Ah oui, dit Królak en se penchant vers Julita. Nous avons fait ce que vous aviez demandé.

– Pardon ?

– À 21 h 40, le 4 août, M. Jan vous a fait un compliment. Nous avons tout enregistré, comme vous le souhaitiez.

Królak lui adressa un clin d'œil de connivence, puis il se redressa et regarda tout sourire dans l'objectif de la caméra.

L'hôtel. Las Vegas. Sa chambre. Le dîner du minibar. Julita n'arrivait plus à reprendre son souffle. Peur. La peur s'amassait dans sa poitrine. La lumière rouge au-dessus de la régie s'alluma.

– Bienvenue à tous dans *Les Fait politiques*, commença l'animateur. Je m'appelle Rysław Kowalewski et mes invités aujourd'hui sont Mme Julita Wójcicka, journaliste spécialisée dans les questions de cybersécurité, ainsi que M. Daniel Królak, CTO de Net Solutions, conseiller en marketing sur Internet, collaborateur du parti Pologne Demain. Et c'est justement de ce parti et de sa campagne électorale sur Internet que nous allons parler aujourd'hui. Madame, vous publiez ce matin un article explosif dans le magazine *Poprzek*. Vous y formulez de sérieuses accusations. Pourriez-vous les exposer à nos téléspectateurs ?

Foule. Yeux bleus. Pistolet avec silencieux caché sous un blouson.

– Je… balbutia-t-elle. Le fond, c'est… pardon… Il s'agit de…

– Alors, je vais peut-être commencer, dit Królak en souriant, le temps que Mme Wójcicka rassemble ses idées. En l'occurrence, l'article défend la thèse selon laquelle Pologne Demain se comporterait de manière peu éthique. Or, nous utilisons des méthodes classiques et communément admises.

Ah non, fils de pute, pensa Julita, tu ne t'en tireras pas à si bon compte. Ça ne sera pas si facile.

– Elles sont communément admises sans que les gens le sachent, dit-elle d'une voix forte, sûre d'elle. Sans qu'ils en soient conscients. Vous participez à un processus d'extraction de données personnelles et de manipulation des gens. Vous le faites à des fins politiques.

– Bien évidemment que nous le faisons à des fins politiques. Pologne Demain est un parti et…

– Et un parti devrait avoir un programme, le coupa Julita. Or, Pologne Demain n'a pas de programme. Ou, pour le dire autrement, elle en a des centaines. Des milliers. Elle promet à chacun un bout du bifteck. Ces promesses ne pourront être tenues et vous le savez bien.

– C'est drôle. Vous parlez tellement d'éthique, tandis que vous avez vous-même utilisé des bots pour promouvoir vos articles. Vous connaissez cet adage biblique, on voit la paille dans l'œil du voisin, mais pas la poutre qui est dans le sien ?

Elle eut chaud, un filet de sueur coula sur sa joue. Bah oui, pensa-t-elle, j'aurais pu me douter que c'était eux, qu'ils avaient trempé dans l'affaire. Ils lui avaient coupé les ailes juste avant la publication du texte et, maintenant, ils rejouaient la même carte pour la discréditer.

– Vous pensez vraiment que c'est un sujet équivalent ? répondit-elle en modulant soigneusement la voix pour qu'elle ne se brise pas, ne tremble pas ni ne s'élève. Des moyens de promotion d'une part et la campagne électorale d'un parti qui peut faire pencher la balance d'une coalition au prochain Parlement de l'autre ?

– Des moyens de promotion… fit Królak en secouant la tête. Joli euphémisme, madame Julita. Mais appelons les choses par leur nom. Vous avez manipulé vos lecteurs. Vous avez abusé de leur confiance.

Elle sourit. Il avait mordu à l'hameçon.

– Oui ? Je les manipule ? Et comment appeler dans ce cas les méthodes de Pologne Demain ? Comment appeler votre pseudo-questionnaire dont le but est de subtiliser des données aux électeurs ? Comment appeler l'application qui les espionne ? Ou des publicités qui se basent sur…

Elle jeta un coup d'œil à l'animateur. Il ne l'écoutait plus. Il pressait le doigt contre son oreillette. Dans la régie, il y avait de l'agitation, les gens se levaient de leurs sièges. Le producteur sortit de sa poche un téléphone en train de vibrer. Il se passait quelque chose. Quelque chose de grave. Ne te laisse pas déconcentrer, pensa Julita, regarde à nouveau la caméra, ne te laisse pas déconcentrer.

– … qui se basent sur… reprit-elle.

Soudain, la lumière rouge au-dessus de la régie s'éteignit.

– Excusez-nous… excusez-nous… dit l'animateur en lui coupant la parole.

Il était livide et avait du mal à parler.

– Nous avons dû interrompre notre émission, déclara-t-il.

– Quoi ? Qu'est-ce qui se passe ?

Quelqu'un courait dans le couloir. Des portes claquaient. Des cris.

– Une fusillade… gémit l'animateur. En colonie de vacances… près de Mikołajki…

– Quoi ?!

– L'Agence presse polonaise vient de l'annoncer à l'instant… Quelqu'un est entré dans un camp de vacances… Vingt-cinq personnes sont mortes… essentiellement des enfants…

– Oh mon Dieu… Doux Jésus… dit Julita en se cachant la bouche.

– C'est horrible, fit Królak en secouant la tête. C'est horrible.

Le producteur s'approcha d'eux. Des gens couraient autour d'eux.

– Nous devons… nous devons vous faire sortir…

Julita se leva de son siège et le suivit, mais machinalement, comme un jouet sur ressorts. Non, songea-t-elle, impossible. Ça ne peut pas être un concours de circonstances. C'est une arnaque. Elle était sur le point de protester, d'attraper le producteur par la manche et de crier sur Królak, mais quand ils entrèrent dans le hall, elle vit une foule entourer un écran télé. Les gens sanglotaient. Ils pressaient les mains contre leurs bouches. Ils secouaient la tête, incrédules.

Elle suivit leurs regards vers l'écran. Une vidéo instable, floue. Une grande salle sombre. De la fumée. Des corps. Certains en short. Coupure vers un autre enregistrement. Un visage en sang, celui d'un homme, probablement un éducateur, qui a du mal à parler. Le son était coupé, mais même elle était capable de lire sur ses lèvres. À l'aide. À l'aide. Au secours.

Alors, elle remarqua quelque chose. Un bond. Une coupure. Pendant une fraction de seconde, la bouche de l'homme sembla se décoller de son visage, n'arriva pas à suivre le reste du corps. Puis, tout redevint normal, tout était comme il fallait. Julita avait déjà vu quelque chose de semblable lors d'une formation sur la manière de reconnaître des vidéos truquées : des visages qui disaient des paroles qu'ils n'avaient jamais prononcées.

– C'est un fake ! cria-t-elle. Écoutez-moi ! Ce n'est pas la vérité !

– Silence !

– Comment peut-elle…

– Oh mon Dieu… Oh mon Dieu…

– Ça ne se passe pas pour de vrai ! hurla Julita.

Elle sentait des larmes brûlantes couler sur ses joues.

– C'est une vidéo truquée ! C'est…

– Madame, calmez-vous, lui dit un agent de sécurité.

Il parlait bas, mais fermement.

– C'est un mensonge ! Dites-leur que c'est un mensonge !

– Madame, si vous ne vous calmez pas, je serai obligé de…

– Écarte-toi ! Je…

Elle n'acheva pas. L'agent la prit par le bras et la secoua.

– Non ! cria-t-elle. Laisse-moi ! Lâche-moi, bordel !

– Veuillez quitter l'immeuble immédiatement !

– Lâche-moi ! Jan ! Jaaaaan !

Elle tenta de résister avec ses pieds, mais ses semelles plates glissaient sur le sol en pierre. Elle ne pouvait rien faire, elle n'avait pas assez de force pour se libérer. L'agent l'emmena derrière les portillons de sécurité ; un attroupement eut lieu. Soudain, elle aperçut le visage de Królak dans la foule. Il lui disait quelque chose. Au début, elle ne comprit pas, elle ne l'intégra pas, ce n'est qu'au bout d'un moment, alors que Królak avait déjà disparu derrière les gens, que les syllabes s'assemblèrent en mots.

Do svidaniya.

11

Octobre 2020

Julita restait assise sans bouger, dans un silence total. Elle savait qu'elle ne pouvait pas faire un seul bruit maintenant : aucun bruissement de papier, aucun grincement du sol, aucun chuintement de bouilloire. Son téléphone était en mode vibreur, elle avait coupé le son de la télé. Enfin, le claquement tant attendu d'une poignée de porte qu'on refermait arriva à ses oreilles, suivi d'un frottement de pas précautionneux.

– Ça va ? chuchota-t-elle en se retournant sur le canapé.

– Elle s'est endormie.

Magda ouvrait déjà son bar et dévissait une bouteille. Et c'est elle qui me fait la morale sur les addictions ! se moqua intérieurement Julita. Cependant, elle ne lui fit pas de remarque. Ce n'était pas le bon moment pour aborder le sujet.

– Alors, je peux monter le son de la télé ? demanda-t-elle.

– Un peu.

Sa sœur s'assit à côté d'elle et croisa les jambes. Une olive flottait comme une bouée à la surface de son verre de martini.

– Là, là, ça suffit.

Sasza allait mieux, du moins durant la journée. Mais elle ne s'endormait toujours qu'avec la lumière allumée, dans son propre lit, dans les bras de sa maman. On aurait dit qu'elle avait à nouveau trois ans. La psychologue avait prévenu Magda qu'elle devait se préparer à ce que ça dure longtemps. Un an, voire deux. Un enfant ne devrait pas regarder de telles choses. Personne ne devrait le faire. Comme promis, Julita avait dirigé des ateliers dans la classe de Sasza dès le 2 septembre. Les élèves laissaient maintenant leurs portables dans le placard en arrivant à l'école et les récupéraient après la dernière sonnerie. Bien sûr, ça ne réglait pas le problème, mais ça le réduisait au maximum. Les copains pouvaient toujours montrer ce genre de vidéos après les cours : au gymnase, sur un terrain de jeu, lors de ses cours de soutien en français. On ne pouvait pas y échapper. Il suffisait d'un clic de doigt d'enfant et les bits fendaient l'air, couraient le long des fibres optiques enterrées au fond des océans, rebondissaient sur les satellites qui tournaient sur l'orbite terrestre. Le monde entier à portée de la main. Entier. Sans exception.

– Effet béton ? piailla la femme de la publicité. Mincir à fond !

– Oh la vache… gémit Magda. Encore ça ? Mais cette pub a au moins trois ans.

– Avoue que ça reste en mémoire.

– Oui, mais là, ça suffit…

– Quoi, faudrait qu'ils inventent autre chose ? demanda Julita avant de faire l'étonnée en battant des cils. Effet béton ? Cul en carton.

– Ha, ha ! Attends, attends, j'ai mieux.

– Balance.

Magda reposa son verre en gloussant. Elle ne savait absolument pas raconter de blagues. Ses propres plaisanteries la faisaient tellement rire qu'elle n'arrivait pas au bout, elle s'esclaffait toute seule et, quand enfin elle parvenait à la chute, il s'avérait en général que celle-ci ne valait pas ce supplément de suspense. Cependant, Julita souriait malgré tout. Qu'est-ce que c'était chouette d'être à nouveau avec sa sœur ! C'était bon de s'amuser à nouveau ensemble. Même dans des circonstances aussi merdiques.

– Effet béton ? commença Magda. Ça te gratte les…

– Chuuut ! fit Julita. Ça commence !

La pause publicitaire prit fin, le jingle des infos s'anima. ÉLECTIONS PARLEMENTAIRES 2020, annonçait une large inscription au-dessus de la tête de la présentatrice. Julita bondit du canapé et serra la télécommande, fort, à en faire grincer le plastique, comme s'il s'agissait de la poignée d'une épée avec laquelle elle serait sur le point de se battre en duel à mort.

– Mesdames, messieurs, dit l'animatrice, les résultats à la sortie des urnes affluent vers notre studio. Le parti ayant remporté le plus de voix…

Julita n'écoutait plus. Elle fixait les colonnes et, plus précisément, la quatrième dans l'ordre d'arrivée. Elle était de couleur bleue, légendée “Pologne Demain”, et elle dépassait tout juste la frontière magique des 5 %. Julita retomba sur le canapé. Elle baissa la tête.

– Hé, ce n'est pas encore la fin du monde, dit Magda en lui posant une main sur le dos. Peut-être qu'une fois qu'ils auront comptabilisé toutes les voix, ils s'apercevront qu'il leur en manque…

– J'en doute, dit Julita en secouant la tête. C'est dans les villes qu'ils avaient le plus grand soutien et c'est là que les estimations à la sortie des urnes sont les plus précises. Ils sont passés. C'est sûr à cent pour cent.

Elles restèrent toutes deux assises sur le canapé à fixer l'écran. Julita s'empara du verre de Magda et ne le reposa qu'une fois vide. Elle essuya ses lèvres brûlantes. Tout ça pour rien. Les deux derniers mois, elle avait travaillé jour et nuit, elle avait sonné l'alarme, fait tout son possible pour attirer l'attention sur les pratiques inquiétantes de Pologne Demain, sur les liens étranges entre Artur Warecki et le mystérieux Daniel Królak dont personne n'avait entendu parler. Rares étaient ceux qui avaient prêté l'oreille. Les médias se passionnaient toujours pour le coup monté de la colonie de vacances de Mikołajki. Comment était-ce possible? Qui l'avait fait? Et pourquoi? Il n'y avait pas de réponse claire à ces questions.

Julita avait des soupçons, bien entendu, des soupçons qui frôlaient la certitude… mais aucune preuve. On ne connaissait qu'une chose : la méthode. Quelqu'un avait piraté le compte Twitter de l'Agence de presse polonaise PAP et d'un journal régional, *La Voix de Varmie-Mazurie*. Au moment même où Julita et Daniel Królak prenaient l'antenne, *La Voix* chargeait la vidéo truquée sur le Net et la PAP la diffusait sur la planète. L'instant d'après, des centaines de faux comptes sur les réseaux sociaux avaient commencé à s'étendre sur la prétendue fusillade d'une colonie de vacances, de nouvelles photos et vidéos surgissaient en ligne. L'hystérie éclatait. Des parents terrifiés appelaient la police et les hôpitaux. Des gens ordinaires, normaux, commencèrent à prétendre qu'ils avaient eux aussi entendu des coups de feu ou vu de la fumée. Des policiers hébétés se précipitaient d'un camp de vacances à l'autre, à la recherche du massacre présumé, manquant de peu d'entrer en collision avec les ambulances qui filaient en sens inverse. Avant que l'ordre ne soit rétabli, avant que tout le monde comprenne qu'il s'agissait d'un canular, plusieurs heures étaient passées. À ce moment-là, plus personne ne se souvenait de l'article de Julita Wójcicka. D'ailleurs, ce texte était peut-être une fumisterie lui aussi ? Qui sait ? Après tout, la Wójcicka avait quelques manquements à son actif ; les accusations de Królak avaient terni sa réputation et sapé sa crédibilité.

Artur Warecki apparut à l'écran. Souriant, avec une cravate parfaitement assortie à sa chemise. Les pourparlers de coalition sont déjà en cours, déclarait-il. Je suis sûr que nous allons parvenir à un accord, ajoutait-il. La condition en sera, bien sûr, un engagement à la mise en œuvre de notre paquet de mesures "Pologne du futur", soulignait-il. Et nous accordons toujours une importance particulière à la question du vote en ligne.

– Quel avorton odieux, commenta Magda.

– Monsieur le vice-premier ministre avorton odieux.

– Tu crois ?
– Mmh. C'est sûr et certain.
– Mon Dieu, j'ai du mal à y croire. Tout est étalé dans tes articles, noir sur blanc… Comment c'est possible que ça ne l'ait pas fait couler ?
– Je ne sais pas, admit Julita en soupirant. Je devrais poser la question à ceux qui écrivaient sur les appropriations de biens immobiliers publics par la fondation Jarosław Kaczyński, intouchable lui aussi…
– Et il n'y a pas d'enquêtes en cours sur le sujet ? Mine de rien, vous avez transmis énormément de preuves…
– Elles sont en cours, elles sont en cours… dit Julita en hochant la tête. Et elles dureront probablement un an, voire deux ou trois. Tandis que les modifications de la loi électorale seront votées dès cette année.
– Et cette femme ? Aneta ?
– Toujours rien. Le témoin clé s'est volatilisé.
Julita se leva, épousseta ses cuisses. Elle ravala les larmes de frustration qui lui montaient aux yeux.
– Bon, dit-elle en mettant le sac de son ordinateur portable à l'épaule. J'y vais.
– Tu es sûre ? Tu pourrais rester encore un peu…
– Non, je vais passer mon temps à râler. Et puis, faut que j'écrive une sorte de conclusion à cette affaire… et que j'entame une croisade contre le vote en ligne.
– D'accord, mais… Fais attention à toi, OK ?
– Bien sûr.
Julita embrassa sa sœur sur la joue et ouvrit la porte de l'appartement.
– À plus.
Avec l'aide du procureur Bobrzycki, Jan avait enfin réussi à lui attribuer une protection. Trois policiers avaient stationné devant chez elle jour et nuit durant deux semaines. Ils n'avaient rien vu de suspect, ils n'avaient rien détecté. Tout portait à croire que le danger était passé, du moins pour le moment. Il semblait que

quiconque avait fait le ménage dans l'affaire de Kandy, d'Alex et de Warecki, avait estimé que liquider Julita maintenant causerait plus de mal que de bien et attirerait l'attention sur ses articles. Manifestement, ils avaient décidé de la faire taire par un autre moyen : le vacarme. Et ils avaient réussi.

Dès qu'elle avait été informée qu'elle était relativement en sécurité, elle s'était rendue chez Magda. Elle n'était pas sûre de ce qu'elle lui dirait, si elle voulait lui présenter ses excuses ou la gronder. Elles étaient tombées dans les bras l'une de l'autre, elles avaient chialé comme des Madeleine. Bien entendu, Magda considérait toujours que Julita aurait dû s'occuper d'un sujet moins dangereux. Pour dire la vérité, Julita était d'accord avec elle. Mais elle n'arrivait pas à le faire.

Elle n'eut pas envie d'attendre l'ascenseur. Elle était déjà un étage plus bas quand elle entendit la voix de sa sœur.

– Hé ! Tu es encore là ?

– Oui, répondit-elle.

– Ça te gratte les tétons !

– Quoi ?

– Effet béton ? Ça te gratte les tétons !

– Doux Jésus, Magda… soupira Julita en se frappant bruyamment le front de la main. Tu ferais mieux d'aller dormir, d'accord ?

– Moi aussi je t'aime ! À plus !

Clac, la porte de l'appartement se referma. Julita gloussa, secoua la tête et quitta l'immeuble. La soirée était chaude et sans vent. Probablement la dernière du genre cette année. D'ici peu, la saison du smog et des nuages de béton commencerait. Julita sortit son téléphone de sa pochette Faraday pour appeler – et ne surtout pas le commander via une application, Dieu nous en garde – un taxi. Mais avant qu'elle n'ait eu le temps de composer le numéro, son portable vibra. Nouveau message. De

Jan. Julita prit une profonde inspiration. Jan. Encore un sujet délicat.

De : Jan <rfg4dndn@yandex.ru>
À : Moi <teodozja.ambrozja@protonmail.com>
Date : 20 octobre 2020 21:21
Objet : un autre échange chat

Un de mes potes de l'unité de la lutte contre la cybercriminalité a réussi à extraire des disques de DreamNet un autre log des échanges entre Alex et Kandy. J'y ai jeté un œil : rien d'intéressant. Je t'envoie la transcription, au cas où.

Je ne devrais lire ça qu'une fois à la maison, pensa-t-elle. Ce serait la chose la plus sensée à faire, conclut-elle avec fermeté. Après quoi, elle s'assit sur un banc et défit la fermeture éclair de son sac. Une soirée aussi chaude, se justifia-t-elle, il serait dommage de ne pas en profiter. Elle attacha ses cheveux agités par le vent à l'aide d'un élastique et alluma une cigarette. Quelques minutes plus tard, elle contemplait la transcription de la conversation entre Alex et Kandy. C'était la plus ancienne, datée du mois d'août 2018. Bien avant que leurs problèmes ne commencent. Elle laissa la fumée s'échapper de sa bouche et plissa les yeux.

KandyKroosh : oh, salut, c'est chouette que tu sois là
KandyKroosh : j'espérais pouvoir te parler
KandyKroosh : j'ai bien reçu ton colis – merci !
KandyKroosh : c'est vraiment gentil de ta part
KandyKroosh : c'est cool, ce LUSH
KandyKroosh : je n'ai vu ces cosmétiques nulle part en Pologne
KandyKroosh : ...
KandyKroosh : helloooooo
KandyKroosh : t'es là ?
Alexxander12 : oh mince, excuse
Alexxander12 : oui
Alexxander12 : j'étais perdu dans mes pensées

Alexxander12 : tu es superbe <starryeyes.gif>
Alexxander12 : je ne t'ai encore jamais vue dans cette robe
KandyKroosh : attends de voir ce que j'ai en dessous
Alexxander12 : oh... et qu'est-ce que tu as ?
KandyKroosh : rien :*
Alexxander12 : oufff
Alexxander12 : tu sais comment me faire tourner la tête
KandyKroosh : la tête, dis-tu ? ;)
Alexxander12 : oh, ne chipote pas sur les mots
KandyKroosh : tu as raison
KandyKroosh : de toute façon, je ferais peut-être mieux de détacher mes doigts du clavier un instant
KandyKroosh : pour m'occuper les mains avec quelque chose d'autre...
KandyKroosh : qu'est-ce que tu en dis ?
Alexxander12 : je suis pour <3

Et c'était tout, fini, après ça, ils ne passaient plus leur temps à parler. Jan avait raison : rien d'intéressant. Humm... en dehors d'un seul petit détail.

Leon Nowiński massa son poignet endolori. Cela faisait onze heures qu'il dessinait en continu, avec des pauses pour manger et aller aux toilettes. Le jeu sur lequel il travaillait – *Jack Downing, PI* – n'était censé sortir que dans un an, mais ils devaient boucler la jaquette dès maintenant. Dessus, bien évidemment, il y avait un gars armé d'un flingue, le dur à cuire éponyme de la série. Une mâchoire carrée couverte d'une barbe de trois jours, une clope allumée au bec, une plaque d'identité militaire sur son large torse. Leon avait dessiné un millier de versions de cette image : Jack Downing de dos, de côté, d'en bas, Jack Downing tire, Jack Downing s'accroupit, Jack Downing souffle la fumée qui sort du canon de son flingue, Jack Downing recharge. Au bout du compte, le choix s'était porté sur une pose dynamique : le détective était montré en train de courir, il avait l'air de poursuivre quelqu'un. Cette version n'était ni pire ni meilleure que les précédentes – c'était simplement la dernière. La date limite pour l'envoi de la maquette à l'éditeur était fixée au lendemain, lundi, à 11 heures, heure polonaise, or la direction n'était toujours pas satisfaite. L'éclairage paraît plat… les plis du manteau en cuir ne sont pas avantageux… l'ombre sous le nez ressemble à une moustache… le doigt ne devrait pas être sur la gâchette…

– Leon ? demanda son producteur, Marek, en se plaçant à côté de son bureau. Ça avance ?

– Oui, ça va bien. Je terminerai aujourd'hui.

– Génial. Écoute… commença Marek avant de marquer une pause. Dis, est-ce que tu arriverais à passer aussi demain ? Au cas où ils auraient encore d'autres remarques.

– Ah oui ?

– Je me rends compte que je t'en demande beaucoup… Tu es venu un dimanche exprès, j'imagine que tu voudrais te reposer demain… Et je sais que ta copine commence à perdre patience en ce qui nous concerne…

– Ça, en l'occurrence, ce n'est plus d'actualité.

Le producteur sembla déconcerté.

– Ah d'accord… mince… marmonna-t-il. J'espère que ce n'est pas à cause du boulot…

– Pas à cause du mien, si c'est la question.

– Mon vieux… je ne sais pas quoi dire…

Marek lui posa une main sur l'épaule.

– Je suis vraiment désolé… Comment tu te sens ?

– C'est pour le mieux, tu sais.

Leon reposa son stylet et s'écarta de son bureau.

– On… ça ne collait pas entre nous. Moi, j'avais envie d'une vie normale, tranquille. Une série télé le soir, notre resto favori ou une bière entre amis le week-end, tu vois le tableau, quoi…

– Oui, je crois…

– Et elle… elle n'arrivait pas à fonctionner comme ça, tu comprends… Elle devait…

Leon s'interrompit au milieu de sa phrase. Il réalisa que Marek ne lui demandait pas comment il se sentait pour entendre une réponse sincère, mais pour jouer un rôle attendu, pour signifier son empathie. Maintenant que Leon avait commencé à entrer dans les détails, son chef se sentait mal à l'aise. Ses yeux fuyaient sur le côté, il cherchait un moyen de mettre fin à la conversation.

– Mais bon… fit Leon. Je ne vais pas te prendre la tête avec ça.

– Non mais il n'y a aucun souci, mon vieux, dit Marek avec un soulagement manifeste. Si jamais… N'hésite surtout pas.

– Ça marche. Merci.

– Alors ? On te voit demain ?

– Évidemment.

– Génial. Alors, à plus.

Leon prit le stylet à la main et se figea. Bien qu'il fît face à son écran, il ne voyait pas Jack Downing, la terreur des criminels, ni ses bras musclés, ni son front perlé de sueur, ni l'ombre sous son nez qui avait effectivement un peu l'air d'une moustache. Sa dernière rencontre avec Julita lui revint en mémoire. Ils s'étaient séparés paisiblement, sans cris ni reproches. Bien que ce fût elle qui l'ait quitté, en dehors de la tristesse Leon ressentait aussi un certain soulagement. Il n'aurait plus à s'inquiéter de ce qui lui arriverait. Il ne se réveillerait plus la nuit en se demandant pourquoi elle n'était pas encore couchée, pourquoi elle restait vissée à son ordinateur. Il n'aurait plus à se questionner sur la part de vérité dans ses rares déclarations d'amour.

Leon soupira et reprit son dessin. Il décida de mettre un peu de musique – par les haut-parleurs et non dans les écouteurs. Il n'avait pas à se préoccuper de ne pas déranger les gens. À 22 heures, il était totalement seul au bureau.

L'immeuble était répugnant, une sorte de bloc grossier caché entre des taudis auquel on accédait en passant par un parking maculé de taches d'huile. À l'intérieur, il y avait un labyrinthe de couloirs : la peinture s'écaillait sur les murs, le parquet arraché bougeait sous les pieds tandis que les fissures dans les vitres étaient colmatées par une bande adhésive verte. Pourtant, c'était précisément ici, dans la vieille zone industrielle du quartier Praga, qu'il y avait de nombreux studios photo loués à l'heure, c'était ici qu'on créait l'illusion d'une vie parfaite, c'était ici qu'on fabriquait les gens sans rides ni graisse qu'on ne croisait jamais dans la vie, des gens aux dents d'une blancheur immaculée et à la taille improbablement fine. Dans l'un de ces studios, Wioletta Słaby avait justement une séance photos. Julita vérifia une nouvelle fois les indications de la page web de l'atelier – "entre par la cage d'escalier C, puis monte l'escalier en colimaçon jusqu'au deuxième, tourne à droite et avance jusqu'au fond du couloir, c'est la dernière porte à gauche" – puis elle avança tout droit. Le tambourinement furieux de ses talons répandait ses échos dans tout le bâtiment.

La carrière de Wioletta avait démarré en trombe. Les gens adoraient la haïr : ses lèvres gonflées au botox, ses seins siliconés qui débordaient de son soutien-gorge, ses faux ongles parsemés de faux diamants, ses chansons merdiques et ses clips pitoyables, sa voix stridente, ses monologues débiles avec des "putains" pour ponctuation, déformés par un chewing-gum perpétuellement mâchouillé. Qu'est-ce qu'elle est moche ! Qu'est-ce qu'elle est kitsch ! Qu'est-ce qu'elle est bête ! À ceci près que Wioletta était loin d'être bête. Primitive, certes. Sous-éduquée, certainement. Mais pas bête. Elle savait bien ce qu'elle faisait, avec quoi exaspérer les gens, comment faire enfler leur indignation et leur sentiment de supériorité. D'accord, des hectolitres d'immondices se déversaient sur elle chaque jour, mais c'était de l'eau à son moulin. Chaque insulte, chaque souhait de mort retentissait comme une pièce de monnaie jetée dans sa bourse.

– Voilà. Maintenant la main sur la hanche… Aha… Sourire…

On entendait déjà la voix du photographe.

– Oh, parfait… Reste comme ça.

Fsh. Fsh. Fsh. La pénombre du couloir était entrecoupée par la lumière vive des flashs, la porte était ouverte. Julita entra dans le studio. C'était une petite pièce miteuse : Wioletta, en baskets compensées et body en lycra aux couleurs du drapeau national, se tortillait sur fond de bâche noire. Dans le coin, il y avait une coiffeuse jonchée de cosmétiques et, à côté, accrochés sur des cintres, des vêtements envoyés par des agences de marketing : des sweat-shirts, des leggings, des vestes en polyester. Certaines marques fuyaient Wioletta comme la peste – leurs avocats lui adressaient des lettres lui adjoignant de ne pas se montrer en public dans les créations de leurs clients – et d'autres, bien au contraire, luttaient pour chaque centimètre carré de sa peau. Ses cuisses, sa poitrine, son ventre, tout cela était un espace publicitaire précieux.

– Et maintenant de dos…

Le photographe se cacha derrière son appareil, les flashs crépitèrent à nouveau.

– Oui… penche-toi vers l'avant et retourne-toi… oui… génial…

– Excusez-moi, on est en plein shooting ici !

Une femme en tailleur blanc, probablement l'agente de Wioletta, s'approcha de Julita. Ses sourcils froncés et sa main sur la hanche signifiaient "entrée interdite" plus sûrement qu'un panneau de STOP.

– Je vois ça. Julita Wójcicka, *Poprzek*. J'ai des questions urgentes pour notre star.

– Je comprends…

Au son du nom de l'hebdomadaire prestigieux, la jeune femme s'adoucit.

– Laissez-moi votre numéro, proposa-t-elle, je reviendrai vers vous dès que…

– C'est bon, je la connais ! cria Wioletta. Comment tu t'appelais, déjà ? Jowita, non ?

– Julita.

– Julita, c'est ça. Vas-y, balance, qu'est-ce que tu me veux ?

– Wioletta, on a loué le studio jusqu'à 13 heures… intervint l'agente.

– Et alors quoi ? Ils vont nous mettre à la porte ?

– Non mais…

– Bah voilà.

Wioletta s'empara d'une bouteille d'eau ; ses fausses griffes étaient si longues qu'elle eut du mal à saisir le bouchon.

– Alors ?

– Écoute, je fais un papier sur les stars de la scène, sur ce qui les inspire, ce genre de trucs… commença Julita.

– Oh !

– Oui, c'est un article pour la une, je dois le boucler d'ici ce soir. Tu répondrais à quelques questions ? Ça ne prendrait que cinq minutes.

– Sûr, dit Wioletta en faisant une moue fière. Envoie.

– Capitale européenne préférée ?

Wioletta pencha la tête, plissa les yeux.

– Et c'est quoi, ça, putain, une interro de géographie ?

– Non, non, dit Julita en souriant amicalement, il s'agit plutôt de savoir où est-ce que tu aimes faire du shopping, ce genre de trucs.

– Bah dans les galeries marchandes, non ?

– Mmh. Donc, les voyages à l'étranger, pas plus que ça ? Même en vacances ?

– Non. Enfin je suis allée une fois à Charm el-Cheikh, mais c'est pas pour moi, y a tellement de basanés que…

– Wioletta aime le climat polonais, intervint rapidement l'agente, les rythmes slaves, tu comprends…

– Ah oui, je vais me le noter, répliqua Julita sans sortir les mains de ses poches. Mais encore une chose, à propos de ce shopping… Tu as peut-être au moins des marques étrangères favorites ? Des trucs que tu demandes à tes amis de te rapporter de voyage ?

La chanteuse, manifestement agacée par cette conversation, secoua la tête, mettant en branle ses gigantesques boucles d'oreilles en or.

– Dans ce cas, d'où te vient ta trousse de maquillage LUSH ? demanda Julita. Cette marque n'existe pas en Pologne.

– Hein, quoi ?

– Je l'ai vue quand on s'est rencontrées la première fois, en juillet, dans ce resto avec les ballons. Tu as pris des mouchoirs dedans.

Wioletta croisa les bras sur sa poitrine proéminente et grimaça.

– Je crois que tu t'es emmêlé les pinceaux, meuf, dit-elle. Bon, écoute, j'en ai rien à foutre de ton article, personne ne lit plus les journaux de toute façon. À plus.

– Wioletta… chuchota l'agente, terrifiée.

– Ben quoi ? T'as dit toi-même qu'on loue le studio jusqu'à 13 heures, non ? Alors, faut qu'on se grouille ? Donc je me grouille, putain, dit-elle en sifflant à travers ses dents avant de faire signe au photographe que la pause était terminée et qu'il fallait mitrailler à nouveau.

– Une dernière question pour les lecteurs de *Poprzek* ! cria Julita derrière elle.

La chanteuse fit semblant de ne pas l'entendre. Elle se plaça en un *contrapposto* qui exposait toutes ses rondeurs artificiellement gonflées, elle fit un baiser avec la bouche et regarda l'objectif.

– Tu as volé Hanna avant qu'on l'étrangle ? continua Julita. Ou après ?

Le photographe se figea, le doigt sur le déclencheur de son appareil.

– Désolée, meuf, je vois pas de quoi tu parles, lança Wioletta en présentant son profil gauche, là où, au coin de la bouche, elle avait un piercing en diamant. Alors ? Qu'est-ce que tu fous ? Prends tes photos, putain !

– Je dirais que tu l'as fait après, supposa Julita. Tu t'es dit que ces cosmétiques ne seraient pas utiles à un cadavre, alors à quoi bon les gâcher. Par ailleurs, tu l'enviais certainement un peu, non ? Non seulement les portefeuilles la payaient de gros biftons, mais en plus, ils lui envoyaient des cadeaux !

Un rictus déforma le visage de la chanteuse. C'en était trop. Elle était furibonde.

– Est-ce que quelqu'un pourrait enfin foutre cette connasse à la porte ?! hurla-t-elle.

L'agente lui adressa un regard incertain. Le photographe baissa son appareil. On voyait qu'il rêvait d'être ailleurs, à un mariage ou un baptême par exemple.

– Ils pourraient, dit Julita en hochant la tête. Mais alors, cette connasse te détruira. Parce que, pour vol de preuves matérielles et entrave à une enquête pour meurtre, on finit derrière les barreaux.

Bien que personne ne la prît plus en photo, Wioletta était toujours figée dans sa pose. À présent, elle avait vraiment l'air d'une statue. Mis à part que ses dents grinçaient.

– Monika, dans le couloir, grogna-t-elle à son agente. Et le connard à l'appareil photo aussi.

Elles restèrent dans le studio seule à seule. Le visage de Wioletta se crispa ; sa peau, bronzée au solarium, pâlit.

– Alors ?! hurla-t-elle. Qu'est-ce que tu me veux, putain ?

Julita ne répondit pas tout de suite. Elle voulait que la starlette sache que ses cris ne l'impressionnaient pas, que c'était elle qui contrôlait la situation, qu'elle la tenait à sa merci.

– Hanna avait caché quelque chose dans cette trousse, n'est-ce pas ? demanda-t-elle après un moment. Quelque chose de discret. Mais quelque chose qui ne collait pas avec le reste.

Silence. Aucune réponse. Pas même un démenti.

– Donne-le-moi, dit Julita.

Elles se toisèrent un moment. Wioletta semblait réfléchir intensément, elle tentait probablement d'établir si tout cela n'était que du bluff ou si ces menaces pouvaient vraiment se réaliser. Julita sourit largement et lui adressa son regard le plus effronté. Allez, vas-y, disaient ses yeux. Essaie seulement.

Wioletta jura tout bas et tendit la main vers son sac suspendu au dossier de sa chaise. Puis elle en sortit une clé USB en forme de rouge à lèvres.

Oleg vérifia le coin cuisine. Là non plus. Il avait inspecté toutes les salles de conférences, la *common room*, la cantine, même la salle de muscu de l'entreprise. Elle n'était nulle part. Il commençait à manquer d'idées.

– Tu cherches quelqu'un ? lui demanda Davydas.

Il était en train de se préparer un café. Un triple expresso. Ces derniers mois n'avaient épargné personne.

– Oui. Pola. Tu l'as peut-être vue quelque part ?

– Elle n'était pas censée suivre une formation ? dit le Lituanien en élevant la voix pour couvrir le bruit de la machine à café. Je l'ai vue monter.

– À la Ljubljana ? s'assura Oleg.

La plupart des salles des locaux de Varsovie portaient les noms de capitales d'Europe de l'Est. Jadis coupées de l'Occident par le rideau de fer, elles étaient à présent étroitement enserrées dans les mêmes câbles que celui-ci.

– Ouais.

– Merci. Et comment ça se passe chez vous ? Ça va mieux ?

– Te fous pas de ma gueule, grogna Davydas.

L'affaire de la colonie de vacances avait pris l'entreprise par surprise. Bien entendu, tout le monde savait que ce jour viendrait. La technologie permettant de produire des *deep fakes* crédibles existait depuis des années, mais on l'utilisait surtout à des fins, disons, de divertissement. Ce qui jouissait de la plus grande popularité, c'étaient les films pornographiques où les visages des actrices sans pudeur étaient remplacés par ceux de leurs collègues d'Hollywood plus célèbres. Oleg avait vu son lot de montages de la sorte à la modération du contenu. Certains puaient le faux à plein nez : les femmes qui se cambraient avaient l'air de créatures d'un film d'épouvante macabre, avec leurs masques mal assortis en peau humaine. Dans d'autres cas, il fallait vraiment y regarder de près pour s'apercevoir que quelque chose clochait. Certains des camarades de l'équipe le faisaient avec un plaisir non dissimulé.

Donc, la technologie existait. Mais jamais auparavant elle n'avait été utilisée de manière aussi réfléchie et coordonnée, jamais elle n'avait fait partie d'une campagne d'une telle ampleur. Et les réseaux sociaux avaient bien sûr été sa caisse de résonance. Il ne pouvait en avoir été autrement, c'était dans leur ADN : avant que quiconque ait visionné jusqu'au bout le matériel chargé par *La Voix*, le lien avait déjà été partagé des dizaines de milliers de fois. Les médias sérieux ne pouvaient pas attendre non plus ; les rédacteurs en chef savaient que celui qui serait le premier à rapporter l'événement choquant remporterait la plus grande partie du trafic et, par conséquent, la plus grande partie de l'argent qui circulait dans le sillage des internautes.

Puis, lorsque la situation s'était calmée, lorsqu'il était clairement apparu que le pays entier avait été dupé, l'entreprise où travaillait Oleg avait essuyé un orage : parce que de faux comptes avaient été utilisés pour diffuser cette désinformation, parce que ceux-ci avaient contribué à amplifier l'histoire, parce que ses collègues n'arrivaient pas à supprimer à temps les théories du complot qui certifiaient qu'un meurtre de masse avait VRAIMENT eu lieu au camp de vacances de Mikołajki et que le gouvernement tentait de les balayer sous le tapis. Tous les employés importants de l'entreprise qui, d'ordinaire, arpentaient les couloirs d'un air supérieur, souriants, entourés d'une guirlande de flagorneurs et de lèche-bottes, couraient à présent en long et en large, le téléphone collé à l'oreille, en éparpillant de la paperasse dans leur sillage.

Pendant ce temps, Oleg avait terminé sa tâche, cela faisait déjà deux semaines – en avance sur le délai convenu. Il avait fait des heures sup, il avait travaillé d'arrache-pied, mais il avait réussi. Toutes les entrées avaient été cliquées, triées comme il se doit, agrémentées de commentaires appropriés. Dix-sept mille en tout. Il avait envoyé un mail à Pola à ce propos – coucou, j'ai fini, quelle est la suite ? – et rien. Il passait ses journées assis devant son ordinateur sans avoir rien à faire. Une torture. Au début, il faisait encore semblant, il feignait de travailler : il parcourait des tableaux et des présentations de formation. Maintenant, il ne se souciait plus des apparences et regardait les retransmissions des matchs de ses clubs de football favoris – pourtant, même cela avait fini par le lasser, il avait donc décidé de prendre les choses en main. Bien sûr, il savait que Pola était occupée, qu'en tant que directrice du département régional de la sécurité, elle avait du boulot jusqu'au cou, elle passait ses nuits au bureau, à attendre que le soleil se lève sur la lointaine Californie et qu'il soit enfin possible de parler avec les chefs de tous les chefs, mais après tout il avait seulement besoin d'elle une petite minute : pour lui rappeler sa tâche accomplie et lui en réclamer une nouvelle.

Un instant plus tard, il était déjà à l'étage au-dessus, devant l'entrée de ce qu'on surnommait l'Éducatrice. L'accès à cette partie du bureau était réservé à des employés triés sur le volet, Oleg leva donc la main pour appeler par l'interphone… quand il réalisa que la porte avait été mal fermée. Il la poussa légèrement et pénétra dans le vestibule ; la moquette au sol étouffait ses pas. La lumière était effectivement allumée dans "Ljubljana", des voix en provenaient. Bingo.

– Au cours de l'enquête interne, nous avons identifié les traces de deux campagnes de grande ampleur visant à manipuler nos utilisateurs à la veille des élections parlementaires, déclara Pola d'une voix forte et distincte, prononçant avec soin chaque syllabe. La première d'entre elles, la campagne A, employait principalement des méthodes que nous connaissions déjà, réseau de faux comptes et faux groupes, promotion de contenus truqués ou tendancieux, aggravation de conflits et exaspération des émotions.

Oleg s'arrêta à mi-chemin. Il ne voyait qu'une partie de la salle (le projecteur, la main de Pola, le dos de Tymek, des ressources humaines), le reste était caché par un mur. Bordel, pensa-t-il, je ne devrais probablement pas être là.

– La campagne B appliquait des méthodes bien plus sophistiquées, poursuivit Pola. Par le biais de données détaillées, obtenues via un questionnaire de personnalité camouflé auquel on se connectait à travers notre plateforme, et complétées par des informations envoyées par une application mobile, la campagne B a créé des profils psychologiques détaillés de milliers d'internautes polonais…

– Cette phrase est trop longue, intervint Tymek. C'est dur à écouter.

– OK. Tu veux la changer maintenant ?

– Non, non, plus tard. Nous avons le temps, la délégation n'atterrit pas avant demain 16 heures.

Je ne devrais définitivement pas être ici, conclut Oleg. Puis il se souvint qu'il avait claqué la porte de l'étage derrière lui et qu'il n'avait pas la clé. *Bliadz.*

– Où est-ce que j'en étais…

La main de Pola s'empara d'une bouteille d'eau et disparut un instant de son champ de vision.

– Ah oui. Des milliers d'internautes. Ahem… Cette base de données a ensuite été multipliée plusieurs fois en utilisant ce qu'on appelle l'effet sosie, grâce à quoi la campagne B a également pu établir un profil des utilisateurs qui n'avaient pas répondu à l'enquête. Les données ainsi recueillies ont ensuite été utilisées pour montrer aux internautes des publicités électorales hautement personnalisées, faisant appel aux préférences individuelles, y compris des préférences inexprimées, voire inconscientes.

– Mmh, fit Tymek en vérifiant l'heure sur sa montre. Passe à la conclusion.

– Nous ne sommes pas encore en mesure d'identifier clairement les auteurs des campagnes en question. Dans le cas de la campagne A, les traces pointent clairement vers la Russie, dans le cas de la campagne B, nous manquons de piste claire. Compte tenu de la géopolitique de la région, il nous semble toutefois très probable qu'elle ait aussi été orchestrée depuis Moscou. Lors de l'élection présidentielle américaine déjà, nous avons pu constater que les Russes n'agissaient pas de manière coordonnée : les agences d'espionnage du FSB et du GRU procédaient non seulement de manière indépendante, mais entraient même parfois en concurrence.

– Génial. Diapo suivante.

LEÇONS POUR LE FU, annonçait le titre partiellement masqué de la nouvelle diapositive. Oleg sentait son cœur battre la chamade. Bon sang, s'ils me trouvent, je suis mal. Il faut que je me planque quelque part. Peut-être dans "Budapest" ?

– Autant nous serions en mesure de contrer les actions menées dans le cadre de la campagne A en modifiant les modalités d'enregistrement des comptes et les règles de notre algorithme de recommandations, autant une nouvelle campagne B serait extrêmement difficile à stopper. Sa stratégie principale est légale et conforme aux règles d'utilisation de notre plateforme. Pour le dire clairement, elle est basée sur notre *business model* et reproduit nos propres méthodes. Par conséquent…

Maintenant, pensa Oleg. Il fit un pas. Il appuya sur la poignée de porte. Les gonds grincèrent.

– Il y a quelqu'un ? demanda Tymek en se retournant sur sa chaise.

– C'est moi, Oleg… Excusez-moi, je cherchais Pola…

– Fallait sonner, mon cher.

Le visage du responsable des ressources humaines, illuminé d'ordinaire par un large sourire, était à présent mortellement sérieux.

– Oui, je sais, mais la porte était ouverte et j'ai pensé que je jetterais un coup d'œil…

– Pola a une réunion importante demain et n'a pas le temps. Je t'invite à sortir et à…

– Non, attends, dit Pola en quittant la petite salle. De toute façon, on était sur le point de finir et je dois effectivement m'entretenir avec Oleg.

– Dans cinq minutes, tu as rendez-vous avec les *public relations*…

– Cinq minutes suffiront amplement. Oleg, viens, on va s'asseoir.

Pola ouvrit la porte de “Budapest” et l'invita d'un geste à entrer. Ouf, se dit-il, j'ai l'impression qu'il n'y aura pas d'engueulade.

– Eh bien, de quoi tu voulais me parler ?

– Je t'ai envoyé un mail pour te dire que j'avais fini avec la base de données des messages…

– Oui, oui, j'ai vu ça, mais je n'ai pas encore eu le temps de te répondre. Bon travail. Jacek a passé ces données par les machines et ça a l'air prometteur. Je crois que nous allons le commercialiser.

– Le commercialiser ? s'étonna Oleg.

Ce n'était pas ce dont ils étaient convenus au départ.

– Oui, dit Pola en hochant la tête.

Elle avait d'énormes cernes sous les yeux.

– Parce que, penses-y, reprit-elle, si nous sommes en mesure de détecter que quelqu'un écrit en polonais mais est originaire de l'Est, c'est une information sacrément précieuse pour les annonceurs. On peut lier ces utilisateurs à des intermédiaires en visas, à des enseignants de langue ou à des opérateurs de téléphonie mobile qui proposent des offres spéciales pour les appels vers l'Ukraine ou… rappelle-moi d'où est-ce que tu débarques déjà ?

– Du Bélarus.

– Voilà, vers le Bélarus aussi. Alors ? Il y a autre chose ?

– Oui, parce que…

Oleg était déboussolé, il prit un moment pour rassembler ses idées.

– … je n'ai plus grand-chose à faire, tu sais. Alors je me suis dit que tu pourrais me trouver une autre mission.

– Humm, humm, fit Pola en se frottant le menton. Tu ne codes pas, n'est-ce pas ?

– Non.

– Alors dans ce cas, pas trop, j'en ai peur.

Tymek frappa à la porte vitrée. Il était temps d'y aller. Une autre réunion approchait.

– Alors… pardon, mais qu'est-ce que je deviens ?

– D'après ce que j'ai compris, tu as un contrat jusqu'à la fin du mois, dit Pola en se levant de sa chaise. Donc, il va expirer et on s'en tapera cinq en guise d'au revoir.

Oleg resta assis sans bouger. Il attendait que sa patronne lui tapote l'épaule en criant "Je plaisante !", mais non. Elle ouvrit simplement la porte et Tymek lança à Oleg un regard impatient : c'est bon, le rideau est tombé, on a des affaires plus urgentes à gérer. Oleg se leva et avança dans le couloir sur des jambes flageolantes. Ses tempes le lançaient, sa poitrine le serrait. En face, il y avait la salle "Minsk". Ça ne le fit pas rire du tout.

Un cylindre doré de trois centimètres de long. Quand on l'ouvrait, on trouvait un bâton rouge en plastique moulé. À ceci près qu'il était dur au toucher et qu'il ne colorait pas. C'était une virole en plastique sous laquelle on avait caché un port USB. Il n'était pas difficile d'imaginer ce qui s'était passé. Alex avait finalement appelé Hanna. Il s'était confié à elle. Il lui avait dit ce qui s'était passé à Las Vegas. Et il avait ajouté que l'histoire qu'il considérait close ne l'était pas encore, que quelqu'un le suivait, qu'il devait disparaître. Elle avait promis de l'aider. Elle conserverait une copie de ses documents, juste au cas où, et si le besoin s'en faisait sentir, elle les transmettrait à quelqu'un. Parce qu'elle l'aimait. Elle l'aimait d'un amour bizarre et tordu qui n'était possible qu'au XXIe siècle. La toile unissait les gens de manière inattendue.

Hanna savait que quelqu'un chercherait ces fichiers. Probablement un mec. Alors elle les avait cachés là où peu d'entre eux regarderaient, et si l'un d'entre eux le faisait, il ne saurait pas ce qu'il avait sous les yeux, il ne différencierait pas la poudre du fond de teint, le vernis du dissolvant, ni un rouge à lèvres d'une clé USB en forme de rouge à lèvres – bien qu'elle fût beaucoup plus lourde et reposât différemment dans la main. Et elle avait réussi, le gars l'avait manquée. C'était une fille futée, songea Julita avec regret, faisant tourner la clé USB entre ses doigts. Puis elle la glissa dans son ordinateur. La première fois, bien évidemment, elle n'entra pas, la deuxième non plus, elle ne réussit qu'à la troisième tentative – le sacro-saint rituel immuable.

Lorsque le nom du dossier principal apparut à l'écran, Julita gémit de déception. WIOLETTA. Et, à l'intérieur : CLIPS, PHOTOS, VIDÉOS, CHANSONS. C'était ce qu'elle craignait. Puisque Wioletta n'avait pas jeté la clé et ne l'avait pas vendue, elle devait l'utiliser. Et elle le faisait depuis deux ans. La question était de savoir avec quelle intensité, à quelle fréquence elle téléchargeait et sauvegardait des versions successives de ses propres reprises de classiques tels que "La Première Brigade" ou "Szara piechota". Avait-elle réussi à effacer ce qu'Hanna avait mis sur la clé ?

Julita lança un programme de récupération des données. Ça n'avait pas l'air bon, il y avait eu beaucoup de mouvements sur le disque : des centaines, des milliers de fichiers, y compris, bien sûr, une vidéo que Wioletta avait enregistrée avec son compagnon dans l'intimité d'une alcôve. La plupart des fichiers qui dataient d'avant le jour fatidique de novembre 2018 avaient été endommagés. Quelqu'un de plus fort qu'elle dans ce domaine arriverait peut-être à en tirer quelque chose, ou peut-être pas, on verrait ça. Mais on pouvait déduire un minimum du nom même des fichiers : ZERO_DAY_DESCRIPTION.docx indiquait l'un d'entre eux, DEFCON_PRESENTATION.ppt annonçait un autre. C'étaient des documents sur son programme informatique qui pouvaient confirmer ce que Liz leur avait dit à Las Vegas. Bien entendu, ce n'était pas encore la preuve que les élections estoniennes avaient été piratées, mais qui sait, peut-être qu'entre de bonnes mains, ça pouvait faire avancer l'enquête.

Trois fichiers récupérés pouvaient être ouverts. Le premier : une photo de chambre d'hôtel, le Nevada brûlé par le soleil derrière la fenêtre. Julita fixa l'image. Rien d'intéressant, du moins pas à première vue. Alex avait peut-être remarqué quelque chose d'inquiétant, peut-être que quelqu'un s'était introduit dans sa chambre en son absence et avait déplacé un objet, mais sans le contexte, c'était difficile à dire. Le deuxième : un registre de la correspondance avec son modérateur, Josh. Alex lui avait expliqué par écrit ce qui s'était passé et pourquoi il n'était pas venu à la conférence. C'était intéressant, ça complétait le tableau, mais ce n'était pas révolutionnaire. Le troisième : un fichier audio de quarante-sept secondes. Julita sirota son café refroidi et cliqua sur Play. On entendait quelqu'un parler au téléphone, un fragment de conversation sorti de son contexte, sans début ni fin. Une voix masculine, basse, couverte par endroits par des bruissements et des craquements. L'homme parlait en russe, Julita ne comprenait qu'un mot sur trois. Elle mixa le son pour atténuer les interférences, puis lança Trint afin d'extraire une transcription de la conversation qu'elle injecta ensuite dans Google Translate. Puis elle remonta ses genoux sous son menton et lut les quelques phrases encore et encore et encore jusqu'à connaître chaque mot par cœur.

DÉBUT DE L'ENREGISTREMENT
Interlocuteur inconnu : … est sécurisé.
Interlocuteur inconnu : Oui. Je comprends.
Interlocuteur inconnu : Je l'enverrai dès ce soir.
Interlocuteur inconnu : Bien sûr que ça sera ouvert. On n'est pas à Tomsk.
Interlocuteur inconnu : Ah oui, il y a encore un téléphone dans le sac.
Interlocuteur inconnu : Je ne sais pas, je vais vérifier.
INTERFÉRENCES
Interlocuteur inconnu : Oui, Pietia. Il est verrouillé.
Interlocuteur inconnu : Je comprends. Je l'étei…
FIN DE L'ENREGISTREMENT

De quoi s'agit-il là ? se demanda Julita, en enroulant machinalement une mèche de cheveux autour de ses doigts, de quoi parlent-ils ? Elle vérifia la date de l'enregistrement et c'est alors qu'elle eut une illumination. Le

11 août 2018. Le jour où Alex était censé faire sa présentation, le jour où il avait été battu et où on lui avait volé son ordinateur. C'était son ordinateur portable qui était sécurisé et le son était enregistré par le téléphone évoqué dans l'échange. Alex devait avoir installé une application qui permettait de déclencher le microphone à distance ; les parents férus de technologie couplaient parfois leurs téléphones de la sorte pour les transformer en nounou électronique, tandis que les partenaires jaloux s'en servaient pour espionner. Pourquoi Alex l'avait-il installée ? C'était peut-être lié à l'une de ses nombreuses phobies ou peut-être qu'il se doutait déjà que quelqu'un allait essayer de le voler et qu'il voulait se protéger ainsi – peu importe. Ce jour-là, à Las Vegas, il l'avait utilisée pour écouter en douce ces deux sinistres personnages qui lui avaient arraché son sac. Il avait peut-être réussi à établir leur identité sur la base de cet enregistrement ? Peut-être qu'à un moment donné, ces hommes avaient réalisé qu'il était sur leur piste et c'est pour ça qu'ils avaient décidé de le supprimer ?

Mais… comment ? Dans la transcription de la conversation, seuls deux mots pouvaient avoir une quelconque valeur : le nom de la ville, "Tomsk", et un prénom, "Pietia". Commençons par le premier, pensa Julita. Il y a peut-être un dicton en russe, "On n'est pas à Tomsk", pour dire que ce n'est pas le pire trou paumé ou pour railler l'avarice des habitants de Poznań en Pologne ? Elle vérifia dans son moteur de recherche en tapant la requête à l'aide d'un dictionnaire russe. Non, rien de tel. Dans ce cas, tant pour l'homme qui parlait que pour son interlocuteur, Tomsk devait être une sorte de point de référence, un dénominateur commun. Peut-être y vivaient-ils, peut-être qu'ils y étaient allés à l'école ou qu'ils y avaient travaillé ? C'était intéressant, mais pas assez pour en déduire quoi que ce soit. Dans ce cas, réfléchissons à "Pietia", diminutif du prénom Pyotr, assez populaire, donc… Julita se figea, les doigts sur le clavier, et ouvrit grand les yeux. *Pietia.* C'est ainsi qu'un collègue d'un forum du dark net qui n'existait plus s'était adressé un jour à X1. Elle avait vu ce post sur une capture d'écran. Elle l'avait reçu dans le paquet transmis par Emil. À côté de celui dans lequel X1, le 5 mai 2007, déplorait avoir reçu une amende.

– Oh bordel… chuchota-t-elle d'une voix haletante. Oh merde…

Julita posa une main tremblante sur sa souris et retrouva la base de données policière qu'elle avait eu l'intention de consulter quelques mois plus tôt, en juillet. Elle avait reçu une copie de ce fichier des mains des journalistes du BellBoy. C'était l'un des centaines d'ensembles de données russes qui avaient fuité en ligne ces dernières années, aux côtés de listes de clients de banques, de compagnies d'assurances, de points de retrait de passeports, de registres des douanes. Le pays était toujours plongé dans la crise, alors, quand les informaticiens russes avaient compris que pour n'importe quelle base de données, même la plus banale, quelqu'un était prêt à les payer en dollars, ils avaient fait la course pour les charger sur le web.

C'était là. Un double clic suivi d'une attente nerveuse ; le fichier pesant des dizaines de mégaoctets s'ouvrait lentement. Julita parvenait difficilement à rester assise sur sa chaise, elle tremblait et se rongeait les ongles jusqu'au sang. Enfin, il s'était ouvert ; à présent, il suffisait juste de filtrer les résultats. NOM : Pyotr. VILLE : Tomsk. DATE : 05.05.2007. Le tableau n'affichait qu'une seule ligne : Pyotr Nikolaevich Semenov, né le 12.04.1950 à Novosibirsk. Amende de cinq cents roubles pour excès de vitesse.

– Oh mon Dieu… gémit Julita.

Elle avait du mal à reprendre son souffle. Elle avait du mal à se tenir droite. L'image se dédoublait. Dans le même dossier, elle possédait une copie de la base de données des passeports. Elle le retrouva. Elle trouva une photo de Xtraterrestrial1. Un visage rond, très ordinaire, des cheveux clairsemés, coiffés sur le côté, un grain de beauté sous l'œil gauche. Il y avait autre chose, une chose qui attira son attention. X1, ou plutôt Pyotr Nikolaïevich Semenov, avait utilisé son passeport pour la dernière fois en 2015. À cette époque, il était allé à Moscou à bord d'un vol Aeroflot à destination de Los Angeles. Et il n'en était jamais revenu.

Aneta frappa à la porte de la chambre 519. Elle attendit un moment, attentive aux bruits : le babil de la télévision, le bruissement des draps. Rien, silence. Elle colla donc sur le lecteur une carte qui ouvrait toutes les portes de l'hôtel. Même si c'était le milieu de la journée – les cloches de Herz-Jesu-Kirche venaient à peine de sonner midi –, il faisait sombre à l'intérieur ; les rideaux épais couvraient hermétiquement les fenêtres. Des serviettes froissées gisaient sur le lit et, à côté, sur la table de chevet, se trouvait une bouteille de bière vide à l'étiquette arrachée et l'emballage d'une barre chocolatée maculé de chocolat fondu. Rien d'autre, nulle trace de celui qui était passé là ou avait dormi ici. C'est bien, pensa Aneta, je finirai vite. Elle recula pour prendre l'aspirateur. L'instant d'après, un vrombissement remplit la chambre ; le "ouououououou" lancinant constituait un fond parfait pour les idées sombres qui tourbillonnaient dans sa tête.

Quand elle avait quitté cette mémorable réunion au siège de Pologne Demain, elle avait compris qu'elle devait disparaître, tout de suite, sur-le-champ, tant que Królak et les gens qu'il représentait avaient des problèmes plus urgents à traiter, et avant qu'ils ne se souviennent d'elle. À ceci près que disparaître n'était pas si facile ; elle le comprenait trop bien à présent. Une fois revenue à la maison, elle avait disposé devant elle son ordinateur portable, ses deux téléphones, le privé et le professionnel, son iPad, son Kindle et sa smartwatch. Elle avait ensuite démoli chacun de ces gadgets à l'aide d'un marteau et placé les restes dans un sac plastique noir qu'elle avait jeté dans une poubelle du lotissement de l'autre côté de la rue. Elle avait quitté son appartement avec juste un sac à dos dans lequel elle avait entassé quelques fringues et une trousse de toilette. Elle avait abandonné le reste : la table basse en bois recyclé, la corbeille à fruits en mosaïque de chez Duka, achetée en promo, le service pour préparer des œufs Bénédicte qu'elle n'avait jamais utilisé, tous ces bibelots inutiles repérés dans des magazines de décoration intérieure, les pièces du puzzle avec lesquelles elle avait si minutieusement bâti la scénographie d'une vie idéale. Puis encore deux arrêts : au distributeur, où elle avait retiré toutes ses économies, et à un bureau de change, où elle les avait converties en euros. Elle n'avait passé aucun appel pour dire au revoir et n'avait laissé aucune lettre ; elle préférait ne pas courir ce risque. Elle avait des remords de faire ça à sa mère. Et elle se sentait soulagée de n'être plus jamais obligée de revoir son père.

Elle avait quitté Varsovie en autocar. D'abord, elle s'était rendue à Wrocław, de là à Cieszyn, où elle était passée côté tchèque comme ça, sans aucun contrôle, de façon incroyablement simple ; la frontière s'était estompée, même les langues sur les panneaux se remplaçaient en un dégradé délicat. Elle avait passé la nuit côté tchèque ; quand le réceptionniste lui avait demandé une pièce d'identité, elle lui avait dit ne plus se souvenir où elle l'avait rangée et qu'elle remplirait la fiche d'enregistrement le jour suivant. Mais, dès l'aube, elle était déjà à bord du bus pour Prague où elle prit le train pour Bratislava ; le jour d'après, elle était à Graz. Elle avait choisi cette ville au hasard, elle n'y avait aucune attache, elle n'y avait jamais séjourné – et c'était précisément le but. Elle connaissait bien l'allemand (autre olympiade linguistique, autre diplôme qui avait cessé de la réjouir le jour où elle l'avait tenu en main), elle avait donc facilement trouvé un emploi où personne ne demandait vos papiers et où les paiements se faisaient en cash – à l'hôtel Albert sur Schumanngasse.

Les premiers jours au travail avaient été horribles. Elle sanglotait en frottant des cuvettes de toilettes maculées ; les larmes coulaient sur ses joues brûlantes de honte. Mais Aneta avait un plan. Grâce à Alysha, une autre femme de ménage, elle avait obtenu les coordonnées d'un homme qui promettait de lui obtenir un passeport bulgare en échange de quelques milliers d'euros. Le soir, elle suivait un cours de comptabilité. Elle s'en sortait plutôt bien, le formateur lui demandait déjà si par hasard elle ne cherchait pas un emploi. Elle savait qu'avant la fin de l'année, elle rebondirait et remporterait encore des succès sous son nouveau nom. Elle ne savait juste pas pour quoi faire.

Jan regardait les documents imprimés d'un air stoïque : la liste des fichiers de la clé USB d'Hanna, la transcription de l'échange téléphonique, la base de données de la police, la photo d'identité du passeport. Après avoir lu la dernière page, il posa la liasse de papiers sur la table basse et fixa son plateau pendant un moment. Et puis, il se mit à applaudir.

– Bravo, Wójcicka, dit-il.

Sans une once d'ironie.

– Merci. Merci beaucoup.

Julita se leva de sa chaise, salua bien bas les gens désorientés assis aux tables voisines, telle une actrice émue par une standing ovation.

– Tu as fait ça toute seule ?

– Toute seule.

– Respect.

– Jan, arrête avec tes compliments ou je vais croire qu'on t'a échangé.

– Comme tu veux, dit-il en s'emparant d'une canette de Coca. Que sait-on d'autre sur lui ?

– Pas grand-chose. Il a étudié l'ingénierie électronique à l'université Lomonossov de Moscou, puis a déménagé à Tomsk, justement. Là, il a travaillé à la fac jusqu'en 1994.

– OK. Et ensuite?

– Mis à la porte dans le cadre des réductions du personnel, quand l'université a eu des problèmes financiers. Il a alors ouvert sa propre entreprise, un magasin d'informatique qui a fait faillite quelques années plus tard... Et c'est tout. Après ça, il n'a pas d'autres emplois connus... Mais en 2011, il a pris une assurance pour une BMW série trois flambant neuve.

– Le bâtard...

Jan but une gorgée de Coca. Pour sa part, il conduisait toujours une Ford Mondeo vieille de vingt ans.

– Mmh. Je suppose qu'il gagnait déjà du fric en ligne à cette période-là.

– Sûrement. Et on sait pourquoi il est parti aux États-Unis?

– Non, répondit Julita.

– Peut-être qu'il a vraiment été recruté par les services secrets russes?

– J'en doute. Si c'était le cas, ils lui auraient fourni des papiers à un autre nom.

– Tu as raison, question bête.

Jan hocha la tête et regarda sur le côté. Un silence gêné s'installa, des questions jamais posées résonnaient dedans. La conversation qu'ils étaient censés avoir n'avait toujours pas eu lieu. Il y avait toujours quelque chose de plus urgent, de plus important à faire. Ou, du moins, c'était ce qu'ils se disaient. Parce qu'ils en avaient tous les deux peur.

– Alors... et maintenant? demanda Jan. Tu vas transmettre ça à quelqu'un?

– Je suis en train d'y réfléchir. Je veux dire, en fin de compte, je le ferai, c'est certain... Mais je me demande si je ne dois pas creuser encore un peu. Fouiller, ramasser des infos, tu vois, quoi. Ce gars… je l'ai vraiment en travers de la gorge.

– Je n'en doute pas. Mais…

Jan n'acheva pas sa phrase.

– Mais quoi ?

Il la regarda de biais. Et il se mura dans le silence.

– Alors quoi ? insista-t-elle.

– Réfléchis bien, d'accord ? dit-il enfin. Tranquillement. Et en toute discrétion.

– Sûr. Parole de scout.

– De scout… ricana Jan. Je t'en prie. Tu n'es pas scoute pour un sou.

– Et qu'est-ce qui te rend si sûr de ça ?

– N'importe quel chef de patrouille t'aurait mise à la porte dès la première veillée.

– Ha, ha ! Tu as sûrement raison.

Ils se turent à nouveau. Ils regardèrent à nouveau leurs pieds. Elle avait le sentiment de pouvoir dessiner les baskets noires et usées de Jan de mémoire. Ça n'a aucun sens, se dit-elle, on est comme des gamins.

– Écoute… commença-t-il en rassemblant ses affaires pour partir. Si tu tombes sur quoi que ce soit d'autre, tu peux toujours…

– Volontiers, le coupa Julita avant de lever la tête. La semaine prochaine. Vendredi à 20 heures. Ça te va ?

– C'est possible. J'apporte mon ordi ?

– Non, répondit Julita, une bouteille de vin. Et moi, je cuisinerai quelque chose.

Jan se leva, récupéra son sweat-shirt à capuche sur le portemanteau. Puis il sourit.

– D'accord, dit-il. Le rendez-vous est pris.

Vadim arrêta sa moto dans l'allée de gravier, enleva son casque et regarda droit dans la caméra. Un instant plus tard, le portail en fer forgé commença à s'entrouvrir, sans un bruit, comme mû par une incantation magique. Il avança dans l'allée bordée d'arbres, pas trop vite, pour ne pas projeter de pierres sous ses pneus. Le moment d'après, une villa émergea de derrière la végétation luxuriante, une villa qui était la quintessence des villas, son idéal platonicien : colonnes élancées, balcons avec balustrades de pierre, immenses fenêtres qui reflétaient le soleil couchant, le tout entouré d'une pelouse verdoyante, ce qui, sous ce climat, était probablement un indicateur social plus fort que la Bentley garée devant l'entrée. Vadim coupa le moteur et ôta sa veste en cuir. En dessous, il portait une veste de sport et un tee-shirt bleu marine. L'occasion méritait une tenue soignée.

Il pénétra à l'intérieur : un hall à deux étages, des sols pavés de marbre recouverts de tapis afghans, des fleurs fraîchement coupées dans des vases et, sous le plafond, l'incontournable lustre en cristal. Une femme de chambre au teint mat le pria de monter. En gravissant l'escalier en colimaçon, Vadim passa devant des tableaux aux cadres dorés. Si seulement il avait été un peu plus cultivé, si seulement il avait tâté un peu d'histoire de l'art dans sa vie, il aurait certainement reconnu certaines toiles.

On entendait des voix derrière la porte qui menait à la terrasse. Vadim en franchit le seuil. Sur sa peau, il sentit la brise qui arrivait de l'océan, il plissa les yeux sous les rayons de soleil qui se reflétaient sur l'eau – et il hocha la tête avec approbation. Même s'il venait ici pour la énième fois, la vue de la baie de San Francisco lui faisait toujours de l'effet.

Vadim salua les personnes rassemblées. Il adressa un signe de tête à Logan, serra la main de Christine et donna à Królak une tape dans le dos. Le plateau avec les verres de vodka glacée passa devant chacun d'entre eux. Pyotr Semenov porta un toast.

– À l'avenir, dit-il. À un avenir que nous allons nous-mêmes écrire.

Postface

Les méthodes pour manipuler l'API Facebook présentées dans ce livre ont été mises au point par Henk van Ess, un expert néerlandais en techniques d'investigation en ligne. J'ai eu l'occasion d'assister à un de ses cours dans le cadre d'un atelier organisé par les journalistes d'investigation du site Bellingcat en octobre 2018 à Berlin.

Henk a accepté de me laisser présenter ses méthodes. Toutefois, nous avons convenu ensemble que j'omettrai une étape importante dans ma description afin que ce livre ne puisse pas être utilisé comme un manuel d'instruction pour espionner les utilisateurs de Facebook. Il convient également de souligner que depuis 2018, date à laquelle s'est déroulé cet atelier, certaines techniques utilisées par Jan et Julita ont cessé de fonctionner.

Mais pas toutes.

Cet ouvrage a été composé par
Atlant'Communication
au Bernard (Vendée)

ACHEVÉ D'IMPRIMER SUR ROTO-PAGE
PAR L'IMPRIMERIE FLOCH À MAYENNE
EN AOÛT 2023

N° d'édition : 0558001 – N° d'impression : 103044
Dépôt légal : octobre 2023

Imprimé en France